KB114706

새빨간 여우

새빨간 여우

초판 1쇄 찍은 날 § 2006년 1월 21일
초판 2쇄 펴낸 날 § 2010년 6월 15일

지은이 § 김랑
펴낸이 § 서경석

편집장 § 문혜영

펴낸곳 § 도서출판 청어람
등록번호 § 제1081-1-89호
등록일자 § 1999. 5. 31
어람번호 § 제5-0079호

주소 § 경기도 부천시 원미구 심곡동 163-2 서경B/D 3F (우) 420-010
전화 § 032-656-4452 팩스 § 032-656-4453
http://www.chungeoram.com
E-mail § chungeoram@chungeoram.com

ISBN 89-5831-959-3 03810

새빨간 여우

김랑 지음

도서출판
청어람

새빨간 여우

프롤로그 / 7

제1장 / 27

제2장 / 71

제3장 / 143

제4장 / 210

제5장 / 282

제6장 / 358

에필로그 / 438

작가후기 / 452

매년 거듭되는 채영의 목표.

2000년 28세가 되다. 올해의 목표. 결혼하는 것.

2001년 29세가 되다. 올해의 목표. 꼭 결혼하는 것.

2002년 30세가 되다. 올해의 목표. 반드시 결혼하는 것.

2003년 31세가 되다. 올해의 목표. 기필코 결혼하는 것.

2004년 32세가 되다. 올해의 목표. 제발, 제발 결혼하는 것.

2005년 33세가 되다. 올해의 목표. 무슨 일이 있어도! 결혼해야만 하는 것!! 제발 결혼 좀 해보자!!!

채영은 아까부터 자신을 할끔거리는 시선에 점점 느긋하던 마음은 사라지고 불안해지는 것을 느꼈다.

'뭐야, 저 구린 시선들은…….'

처음엔 끝내주는 각선미에 눈을 떼지 못하는 줄 알고 어디 흔하게 구경할 몸매냐 실컷 찔러라도 보라는 심산으로 그들의 시선을 모른 척 은근히 즐기고 있었다. 일부러 섹시한 실루엣을 더욱 증폭시키기 위해 오른쪽 다리에 실었던 힘을 왼쪽 다리에 옮겨도 보고 지하철이 역에 멈추고 출발할 때마다 떠밀리는 척, 흔들리는 척 살짝 부딪쳐도 봤다. 하지만 전동차에서 내려 계단을 올라오면서부터는 그들의 시선이 자신이 생각하는 그런 종류의, 그러니까 흔하지 않은 각선미에 여자들은 질투를, 남자들은 욕망이 어린 그런 시선이 아니라는 것을 알게 됐다. 약간의 염려와 측은함이 뒤섞인 뭐, 그런 이상스러운 종류의 감정이 믹스된, 그러니까 결코 느긋하게 즐길 만한 시선들이 아니었다.

'뭐야, 엉덩이에 뭐가 묻었나? 엉덩이에 뭔가가 묻었다면…….'

채영은 그저 버릇 같은 행동인 것처럼 가장해 스윽 엉덩이를 훑어보았지만 그런 것 같지는 않았다.

'뭐가 잘못된 거야?'

지하철역을 빠져나오기 위해 기다란 계단을 올라오는데 채영을 지나쳐 약간 빠른 걸음으로 올라가던 남자가 채영을 뒤돌아봤다. 약간 망설이는 얼굴로 채영을 쳐다보던 남자는 모른 척 올라가려다 다시 뒤돌아봤다. 채영은 저 남자가 필시 오백 원짜리 동전을 떨어뜨렸을 것이다, 라고 생각했다. 혹은 뒤에서 내 몸매를 보고 혹해서, 몸매만큼 얼굴도 그럴싸할지 확인하기 위해 저런 우습지도 않은 쇼를 하거나 이도저도 아니면 똥이 마려운 것이 틀림없다고 생각하며 남자의 뒤를 따랐다. 뭐, 물론 몸매에 비례한 미모인지를 확인하고자 빤하게 보이는 쇼를 하는 것이 분명하겠지만.

"저, 아가씨."

남자가 걸음을 멈추고 말을 걸었다.

'거봐, 틀림없다고 했잖아.'

"네?"

채영이 절대, 절대 고의적으로 만든 눈빛이 아님을 가장하며 약간 살짝 눈웃음을 쳤다.

"저, 스타킹이요. 나갔네요."

"네?"

남자의 말에 채영이 오토메틱 로봇처럼 몸을 숙여 스타킹을 내려다보자 대체 어디에 걸려 이 지경이 됐는지는 몰라도 채영의 다리에 완벽하게 달라붙어 있던 스타킹이 갈기갈기, 아니, 갈기갈기 정도는 아닐지라도 동네 창피할 정도로 올이 무참하게 나가 있었다.

젠장, 이놈의 스타킹 때문에 구경거리가 된 줄 모르고 끝내주는 몸매에 넋이 빠진 줄 알았다니! 아둔하기는.

'어쩐지 아까부터 밑이 허전하다 싶더라만!'

채영은 고맙다는 말을 하는 둥 마는 둥 허들 선수처럼 계단을 뛰어올라 라이브리 모션 사옥으로 돌진했다. 보통날보다 한 시간이나 빨리 나오길 잘했지, 보통 때처럼 나왔다면 전철 안은 숨을 쉴 수 없을 정도로 미어터졌을 것이고 그럼 완전히 지상최대 창피를 당했을 것이다.

정말 사람도 많지 않았는데, 앉을 자리가 없어 내내 서서 오긴 했지만 사람이 많다 할 수 없었는데 어디에 걸려 이 지경이 됐을까.

회사로 돌진해 사옥을 눈앞에 둔 채영은 바로 앞에서 걸어가고 있는 한 남자의 뒤통수를 보곤 달리기에 브레이크를 걸었다. 저 남자, 이빈. 라이브러리 모션, 레전드21팀에서 일하고 있는 채영이 찍어놓은 남자.

저 남자는 뭣 때문에 이토록 일찍 왔을까. 물론 채영과 같은 이유로 일찍 왔을 것이다.

이런 꼴로 이빈과 함께 들어갈 수는 없었다. 분명히 같은 엘리베이터를 타게 될 것이고 그럼 칠칠치 못한 스타킹을 보게 될 것이다.

채영은 어디 몸을 숨길 만한 곳이 없을까 두리번거리다가 지하 주차장으로 내려가는 길을 발견해 슬금슬금 뒷걸음질을 쳐 그곳으로 냅다 뛰었다. 핸드백 속에 껍질을 까지도 않은 스타킹이 두 개—스커트를 입는 날엔 꼭 여유분을 갖고 다닌다—나 들어 있었고 이제 겨우 일곱 시 사십오 분. 아직은 한산한 시간이니 주차장도 많이 비었을 것이다. 주차장에서 스타킹을 갈아 신으면 감쪽같을 것이다.

주차장으로 뛰어내려 온 채영은 숨을 헐떡거리며 주차장 안을 살피자 유별나게 무더기로 주차되어 있는 구석진 곳이 눈에 들어왔다. 교묘하게 숨을 수 있는 최상의 장소였다. 그리고 아무에게도 들키지 않고 스타킹을 갈아 신기에 조건도 안성맞춤이다.

양옆으로 대형 세단이 주차되어 있어서—그러고 보니 이 구석진 자리에 주차된 차는 모조리 대형 세단이었다. 개중엔 외제차도 끼어 있고—몸을 낮추면 주차장으로 차가 들어온다고 해도 들킬 염려가 없을 듯했다.

채영은 고개를 들어 감시카메라를 점검했다. 채영의 위치가 감시카메라 범위 내에 있긴 했지만 혹시나 녹화가 된다고 해도 상체만 보일까 아랫도리는 대형 세단에 가려져서 보이지 않을 것이다. 혹 감시카메라 전담팀이 자동차들 틈에서 꼼지락거리는 채영의 상체를 보게 된다면, 과연 지금 무슨 짓을 하고 있는 중일까 궁금해하겠지만 일단 스타킹을 바꿔치기 할 하체는 잡히지 않을 테니 패스. 채영은 양쪽 옆으로 웅장한 자태로 주차되어 있는 세단을 살펴보았다. 한쪽 세단은 선팅이 되어 있지 않아 안이 훤히 들여다보여 사람이 타고 있지 않다는 것을 확인할 수 있었지만 반대쪽 세단은 짙은 색으로 선팅이 되어 있어 사람이 타고 있는지 아닌지 확인이 불가능했다.

"뭐, 이 시간에 사람이 있겠어."

채영은 세단 뒤 범퍼 위에 핸드백을 척 올려놓고 스타킹을 꺼내 껍질을 까고 알맹이를 꺼냈다.

"어떤 망할 자식이 이런 짓을 했는지 모르겠지만 너 나한테 안 걸린 걸 고맙게 생각해라. 나한테 걸렸으면 빵구 난 스타킹에 목 졸려 죽었다."

채영은 하필이면 오늘 석 달 전 합병이 되고 처음으로 새롭게 맞이하게 된 사장님 앞에서, 60% 정도 진행 상황에 있는 작품 시사회 날—시사회 때문에 한 시간 일찍 출근했다—재수없는 조짐처럼 스타킹이 나가 버린 것인지 찜찜해서 견딜 수가 없었다.

"비둘기 색을 가져왔어야 했는데 검은색을 가져왔네."

채영은 벗은 스타킹을 돌돌 말아 핸드백에 쑤셔 넣고 새단 위에 올려놓았던 스타킹 한 짝을 집어 들었다. 양쪽 엄지손가락 사이에 밴드 부분을 끼워 넣고 익숙한 솜씨로 돌돌 말아 잡은 뒤 오른쪽 발부터 끼웠다. 스타킹은 특유의 촉감으로 채영의 다리에 달라붙었다. 채영은 뒤 범퍼에 발을 올려놓고 스타킹을 허벅지까지 조심스럽게 끌어 올린 후 비틀어지지 않았나 확인한 후 니퍼에 달려 있는 고정 핀에 고정시켰다. 그리고 나머지 한 짝을 마저 신기 위해 처음과 똑같이 엄지손가락에 밴드 부분을 끼우고 돌돌 말아 잡은 뒤 왼쪽 발에 끼워 넣었다.

"이해할 수가 없어. 21세기에 아직까지도 여직원에게 스커트 정장을 고집하는 회사가 있다니. 요즘은 비즈니스 캐주얼이 대세라는 것도 모르나?"

채영이 투덜거리며 왼쪽 발에 끼운 스타킹을 막 끌어 올리려는데 어디선가 띠리리리리 휴대전화 울리는 소리가 들렸다. 채영은 일순 정지했다.

'내 건가?'

휴대전화는 계속 울렸고 채영은 자신의 휴대전화가 아니라는 걸 알았다. 자신의 휴대전화 벨소리는 요즘 폭발적인 시청률을 자랑하는 드라마 OST니까.

'어디서 나는 소리지?'

채영은 불안함과 창피함을 동시에 느끼며 몸을 낮췄다.

'가만, 가까운 곳에서 나는데.'

채영이 오른쪽 세단에 귀를 가까이 대보았다. 이 차는 아니었다. 그럼?

채영은 다시 반대편 차에 귀를 대보았다.

띠리리리리리.

이 차가 분명했다. 이 세단 안에서 휴대전화가 계속 울리고 있었다. 마치 마피아가 타고 다닐 법한 시커멓게 선팅되어 있는 이 차.

채영이 스타킹 신기를 멈추고 안을 들여다보기 위해 차 옆으로 바짝 붙어 섰다. 하지만 아무것도 안 보였다. 채영은 창문에 바짝 얼굴을 들이대고 빛을 가리기 위해 양손을 펼쳐 눈썹과 관자놀이 부위에 대고는 안을 들여다보려고 애를 쓰는데 갑자기 운전석 창문이 위잉 하는 소리를 내며 리드미컬하게 내려가기 시작했다.

채영의 눈이 더 이상 늘어날 사이즈가 없을 정도로 커지는 순간 차 안에 타고 있던 남자와 딱 눈이 마주쳤다.

'헉!'

채영은 자신도 모르게 무릎을 꿇고 엎드려 버렸다.

'이게 무슨 일이야? 안에 사람이 타고 있었단 말이야? 그럼 다 봤단 말이야? 아, 미쳐!!'

채영은 뇌를 휘감고 있는 핏줄이 터져 버리는 듯한 아득함과 창피함을 느꼈다. 창문이 내려가는 동시에 휴대전화 벨소리도 멎었다.

"여보세요?"

'젊은 남자!! 그것도 싱싱한 젊은 남자의 목소리! 아악, 정말 미쳐!!'

"도착했습니다. 곧 올라가죠."

남자가 전화를 끊은 것 같았다.

채영이 무릎으로 기어서 차 꽁무니로 도망치려는 찰나에 차 문이 열렸고 누군가가 내렸다.

'아, 제발 하나님, 저 남자를 갑자기 기억상실증에 걸리게 하시든지 현기증이 나서 쓰러지게 하시든지, 아니면 날 이대로 죽여주소서! 아니, 제발 제가 살인을 저지르지 않게 하소서!'

창피함에 사람을 죽이고 싶기는 이번이 처음이었다.

채영이 차 뒤꽁무니로 가서 몸을 바짝 낮추고 웅크리고 있는데 주차장이 울릴 정도로 큰 소리를 내며 차 문이 닫혔다.

'그냥 가, 그냥 가. 네 차에 흠 안 냈으니 그냥 가. 너 기어이 내 얼굴 확인하러 오면 죽어!'

심장은 피부 밖으로 튀어나올 듯이 불규칙하게 펌박질을 해대고 몸에 나 있는 땀구멍마다 아드레날린이 스프레이처럼 쉭쉭 뿜어져 나왔다. 이미 그 남자가 앞에 와서 쳐다보고 있는 것처럼 새빨개진 얼굴로 '이루지 못할 것이 무엇이냐. 영험한 신이시여, 이 창피함과 무안함에서 즉시 벗어나게 해주소서' 하는 순간, 채영의 눈에 참 기막히게 잘 닦여진 구두 한 켤레가 떡하고 버티고 섰다.

"저런, 스타킹이 또 나갔네요."

남자의 굵직하면서도 상당히 기름칠이 잘된 듯한 매끄러운 목소리에 채영은 자신도 모르게 고개를 들고 말았다.

'오, 맙소사.'

채영의 앞에 버티고 선 남자는 도저히 말로도, 글로도 설명이 되지 않을 만큼 뭐랄까, 잘생겼다기보다는 참 드물게 강한 매력을 내뿜고 있었다. 겨울인 줄 알고 있었는데 두꺼운 커튼을 걷어 젖히자 봄 햇살이 와르르 쏟아져 들어올 때의 예상치 못한 눈부심이라고 할까?

'쟤는 분명히 사람이 아닐 거야. 이 주차장에 매력이 철철 넘치는 남자 귀신이 싸돌아 다닌다는 소문이 있지 않았던가?'

도저히 눈을 뗄 수 없을 만큼 잘 빠지고 잘 여문 남자였다.

'참으로 바람직하게 장성한 사내로세.'

"어디 안 좋은 거예요?"

정신없이 홀린 듯한 눈으로 쳐다보고 있는 채영에게 남자가 흥미롭다는 얼굴로 물었다.

"아, 아니에요."

채영이 가까스로 남자에게서 눈을 떼고 무릎을 쳐다보자 정말로 방금 신은 오른쪽 스타킹 무릎 부분에 커다란 구멍이 나 있었다.

아! 젠! 장!

"바꿔 신을 스타킹 또 있어요?"

"네? 아, 네, 물론이죠."

채영은 전혀 당황하지 않은 척, 상당히 뻔뻔한 척하지만 약간 이상한 웃음이 되어버린 비틀어진 얼굴을 하고 일어섰다.

"그럼 갈아 신도록 하세요."

지가 마치 드라마 장보고에 나오는 염장인 듯 '하세요~' 라니.

"그래야죠."

채영이 이미 빨개진 얼굴을 식히기 위해 애쓰며 침착한 척 대꾸했다.

"저, 비켜주시겠어요? 설마 내가 스타킹 신는 걸 또 보고 싶으신 건 아니겠죠?"

"볼 수만 있다면."

남자가 느물거리며 대꾸했다.

'내 그럴 줄 알았다.'

"구멍 난 내 스타킹에 목이 졸리고 싶지 않으면 당장 비켜주시죠."

채영은 자신이 목이 졸리는 듯한 목소리로 엄포를 놓자 남자가 씩 웃었다.

'어쩜 웃는 것까지도 명미로운 사내로고.'

"그러세요."

남자가 돌아섰다. 하지만 가지 않았다.

"저기요? 안 가시나요?"

'가지 마, 경고하는데 거기서 꼼짝 마!'

"위험할 것 같은데. 여긴 스타킹을 갈아 신기엔 우범지역이라 할 수 있지 않겠어요? 내가 망을 봐줄 테니 갈아 신도록 하세요."

진짜 지가 염장이라고 착각하는 거 아니야? 하나, 염장만큼이나 멋진 사내로세.

'저 남자 꽂힌다. 어디 숨어 있다 내 눈앞에 뚝 떨어졌을까. 느낌 강하게 온다.'

"아, 그러니까 내 말은 망은 전혀 봐주실 필요 없다구요. 뭐, 수박이나 참외를 서리하는 일도 아니고 단지 스타킹을 갈아 신는 일인데……."

"당신을 서리하고 싶었어요."

남자가 당당한 어조로 말했다.

"아마 정상적인 남자라면 모두 다 그럴 거예요. 주차장이라는 장소를 무시하고 그냥 서리를 하느냐, 아니면 욕구를 가라앉히고 참느냐의 문제인데 솔직히 상당히 참기 힘드니 망을 봐준다고 할 때 갈아 신으세요."

남자의 말에 채영은 금방이라도 가슴이 두근거려 쓰러져 버릴 것만 같았다.

'이 남자 상당히 자극적이네. 딱 내 타입이네. 그냥 서리를 하지 그러니.'

남자의 무례함에 화가 뻗쳐서 쓰러질 것 같은 것이 아니라 저 남자의 방금 저 대사며 저 행동이며 완전히 로맨스 속에서 방금 목욕하고 알몸으로 톡 튀어나온 남자 주인공이었다. 채영이 꿈에 그리던 바로 그 남자.

'저 남자 갖고 싶다.'

채영은 침만 안 흘렸다 뿐이지 아고, 저 사내 확 끌어당겨 가졌으면 하는 눈초리로 남자의 등을 바라보고 있었다.

'내가 꿈을 꾸나? 어제 새벽 세 시까지 눈이 빠지도록 로맨스 소설을 읽어대서 꿈을 꾸는 건가? 아니지, 어제 내가 본 소설에 나온 남자 주인공은 곱실곱실 갈색이 섞인 금발머리에 가슴에 난 털이 탐스럽게 곱실거리는 그리스인이었어. 저 남자는 한국 사람이잖아. 오, 한국 사람인 게 얼마나 다행인지!'

"다 신었어요?"

갑자기 남자가 물었다.

"아뇨! 아직 난 준비가 안 됐어요."

'준비가 안 됐다니 뭘, 이 멍청아!'

"아니, 그러니까 난 댁이 거기 버티고 서 있으니 스타킹을 신기가 참 난감하다는 말이었어요."

채영이 서둘러 말을 바꿨다.

"인내에 한계를 느끼기 시작했으니 서둘러 주길 바라요."

남자가 말했다.

"무슨 말이죠?"

채영은 알면서도 물었다. 그게 무슨 말인지 알면서도.

"내 뒤에서 여자가 꼼지락거리며 스타킹을 신을 거라고 생각하니 한계가 느껴진다는 말이에요. 나를 더 자극하지 말고 빨리 신어줬으면 좋겠어요."

'나도 네가 떡하고 버티고 서 있으니 한계를 느낀다. 스타킹 한 짝마저 벗어 던지고 발 걸어 자빠뜨리고 싶다.'

채영은 남자의 벌어진 어깨와 등 라인을 훑어 내리며 꼴깍 침을 삼켰다.

새벽 세 시까지 로맨스 소설을 읽다가 언제 잠든지도 모르게 잠이 들어버렸는데 잠에서 깨어 출근한 게 아니라 어쩜 여태도 자고 있는 것이고 이 모든 것이 꿈속에서 이루어지고 있는 일이 아닐까 하는 착각이 들었다. 그렇지 않고서야 현실에 존재하는 남자라고 하기엔 철철 넘치는 매력 하며 대사 하며 너무 근사하지 않은가.

"다 신었어요?"

"시작도 안 했어요!"

채영은 재빨리 핸드백에서 다른 스타킹을 꺼내 번개처럼 갈아 신었다. 아니, 번개는 아니었다. 솔직히 말하면 약간 뜸을 들였다. 그의 뒤통수를 쳐다보느라, 넓은 어깨와 등과 바지 속에 가려져 잘은 모르지만 상당히 탄탄해 보이는 하체를 훔쳐보느라고 말이지.

분명히, 저주받은 하체는 아닌 듯하다.

'난 개인적으로 다리에 털 많은 남자를 좋아하는데…… 많다 못해 우거진 남자.'

채영은 스타킹을 다 갈아 신었다는 것을 알려주기 위해 무슨 신호처럼 헛기침을 하자 남자가 돌아섰다.

"라이브리 모션에서 근무합니까?"

"네, 아니, 아뇨."

"네 했다가 아뇨 하는 건 일을 한다는 겁니까, 안 한다는 겁니까?"

"그러니까…… 라이브리 모션의 정직원은 아니라는 말이에요."

"정직원이 아니면?"

"뭣 때문에 그렇게 꼬치꼬치 캐묻는 거예요?"

"우리 회사에 인턴직원은 없는 것으로 알고 있기 때문에 그래요."

"그게…… 그림팀하고 같이 일하는데, 프리랜서 작가예요. 스토리."

"그림팀이라면 두두팀 말입니까?"

"네, 제가 두두 스토리 작가예요."

"그림팀에선 규락 씨가 스토리 부분을 맡고 있지 않나요?"

'이 남자 누군데 이렇게 잘 알고 있어?'

"규락 씨랑 같이 일해요. 합병되기 전부터 그림팀하고 같이 일했어요. 그런데 그쪽도 여기서 일해요?"

"예."

한 번도 본 적이 없는 사람인데……. 하긴 그림과 이야기사가 벤처타운 내 25평짜리 사무실에서 라이브리 모션과 합병해 라이브리 모션 사옥으로 이사 온 지 얼마 되지 않았으니 직원은 본 사람보다 못 본 사람이 더 많았다. 하지만 그래도 그렇다. 스치기만 해도 1,000m 밖에서도 눈에 번쩍 뜨일 만큼 매력적인데 어째서 못 본 걸까? 현주가 봤다면 당장에 작업 시작했을 것이다. 현주 눈에 먼저 안 띈 것이 이 얼마나 큰 축복인지.

"그럼, 그럼…… 저 먼저……."

채영이 정말 떨어지고 싶어하지 않은 발걸음을 떼고 남자를 지나쳐—일부러 약간의 접촉이 있게끔 스쳐 지나왔다. 순전히 작전상—지하 엘리베이터를 향해 걷기 시작했다.

'어여 따라오소.'

하고 주문을 걸며.

남자가 뒤따라오는 게 느껴졌다.

채영은 자신의 걸음걸이가 품위가 있었으면 좋겠다고 생각하며 저 남자가 일부러 조금 뒤늦게 따라오는 건 분명히 자신의 섹시함의 극치를 보여주는 엉덩이 라인을 구경하느라 뒤처진 것이라고 장담했다.

채영이 엘리베이터 버튼을 누르고 나자 그제야 남자가 옆으로 와서 섰다. 순간 채영의 머리 속을 관통하는 것이 있었으니.

"아참!"

채영이 갑자기 소리치자 남자가 놀란 얼굴로 쳐다봤다.

"왜요?"

"저, 혹시……."

채영은 낯에 벌겋게 달아오르는 것을 느끼며 남자를 올려다봤다.

'와, 키 크다. 딱이다.'

"혹시?"

"혹시, 그게……."

'당신 어디까지 봤어? 나 스타킹 갈아 신을 때 어디까지 본 거야?'

"말해요. 뭐가 잘못됐나요?"

"그러니까 그게…… 못 본 걸로 해주세요."

"뭘 말이오?"

"그러니까 내가 이 주차장에서 스타킹을 갈아 신을 때 저, 그러니까…… 어디까지 봤어요?"

채영이 눈에 잔뜩 힘을 주고 물었다.

"글쎄, 내가 본 건 매끄러우면서도 탄력있어 보이는 다리와……."

'퇴근 후에 재즈댄스를 배우러 다니길 잘했군.'

"표범 무늬."

'표범 무늬? 뭐지? 오, 맙소사. 내 팬티!'

채영의 얼굴은 곧 터질 듯이 완전히 익어버린 토마토처럼 빨개졌다.

채영이 아무 말도 못하고 입을 꼭 다문 채 아직 열리지도 않은 엘리베이터 문을 노려보고 있는데 남자가 입을 열었다.

"목에 뭐가 걸렸어요?"

"당신이 입이 빨라서 소문 내기 좋아하는 사람이 아니길 기도하는 중이에요."

채영은 정말로 누군가 목을 조르고 있는 듯한 억눌린 목소리로 낮게 으르렁거렸다.

"소문 내기 좋아하는 편은 아니에요."

"다행이군요."

"다행이라니 다행이군."

"제발, 못 본 걸로 해주셨으면 좋겠어요."

"이미 다 봐버린 걸 무슨 수로 못 본 걸로 하겠어요."

'어허, 도발하네.'

"그럼, 입은 봉해주세요."
"그건 약속할 수 있어요."
"다행이군요."
채영이 낯 뜨거운 심정으로 초조하게 엘리베이터를 기다리는데 갑자기 남자가 채영의 손을 움켜잡았다. 채영은 자신의 손을 틀어잡은 남자의 손을 쳐다봤다. 털어낼 생각도 하지 않고. 커다랗고 관절이 무식하게 튀어나온 딱 남자의 손이다. 무엇을 잡아야 할지 정확하게 인식하고 있는 참으로 명민한 손이지 않은가!
채영이 고개를 획 들고 남자를 쳐다보자 남자의 그윽한 눈빛, 아니, 늑대 같은 눈빛, 아니, 몹시도 굶주린 눈빛이 한 움큼 부딪쳐 왔다.
'저 껍질마저 홀랑 다 까먹을 듯한 시선!'
"뭐, 뭐, 뭐죠?"
채영은 자동반사적으로 꼴깍 침을 삼켰다.
"입을 봉하는 대신 나하고 키스합시다."
'오호, 세게 나오는데?'
"뭐라구요?"
"입을 봉해주는 대신에 키스하자고 했어요."
채영은 멍해진 얼굴로 남자를 쳐다봤다. 세상에, 오늘 처음 본 여자한테 키스를 하자고? 그것도 스타킹 갈아입는 걸 못 봤다고 해주는 대신에?
'거 괜찮은 거래로군.'
"변태죠?"

채영이 구겨지기 시작한 얼굴로 물었고 남자는 웃음을 터뜨렸다.
"내가 알기로 난 변태인 적이 없었어요."
"그럼 지금부터 시작이네요."
남자가 또다시 큰 소리로 웃는 바람에 주차장이 이 남자의 웃음소리로 가득 찼다.
"어째서 내가 변태라는 거예요?"
"우린 만난 지 만 하루도 되지 않았는데, 그리고 우린 초면이고 그리고 입을 봉해주는 대신에 키스를 하자는데 절대 정상은 아니죠."
"키스하는 데 어느 정도의 시간이 필요하다고 생각하는 거예요?"
'어느 정도의 시간? 통하기만 한다면야 시간이 무에 필요하겠는가.'
"뭐, 적어도 하루나 필이 통한다면 한 세 시간이라도……."
"좋아요. 세 시간 후에 합시다."
"세 시간 후에요?"
채영이 눈을 동그랗게 뜨고 물었다.
'세 시간 후는 무슨 얼어죽을. 지금 해, 이 자식아!!'
"당신이 어느 부서에서 일하는지 알려줘요."
"그걸 알려주면 나도 오늘부로 변태가 되는 거예요."
"당신을 금방 찾을 수 있을 것 같군."
"왜죠?"
"표범 무늬가 아직도 눈앞에서 어른거려서 말이죠."

"변태가 틀림없군요!"

채영이 당장에 따귀를 올려붙일 기세로 소리쳤다.

"그 잘생긴 얼굴에 쌍방향 피물 오선이 그려지는 것을 원치 않는다면 내 옆에서 썩 사라져요!!"

"그렇다면 내 입이 언제까지 봉해져 있을지 장담할 수 없어요."

"이봐요, 아저씨!"

채영이 빽 소리를 질렀다. 그런데 이상하다. 이 남자가 굉장히 위험하게 구는데도 어째서 무섭다는 생각은 들지 않는 걸까? 설마 남자의 장난을 즐기고 있는 걸까? 맞다. 즐기고 있다.

"당신 정말로 뜨거운 맛을 보고 싶은 모양인데……."

그때 띵 소리를 내며 엘리베이터가 아가리를 쩍 벌렸다.

'뒈지게도 눈치없는 엘리베이터 같으니라고!'

채영이 재빨리 엘리베이터를 타 닫힘 버튼을 신경질적으로 눌렀다.

"당신이 변태가 아니라는 걸 증명할 수 있는 기회예요. 난 혼자 타고 올라갈 테니 당신은 다음 것 타요."

"세 시간 후에 봅시다."

"변태."

"세 시간 후요."

남자가 입가에 심장이 미쳐 튀어나올 정도로 매력적인 미소를 걸쳐 놓고 중얼거렸다.

문이 닫혔고 채영은 초인적인 힘으로 주저앉지 않고 두 다리를 버티고 서 있었다. 변태한테 걸려 가까스로 빠져나온 게 감사하고 아직도 두려움의 여파가 사라지지 않아 주저앉을 것 같냐고? 아니, 아니. 절대 아니. 두려움 때문이 아니라 저 남자가 가진 마력과 같은 근사함과 섹시함 때문에 주저앉을 것만 같았다. 그리고 그토록 열렬하게 그리던 이상형의 남자를 드디어 손에 넣게 되었다는 짜릿함.

"진짜 심봤다."

채영은 꿈에 그리던 이상형과 요만큼도 다르지 않은 그 사람을 만났다는 것이 믿어지지 않아 웃음을 터뜨렸다. 가슴속에서 늘어지게 자고 있던 새빨간 여우가 슬금슬금 일어났다.

'저 남자…… 놓칠 수 없어.'

채영의 입가에 음흉한 미소가 걸렸다.

"오, 나 이러다 정말 결혼하는 거 아니야?"

채영이 들뜬 얼굴로 속삭였다.

채영의 가슴속에서 새빨간 여우가 대가리를 쳐들며 속삭였다.

'세 시간 후! 저 남자는 내 것이 된다!'

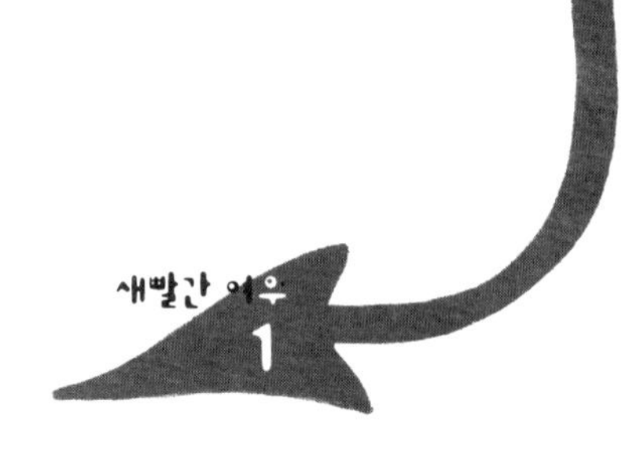

시간을 거슬러 올라가 지하 주차장에서 정말로 멋진 변태를 만나기 보름 전.

채영이 복도에서 마치 첩보 작전을 방불케 하는 포즈로 사무실 안을 들여다봤다. 물론 예상했던 것처럼 채영을 제외한 모든 직원들이 출근해 각자의 일을 보고 있었다.

'이게 다 현주 때문이라고. 로맨스 소설만 아니었더라면 난 절대 지각하지 않았을 거야.'

그림과 이야기에서 가장 친한 친구를 대라면 당연히 현주다. 칸막이를 사이에 두고 바로 앞 자리에 앉아 있는 현주는 라이브리 모션으로 옮겨와서도 여전히 가장 친한 친구이자 동료였다. 처음 그림과 이야기와 함께 일하기로 손을 잡고 만났을 때는 현주의 다소 내숭스러운 연애관에 약간의 이질감이 느껴져 별로 가까워지려고 노력하지 않았었다. 내숭스럽다는 것은 여자와 남자를 상대할 때의 목소리가 전혀 달라서 같은 사람인지 의심스러운 정도를 지칭하는데 현주의 경우 자신이 마음에 들어하는 남자에게는 정도가 지나쳤다. 처음엔 현주의 그런 태도가 뜨악해서 조금 심하게 말해 꼴사나워 보이기까지 했다.

하지만 보통의 여자들이 정도의 차이는 있지만 조금씩 내숭을 다 갖고 있었고 채영 역시 마찬가지라는 것을 깨달았다. 또 현주는 내숭스러운 것을 숨기려 들지 않고 솔직하다는 점에서 오히려 채영 자신보다 더 괜찮은 사람이라는 것을 깨닫게 됐다. 게다가 현주는 단점보다 장점이 더 많은 친구였다. 내숭과는 무관하게 참 재기발랄하고 건강한 정신 상태를 유지하고 있으며 채영과 마찬가지로 '이제 그만 제발' 결혼하다고 싶다는 공동 목표를 가졌기에 빠른 속도로 가까워졌다. 그리고 아마도 그림과 이야기팀에서 현주가 홍일점이었기에 더 빨리 가까워졌을지도 모르겠다. 게다가 동갑이고(물론 현주가 생일이 넉 달 빠르긴 했지만).

아주 많이 친해지는데 육 개월이 걸렸는데 육 개월 만에 현주는 로맨스 소설광이라는 것을 털어놓았다. 보통 할리퀸 로맨스라고 불리는 그것이었는데 하루에 한 권이라도 읽지 않으면 밤에 잠을 못 잘 정도라고 했다. 채영이 나도 한번 읽어보고 싶다고 말하자 다음날 현주가 쇼핑백 가득 소장하고 있던 할리퀸 소설을 집으로 가지고 왔다. 그날부터 채영도 로맨스 소설광이 되어버린 것이다.

현주가 소장하고 있는 로맨스 소설은 서점을 차려도 될 만큼 가득했고 채영은 날마다 날라다 주는 새로운 소설을 접하면서 현주와 마찬가지로 실현 불가능한 연애관을 갖게 되고 말았다. 예를 들자면 뜬금없이 사막의 왕자와 결혼하게 된다든지, 혹은 정력이 대단히 좋고 가슴에 보글거리는 황금빛 털을 가진 그리스 남자와 멋진 연애를 한다든지 하는 뭐 그런 종류다.

채영은 혼을 쏙 빼놓을 만큼 멋진 남자들이 등장하는 소설이라며 현주가 빨간색 하트 스티커까지 붙여놓을 정도로 특별하게 아끼는 소설부터 읽기 시작했다. 그 책들은 공통분모를 갖고 있었다. 잘생기고 섹시한 주인공들의 등장은 말할 필요도 없다. 흠잡을 곳 없는 구성에 '특히' 잠자리를 겁나게 잘하는, 아니지, 작가가 그 장면을 정말로 실감나게 써놓은 소설이었다. 채영은 꼭 보름 만에 로맨스 소설 진공상태에 빠지고 말았다.

어제도 늦게까지 로맨스 소설을 읽다가 새벽에야 잠이 들어 늦잠을 자고 말았다. 세수도 하는 둥 마는 둥 대충 챙겨 입고 회사로 달려나왔지만 점심시간이 가까워졌을 때였고 채영은 명 팀장 눈에 띄지 않고 자신의 자리로 돌아갈 방법이 무엇이 있을까 묘안을 짜내고 있었다.

명 팀장이 안 보였다. 다행이었다.

채영이 잽싸게 사무실 안으로 들어와 부리나케 자신의 자리로 가서 앉았다. 그리고 고개를 푹 숙이고 오 분간 꼼짝도 하지 않았다. 선배도, 그리고 나머지 사람도 아무도 채영을 부르거나 아는 척하지 않았다.

채영이 고개를 빼고 사무실 안을 조심스럽게 살폈다. 채영이 왔는지 안 왔는지 관심을 가지는 사람은 아무도 없었다. 명 팀장은 여전히 보이지 않았다. 채영은 천천히 일어나 옆 칸막이 뒤에 있는 현주를 속삭여 불렀다.

"현주야."

현주가 고개를 들고 채영을 쳐다봤다.

현주의 눈시울은 붉어져 있었고 콧잔등도 빨개져 있었다. 운 사람처럼, 아니, 막 울음을 터뜨릴 사람처럼.

"왜 그래?"

현주는 너무나 절망적인 얼굴이라 채영은 현주에게 아주 엄청난 일이 벌어진 모양이라고 생각했다.

"무슨 일인데? 왜 그래? 말해봐, 현주……."

"한채영 씨!"

어디서 나타났는지 명 팀장이 상당히 껄끄러운 목소리로 채영을 호통 쳐 부른 그때였다.

"어어어어어."

현주가 울음을 터뜨렸다. 곱게도 아니고 너무나 처량맞고 처참하게 곡소리를 내기 시작했다.

"무슨 일이야? 누구야?"

명 팀장이 다가왔다. 그리고 울고 있는 사람이 현주라는 걸 알았다.

"박현주 씨, 무슨 일이에요?"

"어어어어어어어."

"이게, 이게 무슨 일이야? 왜 이러는 거야? 한채영 씨, 뭐 해?

빨리 안 달래고."

명 팀장이 중풍 걸린 사람처럼 손짓을 해대며 말하자 채영이 얼른 칸막이를 돌아 현주에게 갔다.

"왜 그래? 무슨 일인데?"

현주가 손에 구겨진 뭔가를 쥐고 있었고 채영은 팀장을 막아서며 현주가 들고 있던 구겨진 종이를 살짝 펴보았다.

〈공고

셋째 주 토요일 라이브러리 모션 영업부 이현우님의 결혼식이 있습니다.

신부는 박지은 씨로…….〉

세상에, 이현우님이 결혼한다고 이렇게 통곡을 하다니.

"그거 뭐예요?"

명 팀장이 채영이 들고 있는 종이를 보려고 하자 채영이 마구 구겨서 주머니 속에 넣어버렸다.

"아니에요, 아무것도."

"아무것도 아니긴. 아무것도 아닌데 사람이 이렇게 우나. 사무실에서 이게 뭐 하는 짓이야? 내가 보려고 하는데 주머니에 넣는 건 또 무슨 행태야?"

명 팀장이 날카로운 눈을 번득이며 버럭버럭 화를 냈다.

"아뇨, 팀장님. 그게 아니구요……."

"아니긴 뭐가 아니야. 날 얼마나 얼간이로 알면 내가 좀 보자는데 숨겨 버리냐고! 그림과 이야기사람들 대체 왜 이러는 거야? 어제는 단 한 사람도 나한테 아는 척도 안 하고 모니터만 들여다보고 있고! 날 상사로 생각을 하는 거야, 아니면 지나가는 강아지로 생각하는 거야! 왜 늦은 거야!"

명 팀장이 버럭 역정을 냈다.

그림과 이야기가 합병한 후 책임자로 일할 줄 알았던 연출자가 프리를 선언해 버렸다. 연출자 다음으로 책임자 제의를 받은 규락마저 죽어도 누구의 머리 위에서 군림하는 짓은 못하다고 고사하자 라이브리 모션에서 합당한 사람으로 추천해 그림팀의 책임자가 된 명 팀장님. 지나가는 강아지로 생각해서 그런 것이 아니라 원래 그림팀 사람들 일하는 스타일이 그런 걸 어쩌란 말인가.

"저, 절대 그런 거 아니구요, 저희는 지금껏 그렇게 일을 했거든요. 더구나 전 프리잖아요, 팀장님."

채영이 프리라는 것을 슬쩍 강조하며 규락을 향해 도와달라고 눈짓했다.

"팀장님, 합병하기 전부터 그렇게 생활했거든요. 각자 해결 봐야 할 과제가 있으면 그거 끝날 때까지 말 안 하거든요. 굳이 대화를 해야 할 이유도 없구요. 그렇게 생활했기 때문이지 팀장님을 무시하려는 의도는 아닙니다."

규락이 채영을 위해 팀장에게 해명했다.

"그럼 지금 구겨 넣은 그건 뭔가?"

"그러니까, 그게 개인적인, 프라이버시에 해당되는 것이라서요."

채영이 궁색하게 변명했다.

"한채영 씨, 지금 나한테 장난하는 거야? 프리랜서라고 대충 나오고 싶을 때 나오고 얼렁뚱땅 넘어가도 된다고 생각하는 거야?"

"어어어어어어어어."

현주는 계속해서 서럽디서럽게 울고 있었다.

"절대 그런 게 아니구요, 팀장님……."

"어어어어어어!"

현주의 울음소리가 더 커지자 명 팀장을 비롯한 나머지 직원들이 신경질나 죽겠다는 얼굴로 현주를 노려봤다.

"대체 뭣 때문에 이렇게 우는 거야?!"

명 팀장이 버럭 소리를 지르는데 채영이 팀장에게 바짝 다가섰다.

"뭐야?"

채영이 갑자기 다가서자 명 팀장이 깜짝 놀라며 물러섰다.

"그러니까 생리통이 너무 끔찍해서요, 말도 못할 지경이라고. 생리통 장난 아니거든요. 팀장님도 생리통이 얼마나 끔찍한지 아시죠?"

"새, 생…… 그걸 내가 알 리가 있나. 어서 휴게실로라도 데리고 가요. 난 또 무슨 일이라고."

명 팀장이 뭔가 석연치 않으면서도 무안해진 얼굴로 자신의 자리로 돌아갔다.

아이디 파셋이 고개를 주욱 빼고 무슨 일이냐는 듯이 눈짓으로 물었다.

채영은 낸들 알겠냐는 듯 두 손을 펼쳐 보이고는 아직도 누가 죽은 양 처절하게 울어대는 현주를 데리고 사무실을 나와 휴게실로 갔다.

"그만 울어."

"뭐 이런 개 같은 경우가 다 있냐고."

현주가 굵은 눈물방울을 방울방울 흘려대며 서럽게 울었다.

이현우, 홍보부 직원. 엄청난 키. 죽이는 몸매. 끝내주는 미남자. 게다가 정력도 꽤 괜찮을 것 같은 분위기. 합병한 첫날 현주의 혼을 쏙 빼놓은 남자.

"원빈 후로 저토록 수려한 윤곽을 가진 남자는 처음이야."

현주가 그랬었다. 사람의 외모를 윤곽으로도 표현할 수 있다는 것이 제법 신기했다. 하여튼 그리하여 현주의 목표는 곧장 이현우와 결혼하는 것이 됐다. 합병해 이현우와 마주친 건 고작 열 번도 되지 않았지만 현주의 오직 한 가지 바람은 이현우와 사귀고 결혼하는 것이었다. 유별난 열성으로 온갖 말도 안 되는 시나리오를 만들어놓고 이현우와 러브를 시작하기 위해 갖은 애를 썼는데 기회를 잡기도 전에, 시나리오대로 실천에 옮겨보기도 전에 결혼 발표가 난 것이다.

며칠 전에 정말 그럴듯한 시나리오를 한 가지 만들어뒀었는데…… 좀 난감하긴 하지만.

그동안에 현주가 이현우의 눈에 들기 위한 방법으로 써놓은 시나리오는 한마디로 참 황당한 것들이었다.

가령, 정신없이 어디론가 가는 척 이현우가 출퇴근할 때 사용하는 차에 뛰어든다거나 이현우가 출근할 때 엘리베이터에 무작정 뛰어들어 아픈 척 쓰러지면 그가 탄탄한 두 팔로 번쩍 안아준다거나—여기서 왜 갑자기 쓰러지는 거야? 적어도 어디가 아파야 하는 거 아니니? 열이 난다든지 하고 물었더니 현주는 그가 출근하기 한 시간 전에 먼저 출근해 여기 사옥을 한 시간 동안 죽도록 뛰면 심장도 뒤집힐 듯 빨리 뛸 것이고 식은땀에 열이 펄펄 날 것이라고 대답했었다—그리고 사무실을 잘못 찾은 척 그의 사무실로 슬쩍 들어가 본다든지—다른 직원들한테 먼저 걸릴걸? 했더니 그럼 그 사람을 죽이는 거야, 라고 대답했다—하여튼 그런 말도 안 되는 것들이었다. 그래도 그중 상당히 가능성이 있어 보이는 시나리오도 있었다. 한편의 슬랩스틱 코미디가 되고 말았지만.

"이번엔 정말 좋은 방법이야."

"말해봐."

"어제 로맨스 소설에서 읽었어. 며칠 뒤에 차를 렌트하는 거야. 그 차를 몰고 와서 현우 씨 차가 들어오길 기다렸다가 그가 차에서 내리면 나도 그때 내리는 거야. 아! 그전에 미리 치마를 쫘악 찢어놔."

"왜?"

"들어봐. 그가 차에서 내리면 나도 내려. 그가 엘리베이터로 향할 때 내가 얼른 뛰기 시작하는 거지. 구두 소리를 엄청나게 울리면서. 그럼 돌아볼 거 아니야. 그때 확 넘어지는 거야. 넘어지면서 발목을 삔 척도 해야 하고, 그래서 치마가 찢어진 척하는 거야. 내가 넘어져서 발목이 아픈 척하면 분명히 엄청나게 신사인 우리 현우 씨가 나한테로 올 거란 말이지. 절대 그냥 가버리진 않을 거야."

"오호, 그럼 그렇게 해서 어떻게 하든지 네 현우 씨를 홀릴 거란 말이지?"

"바로 그거야! 나 지금 감비탕으로 이 주 만에 몸무게 5kg이나 뺐거든. 내일모레까지 2kg은 더 뺄 거야."

"그렇게 왕창 살 빼다 죽으면?"

"안 죽어, 절대로! 이게 얼마짜리 약인데 죽니? 약을 먹은 후로 몸이 떨리고 손이 저리긴 하지만 그래도! 2kg만 더 빼면 지금보다 더 가벼워질 거고, 체력이 많이 떨어져 있을 테니 안색도 안 좋을 거야. 그럼 현우 씨가 얼마나 날 안쓰러워하겠어. 깃털처럼 가볍게 안아 올려서 날 병원으로 데려가거나 사람이 한 명도 없는 텅 빈 사무실로 데려가겠지."

"딱 로맨스 소설이네."

"통하겠지?"

"좀 능동적일 순 없니?"

"이보다 더 어떻게 능동적이니?"

"아니, 그건 단지 동적이지 능동적은 아니야. 남자의 눈에 들기 위해 애쓰는 게 아니라 마음에 들면 너 마음에 든다 사귀어보자 그렇게 해보라는 말이지. 차라리 확 키스를 해버리든지."

"넌 그걸 능동적이라고 생각하니?"

"응."

"됐어. 난 동적으로 살래. 그냥 잘되길 빌어주기나 해."

"알았어. 제발 그렇게 되길 바란다."

"이번엔 반드시 성공하고 말 거야."

채영과 현주는 그런 대화를 나누며 벌써 현주가 현우의 눈에 띈 것처럼 좋아했었다.

그리고 문제의 그날, 모든 것이 계획대로 척척 맞아떨어졌었다. 현주는 제법 괜찮은 차를 렌트했고 지하 주차장에서 이현우의 차가 들어오길 기다렸다가 그가 내리는 것을 보고 시간 간격을 두고 내렸으며 엘리베이터로 향하는 것을 보고 무작정 뛰다가 넘어졌다. 물론 미리 찢어놓은 치마는 넘어지는 바람에 찢어진 척했고 정말로 발목을 삐어버렸다. 눈물을 찔끔거릴 정도로 아프고 또 한편으로 말할 수 없이 창피했지만 예상대로 엄청나게 신사인 현우가 현주에게 달려왔음으로 모든 것을 참을 수 있었다.

"괜찮아요?"

"발목이 아파요……."

현주가 징징거리는 목소리로 말하는데 현우가 몸을 숙이고 앉으며 현주의 아픈 발목을 들여다보았다.

"심하게 삔 모양이군요."

"그런 것 같아…… 억."

아뿔싸, 엄청나게 신사인 척하며 현주의 발목을 들여다봐 주고 있는 사람은 신열에 시달릴 만큼 꿈에 그리던 이현우가 아니라 홍보부 한대섭이었다. 결혼 팔 년 차에 아기가 셋이나 있는 대머리 직원. 현주가 황망한 시선을 들어 이현우를 찾았을 때 우라질 이현우는 킬킬거리며 엘리베이터에 올라타고 있었다.

아주 멋졌던 계획은 수포로 돌아갔지만 현주는 좌절하지 않았다. 기회는 또 있을 것이고 이번엔 가능성이 한층 높은 시나리오를 만들어두었기에 현주는 몹시 고무된 상태였다. 더욱이 요즘 이현우와 식당에서 부쩍 자주 마주쳤기 때문에 아주 좋은 징조라고 믿고 있었다.

사람 잘 사귀는 게 특기인 현주가 합병한 후 부지런히 눈도장을 찍은 사람들을 동원해 이현우에 대해 제법 많은 정보를 확보했다고 믿고 있었고, 그 정보에 의하면 현주가 그토록 아끼고 아끼던 이현우는 절대 애인이 없었다. 바로 어제까지도 애인이 있다는 정보가 없었는데 난데없이 오늘 아침에 결혼 공고가 올라온 것이다.

"살다 살다 이런 똥 같은 경우는 처음이야."

"합병한 게 얼마나 됐지?"

"두 달 반."

"두 달 반 만에 이현우에 대한 정보를 다 가졌다고 하는 건 사실 우스워."

"하지만 아무도 이현우한테 결혼할 여자가 있다는 걸 알려준 사람이 없단 말이야."

"현주야, 이현우한테는 결혼할 여자가 있었고, 그리고 결혼을 한다잖아. 서러워한다고 해서 그 사실이 달라지는 건 아니야."

"하지만 너무 억울해."

억울할 것이다. 넘어지는 쇼까지 해가며 이현우 눈에 들어보려고 노력했으니 말이다.

"내 생각엔 잊어버리는 게 가장 좋을 것 같아."

"레전드21하고 합병을 하는 게 아니었어. 재수에 옴이 붙은 것 같아."

"결혼할 여자가 없는 다른 남자를 찾으면 돼."

"이현우 외엔 눈에 들어온 남자가 없었어."

"또 있을 거야."

채영이 손수건을 건네자 현주는 그걸 받아 들어 아직도 비질비질 새어나오고 있는 눈물을 찍어냈다.

"그리고 말이야."

"뭐?"

"제발 그렇게 안 울면 안 되니? 이현우가 너 우는 것 봤으면 백리 밖으로 도망갔겠다. 세상에 그게 뭐니? 어어어어어어어."

채영이 흉내를 내자 현주가 채영을 노려봤다.

"내 스타일이야."

"스타일 바꿔. 정말 못 들어주겠어. 정 안 되면 어를 우로 바꾸든지. 우우우우우우. 이게 더 웃기네."

채영의 흉내에 현주가 웃음을 터뜨렸고 채영도 따라 웃고 말았다.

"넌 마음에 드는 남자 못 봤어?"

현주가 물었다.

"못 봤어. 꼭 이 안에서 남자를 찾아야 하는 것도 아니잖아."

"이 안이 아니면 우리가 어디 가서 남자를 만나? 날마다 나이트 가는 것도 아니고 이십대라 소개팅이 들어오는 것도 아니고."

"소개팅, 추억 속의 단어다."

"우리가 그때 왜 튕겼을꼬."

"나가리 될 줄 모르고 튕겼겠지."

채영과 현주가 킬킬거리며 웃었다.

"하여튼 난 우리 두두가 완성될 때까진 절대 남자한테 한눈팔지 않을 거야. 또 알아? 두두 들고 국제 페스티벌에 나갔다가 그리스 남자를 만나게 될지."

"정말 맹세할 수 있어?"

"맹세해. 백번은 한다고."

"두고 보겠어."

백번은 맹세한다고 말해놓고 바로 다음날 채영은 구내식당에서 마음에 쏙 드는 남자를 만났고 그 남자를 찍어버렸다. 그 사람이 레전드 21팀의 이빈이었고 채영의 감이 맞다면 이빈 역시 자신을 눈여겨보고 있었다. 좋은 징조였다. 좋은 징조이긴 한데 보름 만에 지하 주차장에서 이빈의 쌍 뺨을 후려칠 매력남과 맞닥뜨린 것이다. 그 매력남은 이빈을 보았을 때와는 비교할 수 없는 강렬한 징조를 뿜으며 혈관을 관통시켰다.

이상형의 남자를 만나고 '세 시간 후 키스'라는 담보물을 손에 넣은 채영은 사무실에 들어오자마자 메모를 시작했다.

인물:잘생겼다기보다는 상당히 매력적임. ★★★★☆

성격:다소 능글맞으면서도 솔직하고 살짝 까진 듯도 함.

아니, 아직은 전혀 파악 안 됨. NOT RATED

머리숱:상당히 우거짐. 앞으로 대머리 될 공산은 희박해 보임. 머리털로 봤을 때…… 아래쪽도 상당히 만족스러울 것이라 예상됨.

100점 ★★★★★

패션 감각:양복 한 벌로는 가늠하는 데 무리가 있음. NOT RATED

유머 감각:제법 발전 가능성은 있어 보임. 수박 서리라는 단어로 유추해 보았을 때…… 일단 50점 이상. ★★★

보유 차종:세단. 90점 이상. ★★★★

정력:정확한 탐색1순위. NOT RATED

재정 상태:탐색2순위. NOT RATED

작전 돌입.

남자가 추구하는 여성의 타입, 성격 등을 철저하게 파악할 것. 남자도 결혼에 목말라 있는지가 가장 중요함. 일단 생각보다 진도가 빨라 매우 긍정적임. 아, 먼저 그가 싱글인지 반드시 확인할 것. 유부남일 경우 완전 지뢰.

남자를 굴복시키는 방법 연구

1. 조신하고 얌전하고 순진한 척한다—이미 틀렸음. 표범 무늬 반스까지 보여준 마당에 얌전은 무슨.

2. 발랄하고 쾌활하고 귀여운 척한다—서른셋에 귀여운 척? 남자가 토할지도 모름.

3. 지적이고 세련되고 냉정하면서도 때론 따뜻하게—하, 어렵네. 따뜻하게는 가능하겠으나 지적이고 세련된 척은 불가능. 냉정한 척은 가능하나 무에 쓸데없이 냉정한 척을 할 것인가.

4. 돈이 엄청 많고 고급인 척한다—아버지가 통장 풀지 않는 이

상 절대 불가능. 개인 재산 없음.

5. 그렇다면…… 농염하고 도발적으로 대시―성공할 가능성이 가장 높음(개인적 판단).

주의:잘못하면 발랑 까지고 헤픈 여자로 보일 수 있으니 적절히 유머러스하고 고차원적으로 행동할 것.

'고차원? 농염하고 도발적인 것에 고차원은 무슨.'

여기서 심각하게 고려해야 할 사항.

올해는 무슨 일이 있어도! 결혼해야만 한다는 목표를 달성하기 위해 강한 능동 작전을 쓸 것이냐, 혹은 전혀 급할 것 없는 이십대처럼 수동 정책을 쓸 것이냐임.

'농염하고 도발적으로 대시하겠다면서 수동은 무슨.'

채영은 볼펜을 내려놓고 자신이 한 메모를 들여다봤다.

이제 그만 결혼하고 싶은 채영, 아니, 결혼이 아니라 우선 남자라도 만나졌으면 하는 소망을 가지고 있던 채영이었다. 능력만 된다면 또 쿨한 관계를 나눌 수 있는 남자 친구 하나 있다면 굳이 결혼 고집하지 말고 혼자 살아도 나쁠 것 없다는 전문직 여성이었지만 채영은 '결혼'이 하고 싶었다. 결혼하기에 앞서 결혼이 하고 싶은 남자를 만나는 것이 우선이겠지만 지금껏 결혼하고 싶다는 남자를 만나지 못했다. 결혼이 하고 싶다면서도 선보는 것은 싫어서 이모나 엄마의 친구 분들이 중매쟁이로 나섰지만 채영이 매번 거부했더랬다. 그래도 세상에 동물이나 곤충이 아니라 사람의 탈을 쓰고 태어났다면 어딘가 내 짝이 될 사람이 도사리고 있을 것이란 막연한 희망이 있었기 때문이다. 물론 맞선에서도 내 짝을 만날 수 있겠지만 채영은 인공적 만남보다는 자연적 만남을 지향했다.

스물아홉 먹었을 때 서른이 되기 전에, 그래도 이십대 꼬리를 달고 있을 때 결혼해야 한다는 강박증 때문에 내 남자야 만나져라 하며 두 눈 시뻘겋게 뜨고 내 짝을 찾았었다. 스물아홉에 내 짝 찾기에 실패하고 서른이 되어버렸다. 서른이 됐을 때는 서른하나가 되기 전에 결혼해야지 하다가 지나갔고, 서른하나 땐 서른둘 되기 전에, 서른둘 땐 서른셋 되기 전에 하자 조바심쳤지만 결국 서른셋이 되어버렸다.

여자 나이 서른셋. 뚜렷하게 자기 할 일만 있다면 서른셋이 무슨 문제겠냐, 요즘은 결혼 빨리 하는 것보다 늦는 게 더 정상이다 고들 하지만 막상 서른셋까지 되자 어서 결혼하고 싶다는 소망이 더욱 강렬해졌다.

웨딩드레스를 입어보고 싶었다. 신랑과 어색한 미소를 지으며 바라보고 있는 웨딩 사진을 벽에 걸어놓고 집들이라며 손님들을 초대하고 싶었다. 낮이든 밤이든 가리지 않고 이놈의 눈빛만 부딪쳐도 홀랑 벗고 침대에 쓰러져 보고 싶다. 누구처럼 3박 4일 발가벗고 침대에서 레슬링만 했네, 밥 먹다가도 통하여서 밥그릇 뒤엎고 식탁을 침대 삼아 뼈를 녹였다는데 언제나 해볼꼬.

어디 결혼해서 할 것이 그것뿐이더냐.

어느 날 밥 먹다 욱욱거리며 어머, 나 임신했나 봐 하면 신랑이 팔짝 뛰어오를 얼굴로 낼름 안아 들고 산부인과에 달려간다. 임신입니다라는 의사의 말을 들으며 환희에 찬 얼굴로 고마워, 사랑해, 목숨 바쳐 잘할게 하는 신랑의 감격에 찬 얼굴이 보인다. 신랑 머리 쥐어뜯으며 죽이네 사네 하다가 아기를 낳으면 또다시 벅차오르는 감격에 울어보고도 싶고, 내가 낳은 아기에게 내 젖도 물려보고 싶고. 적어도 지금은 쌈박질 안 하고 결혼만 하면 달콤 새콤 짭짤 재미나게만 살 수 있을 것 같은데.

아! 그런데 이 소박한 소망에 동참해 줄 남자가 만나지지 않는 것이다.

결혼해서 아기를 하나, 혹은 둘 낳은 것도 아니고 나이 먹었으니 늙는 건 당연하다는 법칙이 싫어서 재즈댄스도 배우러 다니고 요가도 배우러 다녔다. 처녀 나이로 치면 환갑이라 좋은 남자 만나긴 글렀다는 소리 듣게 되는 것도 끔찍한데 거기다 몸매 망가지고 나이 든 티 확 나네 하는 소리는 죽어도 듣기 싫었기 때문이다. 요즘은 제 나이보다 젊어 보이기 위해 싱글은 물론이고 애 낳은 아줌마들도 몸매 가꾸고 얼굴 가꾸기에 한창이라 세월아, 너는 가거라 나는 무너지든 말든 일단 먹고 볼란다 할 수 없었다. 극성을 떤 보람으로 비록 나이는 들었지만 싱싱한 몸매와 체력을 갖고 있었다. 한창 때는 귀 따갑게 들었던 예쁘다는 소리가 나이가 들면서 예쁘기보다는 근사하다는 쪽으로 살짝 방향을 틀었지만 채영은 악착같이 농염하다고 우기며 내 남자야, 더 숨어 있지 말고 속히 튀어나와라 주문을 걸던 참인데, 딱 채영이 바라던 남자가 눈앞에 나타났다. 세상에, 서른셋이나 됐을 때야 나타나다니, 양심도 없는 것!

하여튼 마음에 쏙 드는, 느낌이 온몸을 관통하는 남자를 만난 이상 절대로 놓칠 수 없다는, 반드시 내 것으로 만들고야 말겠다는 오기와 목표가 생겼다.

태어나서 세상에는 여자 말고 남자라는 성별을 가진 생명체가 존재한다는 것을 안 이후로 오늘과 같은 충격적인 감정과 직감은 처음이었다. 그리고 내가 갖지 못하면 죽을 때까지 몸살 앓으며 아까울 것 같은 기분도 처음이었다.

뭐, 솔직히 다소 상식에서 벗어난 듯한 만남이긴 하지만 꼭 비상식적이라 할 것도 없다. 누군 한겨울에 메밀묵 팔러 온 아저씨와 눈 맞고 배꼽 맞아 결혼해 버린 처녀도 있다는데 뭐.

하여튼 그리하여 결혼하고 싶어하는 여자, 대단히 새끈발칙한 성적 가치관을 지닌 채영에게 절대로 놓칠 수 없는, 놓쳐선 안 되는 남자가 톡 튀어나왔으니 요사스런 냄새를 풍겨서라도 잡아채야 했다.

"뭐야?"

현주가 바퀴 달린 의자를 스윽 밀고 다가왔다.

"스토리."

채영은 수첩을 닫았다.

"비책이 담겼으니 달달 외우도록."

현주가 수첩 위에 손바닥만한 책 한 권을 올려놓았다.

"무슨 비책?"

"카마수트라 비책."

"정말이야?"

채영이 얼른 책을 펼치려고 하자 현주가 채영의 손등을 탁 쳤다.

"지금 읽으면 오늘 하루 공친다, 너."

채영은 입맛을 다시며 현주가 준 비책이 담긴 책을 가방에 집어 넣었다.

"그래서 넌 외웠어?"

"실습만 하면 돼."

"저런, 이현우가 결혼만 안 했더라도!"

채영이 안타까운 듯 말하자 현주가 누구 염장 지를 일 있냐는 눈으로 양껏 째려봤다.

"그 처죽일 놈 얘기는 하지도 마."

"미안. 그런데 넌 이런 물건은 어디서 구하는 거니?"

"구하고자 노력하면 못 구할 게 무엇이겠냐."

"대단한 집념이다."

채영은 오늘 아침 지하 주차장에서 있었던 일을 현주에게 말할까 하다가 참았다. 워낙은 궁금한 것이 많은 현주인지라 얘길 하다 보면 없었던 일도 만들어내야 할 상황이 올 것 같았기 때문이다. 세 시간 후 키스 얘기를 들으면 세 시간 후 키스 당사자가 채영이 아니라 현주 자신인 것으로 착각할 가능성이 100%다. 무슨 짓을 해서든 키스 장면을 포착하기 위해 맨발로라도 뛸 것이고. 현주 역시 채영이처럼 올해는 무슨 일이 있어도 남자를 자빠뜨린다는 계획을 갖고 있기에 채영에게 운명의 남자가 나타났다는 것을 알면 약 올라 거품 물지도 모른다.

그래도 이건 물어보자 싶었다.

"현주야."

"말해."

"우리가 서른셋이잖아. 그리고 결혼하고 싶어 안달났고."

채영의 말에 현주가 듣기 싫다는 눈초리로 쳐다봤다.

"그런데?"

"만약에 정말 결혼하고 싶은 남자가 나타났다 그럴 때 말이야."

"나타났어?"

현주가 대번에 얼굴색까지 변하며 물었다.

"만약에."

"그래, 만약에."

"그렇다면 적극적이어야 할까, 그쪽에서 끌어당길 때까지 기다려야 할까?"

채영의 질문에 현주가 다른 직원들의 눈치를 본 후 얼굴을 채영에게 바짝 들이댔다.

"끌어당길 때까지 기다릴 시간이 어딨니? 능동적으로 살겠다며?"

"그렇지, 능동적."

이렇게 해서 채영은 남자가 끌어당길 때까지 기다리기보다는 먼저 자빠뜨리는 방향으로 가닥을 잡았으니.

'세 시간 후…….'

채영은 갑자기 후들하고 가슴이 떨렸다.

'혀 돌리기 운동을 좀 해둬야 하지 않을까?'

채영이 입 안에서 혀를 돌려대고 있는데 명 팀장이 자리에서 일어났다.

"준비는 다 됐지?"

명 팀장이 사무실의 다른 직원들과 너무도 어울리지 않은 엄숙하기 그지없는 분위기로 물었다.

직원들은 시사회라는 것 자체가 솔직히 마음에 들지 않았다. 몇몇의 클라이언트를 만나 시사회를 갖긴 했지만 그때는 예전 그림과 이야기사의 사장님과 프리랜서 스토리 작가인 채영, 그리고 작가 규락 씨가 맡았었기 때문에 나머지 직원들은 시사회가 어떤 식으로 진행되는지조차도 모르고 있었다.

그래서 오늘 시사회에 그림과 이야기에서 진행 중인 두두팀 직원 전부 참석하라는 명 팀장의 지시를 받았을 때 모두들 이게 무슨 뜬금없는 소리인가 하는 얼굴로 명 팀장을 쳐다봤었다.

"저 사실 전 심각한 말 더듬 증상이 있어서요."

라며 아이디 파셋이 먼저 꽁무니를 뺐고,

"아마 심한 설사병에 걸릴 듯한데요."

라며 형도 씨가 동참했다.

"이봐요, 파셋 씨, 그리고 형도 씨. 내 혈압 올라가는 꼴 보지 않으려면 무조건 참석하도록 해요. 알았어요?"

마흔을 훌쩍 넘어 쉰을 바라보는 우리의 명 팀장님은 처음부터 이 요상하기 짝이 없는 팀의 상사가 된 것을 못마땅해했었다. 도무지 지시가 먹혀들지 않는 불량 부하들이었으니까.

"채영 씨가 선두에 서줘. 나머진 규락 씨가 마무리해 주고."

도저히 빠져나갈 수 없게 되자 아이디 파셋과 형도 씨가 나름대로의 대안을 제시했다. 솔직히 대안이라고 할 것도 없었다. 채영과 규락에겐 늘 하던 일이고 이번에도 그렇게 할 작정이었으니까.

채영은 알 수 없는 초조함을 느끼며 손목시계를 들여다봤다. 두 시간 십 분 남았다. 시사회 말이냐고? 천만에. 그 남자와 키스하는 시간 말이다.

채영은 오늘 시사회에서 쓸 서류를 훑어보면서도 계속해서 지하 주차장 사건을 생각하고 있었다.

"세상에, 그런 멋진 남자한테 그런 흉한 꼴을 보이다니."

채영은 어처구니없어하며 중얼거렸다.

"정말 흔하지 않은 매력이야."

채영이 다시 혼잣말로 중얼거리는데 아이디 파셋의 시커먼 얼굴이 채영의 눈앞으로 쑥 들어왔다. 인도, 혹은 스리랑카가 고향이 아닐까 싶을 만큼 검디검은 아이디 파셋에게 샛노란색 머리는 정말 절대, 결코 어울리지 않는다. 파셋은 자신에게 완벽하게 들어맞는 헤어라고 자신하고 있지만 말이다.

"놀랐잖아."

"난 정말 한 마디도 안 할 거야. 나 오늘 긴장하면 안 돼. 내일 게임이란 말이야."

아이디 파셋의 본명은 이필남. 유명 만화가이자 아이디 파셋으로도 잘 알려진 프로게이머.

"알아, 알았다고."

"혹시 누가 나한테 말을 시키면 대신 재빨리 커버해 줘."

"계속 내가 커버하다가 지적당하면 어떻게 해?"

"성대결절 수술했다고 말해줘."

파셋의 말에 채영이 낯을 찡그리자 갑자기 파셋이 쉰 목소리로 기침을 해대기 시작했다.

"성대결절 수술이야."

파셋이 계속 기침을 하며서 자신의 자리로 돌아가는 것을 보다가 채영은 절레절레 고개를 내저었다. 지금이야 오래 지내다 보니 겉은 괴상해도 속은 비단처럼 곱다는 것을 알지만 사실 처음엔 채영도 이게 웬 도깨비 소굴인가 싶었었다. 명 팀장님의 거부반응 내지 적응불가증상도 얼마든지 이해할 수 있다.

"파셋이 뭐라고 하니? 성감대결절 수술이라고?"

현주의 능구렁이 같은 표정에 채영이 킬킬거렸다.

"그거 진짜 심각한 것 아니니?"

"사형 선고지."

현주와 채영이 다시 킬킬거리는데 규락이 다가와 서류를 디밀었다.

"30%만 보여주자."

"시사회는 왜 하는 거냐고, 60%밖에 진행이 안 된 걸 가지고."

"내가 하고 싶은 말이야. 기술적인 부분에 대해서는 내가 설명할게."

"다 공개하지 마. 레전드21 제작팀에서도 참석한대."

"알아. 최고 기술은 숨길 거야."

"난 캐릭터랑 줄거리에 대해서 설명하면 되는 거지?"

"맞아."

"만약에 기술을 공개하라고 하면 어쩌지?"

"거절해야지."

"무슨 명목으로?"

"레전드21 제작팀과 경쟁 중이라는 명목."

"먹힐까?"

"팀장님!"

규락이 명 팀장을 외쳐 불렀다.

"왜?"

"면담요."

"해."

규락과 채영이 명 팀장의 자리로 갔다.

"시사회에서 기밀 부분은 누락시킬 거예요."

"기밀 부분이라니?"

"그림과 이야기가 가진 노하우요. 기술적인 부분인데 레전드21에 공개하지 않았어요."

"그걸 숨기겠다고?"

"어쩔 수 없어요. 레전드21 제작팀이랑 경쟁 중인걸요."

"우린 한식구야."

"하지만 저쪽도 제작 중인 작품이 있잖아요. 공개할 수 없어요."

채영이 단호하게 말했다.

"윗선에서 요구하면 해야지 안 하는 게 어딨어?"

"회사에서 두 개의 제작팀이 있으니 어쩔 수 없잖아요."

"윗선에서 요구하면 공개해야 해."

"그럴 수 없어요, 팀장님."

규락도 강경하게 맞섰다.

"이거 정말 내가 이름뿐인 상사인 거야? 상사가 하라면 해야지."

"저희 팀 상사시니까 저희 편이 되어주셔야죠."

규락이 지지 않자 명 팀장이 일그러진 얼굴로 규락을 노려봤다.

"위에서 내놓으라면 내놔야 해. 거절할 권리가 우리한테는 없어."

"팀장님!"

"그만 해요!"

명 팀장이 버럭 소리쳤고, 규락과 채영은 어이없는 얼굴로 명 팀장을 쳐다보다가 자리로 돌아왔다.

"재주껏 숨겨."

채영이 속삭이자 규락이 못마땅한 얼굴로 고개만 끄덕였다.

불만에 가득 찬 얼굴로 휴게실로 나와 자판기 커피를 한 잔씩 빼 마시고 있는데 레전드21팀의 직원 두 명이 휴게실로 왔다가 아는 척하며 인사말을 건넸다. 채영과 동료들도 일단은 웃는 낯으로 화답했다.

여기서 잠깐 레전드21팀에 대해서 설명을 해야 할 것 같다. 얘기를 거슬러 올라가서 합병부터 하자.

그림과 이야기사 사장님이 갑작스럽게 발병하지 않았더라도 합병은 없었을 것이다. 이상하게 반년 내리 살이 빠진다 싶었다. 물론 살이 빠질 정도로, 살이 찌는 것이 더 이상할 정도로 눈코 뜰

새 없는 날들의 연속이긴 했지만 사장님의 체중은 병적이다 싶을 정도로 급속도로 줄어들었다. 가물가물 극심한 현기증을 느끼며 쓰러졌고 병원으로 옮겼을 때 과로라는 지극히 당연한 결과 말고도 간과 갑상선에 심각한 문제가 생긴 것을 발견했다.

그때 그림과 이야기는 세계 시장을 겨냥해 대단히 훌륭한 작품을 준비하고 있었다.

국내에 애니메이션을 제작하는 회사는 이백 개 남짓, 그중 그림과 이야기는 다섯 손가락 안에 드는 큰 회사였다. 그림과 이야기는 세계 만화시장에서 독보적 위치를 구축하고 있는 일본과 미국에서 주목하고 있던 회사였다. 점유율로 따졌을 때 세계 애니메이션 시장을 점령하고 있다고 해도 과언이 아닐 일본과 미국에서조차 고도의 테크닉이 필요한 부분은 반드시 그림과 이야기사에 의뢰해 하청을 맡길 정도였다. 이미 그림과 이야기는 세계 애니메이션계에서 인정하는 실력자 군단이었다.

그림과 이야기 직원들은 만화에 미친 사람들이었고 그림 작가 두 사람은 세계 만화 페스티벌 단편 애니메이션 부분에서 상을 받은 경력도 갖고 있었다. 그들이 파셋과 이형도이다.

언제까지 남의 나라의 하청만 받을 수는 없다고, 우리의 실력을 남의 나라 만화를 돕는 데 쓰지 말자는 자각을 한 것은 삼 년 전이었다. 그때는 사장님의 건강이 나빠지지 않았을 때였고 회사 재정 상태도 제법 탄탄할 때였다. 우리 손으로 우리의 만화영화를 만들어보자는 사장님의 제의에 직원 모두가 찬성했다.

의욕에 넘쳐 시작했던 자체 제작 애니메이션은 출시하는 즉시 온갖 비난에 시달려야 했다. 엉성하기 짝이 없는 스토리에 전혀 새롭지 않은 캐릭터. 단지 그림만 봐줄 만할 뿐 돈만 버린 습작 수준이라는 냉정한 비난.

여지없이 문제가 드러난 것이다. 한국 애니메이션 시장의 고질적인 문제라고 할 수 있는 부분인 바로 스토리, 소재의 부재였다. 세계 어느 나라에도 뒤지지 않는 그림 실력을 가졌음에도 불구하고 세계시장은 물론이고 국내시장에서조차 차갑게 외면당했던 이유는 바로 엉성한 구성의 재미를 찾아볼 수 없는 스토리 때문이었다.

그림과 이야기에서는 이래서는 결코 성공할 수 없다는 것을 알았다. 그때부터 짜임새있고 탄탄한 구성의 스토리를 개발하는 한편, 소재와 스토리를 발굴하기 위해 동화를 비롯해―그림과 이야기사에서 제작하는 작품은 유아 애니메이션이기에―국내외에서 출판된 소설을 읽고 또 읽었다.

그림사 사장은 맨 처음으로 동화 공모에서 대상을 차지한 경력을 갖고 있고 영화시나리오 작가로도 활동하던 규락과 접촉했다. 유아를 대상으로 하는 애니메이션을 제작하려면 전문 동화 작가를 영입하는 것이 가장 현명하다고 판단했기 때문이다. 그림사에서는 파격적인 대우를 제시했고 프리랜서 작가로 활동하던 규락은 흔쾌히 받아들였다. 그 당시 규락에겐 세 살 된 큰아들과 연년생인 쌍둥이 둘째 아들들 그렇게 세 아이를 부양해야 했기에 고정적인 수입이 그 어느 때보다 절실하던 때였다. 그림사와 규락은 서로에게 가장 필요한 것을 주고받은 것이다.

규락은 그림사에 입사하면서 늘 '굉장히 거리가 많은 작가' 라고 생각하던 한채영이라는 작가와 한채영 작가가 출판한 몇 편의 단편소설과 유아 대상 창작동화를 소개했다. 채영의 작품을 읽어본 그림과 이야기팀들은 그녀의 놀라울 정도로 탄탄하고 짜임새 있는 구성과 살아 숨 쉬는 인물 묘사에 반해 당장 한채영에게 러브 콜을 보냈다. 채영은 스토리뿐이 아니라 캐릭터 개발에도 일가견이 있던 터라 그림과 이야기에 반드시 있어야 할 인력이었다. 그림과 이야기사의 세계를 향한 목표가 마음에 들었던 채영은 정식 직원으로 입사하지는 않았지만 그림팀과 손을 잡는 것에는 망설이지 않았다.

규락과 프리랜서 스토리 작가 채영이 첫 번째로 선보인 작품이 한 시간 사십 분짜리 극장용 창작 애니메이션 하타 섬의 타조였다. 하타 섬의 타조는 세계 애니메이션 페스티벌에 출품됐고 2등에 해당되는 상을 수상하는 동시에 여덟 개국에 수출하는 쾌거를 올렸지만 안타깝게도 또다시 국내 극장에서는 영화를 올린 지 보름 만에 내리는 아픔을 겪었다.

국내시장에서는 외면을 당했다지만 국제시장에서 경쟁력을 갖추었다는 것을 새삼 확인했고 자신감을 얻은 그림과 이야기는 곧 새로운 작품을 준비하기 시작했다.

채영은 전혀 새롭고 유익한 유아교육용 애니메이션을 만들고 싶다는 소망을 피력하며 그동안 준비하던 스토리(시나리오)를 공개했다. 불완전하던 채영의 스토리에 규락이 생명력을 불어넣자 총 20편 분량 중 30%에 해당하는 멋진 시나리오가 준비됐다.

시나리오를 바탕으로 콘티 작업에 들어갔다. 콘티까지 준비되자 시나리오와 콘티를 정확하게 해석한 캐릭터 디자인팀들이 앙증맞으면서도 독창적이고 살아 있는 캐릭터를 하나씩 완성해 냈고 한편 레이아웃(화면상에서 배경이나 캐릭터의 구도나 위치를 설정해 주는)도 순조롭게 진행됐다. 캐릭터 설정과 레이아웃이 끝나자 연출자의 손에 들려 원화(밑그림) 작업팀(키 애니메이터)으로 넘어갔다. 원화 작업 후 채영과 규락이 의도하던 대로 진행되고 있는지 원화라인 테스트를 거치고 동화(움직이는 그림) 작업으로 넘어가 채색에 돌입할 즈음이었다.

부쩍 고단해하던 사장님이 쓰러졌고 순조롭던 작업이 삐걱거리기 시작했다. 자체 생산 애니메이션에 코드를 맞추다 보니 인력도 부족하고 시간도 모자라 자연히 하청 의뢰를 거절할 수밖에 없었고, 투자액은 늘어나는데 수입은 줄어들자 재정에도 서서히 구멍이 나기 시작했다. 재정에 구멍이 나자 직원들의 월급이 두 달에 한 번, 석 달에 한 번 지급될 정도로 경영이 악화됐다. 채영 역시 인세가 밀렸다. 이러다간 회사를 팔거나 아예 문을 닫아야 될지도 모르겠다는 걱정이 나올 즈음 그래도 그림과 이야기사의 저력을 믿고 있었기에 밀린 인세를 재촉하지 않고 기다렸다. 그런데 결국 사장님이 쓰러진 것이다.

사장님의 장기간 입원으로 회사는 더욱 위험하게 흔들리기 시작했다. 사장님 자리를 다른 직원들이 메우려고 애쓰며 전보다 두 배나 더 열심히 매달렸지만 우두머리가 없는 회사는 역시 표가 났다. 다 된 밥에 코를 빠뜨리겠다는 위기를 느낀 사장님이 회복되지 않은 몸으로 무리하게 출근했다가 두 번째로 쓰러지고 말았다. 의사의 지시에 따르지 않으면 생명이 위험하다는 진단을 받았고 사장님은 결국 손을 뗄 수밖에 없었다. 회사도 좋지만 사장님의 목숨과 직결된 건강을 되찾는 것이 우선이었다. 그리고 아주 당연한 수순으로 애니메이션계에서 선두에 있던 라이브리 모션과 합병하게 된 것이다.

그림과 이야기가 경영난에 허덕이고 있다는 것을 안 외국 애니메이션 기업이 그림과 이야기사를 저대로 사장시키기엔 가치가 크다는 것을 알고 한국 지사 형태로 인수하길 희망했다. 하지만 아무리 돈을 많이 준다 해도 외국기업에 팔아치울 수는 없다며 사장님은 고사했다. 그림과 이야기사가 경영난에 허덕이게 된 이유가 순수 국내 기술로 개발한 애니메이션을 세계 어린이들에게 공급하겠다는 원대한 꿈에서 비롯된 것이기 때문이다. 인수하길 희망하던 외국 기업에 팔아넘겼다면 사장님은 한몫 두둑하게 챙겨 노후 설계 확실하겠다 단풍놀이나 다니며 속편하게 살았을 텐데도 사장님은 단풍놀이에 미련이 없었다. 사장님은 라이브리 모션을 선택한 것이다. 매도가 아닌 합병이고 일선에서 물러난다는 조건으로 고작 병원비만 받게 됐는데도 말이다.

라이브리 모션의 사장님은 이름만 대면 우리나라 인구의 70%가 그분의 만화를 보았다고 해도 과언이 아닐 정도로—나머지 30%는 유, 소아기층—유명한 만화가이다. 그분 정희락 사장님은 비록 자신의 회사가 아니었지만 같은 계열에 있는 그림과 이야기의 능력을 극찬했었고 사장님이 쓰러지면서 회사가 문을 닫을 지경에 이르자 인수가 아닌 합병 형태로 회사를 되살렸다.

회사가 문을 닫거나 단지 그림과 이야기가 개발하고 보유한 보물 같은 노하우만 빼가려는 치사한 외국 기업들과 구질거리는 거래를 하느니 합병이 백번 옳은 선택이었다.

그림과 이야기와 합병한 라이브리 모션은 오로지 '캐릭터' 단 한 가지로 애니메이션계에 이름을 올린 레전드21이라는 자회사도 갖고 있었는데 레전드21은 정희락 사장님의 아들이 운영하고 있다고 했다.

오로지 캐릭터 단 한 가지라는 말은 레전드21에서는 국내나 해외 애니메이션계에 자체 개발한 캐릭터를 수출하는 회사였는데 이 레전드21에서 개발해 수출한 캐릭터가 삼백여 종에 이르는 캐릭터에 있어서는 타의 추종을 불허하는 회사였다. 레전드21은 캐릭터 개발에만 안주하지 않고 드디어 모(母) 회사인 라이브리 모션과 공동 투자로 자체 개발한 캐릭터를 앞세워 애니메이션 제작에도 뛰어들었다. 물론 결과는 비참했지만.

라이브리 모션, 그리고 레전드21은 향후 삼 년 내에 세계시장을 겨냥해 선보일 애니메이션을 기술 제휴나 합작 없이 독자적으로 제작 출품하는 것이 목표였다. 그림과 이야기와 목표가 같았고 두 회사의 합병은 어쩌면 지극히 당연한 것이었다.

라이브리 모션 레전드21의 이름을 달고 나오겠지만 라이브리 모션 측에선 합병 조건에 대해 조율 작업을 거칠 때 주식회사 라이브리 모션 외에도 그림과 이야기를 브랜드 명으로 쓸 것임을 약속하고 명시해 주었다. 그건 라이브리 모션이 그림과 이야기를 좋게 말해 잘봐주어서가 아니라 그림과 이야기의 브랜드 파워를 무시할 수 없었기 때문이다. 하다못해 일본에서도 라이브리 모션보다는 그림과 이야기를 더 잘 알고 있었고 미국이나 애니메이션 시장이 상당히 넓은 곳에서도 그림과 이야기를 인정할 정도였으니까.

라이브리 모션과의 합병 조율 기간은 오 개월 동안 지속됐고 육 개월째 접어들 때 최종 합의를 보고 사인했다. 채영 역시 그림과 이야기사와 그랬듯이 합병 후에도 프리랜서 작가로 계속해서 일하게 됐다. 두두가 마무리된 것이 아니라 진행 중이었고 두두는 '한채영 표' 였기에 채영이 없으면 두두의 진행이 중단되기 때문이었다. 합병으로 인해 밀렸던 인세도 한 번에 다 받게 됐다.

합병이 결정되고 라이브리 측에서 정직원으로 입사하라는 제의를 해왔지만 그때도 채영은 거절했다. 솔직히 정직원으로 입사해서 받는 월급보다는 프리랜서로 일하면서 받는 인세가 더 많았고 또 정해진 시간에 출근하고 퇴근하는 시스템이 채영의 체질에 맞지 않았기 때문이다.

라이브리 모션과 그림과 이야기 이렇게 두 회사의 합병이었는데 라이브리 모션의 정희락 사장님 전립선에 심각한 문제가 생기면서 일선에서 한발 물러나게 되자 자회사 레전드21을 운영하던 정희락 사장님의 아들이 앞으로 나선 것이다. 그래서 라이브리 모션 말고도 레전드21 사람들과도 한식구가 된 것이다.

또 한 가지. 라이브리 모션과 합병이 되면서 자금이 없어 중단되었던 두두 작업에 불이 붙자 밤을 새워야 하는 날이 많아졌다. 원래 계획은 편당 이십 분짜리 20편 분량의 작품이었는데 그림사에서 보낸 샘플을 본 해외시장에서 최소 30편 분량이어야 시장가치가 있고 또 구입할 의사가 있다고 전해왔기 때문이다.

채영은 집에서 혼자 작업해서 원고가 마무리되면 규락 씨의 메일로 원고를 보내주고 규락 씨는 채영의 원고를 검토한 후 수정이 필요하면 서로 의견을 교환한 후에 함께 수정을 하거나 규락 씨 혼자 수정을 했었다. 그런데 갑자기 일이 바빠지자 밤새워 붙어 앉아 의견 조율을 해야 하다 보니 따로 작업하는 것보다는 함께 머리를 맞대고 일을 하는 것이 효율적이라는 결론에 도달했다. 채영은 사무실에 책상 하나를 만들어달라고 부탁했고 그림팀은 기꺼이 채영의 자리를 마련해 주었다. 물론 끝까지 프리랜서를 고집했지만. 그래도 아무리 프리랜서라고 하지만 일단 매일같이 사무실에 나와 일하기로 한 이상 그림팀 분위기와 싸이클에 채영도 맞춰야 했다. 프리랜서라고 늦게 출근하고 들어가고 싶을 때 혼자 퇴근해 버리면 다른 사람을 맥 빠지게 하는 짓이니까. 채영이 그림팀 사무실에 책상 하나를 얻어서 일하기 시작한 것은 두 회사가 합병하고 이십 일쯤 후부터였다.

이빈과 함께 휴게실로 온 여자는 오늘 처음 보는 여자였다. 몹시 세련된 분위기를 풍기는 여자였는데 현주가 머리 꼭대기부터 발끝까지 거의 분석 수준으로 훑어 내렸다.

이빈 그가 바로 어제까지 채영이 점찍어둔 남자였다.

"시사회 준비는 다 된 거예요?"

이빈이 물었다.

"되긴 했는데 갑자기 시사회라니 좀 엉뚱하네요."

규락이 여전히 불만스럽게 대꾸했다.

"아마도 합병하고 나서 아직도 분위기가 서먹하니까 따로 나뉜 팀들이 자연스럽게 어울리라고 그러시는 것 같아요."

이빈이 설명했다.

"자연스럽게 어울리게 하려면 시사회보다는 회식이 낫지 않아요?"

"듣고 보니 그러네요."

이빈이 사람 좋게 웃었다. 융통성있는 성격인 듯했다. 여자든 남자든 융통성이 없으면 제로다.

"우린 극장용 애니메이션을 준비 중인데 그림팀에선 TV용 애니메이션이라면서요?"

"예."

"몇 편짜리예요?"

"30편짜리인데 어쩌면 횟수가 더 늘어날지도 모릅니다."

"덩어리가 크네요."

"큰 편이죠."

"기대되네요, 그림팀 작품이 얼마나 근사할지."

"기대해 주세요."

규락이 아까보다는 가벼운 어조로 대꾸했다.

"채영 씨가 설명하는 거예요?"

이빈이 물었고 채영은 어제까지도 얼굴 보면 맘깨나 설레게 하던 사람인데 어쩜 하루아침에 이리도 감정이 싹 달라질까, 참으로 간사스런 모양새의 마음이다 생각했다.

"규락 씨랑 같이요. 그쪽은요?"

"우린 나하고 이 친구가 해요."

이빈이 옆에 있는 여직원을 가리키며 말했다.

"두 팀 다 좋은 결과가 있었으면 좋겠네요."

"물론이죠."

채영이 웃는 낯으로 대꾸하며 다시 한 번 이빈을 뜯어봤다. 잘생긴 남자다. 피부가 여자처럼 희다는 것이 조금 걸렸지만 인물이 좋다는 것에 이의를 제기할 사람은 없을 것이다. 키도 훤칠하니 컸다. 몸매도 군살 없이 날씬하다. 근육은 조금 모자란 것 같지만 그거야 벗은 몸을 못 봤으니 정확한 판단은 보류고 하여튼 참 괜찮은 남자다. 참 괜찮은 남자인데, 어제까지 이빈 정도라면 결혼해서 재밌게 살 수 있을 것이다 생각했는데 지금은 아니라는 것이 놀라울 지경이다.

어디 한번 지하 주차장에서 마주친 남자와 비교 분석해 보자.

이빈은 여드름 자국 하나 없이 희고 깨끗한 피부, 주차장 남자는 얼핏 봤지만 여드름 자국도 좀 있고 결코 희다 할 수 없는 피부색에 깨끗한 쪽으로 몰기에도 무리가 있다. 키는 이빈이 1, 2㎝ 정도 주차장 남자보다 크다. 근육은 이빈이나 주차장 남자나 만져 보지 않았으니 모르겠고 하여튼 탄탄해 보이기는 주차장 남자가 우세다. 것도 월등하게. 참 괜찮다라는 것에선 두 남자 모두 동급인데 매력으로 따져 보자면, 이빈이 발가벗고 물구나무를 서도 주차장 남자 못 따라온다. 물론 그것은 채영이 주차장 남자에게 꽂혔기 때문이겠지만.

아, 그나저나 주차장 남자 어느 부서에서 일하는지 그거라도 알아둘 걸. 키스를 하려면 만나야 될 것이 아닌가. 어느 부서에서 일하는지도 모르는데 무슨 수로 만나 키스를 나눈단 말인가.

"저 사람 이빈이라고 했지?"

이빈과 같이 온 여자가 커피 한 잔씩 뽑아 들고 휴게실에서 퇴장했을 때 현주가 규락이 듣지 못하게 살며시 물었다.

"응."

"조인성 후로 저렇게 매력적인 선을 가진 남자는 처음이거든?"

현주가 이빈의 뒤꽁무니를 끝까지 지켜보며 중얼거렸다.

이현우에게는 원빈 후로 수려한 윤곽을 가진 남자라더니, 이빈에겐 조인성 후로 매력적인 선을 가진 남자란다. 참 가지가지, 잘도 갖다 붙인다.

"그래서?"

채영은 저 남자 어제까지 내가 찍었었거든? 하고 말하려다 아니다, 난 내 짝을 찾았으니 아낌없이 너에게 양보하마 하는 생각에 씨익 웃으며 물었다.

"이빈에 대한 정보를 수집해야겠는걸?"

현주는 정말로 이빈에게 관심을 가질 작정을 한 모양이다.

"근데 현주야."

"응?"

"원빈 후로 수려한 윤곽을 가졌던 이현우 때문에 울고불고 난리친 게 얼마 안 됐거든?"

"사실 원빈만큼 수려한 윤곽은 아니었어."

"오! 오죽하겠니."

"이빈 오늘 똑바로 본 게 처음이거든. 제대로 보니 괜찮네."

"내가 알기론 네 취향은 아닌 듯한데. 너무 희고 또 곱상하지 않니? 넌 곱상한 남자 싫어하잖아."

결단코 딴죽 걸려는 의도 없이 채영이 말했다. 이빈은 정말이지 현주가 입만 열면 부르짖던 타입의 남자가 아니기에 하는 말이다.

"곱상한 남자를 싫어했던 건 아니야. 사실 이현우도 제법 곱상했으니까 말이야."

현주가 능글맞게 대꾸했다.

하긴 현주의 말 얼마든지 이해할 수 있다. 채영 자신도 어제까지 이빈을 몹시 괜찮은 남자로 생각하다가 별안간에 급선회했으니.

"잘해봐."

"이번엔 제대로 수집해야지. 이현우처럼 난데없이 결혼 공고 붙으면 짜증나니까."

현주가 입맛을 다시며 말하자 채영이 웃었다.

"제발, 어어어어어어 하고 우는 꼴은 더는 안 보고 싶다."

"누가 아니래."

현주와 채영이 키득거렸다.

채영은 세 시간 후를 외치던 남자의 목소리가 바로 옆에서 지저귀고 있는 것 같았고 벌써 백만 스물두 번째 시계를 들여다보고 있었다. 그가 말한 세 시간 후가 얼마나 남았을까 확인하기 위해. 이제 고작 이십 분 남아 있었다. 이십 분. 꽤 넓은 라이브리 모션 사옥에서 그를 어떻게 만날 거라고. 그가 어떻게 세 시간 후에 키스하겠다며 엄포를 놓은 여자를 찾아낼 것이라고 기다리고 있는 것일까. 이십 분 후엔 시사회를 위해 회의실로 집결해야 하는데 말이다.

'그러게 부서라도 물어볼걸!'

"그 여자 옷 잘입네."

현주가 이빈과 함께 사라진 여자를 가리켜 말했다.

"그러게."

"저 여자 원래 라이브러리 모션 직원이다가 이번 합병 때 레전드 팀으로 옮겼다고 했지?"

"그래? 난 몰라. 언제 그런 걸 벌써 다 수집했니?"

"내 호기심 아무도 못 말린다는 거 너도 알잖아. 가자고."

명 팀장이 휴게실에 얼굴을 들이밀며 말했고 모두들 마시다 만 종이 커피 잔을 쓰레기통을 향해 던지고 명 팀장을 따라 회의실로 향했다.

회의실엔 아직 아무도 없었다. 그림과 이야기에서 합병된 직원들만 회의실로 집결한 것이다. 명 팀장님 성질도 급하지.

"채영 씨나 규락 씨는 시사회를 많이 가져봤다니 걱정없지만 혹시라도 파셋 씨나 형도 씨한테 질문이 떨어지면 자네들은 준비를 해놓고 있는 건가?"

명 팀장이 걱정스러운 얼굴로 파셋과 형도에게 물었다.

"걱정 마세요. 속사포처럼 내리 갈겨줄 테니."

파셋이 삐딱하게 대꾸하자 명 팀장의 얼굴이 즉시 구겨졌다.

"근데 대체 파셋이라는 이름은 누가 지은 건가?"

명 팀장이 그동안 물어보고 싶어 근질거렸던 걸 이제야 물었다. 파셋을 향해 굉장히 불만스럽다는 눈길을 던지며.

"파라 파셋이라고 미국 여배우 이름이에요. 파라 파셋이라고 하려다가 그 여자가 이름을 마음대로 도용했다고 손해배상 소송을 걸까 봐 파셋만 따서 쓴 거예요."

"그 이름을 아버지가 지었단 말인가?"

명 팀장이 물었고 모두들 일순간 독약을 먹은 듯 입을 다물었다가 현주를 시작으로 웃음보를 터뜨렸다.

대꾸없이 미친 듯이 웃어대는 직원들의 작태에 명 팀장님의 기분이 극도로 불쾌해진 것은 말할 것도 없었다. 명 팀장의 모멸감에 사로잡힌 표정에 다들 싸늘하게 웃음을 삭이는데 채영의 휴대전화가 울렸다.

"회의실에 휴대전화를 가져오면 어떻게 하나!"

건수 잡았다.

명 팀장이 불같이 화를 냈고 채영은 배터리를 분리하려다 발신자 번호에 '울 엄니' 라고 뜨자 명 팀장이 뿜어대는 불에 대어죽기 전에 부리나케 회의실 밖으로 도망나와 전화를 받았다.

"엄마."

[이거 고소해야 해.]

난데없이 고소라니.

"무슨 일인데 고소야?"

[자그마치 삼만오천 원이나 주고 염색을 했는데 내가 원하는 색이 나오지도 않았고 끄슬리기까지 했어.]

"끄슬렸다는 말은 엄마, 머릿결이 상했다는 말이지?"

[그 말이야!]

엄마가 격분해서 소리쳤다.

저만치 복도가 꺾인 곳에서 여러 사람의 발자국 소리가 들려오기 시작했다. 시사회에 참석하기 위해 다른 팀들이 오고 있는 모양이었다. 회의실 앞에서 엄마의 고소 논쟁에 대해 의견을 피력하는 모습을 보여줄 필요는 없다 생각한 채영은 두리번거리다 회의실 옆으로 난 작은 복도의 제일 구석까지 들어갔다.

"그런데 무슨 염색을 한 거야? 새치 염색 말고 뭐 다른 종류의 염색을 한 거야?"

[칼라를 바꿔보고 싶어서.]

"무슨 색으로?"

[밝은 나무 색.]

"나무 색?"

[조금 붉은 쪽으로.]

"조금 붉은 쪽의 밝은 나무 색?"

조금 붉은 쪽의 밝은 나무 색이 대체 무슨 색이란 말인가.

"엄마, 제발 무슨 색인지 말해줘."

[갈색이야.]

"갈색? 설마 노란색이 가까운 갈색은 아니지?"

[맞아.]

채영은 기가 막혀 허 하고 코웃음을 치고 말았다.

"엄마 나이가 몇인 줄 알아? 세상에, 엄마 정말로 파셋처럼 염색을 했단 말이야?"

[내가 하고 싶다고 했잖아.]

"하고 싶어하지 말라고 했잖아. 그나저나 어쩌다 머리가 뭐라고? 끄슬렸다고? 하여튼 어쩌다 끄슬리기까지 한 거야?"

[몇 가닥 그 브리치라는 걸 넣어달라고 했더니 그거 넣은 머리카락만 죄 끄슬렸어.]

"브리치를 했단 말이지. 내가 알기로 파셋의 머리는 조금 붉은 쪽의 밝은 나무 색이 아니라 샛노란색인데 거기다 브리치를 했다면 브리치 색은 백색이겠군."

[맞아. 하지만 머리가 끄슬릴 거라는 말은 안 했단 말이야. 내 머리를 왜 이렇게 만들었냐고 하니까 세상에, 미용실 언니들이 하는 말이 브리치는 서비스 차원에서 공짜로 해준 거라면서 전혀 책임이 없다는 식이잖아. 난 고소할 거야.]

채영은 기가 막혀 더는 말도 안 나왔다. 우리 엄마의 멋 부리기를 누가 말릴까. 저 못 말리는 멋 부리기는 지금보다 이십 년은 더 늙은 할머니가 되어도 멈추지 못할 것이다. 여자로 태어나 양껏 멋을 부려보는 것도 나쁘다 할 것이 없다. 문제는 엄마의 멋 부리기는 전혀 어울리지 않는 쪽의 멋 부리기라는 것이다.

"하여튼 엄마, 나 지금 더 이상 통화 못해. 시사회 들어가야 하거든."

채영이 시계를 들여다보며 말했다.

[변호사를 구해야 할 것 같으니 네가 도와줘야지.]

"이런 일로 변호사를 구하면 우리나라에 있는 변호사들은 아무

일도 하지 않고 다 놀고 있는 게 분명해!"

[난 그냥은 못 넘어가.]

"그냥 법원에 가서 고소장을 제출하든지."

[고소장? 어떻게 하는 건데?]

오, 맙소사! 정말 고소장을 제출하려는 거야? 채영은 어이가 없어 할 말을 잃고 말았다.

"그만 끊어."

[언제 다시 전화하면 돼?]

"몰라. 집에 가서 얘기해."

[채영아, 그러지 말고…….]

채영이 다시 시계를 들여다보는데 옆에 시커먼 그림자가 다가와 섰다. 채영이 흠칫 놀라며 고개를 돌리자 그 남자가, 지하 주차장에서 세 시간 후를 외치던 남자가 바로 곁에서 시계를 들여다보고 있었다.

'오, 이건 운명이야. 운명이 아닐 수 없어.'

"엄마, 끊어."

[한 시간 후에 전화하면 돼?]

엄마가 다급하게 외쳐 묻는 소리가 들렸지만 채영은 기계처럼 휴대전화를 접고 배터리를 분리했다.

남자가 시계를 들여다보다가 고개를 들고 채영을 쳐다봤다.

채영은 재빨리 고개를 돌려 자신이 들어와 있는 곳이 뭐 하는 곳인지 살폈다. 대회의실 옆에 있는 작은 복도. 그런데 그가 왜 여기 있는 걸까. 내가 여기 있다는 걸 어떻게 알고 왔을까? 나를 찾아오라고 한 걸음마다 과자 부스러기를 놓아둔 것도 아니고, 이 남자는 어떻게 나의 냄새를 맡고 영민하게도 찾아왔을까.

채영이 남자에게 기특함이 배어나오는 미소를 지으며 바라보는데 남자가 채영에게 바짝 다가왔다. 그리고 채영의 허리를 단단하게 감아 안았다.

"뭐, 뭐……."

"세 시간 후. 지금이에요, 우리가 키스할 시간."

중얼거리듯 말한 남자의 입술이 곧장 채영의 입술을 향해 내려왔다.

"아니, 저기……."

채영이 너무 놀란 나머지 버벅거리는 순간 남자의 입술이 채영의 입술을 막아버렸다.

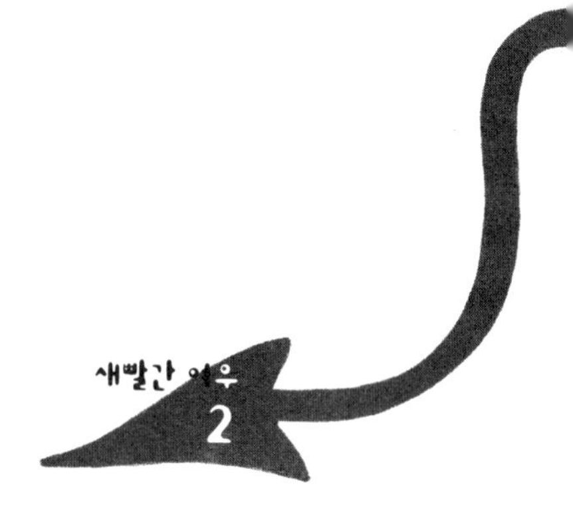

하이쿠야, 찹쌀 갈아 넣어 빚었더냐. 찰기 넘쳐 착착 들러붙는고나.

남자의 입술은 한 치의 공기 구멍도 허용하지 않으려는 듯 숨 막히게, 완벽하게 채영의 입술을 덮어버렸다. 자신의 입술을 점령해 버린 남자의 강인한 입술에 채영은 포박당하고 말았다. 채영은 자신의 입술에 정교하게 발라져 있던 펄이 엄청나게 들어간 립 글로우즈를 남자가 순식간에 먹어치웠다는 것을 알았다. 하지만 이미 남자의 입속으로 흡수된 버린 립 글로우즈에 대해 항의하거나 아쉬워할 겨를 따위는 없었다.

채영이 곧 튀어나올 듯 눈을 동그랗게 치켜뜨고 남자를 쳐다보는데 남자의 입술이 오물거리는가 싶더니 마치 활활 타오르는 화로에 담갔다 빼낸 듯이 뜨거운 그의 혀가 채영의 입속으로 예고없이 밀려들어 왔다.

'오, 맙소사!'

남자는 아주 멀쩡하게 눈을 뜨고 채영의 놀란 눈을 똑바로 쳐다보며 능숙하게 키스를 하고 있었다. 갑자기 자신의 입을 가득 채운 그의 혀 때문에 감전된 듯 꼼짝도 못하고 있던 채영은 부드럽게 입 안을 훑어 내리는 그의 기술에 두 번째로 감전되고 말았다. 그의 커다란 손이 채영의 허리에서 조금 위쪽의 등을 살며시 쓰다듬고 있는 것이 느껴졌다. 그의 한쪽 손은 어디에 있는 걸까 하고 뜬금없는 궁금증이 생기려는 찰나 그의 영특한 다른 쪽 손이 채영의 볼을 감쌌다. 그의 왼손 두 번째 세 번째 손가락 사이에 채영의 귀가 깍지 끼워지듯 했고 그의 엄지손가락이 채영의 얼굴 다크 서클과 광대뼈 부위를 솜씨 좋게 쓰다듬었다.

'좋아, 좋아, 결혼하는 거야! 그래, 가는 거야!'

남자가 채영에게서 살짝 입술을 떼려고 하는 순간 채영이 남자의 머리를 부여잡고 잡아당겨 떨어지려던 입술을 다시 강하게 부딪쳤다.

"훅."

남자는 당황한 모양이다. 채영이 이렇게까지 적극적으로, 아니, 자극적으로 맞대응할 줄 생각 못한 것이 분명했다. 채영은 남자의 가슴팍에 자신의 가슴을 내리누르며 남자를 벽 쪽에 밀어붙였다.

'이것이 바로 벽치기라는 것이다.'

벽으로 밀어붙이자마자 채영이 자신의 혓바닥을 남자의 입속으로 낼름거리며 우겨넣고 남자가 그랬듯이 남자의 입속에 있는 모든 것을 집어삼킬 듯이 헤집었다.

당황과 놀라움이 뒤섞여 커다랗게 치켜떠진 남자의 시선이 집요하게 채영의 눈동자에 고정되어 있었다.

'내 혀에 걸리면 다 죽어!'

채영의 혀가 그의 혀를 감아치기와 뒤틀었다를 반복해 당당하게 군림하며 남자의 다리에서 버틸 힘을 빼앗아가고 있었다.

"한채영."

누군가 작은 목소리로 불렀지만 채영은 전혀 듣지 못했다.

그가 여전히 격정적인 키스를 퍼붓는 채로 몸을 움직이더니 바로 옆에 있던 손잡이를 열고 컴컴한 곳으로 채영을 이끌고 들어갔다.

채영이 이 남자 입술이 예사롭지 않게 달콤하다고 생각하는데 갑자기 그의 혀가 채영의 입속에서 도망치듯 빠져나가는 것이 느껴졌다. 채영은 그건 절대 용납할 수 없다는 듯 멱살을 잡아서라도 도망치려는 그의 혀를 붙잡으려고 그의 옷깃을 부여잡았다.

'불 붙여놓고 어딜 도망가!'

그 순간에 그가 갑자기 채영의 혀를 자신의 입속으로 빨아 당겼고 채영의 혀는 재깍 그의 흡입력에 매료되며 그의 입 안으로 따라 들어갔다.

'오, 후진에 능숙한데? 다시 유턴해!'

채영이 쭈쭈바 빨아먹듯 그의 혀를 빨아 당기자 쭈쭈바 알맹이처럼 입 안으로 쏙 딸려왔고 두 사람의 뜨거운 타액으로 젖은 혀가 채영의 입 안에서 엉켜들었다. 꿈처럼 달콤하고 짜릿한 키스. 채영은 그와 영원히 이 키스를 멈추고 싶지 않다고 생각하는데 갑자기 그가 채영을 밀어내기 시작했다. 채영은 그가 밀어내는 이유도 모른 채 급히 그의 양복 옷깃을 부여잡았지만 그는 기어이 채영을 떼어놓더니 재빨리 채영의 입술을 문질러 닦아주고 컴컴한 곳에서 복도로 밀어냈다.

아니, 이 자식이 누구 맘대로 시동을 끄냐고 소리 지르려는 찰나 채영의 눈에 규락이 들어왔다.

"거기서 뭐 하고 있는 거야?"

규락이 복도로 꺾어 들어와 채영에게 다가오며 물었다.

"그렇게 부르는데 못 들었어?"

규락이 부르는 소리를 전혀 못 들었는데 그러고 보니 남자는 들은 모양이다. 그래서 그토록 격정적이던 키스를 멈추고 갑자기 복도로 밀어낸 모양이다.

"못 들었어. 엄마하고 통화하느라고."

채영은 규락이 더 가까이 오기 전에 돌아서서 아직도 열려 있는 컴컴한 곳의 문을 닫기 위해 손잡이를 부여잡았다. 그 짧은 순간 미소 짓고 있는 남자와 눈이 마주쳤고 채영은 가슴이 두근거리는 것을 느끼며 재빨리 문을 닫았다.

"엄마가 고소를 한다잖아."

"무슨 고소? 왜? 그런데 입술이 왜 그래?"

"내 입술이 왜?"

채영이 얼굴이 화끈거리는 것을 느끼며 손등으로 입술을 문지르는데 규락이 얼굴을 들이대고 채영의 입술을 뚫어져라 쳐다봤다.

"너 어기서 뭐 했냐?"

"하긴 뭘 해. 엄마가 고소한다고 해서 머리 아파 입술 물어뜯다 보니…… 그러니까 울 엄니가 기어이 파셋의 머리를 했다잖아. 거기다 브리치까지 넣는 바람에 머리가 다 끄슬려서……."

"맙소사. 파셋의 머리를 했다고? 그럴 줄 알았지. 지난번에 어머니가 파셋한테 칼라 이름이 뭐냐고 꼬치꼬치 물었거든."

"그래서 말이야. 그래서 그 머리를 했는데 하여튼 머리가 끄슬렸다고 고소를 한다고 해서 말이지."

채영이 허둥지둥 규락의 팔을 잡고 복도를 빠져나오며 짐짓 흥분한 척 떠들었다.

"난 기어이 오늘 약국으로 달려가서 어머니의 파셋 머리를 보고 말 거야."

규락이 말했고 채영은 규락이 눈치채지 못하게 뒤를 돌아보며 복도를 살폈지만 남자는 아직 나오지 않았는지 보이지 않았다.

"그나저나 명 팀장님 치받쳐서 너 찾아오라고 난리였어. 뭐라고 할래?"

"뭘 뭐라고 해. 울 엄니가 파셋의 머리를 하는 바람에 머리가 끄슬려서 고소한다고 하지."

채영이 회의실 안으로 들어가며 말했다.

기다시피 회의장 안으로 들어와 자리에 앉는데 규락이 손수건을 건네주며 재빨리 소곤거렸다.

"그 입술 좀 어떻게 해봐. 물어뜯으며 키스한 입술 같아."

'허, 눈치도 빠르셔라.'

"어디 갔다 온 거야?"

채영이 규락의 손수건으로 입술을 문질러 닦는데 현주가 눈알을 사정없이 굴려대는 것으로 명 팀장이 난리쳤다는 신호를 보내며 물었다.

"그러니까 울 엄니가 파셋의 머리를 하는 바람에 끄슬려서…… 아, 나중에 말해."

"한채영 씨, 대체 어디 갔다 온 겁니까?"

명 팀장이 회의실을 채운 다른 사람들이 못 듣도록 꽉 틀어다문 잇새로 잘근잘근 씹듯이 물었다.

"파셋의 머리를 하는 바람에 끄슬려서 고소하겠다는 사람이 생겨서요."

채영이 대체 이 얘기를 몇 번 해야 하냐는 듯 대꾸하자 명 팀장이 그건 또 무슨 수수께끼냐는 듯한 얼굴을 하고 채영을 노려봤다. 명 팀장이 상사를 가지고 놀고 있냐고 막 화를 내려고 하는데 회의실 문이 벌컥 열리며 몇 사람이 안으로 들어왔다.

명 팀장이 벌떡 일어나는 것을 보며 명 팀장 외 다른 직원들도 일어났고 채영도 자리에서 일어났다.

채영은 자리에서 일어나 길고도 길게 심호흡을 했다. 키스의 여파가 아직도 가슴을, 허리를, 다리를, 허벅지 안쪽을 따끈하게 데우며 후들거리게 하고 있었다.

'진정해, 진정해.'

채영은 후욱, 후욱 심호흡을 하며 흥분으로 들뜬 몸과 마음을 가라앉히려고 노력했다.

제일 늦게 도착한 사람들이 가장 상석에 자리 잡는데 규락이 시사회에 쓸 서류는 슬그머니 채영의 앞에 밀어주었다.

"내가 일착이야?"

"레전드팀 작품부터 먼저 상영한대. 줄거리는 챙겨왔지?"

"응."

"어딨어?"

"여기."

채영이 자신의 머리를 가리키며 말했고 규락이 만족스러운 듯 미소 지었다.

"다들 아시다시피 정태진 레전드21 사장님께서 병원에 입원하신 정희락 사장님을 대신해 라이브리 모션 운영을 맡아 자리를 옮기셨습니다. 정태진 사장님께서 앞으로 우리 라이브리 모션 운영의 전반적인……."

누군가 한창 설명하고 있는 동안에 채영은 눈을 내리깔고 책상에 올려져 있는 서류를 마지막 점검하고 있었다.

"인사들 나누죠."

또 누군가 말했다.

채영은 재빨리 펜으로 오타가 난 곳에 줄을 긋고 정자로 수정했다.

"레전드21 제작팀의 박영우 팀장입니다."

"반갑습니다."

"이쪽은 채색을 맡은……."

"한 장에 오타가 무려 세 개야."

채영이 현주만 들을 수 있게 꼬집듯 말하자 현주가 채영에게 눈을 흘겼다.

"이쪽은 이번에 합병한 그림과 이야기팀입니다. 명오남 팀장입니다."

"안녕하십니까."

"반갑습니다, 명 팀장님."

"그 옆으로 애니메이터 아이디 파셋 씨와 키 애니메이터 정형도 씨."

그림과 이야기팀의 소개가 시작되었다.

"캐릭터 개발 담당 송요셉 씨와 이현주 씨."

채영은 그제야 서류에서 눈을 떼고 고개를 들었다. 고개를 들었을 때 정면에 있는 누군가가 보였다.

앗!

채영의 눈이 툭 튀어나올 듯 커졌다. 채영은 그를 보고 말았다. 채영은 비명을 내지를 뻔한 것을 가까스로 눌러 참으려다 혀를 깨물고 말았다.

조금 전 회의실 옆 작은 복도 끝에서 열정에 사로잡혀 키스를 나누었던 남자를 이곳 회의실에서 다시 만나게 되다니. 불과 오 분 만에 다시 그를 만난 충격과 놀란 나머지 깨물고 만 혀의 고통으로 채영은 사색이 된 채 서 있었다.

그럼, 저 남자가 레전드21의 사장이자 라이브리 모션의 운영을 책임진 그자란 말인가!!

"그리고 스토리팀의 프리랜서 작가 한채영 씨와 오규락 씨입니다."

"반갑습니다."

남자가 부드러운 미소를 머금은 채 인사했고 이름이 호명된 그림팀도 깍듯하게 인사를 했다.

깍듯하지 못하게 인사한 사람도 한 사람 있었다. 한채영.

채영은 기계처럼 고개를 숙이다 눈만 치켜뜨고 그를 쳐다보다 눈이 마주치고 말았다. 호기심 가득한 얼굴로 뚫어져라 바라보고 있는 그의 얼굴이 보였다. 채영은 서둘러 시선을 피하려다 그의 입가에서 뭔가를 보게 됐다. 반짝거리며 광택을 띤 그것. 채영은 그의 입가에서 번들거리고 있는 것이 자신의 입술에 정교하게 칠해져 있던 펄이 넘쳐 나는 립 글로우즈라는 것을 알았다. 저 남자, 제대로 닦지 않은 것이 분명하다. 제발 현주가 지가 쓰다 도저히 봐줄 수가 없어 산 지 두 시간 만에 채영에게 줘버린 립 글로우즈라는 것을 못 알아봐야 할 텐데.

"연출팀은 오늘 참석하지 않았습니까?"

"안시 국제 애니메이션 페스티벌에 참석하시느라 프랑스에 갔습니다."

명 팀장이 재빨리 말했다. 다들 인사를 나누고 자리에 앉으려는 찰나였다.

"한채영 씨, 우리 구면이죠?"

불쑥 남자가 물었다.

"네?"

채영은 명치끝을 가격당한 듯한 얼굴로 남자를 쳐다봤다. 당황한, 아니, 조금 새침한 얼굴로 남자와 채영을 쳐다보는 사람은 또 있었다. 레전드팀의 이빈과 함께 시사회를 이끈다는 그 여자.

"그럴 리가요."

일단 발뺌했다.

"오늘 지하 주차장에서 마주쳤던 그분 아닙니까? 세 시간이면 가능하다던 그분."

"내가 여기서 발작 일으키는 꼴을 보려고 작정을 한 거죠?"

라고 쏘아붙이고 싶었지만 차마 그럴 수 없었다.

"아, 그분이시군요. 죄송해요, 못 알아뵈어서. 사장님이실 줄은 꿈에도 생각 못했어요."

채영이 어색하기 짝이 없는 미소를 지으며 대꾸하다가 도대체 이게 어떻게 돌아가는 대화인지 모르겠다는 얼굴들을 하고 쳐다보는 사람들 때문에 즉시 미소를 지웠다.

"그림팀에서 진행 중인 두두 스토리를 프리랜서 작가 분이 진행 중이라더니, 그 작가 분이 바로 한채영 씨군요."

"네."

"시작할까요?"

남자는 다행히 그쯤에서 끝내주었다.

채영은 온몸이 진땀으로 흠뻑 젖은 것을 느끼며 자리에 앉았고 분명히 뭔가가 있어, 나 냄새 맡았다고 하는 듯 암고양이 같은 얼굴로 노려보는 현주에게 입술을 실룩거렸다.

레전드 제작팀이 먼저 시작했다. 채영은 연단으로 가기 위해 일어서는 이빈을 쳐다봤다. 이빈이 채영에게 싱긋 웃어 보였지만 채영은 이빈의 미소가 지금 보니 전혀 멋지지 않다고 생각하며 어색하게 미소 지어주었다.

회의실 불이 꺼지자 연단 뒤에 있던 스크린에 불이 들어오며 레전드팀에서 제작 중이던 작품의 캐릭터들이 차례대로 비춰졌다.

"저희 레전드 제작팀에서 준비한 작품은 호르간입니다."

이빈이 설명을 시작했다.

채영은 모두의 시선이 스크린에 집중되어 있는 틈을 타 재빨리 남자를 훔쳐봤다. 아무도 모르게 살짝 훔쳐볼 생각이었는데 웬걸, 남자는 진작부터 채영을 쳐다보고 있었던 모양이다. 채영은 남자와 눈이 마주치자 흠칫 놀라며 고개를 돌렸다가 립 글로우즈를 묻힌 채로 그냥은 둘 수가 없어 다시 남자에게로 고개를 살짝 틀었다.

남자가 채영을 보며 살짝 미소 지었다. 채영은 그의 미소에 절대 화답하지 않은 채 턱을 고이는 듯 손을 턱께로 가져가 손가락으로 재빨리 자신의 입술 언저리를 쓸어 내렸다. 제발 그가 재빠른 눈치를 소유해 알아들어 주길 고대하며. 하지만 채영의 신호를 남자는 눈치 못 챈 듯 계속 채영만 쳐다보고 있었다. 아니, 눈치를 못 챈 정도가 아니라 마치 유혹하는 신호쯤으로 받아들이는 것 같았다.

'나 역시 다시 당신과 키스하고 싶어.'

뭐, 이런 시선을 채영에게 내리쏘았다.

'아니라고, 이 맹추야!'

채영은 이런 한심한 남자 보았나 생각하며 두 번째 같은 동작으로 신호를 보내자 그제야 채영의 신호를 감지한 남자가 손을 들어 올리더니 엄지손가락으로 천천히 자신의 입가에 묻어 있는 립 글로우즈를 닦아냈다. 그 동작이 어찌나 섹시한지 채영이 눈을 떼지 못할 정도였다.

채영과 남자는 서로의 시선을 꽁꽁 묶어놓은 채 은밀하고 섹시한 눈길을 주고받고 있었다. 다른 사람의 눈에는 보이지 않겠지만 채영의 눈에는 똑똑히 보였다. 꽁꽁 묶인 두 사람의 시선에서 불꽃이 튀고 있다는 것을.

'당신처럼 키스 잘하는 여자는 처음이야.'

태진의 눈동자에서 작은 불꽃이 피어오르기 시작했다.

'아까 다리 풀려 혼났지?'

채영이 은밀한 눈으로 남자를 바라봤다.

'당신 입술, 정말 섹시하군.'

태진의 눈빛은 이제 활활 타올랐다.

'함부로 덤비지 마. 당하는 수가 있어.'

채영이 섹시한 미소를 흘렸다.

'그런 미소 흘리지 마. 미칠 것 같으니까.'

태진이 욕망을 가까스로 억누르고 있는 것이 역력한 눈길을 보냈다.

'두 번 덤비면 자빠뜨린다.'

채영이 긴 속눈썹을 파르르 떨어 보이자 태진이 꿀꺽 침을 삼켰다.

"시놉 듣고 있지? 망한다는 데 90% 건다."

규락이 자세를 고쳐 앉는 척하며 채영에게 속삭이자 채영은 남자에게서 눈을 뗀 후 정신 차리고 스크린으로 고개를 돌렸다.

이빈은 레전드팀의 작품 호르간의 시놉시스를 설명하고 있었다. 처음부터 집중해서 듣지 않아 초반은 모르겠으나 정신 가다듬고 듣기 시작하면서부터는 상당히 허술하다는 느낌이 강했다.

채영은 수첩에 몇 자 끄적거려 규락에게 건넸다.

〈일부러 포인트만 잡아서 설명하는 건 아닐까?〉

잠시 후 규락에게서 답장이 왔다.

〈저 내용이 포인트라면 망한다는 데 100% 건다.〉

레전드21 측에서 제시한 스토리를 다 듣고 난 후의 소감은 조금 심하게 표현해 하품이 날 정도였다. 도대체 주장하고자 하는 것이 무엇일까? 애니메이션을 너무 쉽게 보는 것일까? 그렇다면 이만저만 불쾌한 것이 아니다. 레전드의 스토리에는 뚜렷한 주제가 없었다. 작품을 접할 사람들에게 전달하고자 하는 바가 무엇이고, 이 작품을 통해 어떤 교훈을 줄 것이며 어느 정도의 감정적 흥분과 공감과 양질의 곱씹을 거리를 주려고 하는지 도무지가 알 수가 없었다. 더욱 애매모호한 부분은 호르간의 주요 타깃이 누구냐였다. 이빈의 설명은 초등학생부터 삼십대 후반, 더 나아가 사십대까지도 아우를 수 있다였지만 대략의 스토리를 들어본 채영의 판단으로는 타깃 층이 불투명했다.

레전드21 제작팀의 팀원들은 무척이나 자신에 찬 표정들을 하고 있었지만 그림과 이야기팀들은 그들의 자신감이 어디로 비롯된 것인지 도저히 이해할 수 없었다. 전 세계 애니메이션 회사와 경쟁하려면 전혀 상상하지 못했던 어떤 독창적인 무엇인가를 내놓아야 굿판을 벌일 수 있지 않겠는가. 그들이 제시한 스토리는 전혀 훌륭하지도, 독창적이지도 못했다.

채영은 마치 그가 머리채를 잡고 잡아당기기라도 하는 듯이 자꾸만 고개가 그를 향해 돌아가려는 것을 필사적으로 붙잡아야 했다. 회의실 안에 아주 많은 사람들이 있음에도 어째서 오로지 그만이 파닥파닥 살아 날뛰는 존재로 느껴지는 것인지. 하지만 캐릭터에 있어서만큼은 타의 추종을 불허하는 막강파워니까 캐릭터에 기대를 걸어보는 수밖에.

그때 저기 명 팀장 곁에 앉아 있는 파셋으로부터 시작된 쪽지가 형도를 거쳐 현주를 거쳐 신속하게 전달되어 채영의 손에 들어왔다.

〈원래 시사회엔 커피도 한 잔 안 주는 거야? 만약에 오줌 마려우면 누구한테 말해야 하나?〉

이걸 쪽지라고 보냈다니.

채영은 파셋이 보낸 쪽지를 보고 목을 졸라주고 싶다고 생각하며 규략에게 건넸다. 잠시 후 저 새끼를 죽여 버려야 해 하는 규락의 낮은 중얼거림이 들렸다.

시놉시스 설명을 끝낸 이빈이 단상에서 내려오자 바톤을 이어받은 진선유가 단상으로 올라갔다.

"저 여자 이름이 뭐라고 했니?"

채영이 현주에게 작은 목소리로 물었다.

"진선유라고 하는 것 같던데?"

현주도 작게 대답했다.

진선유가 단상에 올라가자 스크린에 불이 켜지면서 레전드21에서 창조해 낸 캐릭터가 하나씩 소개되기 시작했다.

"오!"

첫 번째 캐릭터가 비춰졌을 때 채영과 규락의 입에서 동시에 오~ 하는 낮은 감탄사가 터져 나왔다. 역시 레전드21이었다. 오로지 캐릭터 하나만으로 애니메이션계에 이름을 새겼다는 회사 레전드21의 캐릭터는 역시였다.

"망할 확률 70%로 줄었음."

규락이 속삭였고 채영도 동의한다는 듯 고개를 끄덕였다.

화면에 등장하는 캐릭터는 반짝반짝 빛이 날 정도였다. 아무리 뜯어봐도 어디선가 본 듯한 기미도 안 보이는 독특하고 기발했다. 판타지 장르다 보니 여지없이 대부분의 캐릭터가 괴물 종류였다. 하지만 지금껏 수만 종의 괴물들이 만화, 혹은 게임 속에 등장했어도 오늘 레전드에서 공개한 캐릭터는 그 어느 만화, 혹은 게임에서도 본 적이 없는 전혀 새로운 괴물이었다. 캐릭터만 두고 보자면 100점, 아니, 200점을 주어도 아깝지 않은데 저 훌륭한 캐릭터를 뒷받침해 줄 스토리는 엉망이라니 안타까울 지경이었다.

레전드의 캐릭터를 보자 요셉과 현주, 그리고 파셋과 형도는 한쪽 옆구리가 욱신거리는 것 같았다. 그림팀이 하청 작업이 아닌 자체 생산 체제로 돌아서서 창작 애니메이션을 시작했을 때 잘못을 저질렀기 때문이다. 의욕이 넘쳐 났고 누구보다 멋진 작품을 만들 수 있다고 자신감을 지나쳐 자만심이 하늘을 찔렀다. 하나같이 만화에 있어서는 스스로 최고라고 생각하는 착각에 빠져 있었던 것이다.

그림과 이야기에서 맨 처음 탄생시킨 작품 미라츄는 출시되는 즉시 어디서 많이 본 듯한 베낀 듯한 캐릭터에 지루해서 견딜 수 없는 스토리라는 비난을 받았다. 어디서 많이 본 듯한 캐릭터라는 것은 전 세계적으로 가히 살인적이라 할 수 있을 만큼 큰 인기를 누렸던 '몬스터' 만화를 두고 하는 말이었다. 일본에서 만든 몬스터 만화는 그림과 이야기사에서 하청받아 작업했던 터라 자신들도 모르는 사이에 베끼게 되었고 솔직히 미라츄는 '몬스터' 때문에 만들어진 작품이 분명했다. 모두들 몬스터에 미쳐 있었고 우리도 만들 수 있다고 자부하며 작업을 시작했기 때문이다. 그리고 마음 한편에는 속물적 계산이 자리했던 것이 사실이다. 아무도 눈치채지 못할 것이라는…… 또 누군가 눈치챈다 하더라도 결국엔 만화가 다 그렇지라고 넘어갈 줄 것이라는 얄팍한 계산. 하지만 눈치채지 못할 거야는 출시 즉시 표절 공방에 시달렸고, 만화가 다 그렇지라고 넘어가 줄 것이라던 계산 역시 그따위 표절 작품은 만들지도 말라는 독화살이 되어서 돌아왔다. 그때의 아픔을 뼈저러 하며 사무실 가득 가득 쌓여가는 반품 상품을 보며 다짐하고 또 다짐한 것이 정신 똑바로 차리고 다른 사람들이 우리 것을 베끼고 싶어할 만큼 멋진 캐릭터를 만들어내자였다.

레전드의 캐릭터 설명이 끝나기 무섭게 그림팀이 아낌없는 박수를 보냈는데 그게 레전드팀에겐 조금 의외였는지 좋아하기보다는 머쓱해했다.

캐릭터 설명 다음으로 약 이십 분 분량의 호르간이 상영됐다. 결론은 역시 반짝이던 캐릭터가 빛이 잃을 만큼 스토리가 심심하다 못해 하품 날 지경이라는 것. 규락과 채영은 지적해 주고 싶은 것을 참느라 겨드랑이가 다 근질거렸다.

호르간 시사회가 끝나고 불이 들어오자 그림팀은 다시 한 번 박수를 쳤다.

이빈과 진선유는 무척이나 만족스러운 얼굴로 자리로 돌아와 앉았고 이빈은 우쭐한 미소를 채영에게 날리기까지 했다.

"몇 가지 매끄럽지 못한 부분들이 보이네요. 캐릭터의 움직임도 너무 딱딱하고, 배경과도 매치가 안 되는 것 같네요."

파셋이 지적했다.

"계속해서 보완하고 있습니다. 오늘은 캐릭터와 전체적인 느낌만 보여주는 날이니 기술적인 부분은 넘어가도록 하죠."

레전드21 팀장이 대꾸했다, 지적이 별로 반갑지 않다는 투로.

"자, 이번엔 그림팀이 시작하죠."

채영이 연단으로 나가자 회의실의 불이 다시 꺼졌다.

"그림팀이 준비하고 있는 작품은 두두입니다. 확정된 제목은 아니구요, 작품의 주인공 이름을 가제로 썼습니다. 미리 말씀드리지만 두두는 유아를 대상으로 한 교육용 애니메이션입니다. 기술적인 부분은 규락 씨가 맡을 것이고 전 스토리와 캐릭터를 설명하겠습니다. 먼저 캐릭터를 소개하겠습니다."

스크린에 그림과 이야기팀의 캐릭터들이 차례대로 소개되기 시작했다.

"두두입니다. 사랑스러운 아기 물개죠."

현주가 필살기라고 표현할 만큼 오로지 아기 물개 두두 한 캐릭터를 완성시키는 데 무려 일 년 사 개월이나 공을 들인 작품이었다. 현주와 그림팀의 절대적인 사랑을 받고 있는 두두는 스크린에서 그 앙증맞고 사랑스러운 매력을 멋지게 발산하고 있었다.

"두두가 이야기를 이끄는 중심이라 할 수 있지만 두두에겐 아주 멋진 동반자가 있습니다. 동반자들을 소개하겠습니다."

화면이 바뀔 때마다 빠른 속도로 다음 캐릭터들이 소개됐고 채영은 단 한 마디도 실수하지 않고 명확하게 캐릭터를 설명했다. 명확함이라는 것은 절대적인 표현으로 채영은 준비한 자료를 한 번도 들여다보지 않았다는 말이다.

캐릭터 소개가 끝난 후 그림팀의 두두 전체 시놉시스가 소개됐다.

시놉시스 소개에서도 채영은 자료 따위에 의존하지 않았다. 술술 청산유수처럼 명쾌하게 시놉시스를 설명해 냈다.

"이상입니다."

채영의 시놉시스 설명이 끝났을 때 작은 박수 소리가 난다 싶어 고개를 돌렸더니 태진이 박수를 치고 있었다. 태진의 박수에 별다른 감흥 없이 앉아 있던 레전드팀들도 덩달아 박수를 쳤다.

채영이 인사를 한 후 단상에서 물러서자 규락이 뒤를 이어 공개되어도 되는 작업 방식에 관해 설명하기 시작했다.

규락의 설명이 끝나자 곧 두두가 상영됐다. 그림팀에서 준비해 놓은 두두는 총 30편 중 21분 45초 분량의 한 편이었다. 컴퓨터 음향이 아니라 실제 연주자들과 가수를 섭외해 녹음한 주제가와 효과음은 작품의 질을 한층 높여주었다. 합병 후 요양 중인 그림과 이야기의 전 사장님이 두두를 보셨더라면 얼마나 기뻐했을까.

시사회가 끝나고 불이 켜지자 또다시 한바탕 박수바람이 불었다.

"멋지군요."

불이 켜진 직후 정태진 사장의 첫마디였다.

레전드 제작팀의 설명이 끝났을 때는 어떤 반응도 없었던 사장이 그림과 이야기의 두두가 끝나기 무섭게 멋지군요, 라고 말해 명 팀장과 그림팀은 고무됐다.

"그런데 두두는 암컷 아기 물개가 아닙니까?"

레전드21 팀장이 물었다.

"맞습니다."

"이름은 수놈인데 주인공이 암놈이란 말입니까?"

"작품의 주인공이 꼭 수컷이어야 한다는 법은 없죠. 그리고 여자가 남자 이름 갖고 있는 사람도 얼마든지 있습니다."

파셋이 여유롭게 대꾸했다.

"이름을 암놈 이름으로 바꾸는 게 더 자연스럽지 않겠습니까? 그리고 두두는 뭐랄까, 물개한테 어울리는 이름은 아닌 것 같군요."

"국내에서뿐 아니라 세계 어린이가 쉽고 빠르게 외울 수 있는 이름을 구상하던 중에 만들어낸 이름이에요. 우리 두두는 국내가 아니라 세계시장을 겨냥하고 있거든요. 두두는 유아를 대상으로 한 교육용 애니메이션이에요. 주인공의 이름은 부르기나 기억하기에 간편하면서도 명료해야 합니다. 두두라는 이름엔 전혀 문제가 없어요."

현주가 그딴 딴죽은 영양가가 전혀 없다는 듯 당당하게 대꾸했다.

"시놉시스를 듣고 보니 교육용 애니메이션이라고 했는데도 불구하고 어느 부분이 교육적인지가 감이 잡히지 않을 뿐 아니라 그저 단지 친구들과 노는 걸 보여주는 것 같은데요?"

레전드21 팀장이 비웃듯 말했다.

"유아들에게 가장 우선시되어야 할 교육이 어떤 거라고 생각하세요?"

채영이 물었다. 갑작스러운 질문이어서일까? 레전드 팀장은 재빠르게 대답하지 못했다.

"우리 그림팀은 인성교육이라고 생각한답니다."

채영이 레전드 팀장을 똑바로 쳐다보며 말했다.

"우린 두두와 두두의 동반자들에게 비록 동물들이지만 인간이 가져야 할 가장 기본적인 것, 고운 심성과 가치관 감정까지 입혀

줄 생각이에요. 만화 속 인물에 불과하지만 인간처럼 올바른 판단을 할 줄 아는 캐릭터. 유아들은 배우고 가르침을 받지 않으면 어떤 것이 옳은 일인지, 잘못된 일인지 모르죠. 친구들과 어울리고 다투고 놀면서 옳고 그른 것을 자연스럽게 습득하는 거예요. 레전드팀의 호르간이나 여타 만화 속에 등장하는 인물들처럼 멋진 근육질의 남자들, 엄청난 마법을 부리는 여자 전사가 오로지 전투 능력만 뽐내는 5㎜짜리 뇌를 가진 괴물들과 밤낮으로 쌈박질만 해대는 줄거리는 유아들에게 결코 도움이 되지 못한다는 것을 우리 모두 인정해야 하지 않을까요?"

채영이 마지막으로 멋지게 대꾸해 주자 레전드 팀장은 더 이상의 딴죽을 포기했다.

"캐릭터들의 뭐랄까, 색깔이라고 해야 하나 질감이라고 해야 하나요? 무척 독특한데 말이죠, 가서 한번 만져 보고 싶을 만큼 정교하고. 그건 뭔가 다른 기술이 필요한 겁니까?"

사장 곁에 있던 한 남자가 묻자 명 팀장이 규락을 쳐다봤다.

"저희들끼리 깃털 살리기 공법이라고 하는데 죄송합니다만 더 이상은 공개할 수가 없습니다. 완성되지 않았거든요. 완성되는 날 모두 공개하도록 하겠습니다."

규락의 대꾸에 명 팀장의 낯이 노래지는데 규락이 재빨리 말을 이었다.

"우리 명 팀장님께서 두두를 위해 얼마나 공을 들이시는지 모릅니다. 언제나 입조심을 강조하시죠. 세계에서 큰 사랑을 받은 작품들은 세상에 첫선을 보이는 일 분 전까지도 작품에 대해 완벽한 보안을 유지했다는 것을 강조하신답니다. 우리 두두를 최고의 작품으로 생각하시고 아끼신다는 말씀이시죠. 레전드21과 합병하고 이런 분을 상사로 모시게 된 것을 우리 그림팀은 최고의 선물이라고 생각하며 명 팀장님께 늘 감사드린답니다. 많이 궁금하시겠지만 두두가 최종 완성 딱지를 붙였을 때 명 팀장님의 허락을 받은 후에 모든 것에 대해 공개하도록 하겠습니다."

규락의 말에 명 팀장은 이럴 땐 대체 어떤 표정을 지어야 하냐는 듯한 얼굴로 규락과 사장님과 다른 직원들을 정신없이 쳐다봤다.

"저, 그러니까……."

무슨 말을 하긴 해야 할 것 같아 명 팀장이 막 입을 여는데 사장이 조용히 박수를 쳤다.

"훌륭하십니다, 명 팀장님."

사장의 말에 명 팀장은 멍한 얼굴로 사장을 쳐다보다가 그동안의 명 팀장님 이미지에 너무 안 어울리게 천진스레 함빡 웃었다.

"두 팀 모두 수고하셨습니다. 그리고 아주 멋집니다. 생각보다 훨씬 만족스럽게 진행되고 있는 것 같아 흐뭇합니다. 레전드21팀과 그림팀, 두 팀 모두 수고하셨고 완성하는 날까지 계속 수고해 주세요."

남자가 말했고 여러 사람이 머리를 굽실거리며 칭찬에 답례했다.

"일하시면서 불편하신 것은 없습니까?"

남자가 양쪽 팀을 쳐다보며 물었다. 아무도 불편한 것에 대해 말하지 않자 사장이 그림팀 쪽으로 고개를 돌렸다.

"이번에 합병을 하면서, 또 아버님 대신 제가 대표 이사직을 맡으면서 특히 그림팀은 아마도 바뀐 환경으로 동요가 될 것으로 압니다. 불편하신 점 있으시면 말씀하세요."

아무도 입을 열지 않고 눈치만 보는데 파셋이 입을 열었다.

"제발 저희가 일하는 사무실 안에서만이라도 편한 옷과 맨발을 허용해 주시면 안 되겠습니까?"

되면 좋고 안 되면 그만이라는 생각으로 파셋이 말했다. 아니나 다를까, 파셋의 요구에 그림팀을 제외한 모든 사람들이 맨발이라는 단어 자체가 무슨 뜻인지 모르겠다는 얼굴로 파셋을 쳐다봤다.

"전 양말을 신으면 영감이 안 떠오르거든요. 말하라 하셔서 드리는 말씀인데 양말을 벗고 다닐 수 있는 자유와 저희 사무실에 싸구려 카펫을 하나 깔아주시길 부탁드립니다."

"사무실에서 맨발로 돌아다니겠다는 말씀입니까?"

정말 얼토당토않은 요구라는 듯 사장 옆에 앉은 사람이—대체 이 사람 직책이 뭔지 채영은 알지 못했다—말하는데 사장이 손을 들었다.

"그렇게 해드리죠."

사장의 놀라울 만큼 빠른 즉답에 레전드21팀이 놀란 얼굴로 사장을 쳐다봤다.

"양말을 벗게 해드리는 대신 영감을 극대화시켜 주세요."

"그거야 약속드리죠."

파셋이 천진하게 웃었다.

"다른 요구사항이나 필요한 것이 있으면 말씀하세요."

더 이상의 요구사항은 없었다. 양말만 벗으면 되니까.

사장이 회의가 끝났음을 알리자 모두들 인사를 하고 자리에서 일어나 회의실을 빠져나가기 시작했다.

"한채영 씨."

채영이 누구보다 먼저 회의실을 빠져나가려고 몸을 움직이는데 남자가 채영을 불렀다. 아주 위엄있는 목소리로.

채영이 뒤돌아봤고, 현주도 뒤돌아보고, 규락과 명 팀장도 뒤돌아봤다. 그리고 진선유도.

"아깐 아주 근사했어요."

'그것은 무엇을 두고 하는 말이더냐?'

채영이 전혀 못 알아듣겠다는 듯 내숭을 떠는 표정으로 태진을 쳐다봤다.

'입 조심하셔.'

채영의 표정이 즉시 무섭게 돌변했다. 시사회전에 있었던 상황을 한끝이라도 흘렸다간 능지처참에 당하리라! 는 듯이.

사실 채영이 남자 못지않은 대담하고 개화된 성적 취향을 갖고 있다지만 그건 어디까지나 주위에 아무도 없이 완벽하게 일 대 일 상황일 때다. 적어도 일 대 일 상대 외에 객들이 많은 상황에서까지 퍽 파격적이자 대담한 성 취향을 드러낼 생각은 없었다. 그건 솔직함보다는 난잡함으로 보일 확률이 높으니까.

남자가 말하자 채영을 비롯한 모두가 잠깐 동안 뭐가 근사하다는 말일까 생각하는데 명 팀장이 답을 내렸다.

"우리 한채영 씨가 원래 설명을 아주 잘합니다."

명 팀장의 말에 아, 그거 말하는구나라는 얼굴로 모두들 유쾌하게 미소 짓는데 남자가 채영의 귀에 쐐기를 박았다.

"세 시간을 지루하게 기다린 보람이 있었어요."

채영은 얼굴에 화악 하고 불이 붙는 것을 느끼며 고맙습니다 하는 말과 함께 뻣뻣하게 굳은 미소를 던진 후 재빨리 회의실을 도망치듯 나갔다.

채영을 비롯한 그림팀이 회의실을 빠져나가길 회의실 문 앞에서 기다리던 진선유가 태진이 나오자 밝게 웃으며 인사했다.

"인사드리려구요. 레전드팀의 진선유예요."

"네, 알고 있어요. 전에 한번 인사 나눴죠?"

"네. 라이브리 사장님으로 오신 걸 환영한다는 뜻도 있고 저 레전드팀에 합류하면서 제대로 인사드리지 못해서요. 또 사장님 여동생 태인이가 제 학교 후배예요. 같은 동아리에서 활동했어요."

"아, 그렇습니까?"

"학교에 태인이 데려다 주러 오셨을 때 인사했었는데 기억 못 하시나 봐요?"

"그랬나요? 미안합니다."

"오래된 일이니까요. 태인이 잘 지내죠? 이태리에서 돌아왔다는 소식은 들었는데."

"잘 지냅니다."

진선유가 주머니에서 명함을 꺼냈다.

"사장님 드리는 거 아니구요, 무례를 범하는 게 아니라면 태인이한테 전해주시겠어요? 연락하고 지냈으면 해서요."

"그러죠."

태진이 받아 들었다.

"라이브리 사장님으로 오신 거 환영합니다."

"고맙습니다. 레전드팀에 합류하신 것도 환영합니다. 같이 잘 해봅시다."

"물론이죠."

진선유가 태진에게 매력적으로 웃어 보였다.

"그럼 이만."

태진이 가볍게 목례를 하고 먼저 회의실을 떠났다. 진선유는 야릇한 미소를 머금은 채 태진의 뒷모습을 바라보고 있었다.

"한채영."

현주가 채영을 붙잡았다.

"나, 태어나서 삼십삼 년을 사는 동안에 장동건 빼놓고 보자마자 심장에서 고통이 느껴질 정도로 느낌 강하게 오는 남자, 오늘 처음 봤거든?"

오~ 세상에나. 수려한 윤곽과 매력적인 선은 다 어디 가고!

"마치…… 저주파 치료기를 온몸에 부착하고 고주파로 지지는 기분이지 않니?"

채영의 말에 현주가 바로 그거라는 듯이 눈을 동그랗게 뜨고 채영을 쳐다봤다.

"바로 그거야. 너도 그랬니?"

어쩜, 남자 보는 눈은 요다지도 평준화가 되었을까.

"그러니까 이실직고해. 사장님이 뭐라고 속삭인 거야?"

현주가 마치 지가 찍어놓은 남자 채영이 가로채기라도 한 것처럼 따지고 들듯 물었다.

"암것도 아니야."

"암것도 아니라고? 내가 못 들었을 줄 알아? 세 시간이 뭘 뜻하는 거야? 너 무슨 일 있었지?"

현주가 반드시 알아내고야 말겠다는 얼굴로 물었다.

"몰라도 돼."

"몰라도 된다는 것은 있긴 있었다는 말이로군. 내 이상형의 남자 정태진과 무슨 일이 있었던 거야?"

이상형까지!

"그럼 이빈은 어떻게 되는 거니?"

채영이 묻자 현주가 이빈이라는 인간이 누구니? 라는 듯 딴청을 피웠다. 채영이 진짜 못 말리겠다는 듯 째려보고 걸어가자 현주가 채영을 붙잡았다.

"정태진 사장님하고 무슨 일 있었냐고!"

"아까 그 사장님 이름이 정태진이니?"

"넌 이름도 몰랐니? 회의실에 들어오자마자 그 뭐라더라, 전무라 했던가? 그 사람이 정태진 사장이 어쩌고 했잖아."

"사장님 옆에 앉아 있던 사람이 전무였구나? 파셋의 맨발 요구에 경악하던 사람."

"맞아."

"그랬군."

"말 돌리지 말고 바른대로 말해. 세 시간이 뭘 뜻하는 거야?"

"맹세코 암것도 아니야. 가자고, 가서 점심 먹자고."

채영이 다시 꽁무니를 뺐다.

"깃털 살리기 공법이라는 말도 하지 말았어야 해."

채영이 규락에게 지적했다.

"깃털 살리기 공법은 우리끼리 쓰는 말인데 어떻게 알아듣겠어?"

"아까 그 전문님이 지적한 부분이 깃털이나 표정 하나하나가 마치 실제 동물을 보는 것처럼 생생해서 그렇게 말한 거라고. 우리 두두를 봤으니 힌트를 얻었을 거야."

"그건 우리가 개발한 채색법이야. 레전드팀의 호르간 봤잖아. 80%가 컴퓨터 채색이야. 매끄러울지는 몰라도 너무 기계적인 게 티가 난다고. 레전드팀은 우리도 80% 이상 컴퓨터 채색을 하는 줄 알 거야."

"하여튼 깃털 살리기라는 말도 아꼈어야 해."

"당신들이 뭐라고 하든 난 세 시간의 비밀이 궁금할 뿐이야."

한참 두두에 대해 공방을 하고 있는데 현주가 콩나물 무침을 집어 들며 현주가 채영에게 강한 눈빛을 쏘아댔다. 채영 역시 현주에게 눈을 흘겼다.

"오늘 확실한 결론을 내렸는데 라이브리 모션 식당에선 사흘에 한 번 꼴로 꼭 콩나물로 만든 요리가 나와. 콩나물 무침, 콩나물국 이런 식으로. 어쩌면 여기 옥상에 콩나물을 기르고 있을지도 몰라. 무침도 사흘 전에 고춧가루를 넣고 무쳤다면 사흘 후엔 고춧가루 없이 희멀건하게 무치는 식으로 위장하지만 결국엔 콩나물 무침이란 말이지."

형도가 말했고 현주와 채영은 참 대단한 발견 했네 하는 얼굴로 쳐다봤다.

"카펫은 언제쯤 깔아줄 건지 물어보는 게 좋지 않을까?"

파셋이 말했고 깔아준다고 했으니 그냥 기다리자고 말하려는데 파셋이 고갯짓으로 어딘가를 가리켰다.

"본 김에 물어보는 게 좋지 않겠냐는 거지."

파셋의 턱짓을 따라가 보니 정태진 그가 식판을 들고 음식을 담고 있었다. 채영은 그를 느끼는 즉시 긴장했고 갑자기 밥맛이 달아나고 말았다.

"같이 앉아도 될까요?"

갑자기 끼어든 목소리에 모두들 고개를 들자 이빈이 백설왕자처럼 하얀 얼굴로 식판을 들고 서 있었다.

"물론이죠. 환영해요."

현주가 반겼다.

심장에서 고통이 느껴질 정도로 느낌 강한 남자 정태진 때문에 이빈이 누구니? 하더니 그새 표정 바꿔 반기는 꼴 하고는. 현주, 진짜 강적이다.

이빈은 열렬하게 환영하는 현주의 곁에 앉았다. 채영과는 마주 보게 됐고.

"오늘 그림팀의 설명은 정말 멋졌어요. 아니, 설명만 멋진 게 아니라 두두도 멋졌어요."

"고마워요. 레전드팀도 좋았어요. 캐릭터는 정말 감탄이 절로 나오더군요."

단지 캐릭터만 감탄스러운 것이 아쉽지만.

현주가 화답했다.

"그 깃털 살리기 공법의 채색이 아주 독특하더라구요."

이빈의 말에 채영이 재빨리 규락에게 눈을 흘겼다. 거봐, 말하지 말랬잖아 하고 나무라는 듯.

"아, 그런데 아까 호르간에 나오는 그 괴물은 배낭은 왜 맨 거예요?"

파셋이 물었다.

"거기서 앞으로 기상천외한 무기들이 나올 거거든요."

"그러니까 그 괴물은 무기들을 거기에 보관하는 건가요?"

"그런 식이죠."

그다지 크지도 않던 배낭에 무기를 담고 다니는 괴물이라…….

채영이 슬쩍 고개를 들고 태진 쪽을 쳐다보는데 식판에 음식을 다 담고 막 돌아서던 태진과 눈이 마주쳤다. 채영은 뜨끔한 얼굴로 재빨리 고개를 돌렸다.

"채영 씨, 설명 정말 잘하더군요. 준비한 자료는 쳐다보지도 않고. 정말 감탄했어요."

이빈이 칭찬했지만 채영의 귀엔 제대로 들어오지 않았다.

"아, 네, 고마워요."

채영이 건성으로 인사했다.

"그런데 이빈 씨, 결혼했어요?"

현주가 불쑥 묻자 이빈이 손을 내저었다.

“총각입니다.”

“오, 그렇군요. 그럼 혹시 한두 달 안에 결혼할 애인은 있나요?”

현주의 직접적인 질문에 채영은 웃음이 터지려는 걸 가까스로 참았다.

“한두 달 안에 당장에 결혼하고 싶은 애인이 생겼으면 좋겠네요.”

이빈이 대답했고 현주는 매우 만족스러운 얼굴로 이빈에게 미소 지었다.

“그렇게 될 거예요.”

현주의 말에 이빈이 그녀를 물끄러미 쳐다보다가 픽 웃었다.

현주는 눈치를 슬슬 보다가 앞에 있는 물컵을 툭 건드려 물을 쏟았다.

“어머나!”

“아이쿠.”

이빈이 벌떡 일어나더니 탁자 위에 있던 티슈 통에서 티슈를 뭉텅이로 뽑아 현주에게 건넸다. 현주는 티슈 따위를 달라는 뜻이 아니었다는 듯 입술을 실룩거리며 스커트에 튀긴 물을 닦아냈다.

‘현주 너 손수건 얻어내려고 한 짓이지?’

‘당연하지.’

채영과 현주가 알 만하다는 듯 시선을 교환하는데 그림자가 탁자가 다가섰다.

“합석해도 괜찮겠습니까?”

그렇게 물은 사람이 정태진 그라는 것을 채영은 보지 않고도 알 수 있었다.

"물론이죠."

사장이 합석을 하자는데 감히 싫다고 말할 사람이 누가 있겠는가. 그중 현주가 가장 열렬하게 환영했다.

'야, 너 한 놈만 잡아라.'

채영이 현주를 노려보자,

'이것도 능력이란다.'

현주가 긴 속눈썹을 파닥거리며 밉쌀맞게 화답했다.

태진은 빈자리를 찾는 듯하다가 테이블을 돌아오더니 채영의 곁에 앉았다. 태진이 채영의 곁에 앉자 현주의 눈동자에서 새파란 불꽃이 탁탁거리며 피어오르기 시작했다. 채영은 현주의 눈동자에서 이제 막 빨간색으로 변하기 시작한 불꽃이 일든지 말든지 그가 그저 옆자리에 앉았을 뿐인데 식당 전체에 불이 붙은 듯한 열기를 느꼈다.

"또 만났네요, 한채영 씨. 오늘 자주 만나네요."

태진이 말했고 채영은 그러게요라고 대답했다. 아주 천연덕스러우려고 노력하며.

태진은 식사를 시작했고 나머지 사람들도 잠깐 대화를 멈춘 채 식사를 계속했다. 다들 대화를 멈추고 식사를 하는데 흘낏 쳐다보니 현주가 계속해서 태진을 바라보며 추파를 던지고 있었다. 진짜 심하다, 현주.

"채영 씨 어머니가 네 머리를 하셨대."

규락이 파셋에게 말하자 현주와 형도가 어이없다는 얼굴로 채영과 파셋의 머리를 번갈아 쳐다봤다. 이빈 역시 약간 상한 요구르트를 먹었을 때의 표정으로 파셋의 머리를 쳐다봤다.

"파셋의 머리에 브리치를 몇 가닥 넣다가 머리가 끄슬렸대. 그래서 고소한다 하시더라고. 내 생각엔 그 미용실에 정말로 문제가 있어서 고소한다기보다는 아버지한테 그 망측한 모습을 보여주는 일이 큰일인 거야. 그래서 고소 운운하며 선수를 치시는 거지."

채영의 말에 형도가 웃음을 터뜨렸다.

"난 지금까지 채영 씨 어머니만큼 귀여운 아줌마는 본 적이 없어."

"나 퇴근하는 길에 템포 사러 네 어머니 약국에 들를 거야."

현주가 말했고 채영은 템포라는 것이 무엇에 쓰는 물건인지 제발 이 남정네들이, 아니, 정태진이 몰라주길 간절하게 바라며 현주에게 눈을 부라렸다.

"어머니가 약사십니까?"

태진이 물었다.

"네."

"어느 동네예요? 나도 한번 들러보고 싶은데."

이빈도 끼어들었다.

"마포예요."

"들리기 쉬운 거리는 아니네요."

"그렇죠."

"뭐, 필요한 약이라도 있으세요, 이빈 씨? 처방전이 필요없는 의약품이라면 제가 대신 사다 드릴 수도 있는데. 물파스라든지 비타민 종류도 괜찮고."

"아뇨, 파셋 씨 머리를 하셨다는 채영 씨 어머니가 보고 싶어서요."

이빈의 말에 현주가 약간 실망한 듯 입을 비죽거렸다.

"채영 씨 어머니만 같다면 와이프가 연상이라도 상관없을 것 같아."

형도가 말했다.

"나도 아래로 다섯 살까지는 커버할 수 있어."

현주의 말에 이빈과 태진이 웃었다.

채영이 슬쩍 고개를 돌려보니 태진이 채영을 뚫어져라 쳐다보고 있었다. 아주, 아주 의미를 담뿍 담은 눈길로.

'그 찌를 듯한 시선은 뭐죠?'

'키스하던 순간부터 지금까지 당신에게서 놓여날 수가 없어.'

'당신도 썩 훌륭하더군요.'

'순간적으로 정신을 놓을 뻔했어.'

'일 분만 더 시간이 있었더라도 완전 보낼 수 있었는데!'

채영과 태진이 눈빛으로 대화를 주고받는 사이 그 둘을 불사를 듯이 노려보고 있는 여자가 있었으니, 바로 장동건 후로 심장 틀어쥐고 쥐어짜는 듯한 고통이 느껴질 정도로 확 당기는 남자 오늘 처음 봤다던 현주였다.

'저것들이 어디서 눈빛을 뒤섞으며!'

"네 연하 태권맨은 잘 계시니?"

현주의 고춧가루 확 뿌리는 듯한 물음에 태진의 눈에 순간적으로 분노가 피어올랐다.

"잘 있어."

채영이 고개를 돌려 너 이 상황에서 그런 식으로 애매하게 묻는 이유가 무엇이더냐! 하고 강한 눈빛을 쏘아주며 재빨리 대답했다.

"연하 태권맨이라뇨?"

그렇게 물은 건 태진이 아니라 이빈이었다.

"채영이한테 꼼짝 못하는 멋진 남자가 있거든요."

현주가 네가 왜 관심 가지는데? 하듯 이상한 눈길로 이빈을 쳐다보며 대꾸했고 채영은 꾸역꾸역 밥을 밀어넣었다.

"저, 그런데 혹시 카펫은 언제쯤 깔아주시나요?"

이빈이 채영에게 남자 친구가 있었어요? 라고 물으려는데 파셋이 태진에게 물었다. 분명히 파셋은 태진이 자리에 앉자마자 물어보고 싶었을 것이다. 물어보고 싶어 입이 얼마나 근질거렸을까.

"오늘밤에 작업하라고 했습니다."

태진의 대꾸에 파셋이 이미 맨발이 된 듯한 표정으로 밝게 웃었다.

"혹시 옥상에 콩나물 키우시나요?"

"그만 해."

채영이 형도의 발을 자신의 발로 툭 찬 후 식판을 들고 일어났다.

"먼저 일어나겠습니다."

"저도 일어날게요."

규락이 채영을 따라 일어나자 파셋과 형도도 일어났다. 현주만 일어나지 않고 있었다. 제일 먼저 식판을 비웠음에도 불구하고.

"난 소화 좀 시키고 일어날게."

현주가 말했다.

채영은 태진이 자신을 쳐다보고 있다는 것을 알면서도 못 본 척 재빨리 식판을 가져다 두고 식당을 빠져나왔다.

"몇 개씩 분담해서 주차장으로 실어나르자."

규락이 말했고 나머지는 군말없이 규락을 따라 사무실로 갔다. 사무실로 들어가자 요셉이 벌써 박스에 물건을 챙겨 넣고 있었다.

"역시 요셉이라니까."

"지난번에 이사하다가 몇 개 잃어버렸잖아."

여러 개의 박스에 그림팀의 기밀품목이라고 할 수 있는 물건들을 챙겨 넣고 있는데 명 팀장님이 들어왔다.

"뭐 하는 거야?"

"오늘밤에 카펫 깔아준대요."

"그런데?"

"카펫 깔면 모르는 사람들이 마구 출입할 것이고 책상도 일단 옮겼다 재배치할 것 아니에요. 누가 두두에 손을 댈지도 몰라서 미리 감추려구요."

"누가 손을 대겠어."

"아무도 못 믿어요."

규락이 말했다.

"오늘밤에 카펫 까는 거 지켜보면 되지."

"퇴근 후에 깐대요."

"좀 기다리면 되잖아. 힘들게."
"전 칼퇴근이에요."
"저두요."
"저두요."
"미투요."
"어디다 두려고?"
"차에 넣어뒀다가 집에 아예 싣고 가려구요."
"그럼 나도 한 상자 책임질게."
명 팀장의 말에 직원들이 일제히 명 팀장을 쳐다봤다. 웬일로 화려한 협조를 해주냐는 듯.
"두두를 지키기 위해선 뭘 못하겠어? 다들 점심 먹고 커피는 마신 거야? 안 마셨음 말해. 내가 한 잔씩 돌릴게."
명 팀장이 어울리지 않게 천진한 얼굴로 말했다.

채영과 현주는 샛노란색 머리를 감추기 위해 빨간색에 흰색 땡땡이가 들어간 두건을 쓰고 있는 엄마를 한참이나 쳐다보고 있었다. 빨간색 땡땡이 두건 밖으로 삐져 나온 샛노란색 머리카락은 그 칼라가 더욱 극대화되어 촌스럽기까지 했다.
"두건을 벗는 게 한결 덜 이상할 것 같아, 엄마."
"네가 몰라서 하는 말이야. 벗으면 기절할 거란 말이야."
하얀색 약사 가운에 새빨간 땡땡이 두건, 두건 밖으로 삐져 나온 샛노란색 헤어.
일부러 촌티 컨셉을 설정하지 않은 이상 쉽게 나오는 패션은 아니다.

현주가 가방을 열더니 주섬주섬 뭔가를 찾기 시작했다. 그녀가 가방에서 찾아낸 것은 꽤 그윽한 색의 남자 손수건이었다. 현주는 손수건을 펼친 다음 다시 접어 세모로 만들고 난 후 엄마에게 건넸다.

"제발 바꿔주세요."

"그렇게 흉하니?"

"말할 수 없이요."

"못된 기집애."

엄마가 현주에게서 손수건을 획 낚아채더니 빨간 두건을 벗어 던졌다.

"앗!"

"세상에!"

끄슬렸다는 말이 무엇을 뜻하는지 제대로 알 수 있을 것 같았다. 브리치를 넣은 곳은 마치 성냥불에 그을린 듯 끝이 타 들어가 있었고 샛노란색으로 염색된 머리도 아주 많이 상해 보이긴 마찬가지였다. 하지만 무엇보다 더 놀라운 것은 전체적으로 샛노란 엄마의 머리 그 자체였다.

"오늘 약 사러 온 사람들 중에 엄마 머리 때문에 도망간 사람은 없어?"

"도망을 왜 가니? 다 단골들이라 그러려니 해."

엄마가 현주가 준 수건으로 두건을 해 머리에 쓰며 말했다.

"그런데 넌 왜 남자 손수건을 갖고 다니니?"

"전 제가 찍은 남자들한테서 제일 먼저 손수건을 빌리거든요."

"빌려서 모은 손수건이 몇 개나 되는데?"

"열네 장 정도 돼요."

"그럼 열네 명이나 돌아가며 찍었단 말이야?"

"한 사람한테 세 장까지 빌린 적도 있어요."

"그럼 이건 내가 가져도 되겠네?"

"기꺼이 양보할게요."

현주가 대답했고 엄마는 두건이 된 손수건을 매듭지었다.

"그래서 아버진 뭐라고 하세요?"

"아버지 아직 안 오셨어."

"그래서 고소장은 제출하셨어요?"

"그 괘씸한 것들이 고따구로 말만 안 했어도 내가 참으려고 했는데 안 되겠어. 내일 가서……."

엄마가 흥분해서 말하는데 조제실 뒤쪽으로 난 문이 열리더니 채민이가 고개를 쑥 들이밀었다.

"아버지 오셨어요."

아버지 오셨다는 말에 엄마가 기겁을 하며 얼른 두 손으로 머리를 감싸는데 채영이 채민이 등에 업혀 있는 아버지를 보고 달려갔다.

"아버지, 왜 그러세요?"

"아버지가 왜?"

채영의 놀란 물음에 엄마도 고개를 돌렸다.

아버지는 채민이에게 업힌 채 오만상을 쓰고 계셨다.

"어머! 당신, 왜 업혀 있는 거야?"

"뭐니? 아버지 왜 업은 거야?"

"계단에서 구르셨는데 발가락 두 개가 부러지셨어. 깁스하셨어."

"계단에서 왜 구르셨는데요?"

"계단에서 어떻게 굴렀기에 발가락 두 개가 부러져요? 당신, 괜찮아요?"

엄마가 호들갑스럽게 걱정하며 아버지에게 달라붙는데 아버지가 일그러진 얼굴로 엄마를 쳐다봤다.

"마담은 누구세요?"

아버지의 물음에 엄마가 재빨리 손으로 머리를 가렸다.

"아니, 그게 아니라……."

"채민아, 아버지 방에 모셔."

채영이 말하자 채민이가 몸을 돌려 뒤로 사라졌다.

"현주야, 너 잠깐만 약국 좀 봐. 약 사러 오면 벨 누르고."

"예, 어머니."

채영은 엄마와 함께 약국을 끼고 있는 집으로 들어갔다.

방으로 들어가자 채민이가 아버지를 침대에 눕히고 있었다.

"술 잡수셨어요? 그래서 헛디디신 거예요?"

"그러셨대."

"얼마나 마셨는데?"

엄마가 깁스가 되어 있는 아버지의 오른발에 달라붙으며 속상한 얼굴로 물었다.

"소주 딱 한 잔."

"맥주 반잔에도 기절하는 양반이 소주를 왜 마셔?"

엄마가 많이 흥분한 것이 틀림없다. 저 지나친 코맹맹이 소리가 나올 땐 흥분했거나 속이 많이 상할 때다.

엄마가 아버지 깁스한 다리를 붙잡고 혀를 차는데 갑자기 아버지가 엄마가 쓰고 있던 두건을 획 벗겼다.

"어머나!"

엄마가 허둥지둥 머리를 가렸지만 두 손바닥으로 가려질 머리가 아니었다.

"아니, 이게 무슨 해괴한 작태야?"

아버지가 기가 막혀 못살겠다는 얼굴로 소리쳤다.

"그게, 좀 예쁘게 한다고 하는데 그년들이 이렇게 만들어놨잖아."

"저, 저 그 누구냐, 채영아? 니들 팀에 파삭인지 뭔지 그 낮도깨비 머리 아니냐?"

"파셋이요."

"아니, 그놈 머리를 당신이 왜 해?"

"당신한테 예쁘게 보이려고……."

"당장 바꿔! 예쁘긴 무슨 개뿔이, 우리 집에서 낮도깨비 돌아다니는 걸 보고 살아야겠어!"

아버지가 버럭 고함을 질렀다.

"바꾸고 싶은데, 그게, 지금 당장 바꾸면 끄슬린 머리카락이 가닥가닥 끊어지고 못쓰게 된대."

"그래서 언제 바꾼다고?"

"한 달은 지나야……."

"한 달이나 내가 그 꼴을 참아줘야 한단 말이야?"

"두건 쓰면 되잖아!"

엄마가 빽 소리를 지르자 아버지가 엄마 머리에서 벗겼던 두건을 내던졌다.

"당장 써!"

아버지가 소리쳤고 채영은 채민이와 엄마를 데리고 얼른 거실로 나왔다.

"엄마, 고소할 거야?"

"생각 중이야, 기집애야. 얘 채민아, 아버지 어느 쪽 발이니?"

"오른발이요."

"내일부터 차 내가 써야지."

엄마가 머리에 두건을 쓰며 어린아이처럼 좋아하는 걸 보던 채영이 재빨리 방문을 열었다.

"아버지, 저 내일부터 차 좀 쓸게요."

"알았어."

아버지의 대답을 듣고 방문을 닫는데 엄마가 찢어질 듯한 눈을 하고 채영을 노려봤다.

"내가 쓸 거야."

"아버지가 나 쓰라고 하셨어."

"내가 먼저 쓴다고 했잖아."

"그럼 아버지한테 물어볼까?"

채영이 방문 고리에 다시 손을 대는데 엄마가 됐어, 이 기집애야! 하고 소리치고는 쌩하니 약국으로 나가 버렸다.

"오늘 어땠니?"

"괜찮았어."

채영의 동생 채민이는 한국체대에 다니는 태권도 선수였다. 어제부터 시합이었는데 채민이는 오늘 출전했고 괜찮았다고 말하는 걸 보니 진 게임은 없었나 보다.

약국으로 나가려던 채영은 뭔가 생각난 듯 채민이가 막 들어간 방문을 열었다. 채민이는 옷을 갈아입으려던 참인지 트렁크 팬티 차림으로 서랍에서 옷을 꺼내고 있었다. 채영은 남동생 채민이의 몸을 천천히 아래위로 훑어봤다.

"그 시선은 뭐지?"

채민이가 근육질의 몸 위에 티셔츠를 껴입으며 물었다.

"너, 이리 와봐."

채영이 채민이 곁으로 가서 키를 대봤다.

"너 키가 몇이니?"

"186."

"내가 167이니까."

태진은 채민이보다 3, 4㎝ 작을 듯하다.

"너 허리 몇이니?"

"30."

186인데 허리가 30이면 군살 하나 없이 퍼펙트하다.

태진의 허리는 32는 될 듯하다.

"너 팔 좀 들어봐. 들어서 알통 좀 만들어봐."

채민이 누나가 시키는 대로 팔을 들고 알통을 만들었다.

태진도 채민이 정도의 알통을 가진 것 같다. 회의실 복도 끝에서 우악스럽게 껴안았던 그 힘을 생각하면 말이다.

"바지 입어도 돼?"

채민이 물었다.

"입어."

채영은 채민이가 트레이닝 바지를 껴입는 걸 유심히 쳐다봤다.

자신의 다리에 감겨 밀어붙이던 그의 탄탄한 다리. 그럼 그의 다리도 채민이처럼 근육질이겠지?

"몹시 굶주린 듯한 그 시선은 뭐지?"

채민이 잘생긴 얼굴에 음흉한 미소를 짓고 물었다.

"굶주렸어. 라면 좀 끓여. 현주 것도. 엄마가 밥 안 줄 것 같아."

"나 내일 결승이야. 라면 먹고 어떻게 시합을 뛰어. 삼겹살이라도 좀 먹여줘."

"결승 올라갔니? 어우, 장해."

채영이 채민이의 등을 다독였다.

"누나, 올 수 있어? 아버지 발가락 때문에 운전 못하시고 엄만 약국 보셔야 하잖아."

"일단 마당에 불판 준비해 놔. 가서 삼겹살 사 올게. 먹으면서 작전을 짜자구."

가방에서 지갑을 꺼내 나가려던 채영이 채민의 방으로 다시 들어갔다.

"넌 마음에 드는 여자가 생기면 막, 막 그러니까…… 막, 키스하고 싶다 뭐 그런 생각이 드니?"

"아직 마음에 드는 여자를 못 만나서 모르겠는데?"

"너 무용과 애 좋아했었잖아."

"에이, 그땐 고등학생 땐데 키스를 어떻게 해?"

"아이, 새끼. 모범생인 척하네."

"나 모범생이었어, 누나."

"하긴 네가 아버지 아들로서 모범생이 아니었다면 바둑판에 맞아 죽었지. 너 여자 친구 없어? 마음에 드는 여자도 없니?"

"없어."

"자랑이다, 새끼야. 요즘은 중학생도 다 여자 친구 있다는데."

"친구 놈들 보니까 좋으면서도 되게 성가시대. 여자 친구 생기면서 운동 제대로 안 되어서 나가리 된 놈들도 많아."

"그래서 넌 마음에 드는 여자를 못 만났고 그래서 키스하고 싶은 것도 모른다 그거지?"

"누나, 마음에 드는 남자 생겼어? 그런데 막 키스하고 싶어?"

"아니야."

"그럼, 누가 누나한테 막 키스해? 마음에 든다고? 어떤 새끼야?! 확 죽통을 돌려 버릴 테니까!"

채민이 불같이 성을 내며 소리쳤다.

"이 새끼가 왜 성질을 피우고 지랄이야. 야, 누나가 몇 살인지 몰라? 키스하자고 덤비는 놈 있으면 환영해야지 죽통 돌리면 뭔 수로 키스를 하냐!"

"어떤 놈인지나 알아?! 덤빈다고 다 받아줘?"

"어떤 놈인지 안다, 새끼야."

"그래서 누나, 키스한 거야?"

채민이 채영이 덤비는 놈 아무나 다 받아준 것으로 알고 안달이 나서 물었다.

"하고 싶다고."

채민이 거품 무는 꼴 보지 않으려고 말을 돌렸다.

"힘 좋고 돈 있는 선배 하나 물어다 달래도 들은 척도 안 하더니 성질은. 불이나 피워놔!"

"하여튼 누나가 급하다고 아무 남자나 막 만나고 그럼 나 못 참아."

"못 참으면 어쩔 건데?"

"하여튼 내가 무슨 짓을 할지 모르니까……."

채민의 말이 채 끝나기도 전에 채영이 채민이의 머리통을 쥐어박았다.

"네가 무슨 짓을 한 건데?"

"에이, 나 우리 집 6대 독자야!"

"난 우리 집 16대 독녀다! 16대가 대를 잇는 동안에 오로지 여자는 나 하나야. 너보다 내가 더 귀해."

채영이 윽박지르고 채민이 방에서 나왔다.

약국으로 나온 채영은 삼겹살 사러 간다며 그대로 약국을 통과하려는데 채민이가 약국으로 쫓아나오며 누나가 머리통 쥐어박았다고 엄마에게 일러바쳤다.

"다 큰 새끼가 꼰지르긴. 꼰질러 봤자지만."

채영이 하나도 안 무섭다는 듯 말하자 엄마와 오 약사가 웃었다.

"네가 누나한테 까불었겠지."

엄마가 머리통 쥐어박힌 채민이 아니라 채영의 편을 들자 채민의 얼굴이 일그러졌다.

"엄마! 어렵게 어렵게 얻은 6대 독자를 이렇게 막 함부로 해도 되는 거야? 누구네는 독자 아니라도 아들이라면 껌뻑 죽는다는데!"

"네 누나는 16대 독녀다. 그리고 누가 너 어렵게 얻었다 그러던?"

"어렵게 얻었으니까 누나랑 열한 살 차이 나지."

"열한 살 차이 나는 건 어렵게 얻어서가 아니라 그냥 생기는 대로 낳았더니 그런 거야."

엄마의 대답에 오 약사와 현주가 키득거리고 웃었고 채민이 억울해 죽겠다는 얼굴로 씩씩거렸다.

"그래서 난 별로 안 귀하다는 거야, 엄마?"

"귀하지, 그런데 누나도 귀해. 짠밥이 얼만데 누나한테 까불어? 아버지 앞에선 누나한테 까불지 마. 그런데 아버지 삼겹살 드신대?"

"아니, 채민이 결승 올라갔대. 삼겹살이라도 먹이려고."

"어머! 결승 올라갔어, 아들?"

엄마가 기특하다는 듯이 채민의 등을 다독이는데도 채민이는 통통 부어 있었다.

주둥이 한 발 내밀지 말고 가서 불 피우라는 엄마의 말에 내가 불을 피워야 고기도 얻어 먹냐는 채민이의 푸념을 들으며 채영이 현주를 끌고 약국을 나왔다.

"내일 명 팀장님한테 뭐라고 하고 외출을 허락받을까?"

"넌 프리랜서인데 뭘. 그냥 나가도 되잖아."

"명 팀장님한테는 안 통할 것 같아. 나도 분위기 흐릴까 봐 동생 경기장 가야 해서 나갔다 오겠다는 소리는 못하겠고."

"채민이가 꼭 오래?"

"채민이 결승 올라간 거 대학 가고 처음이야. 가서 응원해 줘야 해. 아버진 발 다치셨고 엄만 약국에서 몸을 못 빼잖아."

"그럼 우리 둘이 같이 빠질래?"

"건 안 되지. 뭐, 방법 없을까?"

"아! 우리 두두 외주 작업 준 캐릭터 디자인 작가들 닦달하러 간다고 해."

"됐어."

"이번 주 중으로 수정된 그림 나온다 했거든. 시합 보고 잠깐 들러서 가져오든지 시합 보러 가기 전에 잠깐 들리든지."

"좋았어."

채영이 신나게 웃으며 정육점으로 가던 채영이 걸음을 멈추고 현주를 노려봤다.

"너 아까, 이빈한테도 작업 걸고 정태진 사장님한테도 추파 던지더라."

"정태진 사장님 내 이상형이라고 말했잖아."

"이빈도 이상형이고? 너 이상형이 왜 이렇게 많니?"

"둘 다 찔러볼 거야. 어느 감이 달고 맛날지. 뭐, 불만있어? 있음 말해."

"정태진은 내 감이다. 주차장에서 내가 먼저 땄어."

채영의 말에 현주의 눈이 튀어나올 듯이 커졌다.

"땄어?!"

현주의 묘한 뉘앙스의 말에 채영이 어이없다는 듯 고개를 젓는데 현주가 바짝 다가서더니 속삭였다.

"맛있었어?"

현주의 말에 채영이 내가 미쳐 하고 중얼거리며 현주에게 눈을 흘기고 정육점으로 가버렸다. 현주는 엉덩이를 실룩거리며 걸어가는 채영의 뒷모습을 쳐다보다가 배시시 웃었다.

"아우, 기집애. 빨리도 땄네. 네가 벌써 따버렸다니, 그럼 난 이빈이나 따야지. 그런데 어째 내 감보다 그 감이 더 실해 보인다."

정각 아홉 시에 어제 사무실에서 기밀서류를 담아간 상자를 들고 사무실에 들어선 명 팀장님은 몹시도 어이없어하는 얼굴로 파셋과 형도, 그리고 요셉을 쳐다봤다.

채영과 현주는 명 팀장의 반응이 당연하다는 듯 역시나 곱지 않은 얼굴로 남자들을 노려봤다.

규락을 제외한 남자 직원들은 모두 맨발이었다. 채영도 맨발이었다. 맨발이야, 맨발이고 싶어서 카펫을 깔아달라고 했던 것이니 놀라울 것도 없었지만 옷차림은 일부러 명 팀장님의 화를 돋우려고 작당을 쳤다 해도 무리가 아닐 만큼 참 파격적이었다.

파셋은 아주 잘 익은 연시색의 양복을 입고 있었고, 형도는 연두색 양복을 입고 있었는데 어울리기는커녕 끔찍했다. 양복과 전혀 어울리지 않은 맨투맨 티셔츠 하며. 대체 양복바지를 왜 저렇게 만들었을까. 엉덩이와 허벅지는 펑퍼짐하게 몸뻬 바지를 연상시켰고 갑자기 종아리부터 좁아지기 시작한 바지폭은 그 옛날 가수 소방차가 즐겨 입던 그 승마복을 떠올리게 했다. 어디서 본 듯한데 어디서 누가 입었을까 얼른 생각나지 않는 참 묘한 양복이었다.

요셉은 당장에 패션쇼장에 뛰어들어 턴을 해야 될 정도로 너무 파격적인 양복을 입어서 오히려 불쾌감을 주고 있었다. 썩 잘빠진 몸매라고 할 수도 없는데 저렇게나 과하게 타이트한 양복을 입었다니.

"아니, 대체 그 양복들은 뭔가?"

명 팀장이 파셋의 책상에 상자를 탁 하고 내려놓으며 불만에 찬 목소리로 물었다.

"멋지지 않나요?"

"멋지냐고? 채영 씨, 현주 씨, 여자들이 볼 땐 이 해괴한 양복이 멋지게 보이나?"

"우리 눈에도 해괴하게 보여요, 팀장님."

현주가 재빨리 대답했다.

"대체 저런 해괴한 양복을 어디서 구해 입었는지 궁금할 따름이에요. 분명히 말씀드리는데요, 팀장님. 우리도 꼴 보기 싫어 죽겠어요."

채영도 거들었다.

현주와 채영까지 합세해 못 봐주겠다 다그치자 파셋과 형도가 입술을 실룩거렸다.

"거기 요셉 씨도 다른 양복으로 입어줬으면 좋겠어."

명 팀장이 말했다.

"저는 왜요?"

요셉이 항의했다.

"바지라도 조금 덜 붙는 걸로 입어주든지 어쩔 수 없이 보게 될 때마다 조금 민망해지려고 하거든."

현주가 요셉을 은근한 눈길로 흘낏거리며 말했다.

요셉의 양복은 스판텍스가 분명했다. 그렇지 않고서야 저렇게 달라붙을 수가 없다. 엉덩이부터 종아리를 지나 발목까지 조금 심하게 말해 스타킹을 신은 것처럼 착 달라붙어 몸매가 적나라하게 드러났다. 다 좋은데, 몸매 드러내는 것에 대해 누가 뭐라고 하겠냐만 시선 처리를 어떻게 해야 할지 몹시 난감했다. 착 올라붙은 엉덩이야 그냥 봐준다지만 앞부분은…… 민망하게 돌출된 앞부분은 정말 시선 둘 곳이 없어 난감하다. 요셉이 일어설 때마다 저절로 고개를 들고 쳐다보게 되는 것도 난감하고.

"그냥 봐."

요셉이 천연덕스럽게 말했다.

"성희롱이야."

"고소당하고 싶어?"

"아니면, 날 잡아잡숴 하는 뜻이든지."

현주가 노골적인 시선으로 요셉의 몸을 훑어 내리자 요셉이 슬그머니 풀어놓은 양복저고리 로 앞섶을 가리며 단추를 채웠다. 그렇다고 그것이 가려진다더냐.

"규락 씨, 어제 넘긴 스토리는 어때?"

"개연성이 좀 부족한 것 같지 않아?"

"어느 부분에서?"

"두두가 하루에게 사과하는 부분 말이야."

"제발 규락 씨, 유아 대상 프로니까 단순하고 순수하게 가자고 했잖아. 너무 복잡한 설명을 하려고 하지 말고."

"하지만……."

"처음 컨셉대로 가는 것이 좋을 것 같아, 규락 씨."

파셋이 끼어들었다.

"규락 씨의 치밀하고 섬세함은 나도 인정하는데 지나치면 내용이 무거워져."

파셋의 말에 채영이 입술을 실룩거리며 파셋을 노려봤다.

"그러니까 파셋, 나한테는 치밀함과 섬세함이 없다 그 말이네?"

"대신에 채영 씨한테는 반짝거리는 아이디어와 스토리가 무궁무진하잖아."

"용서해 줄게."

"고마워."

"알았어. 내가 다시 한 번 읽어볼게."

규락의 말에 채영이 좋아 하고 대답한 후 명 팀장에게 갔다.

"외출 허락해 주세요."

"무슨 외출?"

"우리 두두 외주 작업 맡긴 게 있거든요. 거기 사무실에 들러서 캐릭터 살펴보고 와야 해요."

명 팀장이 현주를 쳐다봤다.

"외주 작업?"

"네, 합병 전부터 일하던 사람들이에요."

"캐릭터라면 현주 씨가 가야지 왜 채영 씨가 가요?"

명 팀장님 예리하다.

"제가 작가잖아요. 제가 상상하는 캐릭터하고 잘 맞나 직접 봐야 해요."

명 팀장님의 예리함을 잘 피해가는 채영.

"그래? 몇 시간이나 걸려?"

"한 다섯 시간쯤요. 그 이상 걸릴지도 모르고."

"퇴근 시간 전에 오는 거야?"

"그럼요."

"알았어. 다녀와."

"감사합니다, 팀장님."

채영이 자리로 돌아오며 현주에게 눈을 찡긋거렸다.

"가서 재촉 좀 해."

현주가 일부러 연극을 했다.

"알았어. 다녀오겠습니다!"

채영이 벗어두었던 신발을 신으며 신이 난 목소리로 말하고는 재빨리 사무실을 나가 엘리베이터 버튼을 눌렀다.

"오빠한테 명함 받고 깜짝 놀랐잖아요, 선배."
"레전드 사장님이 네 오빠일 줄 몰랐어. 시사회 때 보니까 네 오빠더라고."
"원래 그럴 계획 없었는데 아버지 수술 받으시는 바람에 갑자기 그렇게 됐어요."
"그렇구나."
"얼마나 됐어요? 일은 재밌어요?"
"사 년 됐어. 재밌어."
진선유가 밝게 웃으며 말했다.
"결혼 안 했죠?"
"결혼은 무슨. 애인도 없어."
"어머, 선배처럼 예쁘고 근사한 사람이 애인도 없어요?"
태인이 놀라는 척하며 말했다.
"괜히 비행기 태우지 마. 넌 애인 있지?"
"나도 없어요."
"조카는 몇 명이야?"
"조카라니요?"
"사장님 결혼하셨을 것 아니야."
"아, 오빠 결혼 안 했어요, 아직."
"어머, 난 했을 줄 알았지."
"요즘 들어 부쩍 결혼하고 싶은 모양이에요."

"그래?"

진선유의 얼굴이 솔깃해지며 눈모양이 세모가 됐다.

"다음엔 우리 밖에서 만나요, 선배. 동아리 친구들도 같이."

"술 한잔하자구."

"좋아요."

"태인아, 가자."

태진이 휴게실로 불쑥 들어오며 말했다.

진선유가 얼른 자리에서 일어나 태진에게 인사했다.

"안녕하세요, 사장님."

"안녕하세요. 그만 가야겠다."

"알았어, 오빠. 선배, 연락할게요."

"응."

진선유가 태진에게 가볍게 목례하자 태진도 진선유에게 목례를 한 후 태인을 데리고 휴게실을 나갔다.

"결혼을 안 했단 말이지?"

진선유의 입가에 은밀한 미소가 걸렸다.

얼마 만에 잡아보는 운전대인지.

아버지는 프로바둑기사, 어머니는 약사, 채영은 많을 땐 많고 없을 땐 한 푼도 없는 프리랜서 작가.

아버지가 한 해에 벌어들이는 대국 상금도 만만찮았고, 어머니가 약국에서 벌어들이는 돈도 만만찮았지만 아버지는 자동차는 무조건 가구당 한 대를 고집하셨다. 어머니가 이 년을 넘게 조르다 포기했고 채영 역시 따놓은 면허증이 아까우니 아주 작은 소형 차라도 안 될까요? 라고 여쭀다가 여지없이 욕만 먹었다. 기름도 안 나는 나라에서 식구 수마다 차를 굴려서 뭘 할 거냐며 정 차를 굴리고 싶으면 땅을 파서 기름을 찾아내라 주의셨다.

"면허증은 뭐 하러 돈 들여 땄나 몰라."

엄마의 푸념이었다.

하긴 엄마는 정말 뭐 하러 면허증을 땄나 모르겠다. 것도 쉰이 넘어서 말이다.

운전대 한 시간 잡고 나면 얼마나 긴장을 했나 3박 4일 온몸이 쑤시고 아파서 못 견뎌하면서 말이다. 그토록 말렸건만 필기시험에서도 60점을 못 따내 다섯 번이나 재도전하고 주행에서는 무려 열한 번이나 도전한 끝에 기어이 따냈다. 인간승리였다. 면허증 따고 도로주행 연수도 한 달이나 받았지만 운전은 엄마 일생을 통틀어 딱 한 시간 이십 분밖에 못했다.

도로주행을 끝내고 으스대며 아버지를 옆에 태우고 첫 외출을 했을 때 한 시간 이십 분 동안 아버지가 퍼붓는 온갖 모욕에 결국 울음을 터뜨리고 10차선 한가운데서 차에서 버리고 내려 버렸었다. 엄마는 택시를 타고 집으로 오셨고 아버지는 엄마가 버리고 간 차를 몰고 집으로 오셨다. 엄마는 그냥 하는 대로 입 다물고 있지 옆에서 모욕을 주고 겁을 주는 바람에 더 긴장했고 그래서 운전이 안 됐다고 퍼부어댔다. 아버지는 도로연수를 한 달이나 받아 놓고도 깜빡이 하나 제대로 못 켜냐고, 좌회전 할 때인데 우회전 깜빡이는 왜 켜는 거냐고, 햇볕은 쨍쨍인데 난데없이 와이퍼를 켜지 않나 사방에서 클랙슨은 울려대는데 10차선 한가운데서 차를 버리고 가버리면 어쩌냐고 퍼부으셨다.

그 사건으로 두 분은 한 달 보름 동안 각방을 쓰셨고 그 후로 엄마는 운전을 못했다. 아버지가 키를 주지 않았기 때문이다. 아버지가 대국을 위해 일본이나 대만, 중국으로 가시면 차는 나머지 가족들이 알아서 썼는데 항상 채영의 차지였다. 아버지가 떠나기 전에 못을 박아두시기 때문이다. 엄마는 절대 안 된다고.

엄마는 아버지를 야속해했지만 아버지의 엄마 운전 결사반대. 이유는 명백하고도 아름다웠다.

"네 어머니 정신없는 거 알잖아. 그리고 난 네 어머니랑 오래 살고 싶다. 깜빡 실수해서 사고라도 나면 난 어떻게 하란 말이니? 난 네 어머니 없이 못산다."

채영과 채민은 아버지가 안 계시면 절대 엄마에게 키를 주지 않았다. 엄마에게 어떤 폭언을 들더라도.

채영은 엄마를 생각하는 아버지를 보면서 한 가지 소망을 가졌더랬다. 내 남편도 우리 아버지처럼 네 어머니 없인 못산다는 말을 진심으로 내뱉는 남자를 만나면 얼마나 좋을까. 정말 그런 남자를 만나야 하는데.

채영이 흐뭇하게 미소 짓는데 엘리베이터가 멈춰 서더니 문이 열렸다. 문 앞에 바짝 다가서 있던 채영이 뒤로 물러나는데 정태진 사장이 엘리베이터 안으로 들어왔다. 옆에 아리따운 아가씨를 하나 달고. 젠장!

"한채영 씨?"

"안녕하세요, 사장님."

채영의 눈길이 곱지 않다.

채영이 태진의 곁에 선 여자를 흘낏 쳐다보자 여자가 가볍게 목례했다.

'넌 뭐 하는 계집이더냐.'

채영은 예의상 여자에게 목례를 해주었다.

"외출합니까?"

"네, 외주 작업 준 거 점검하러요."

"외주 작업?"

"그림과 이야기 때부터 같이한 팀이 있거든요. 지금도 계속 함께하고 있어요."

"그렇군요."

태진은 함께 탄 아가씨와 채영의 옆으로 나란히 섰다.

채영은 막 불쾌해지려고 하고 있었다. 왜 불쾌해지려는지 모르겠지만 하여튼 불쾌해지려고 했다.

저 여자 누굴까? 정태진의 애인?

정태진의 애인인지 뭔지 하여튼 무척이나 아리따운 아가씨는 몹시 젊고 풋풋했다.

채영보다 서너 살, 아니, 대여섯 살 어려 보였다.

"어디로 가십니까? 모셔다 드리죠."

태진의 말에 채영이 태진을 쳐다봤다. 채영이 쳐다보자 태진도 채영을 쳐다봤다.

'네 다린 나이론이냐? 두 여자한테 다리 한 짝씩 걸쳐 놓겠다?'

"저요?"

"예, 채영 씨요."

"차 가져왔어요."

"차가 있었나요? 그날은……."

"아버지 차예요. 발가락이 부러지셔서 한동안 운전 못하시거든요."

"저런, 괜찮으신 겁니까?"

"깁스하셨어요. 심각한 상황은 아니구요."

"다행입니다."

"네."

엘리베이터는 지하 주차장에 멈춰 섰고 태진이 맨 먼저 내리고 태진의 여자가 내리고 채영이 내렸다.

"그럼 나중에 또 봅시다."

"네."

"카펫은 마음에 들던가요?"

"네, 감사합니다."

태진이 채영에게 가볍게 목례하더니 여자와 다정하기 그지없이 자신의 외제차로 갔다.

채영은 괜히 뚱해진 기분으로 앞서서 가는 태진과 여자의 뒷모습을 쳐다보다가 아버지의 레저용 지프차로 향했다.

"여자가 있었단 말이야?"

채영이 슬쩍 고개를 돌리자 여자가 탈 수 있도록 태진이 친절하게도 조수석 문을 열어주는 게 보였다.

"허."

채영이 기막혀하며 아버지의 지프차 문에 열쇠를 꽂는데 주차장 안으로 들어와 주차할 자리를 찾던 차 한 대가 채영의 앞에서 멈춰 섰다.

"채영 씨."

고개를 돌려보자 이빈이었다.

"어디 가세요?"

"네, 외근이요. 어디 다녀오시나 봐요."

"예."

그 정도로 인사했으면 됐다 싶은데 이빈이 기어이 차에서 내리더니 채영에게 다가왔다.

"혹시 오늘 퇴근하고 약속있어요?"

"오늘요?"

"예."

"왜요?"

"영화 표 두 장이 공짜로 생겨서요. 같이 갈래요?"

'어허, 이거 현주가 알면 거품 물 일인데.'

하고 생각하면서 태진 쪽으로 고개를 돌리자 태진의 차가 막 움직이기 시작했다. 곁에 여자를 태우고. 욱하고 화가 치밀었다.

"영화 좋죠."

홧김에라도 좋다. 부글거리는 속만 풀 수 있다면.

"잘됐네요. 같이 가요."

"이빈 씨 덕분에 공짜 영화 보게 됐네요."

이빈과 채영이 싱글벙글 웃는데 옆자리에 여자를 태운 태진의 차가 교차되면서 지나쳤다. 혹시 잘못 봤을지도 모르지만 태진은 마주 서서 방글거리고 웃고 있는 이빈과 채영을 불쾌한 시선으로 훑으며 지나갔다.

"그럼 나중에 봐요."

"그래요."

채영은 차에 올라 시동을 걸고 차를 몰고 주차장을 빠져나왔다. 주차장을 빠져나오는 순간 이빈이 함께 영화 보자고 했던 것은 싹 잊어버리고 태진이 웬 여자와 함께 어디론가 갔다는 사실 때문에 다시 속이 부글거리기 시작했다.

"애인이 있었단 말이야? 애인이 있으면서 나하고 그렇게 진한 키스를 했단 말이야? 기가 막혀서!"

채영은 씩씩거렸다.

"하여튼 돈 많은 것들은 싸가지가 없어요."

채영은 서른셋이 되어야 겨우 찾아진 이상형 남자에게 여자가 있었다는 생각하자 속이 상했다.

"야, 이 새끼야. 넌 아웃이다, 아웃. 아이, 새끼. 내가 사랑 좀 해 주려고 했더니 여자가 있어?"

채영은 속이 부글거리는 것을 느끼며 지껄였다.

"괘씸한 새끼."

국기원에 주차를 한 채영은 휴대전화로 전화를 걸었다.

"누나야. 너 어디니?"

[대기실이야.]

"나 왔어."

[그래? 관중석에 가서 봐, 누나.]

"끝나면 너 못 보니?"

채영이 차에서 내려 차 문을 잠그며 물었다.

[볼 수 있을 거야.]

"누나가 팀장님한테 거짓말하면서까지 여기 왔으니까 너 무슨 일이 있어도 이겨야 해. 알았어?"

[알았어, 누나.]

"근데 얼마나 기다려야 하니?"

[나 사십 분 정도 후에 할 것 같아.]

"알았어."

채영이 국기원 안으로 막 사라질 때 태진의 차가 국기원 주차장에 멈춰 섰다. 태진은 채영이 국기원 안으로 들어가는 걸 보지 못했다.

채영은 전국 태권도 대학팀들의 틈에 끼어서 채민이 시합장에 나오길 기다렸다. 아마 순서를 기다리고 있을 것이다. 지금 웰터급 결승전을 하고 있으니 다음은 미들급인 채민이 차례일 것이다.

채영은 웰터급 결승전이 끝나지도 않았는데 벌써 초조하고 긴장이 되어서 손바닥에 진땀이 배어나올 지경이었다.

착한 채민이. 채영에겐 늘 항상 착한 채민이었다.

하루 종일 살인적인 훈련에 반시체가 되어서 몸을 질질 끌다시피 집으로 돌아와서도 누나가 심부름을 시키면 군소리없이 마다 않고 해주는 동생이고, 시합 전에 체중 조절하느라 도복 위에 땀복을 껴입고 땀복 위에 파카까지 껴입고 하루 온종일 땀을 흘려 기진맥진해서도 누나가 라면이 먹고 싶다면 즉시 끓여다 바쳐 주는 동생이었다. 야근이 있는 날 새벽 두세 시에야 퇴근하게 된 채영이 혼자 걷게 될 어둡고 음침한 골목길이 무서워 큰길가에 나와서 기다리라고 전화하면 완전히 넉다운이 되어서 자다가도 헐레벌떡 뛰어나오는 동생이 채민이고, 자다가 깨서 입 안이 깔깔할 텐데도 출출하다는 채영과 함께 편의점에서 삼각 김밥을 사서 같이 먹어주는 동생이 채민이다. 그뿐이 아니었다. 늙어가는 누나가 피부가 칙칙해졌다고 짜증을 부리면 냉큼 가서 오이를 썰어와 얼굴에 붙여주는 동생이고 채민이가 너무너무 좋아하는 섹시한 여자 연예인 광고가 나올 때 너 솔직히 말해 쟤가 예쁘니? 내가 예쁘니? 하고 물으면 곧 죽어도 우리 누나가 100배 예쁘지 하고 말하며 비위를 맞춰주는 동생이었다. 누군지 몰라도 채민이 색시 되는 사람은 남자 하나는 끝내주게 잘 만나는 거라고 남 주기 정말 아까운 동생이었다.

초등학교 2학년 때부터 태권도를 시작한 채민이는 중학교 때부터 학교 선수로 뛰기 시작하더니 고등학교 때는 전국체전에서 두 번이나 금메달을 땄다.

고등학교 때까지만 하더라도 국가대표는 따놓은 당상이라는 말이 헛소리가 아닐 정도로 잘나가던 동생인데 한국체육대학에 입학한 그해 무릎 부상으로 근 일 년을 제 기량을 발휘하지 못한 채 보냈고 그 여파로 3학년 되도록 아직 이렇다 할 성적을 내지 못하고 있었다. 전국에서 태권도 달인들만 모인다는 학교에서 달인 중의 달인이 되기 위해 밤낮으로 운동 또 운동이었지만 결승전에 아예 올라가지 못하거나 결승전에 올라가도 금메달을 눈앞에 두고는 미끄러지고 말았다. 결승전에 오른 건 일 년 만인 것 같다. 대학에 들어가서 가장 좋은 성적이 동메달만 네 개였으니 이번엔 꼭 금메달을 따내야 했다. 벌써 3학년. 밑에서 날고기는 후배들이 치고 올라오고 있었다. 졸업하기 전에 태권도인으로 이름 석 자 제대로 새기려면, 날고기는 후배들에게 치이지 않으려면 금메달이 꼭 필요한 때다.

채민이는 금메달에 목말라 있었다. 채영이도 마찬가지고 가족 모두가 채민이의 금메달에 목말라 하고 있었다. 웰터급에서 미들급으로 체급을 올리고 두 번째 시합이었다. 이번엔 무슨 일이 있어도 금메달을 따야 한다.

웰터급 결승전이 끝났다. 채영은 길고 깊게 심호흡을 했다. 조금 있으면 채민이가 나올 것이다.

채영이 초조하게 기다리고 있는데 잠깐 동안의 경기장 정리 시간이 지나고 선수들이 나오기 시작했다. 채민이다. 한 손에 헤드기어를 들고 가슴에 호구를 착용하고 걸어나오는 키 큰 남자. 채영은 자신도 모르게 벌떡 일어났다.

"한채민 파이팅!!"

채영의 곁에 앉아 똑같은 학교 유니폼을 입고 있던 한 무리의 학생들이 귀청이 떨어져 나갈 정도로 큰 소리로 파이팅을 외쳤다. 채민이가 고개를 돌리더니 관중을 향해 손을 들어 보였다. 채영은 동생을 위해 파이팅을 외쳐 주자 흥분되는 것을 느끼며 학생들에게 밝게 웃어 보였다.

"채민아, 파이팅!"

채영도 소리를 질렀다.

채민이가 다시 한 번 손을 들어 보였다.

코치가 채민이에게 끝없이 지시하는 모습이 보였다. 채민이가 연신 고개를 끄덕이는 모습도 보였다.

채영은 조금 걱정스러웠다. 채민이와 결승에 올라온 상대 선수는 채민이보다 조금 더 커 보였다. 채민이도 작은 키가 아닌데 채민이보다 더 크다니. 채민이가 자신보다 큰 선수를 상대할 수 있을까 걱정스러웠다.

채민이가 경기장으로 들어갔다. 상대 선수도 들어왔다. 두 선수는 상대편 코치에게 뛰어가 깍듯하게 인사를 하고 결승에 오른 선수들끼리도 악수를 나누었다.

심판이 자리를 잡았다.

"차렷! 경례!"

심판의 구호에 맞춰 선수들이 인사를 했다.

"준비!"

준비라고 외치자 채민이와 상대 선수가 여유롭게 대련 자세를 잡았다.

채영은 긴장하며 두 손을 깍지 끼고 모아잡았다.

"시작!"

태권도는 국내대회는 물론이고 국제대회에서도, 하물며 올림픽에서도 모든 용어가 한국어다. 심판은 백인이든 흑인이든 황인이든 태권도 경기장에선 한국 용어로만 진행을 해야 한다. 태권도에선 한국 태권도 용어가 법인 것이다. 태권도 인이라면 한국인이 아니더라도, 다른 한국말 한마디 못해도 태권도 용어를 정확하게 알고 있어야 한다. 세계 태권도 선수들이 한국 국기원에 와서 한국 국가대표 선수들과 함께 훈련받는 것을 가장 큰 희망으로 알고 있고 국기원에 와서 훈련을 받은 선수들은 그 무엇보다 큰 영광으로 생각한다. 이렇게나 자랑스러운 운동을 채민이가 하고 있는 것이다.

채민이와 상대 선수가 서로의 눈과 스텝을 재빨리 훑으며 기회를 엿보고 있다. 상대방의 스텝에 촉각을 곤두세우는 건 당연하다. 스텝에서 어떤 발차기가 나올지 읽을 수 있기 때문이다. 상대방에서 먼저 돌려차기가 나왔지만 채민이는 팔로 막아내며 점수를 허용하지 않았다. 도복 안에 착용한 팔 보호대가 상대 선수의 강한 돌려차기를 흡수해 주었을 것이다. 그래도 충격을 완전히 잡아주는 것은 아니어서 채민이는 제법 통증을 느꼈을 것이다. 채민이가 아플 것이라 생각하자 채영은 자신의 팔도 아픈 것처럼 느껴졌다.

이번엔 채민이가 돌려차기를 했고 상대 선수가 막아냈다. 심판이 두 주먹을 부딪치며 서로 공격하라고 주문을 했다. 심판의 주문이 끝나기 무섭게 채민이와 상대 선수가 동시에 나래차기를 하며 공략하다가 서로를 껴안았다. 서로를 껴안는 이유는 점수를 허용하지 않으려는 기본적인 방어다. 채민이와 상대 선수 똑같이 1점을 얻었다. 동점이다. 관중석에서 내지르는 환호성과 괴성으로 천장이 들썩거리는 것 같다.

"후욱."

채영은 입 안이 바짝 타 들어가는 것을 느끼며 한숨을 내쉬었다.

국제대회에선 보통 3분 3회전이지만 국내에선 2분 3회전을 치른다. 1회전은 이제 몇 초밖에 남지 않았다.

1회전이 끝나기 직전 채민이가 빠른 발을 찼고 채민이의 발등이 상대편의 호구를 적중하며 퍽 하는 경쾌한 소음이 났다. 채민이 1득점. 2:1, 1회전이 끝났다.

"후욱."

채영은 다시 한 번 한숨을 내쉬었다. 마음 같아서는 채민이가 상대 선수의 정신을 쏙 빼놓을 만큼 화려한 발차기를 연타로 날려주었으면 싶지만 잘하는 선수일수록 함부로 발차기를 내놓지 않는다. 어떤 발차기가 나올지 스텝에서 읽어버리고 받아칠 준비를 하기 때문이다. 받아칠 준비를 하기 전에 치고 빠지거나 받아치는 발차기까지 차단해 가며 밀고 들어가야 한다. 물론 쉬운 일이 아니다. 고수들일수록 발차기를 아낀다.

2회전 시작.

"한채민 파이팅!"

다시 학생들의 구호 소리가 국기원을 뒤흔들었다. 상대 선수의 관중에서도 구호가 터져 나왔다.

"파이팅!"

채영도 다시 한 번 고함을 내질렀다.

카랑카랑하고 맑은 고음에 문득 고개를 돌린 태진의 눈에 상기된 얼굴의 채영이 들어왔다. 외주 작업을 준 팀들을 만나러 간다던 채영이 국기원에서 열렬하게 응원을 하고 있다니.

채영은 태진이 자신을 보고 있다는 것을 전혀 모르고 있었다.

2회전에선 채민이는 1점을 얻고 2점을 잃었다. 결국 3 대 3 동점이 된 채로 2회전을 끝냈다. 1회전보다 발차기가 더 많이 나와 지루하지 않아 좋았지만 동점이 되고 말자 채영은 피가 마르는 것 같았다. 한 점이라도 리드하고 있을 때는 덜 답답했는데 이제는 동점. 보나마나 3회전에선 불꽃이 튈 것이다. 이건 예선이 아니라 결승이고 금메달이 걸린 경기다. 3회전에선 한 점이라도 더 따기 위해 견제 시간을 줄이고 공격을 늘릴 것이다.

3회전 시작.

역시나 심판의 시작 구호가 울리자마자 채민이와 상대 선수는 서로에게 맹렬한 공격을 퍼붓기 시작했다. 서로 서너 번씩 돌려차기를 주고받았다. 돌려차기 서너 번 주고받으면서 상대 선수는 2점, 채민이는 1점을 얻었다. 채민이가 지기 시작했다.

상대 선수가 내려찍기를 시도했지만 채민이는 잘 피해냈고 채민이가 뒤차기를 하자 상대 선수도 잘 피해냈다.

"오…… 제발 시간이 얼마 안 남았어, 채민아."

채민이가 뒤지고 있는데 시간은 참 정확하게도 흘러가고 있었다.

다시 두 선수의 발차기가 현란하게 서로를 공격했지만 두 사람

다 득점은 실패했다.

시간이 얼마 남지 않았다고 생각하는 순간 채영이 이러다간 이번에도 금메달을 놓치고 말겠다며 깍지 낀 손이 떨릴 정도로 용을 쓰는데 채민이의 다리가 번개처럼 올라간다 싶더니 상대 선수의 얼굴을 위에서 아래로 긁어 내리듯 가격했다.

“아악!”

채영이 괴성을 질렀다.

채민이는 얼굴 가격으로 2점을 따냈다. 1점 뒤지고 있다가 대번에 역전한 것이다. 함성 소리도 더욱 커졌다. 정말 귀가 떨어져 나갈 것 같았지만 채영은 오히려 그 함성을 즐기고 있었다.

“채민아! 채민아, 파이팅!”

채영 역시 저절로 악을 썼다.

1점을 뒤진 상대 선수가 시간에 쫓기자 무리하게 채민이를 향해 압도해 왔다. 채민이는 상대 선수의 발차기를 받아치며 리드하고 있는 점수를 유지하기 위해 애썼다. 상대 선수가 급하게 달려드는 찰나 채민이가 나래차기를 시도했고 나래차기가 정확하게 상대 선수 양옆구리에 가격되며 또다시 2점이 올라갔다. 3점 리드! 남은 시간은 12초!

“악, 채민아! 버텨, 지켜!”

채영이 두 주먹을 불끈 쥐고 소리 질렀다.

상대 선수가 미친 듯이 채민이에게 달려들고 채민이 역시 상대 선수에게 점수를 허용하지 않기 위해 필사적인 방어를 했다.

“그만!”

심판이 두 사람을 떼어놓았다. 심판이 채민이의 승을 선언했다. 채민이가 두 팔을 번쩍 치켜들었다. 채민이가 이겼다! 금메달이다!

"한채민! 한채민!"

채영이 팔짝팔짝 뛰며 채민이를 외쳐 불렀다.

저 아이가 내 동생이라고, 저 멋진 아이가 내 동생이라고 고래고래 악을 쓰고 싶었다.

채영이가 물어 물어 채민이가 있을 대기실을 찾아가면서 집에 전화를 걸었다.

"예, 아버지. 채민이가 금메달 땄어요. 금메달이요! 3점이나 리드하면서 땄어요!"

채영이 신이 나서 소리쳤다.

"그럼요, 너무너무 잘했어요. 상대 선수가 채민이보다 5㎝는 더 커 보이던데 그 큰 선수를 눌렀다니까요. 저기요, 한체대 대기실 어디예요?"

채영이 아버지와 통화 중에 재빨리 지나가던 사람에게 물었고 저쪽이라고 가르쳐 주었다.

[얘, 채민이 만났니?]

수화기는 어느새 아버지에서 엄마에게로 넘어가 있었다.

"지금 만나러 가는 중이야, 대기실로."

[몇 시에 오나 물어봐. 어디 술 마시러 가지 말고 집으로 오라고 해. 고기 궈먹자고.]

"엄마, 고기는 어제 먹었잖아."

[어제 먹었나? 그럼 뭐 먹을까? 얘 우리 개고기 먹으러 갈까?]

"채민이한테 물어볼게. 나중에 다시 전화해, 엄마."

[일찍 들어오라고 해!]

"알았어."

채영이 전화를 끊고 한체대 대기실 안을 기웃거리다가 고개를 쑥 집어넣었다. 친구들인지 선배들인지 모르겠지만 축하를 받고 있는 잔뜩 들뜬 얼굴의 채민이가 보였다.

"채민아."

채영이 부르자 채민이가 고개를 돌렸다.

"누나."

채민이 얼른 대기실 밖으로 나왔다.

"잘했어, 잘했어!"

채영이 채민이의 등을 다독였다.

"너무 잘했어. 장해, 막 기뻐."

채영의 말에 채민이가 예뻐 죽겠는 얼굴로 씩 웃었다.

"착하기도 하여라. 근데 나 이제 가야 해. 회사 들어가 봐야 하거든."

"점심시간인데."

"점심시간이면 같이 밥 먹을 수나 있니?"

"아니."

채민이가 미안한 듯 웃으며 고개를 저었다.

"엄마가 너 개고기 먹겠냐고 물어보래."

"저녁?"

"응, 너 일찍 들어오래. 술 마시지 말고."

"일찍은 못 갈 것 같은데."

"엄마가 너 일찍 오랬어."

"노력할게."

"어이, 채민아!"

누가 저만치서 채민이를 외쳐 불렀고 채영과 채민이가 동시에 고개를 돌렸다. 복도 저 끝에서 채민이를 향해 오고 있는 몇 사람이 보였다. 채민이가 고개를 꾸벅하며 인사했다.

"헉!"

채영은 채민이를 향해 오고 있는 사람들을 쳐다보다가 기절하는 줄 알았다. 정태진!! 그가 거기 있었다.

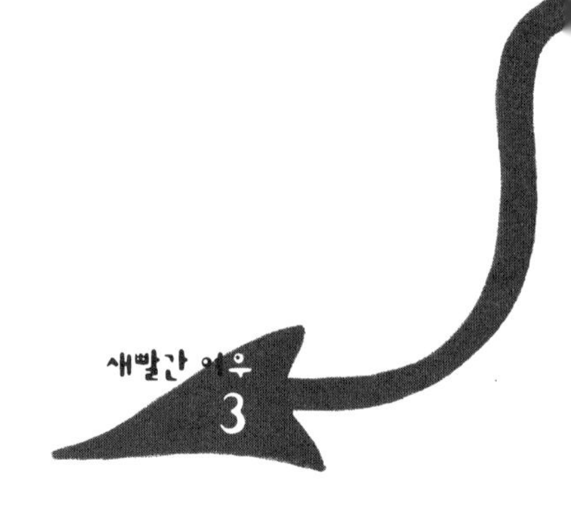

저 남자가 어째서 여기 국기원에 있단 말인가. 그리고 채민이를 향해 오는 무리들과 왜 함께 있느냔 말이다! 외주 작업 맡긴 곳에 간다고 거짓말했는데 젠장! 사장님한테 들통나다니.

채영이 획 돌아섰다.

"채민아, 나 간다."

"누나?"

"나 간다고."

채영이 정태진에게 들키지 않았을 거라고 확신하며 잰걸음으로 위험 구역에서 벗어나기 시작했다.

"한채영 씨?"

굵은 저음의 매끄러운 남자의 목소리.

채영은 그만 그 자리에서 얼어붙고 말았다. 자신을 향해 다가오는 구두 발자국 소리가 선명하게 들렸다. 순간적으로 변신하는 마법을 가졌으면 얼마나 좋을까. 바로 옆에 커다란 덩치의 남자가 떡 버티고 서는 것이 느껴졌다.

채영이 눈알만 돌려 옆을 쳐다보자 정태진이 채영을 뚫어져라 쳐다보고 있었다. 약간 화가 난 듯한 표정으로.

"한채영 씨가 국기원에 웬일입니까?"

"저…… 응원하려구요."

채영이 대꾸하자 태진이 고개를 돌려 채민을 쳐다봤다.

"연하 취향이었어요?"

정태진이 채영의 얼굴에 자신의 얼굴을 바짝 들이대며 물었다.

"뭐, 뭔 취향요?"

"여기서 꼼짝 말고 기다려요."

태진이 성큼성큼 걸어가더니 채민이의 앞에 떡 버티고 섰다. 태진이 채민의 감독으로 보이는 사람과 몇 마디 나누더니 채민이와도 악수를 나누었고 채민이가 깍듯하게 인사를 했다. 그러고 보니 태진의 곁에는 회사에서 태진과 함께 나왔던 여자도 있었다. 국기원까지 따라온 모양이었다. 그나저나 큰일이었다. 외근 간다고 거짓말했는데 사장한테 들키고 말았으니.

채영이 안절부절못하며 발을 동동 구르고 있는데 휴대전화가 울렸다.

"여보세요?"

[나야.]

현주다.

[큰일났어.]

"난 더 큰일났어."

[정말 큰일이야.]

"뭔데?"

[기주 씨가 그림을 갖고 지금 사무실에 있어.]

"뭐? 맙소사."

채영의 얼굴이 일그러졌다. 외주 작업 점검하러 간다고 거짓말하고 나왔는데 그 외주 작업팀이 사무실로 직접 왔단다. 명 팀장에게 작살날 일만 남았다. 그놈의 기주 씨는 왜 시키지도 않은 일을 하는 것인지!

[명 팀장님 난리도 아니야. 너 빨리 와.]

"난 더 큰일났어. 팀장님이 문제가 아니야."

[넌 뭔데? 채민이 박살났어?]

"아니, 채민이 금메달 땄는데 사장님한테 들켰어."

[사장님이라니?]

"정태진 사장님하고 국기원에서 마주쳤다고!"

채영이 낮은 목소리로 윽박질렀다.

[오, 저런.]

"딱 걸려서 지금 붙잡혀 있어. 제발 도망갈 구멍 좀 만들어줘 봐."

[프리랜서라고 우겨봐.]

"통할까?"

[글쎄, 그냥 이참에 그 감을 먹어버리는 건 어떠니?]

"야! 지금 장난치게 생겼어?!"

[방법없어.]

현주가 딱 잘라 말했다.

"끊어."

채영이 전화를 끊고 고개를 돌리자 아직도 인사를 나누고 있는 태진과 채민이가 보였다. 채영은 슬금슬금 한 걸음씩 떼어놓기 시작했다. 동생 앞에서 회사 사장님께 깨지고 싶지는 않으니 일단은 이 복도에서라도 벗어나야 할 것 같았다. 깨질 땐 깨지더라도 채민이 앞에서 혼나는 꼴은 절대 못 보여준다.

태진이 고개를 돌리자 빠른 걸음으로 도망치고 있는 채영이 보였다.

"한채민, 수고했다."

"고맙습니다, 선배님."

태진은 채민과 악수하고 채영을 뒤쫓기 시작했다.

채영이 재빨리 국기원 건물을 빠져나가 차를 향해 달려가는데 언제 쫓아왔는지 태진이 채영을 붙잡았다.

"한채영 씨!"

채영은 갑갑한 얼굴로 태진을 쳐다봤다.

"죄송한데요, 일단 국기원을 벗어나면 안 될까요?"

채영의 말에 태진이 채영을 노려봤다. 태진이 뒤로 채민이와 태진과 함께 있던 여자가 걸어오는 것이 보였다.

"동생 앞에서 혼나고 싶지 않아서요."

채영이 작은 목소리로 재빨리 말했다.

"채민이는 누나가 되게 대단한 줄 알거든요."

채영이 갑갑한 얼굴로 말하는데 채민이가 따라나왔다.

"누나?"

채민이가 불렀다.

"어, 저……."

"차 가져가."

태진이 함께 왔던 여자에게 키를 넘겼다.

"오빤?"

오빠?

"나 한채영 씨하고 외주 작업 맡긴 사무실에 가야 해. 차 키 줘요, 내가 운전할 테니."

태진이 채영에게 손을 내밀며 말했다.

'오호, 동생이었구나. 정태진이 다시 섹시하게 보이기 시작한다. 기특하기도 하여라.'

채영이 못 이긴 척 키를 넘기자 태진이 이 차요? 하고 물은 뒤 보조석 문을 열어주었다. 채영은 채민이와 여자에게 어색하게 웃어 보이고는 차에 올랐다. 차 문을 닫아준 태진이 곧 운전석에 올랐다.

"채민아, 엄마가 너 개고기 먹어야 한다고 일찍 들어오라고 했어."

채영이 채민에게 재빨리 말하는데 곁에 서 있던 태진의 여자가 야만인 보는 듯한 우그러진 얼굴로 채민을 쳐다봤다.

태진은 차를 출발시켰다.

"저 여자 분은 개고기 안 드시나 보네."

"집에서 개를 다섯 마리나 키우거든요."

"저희 외삼촌은 대관령에서 소를 오십 마리 키우시는데 날마다 쇠고기 드세요."

"우리가 지금 이런 대화를 할 때가 아닌 것 같은데요, 한채영 씨."

태진의 말에 채영의 얼굴이 굳어졌다.

"외주 작업 맡긴 곳에 간다고 하지 않았어요?"

"그랬죠. 그런데 사실은 채민이가 결승전에 나가서……."

'나 너한테 깨져도 상관없어. 저 여자가 네 동생이었다는 것으로 모든 것을 용서할 수 있어.'

"한채민 선수가 동생일 줄 몰랐군."

"동생이에요."

"그때 식당에서 현주 씨가 채영 씨한테 꼼짝도 못하는 연하의 태권맨은 잘 있냐고 했을 때 애인을 두고 하는 말인 줄 알았어요."

"그 태권맨이 채민이에요. 그런데 사장님은 국기원에 웬일이세요?"

"나도 한체대 태권도학과를 나왔어요."

"네?"

채영이 깜짝 놀라 쳐다봤다.

"채민이 선배예요."

"태권도 선수세요?"

"선수였지. 발목 부상으로 그만뒀어요."

"그랬군요."

"외주 작업 하는 곳이 어디에요?"

"거긴 왜요?"

"당신이나 나나 근무 시간에 딴 짓을 했으니 메워야 될 것 아니에요."

"그렇군요. 하지만 틀렸어요."

채영이 한숨을 내쉬었다.

"왜?"

"팀장님한테 들켰다고 현주한테 전화 왔어요. 외주 작업하던 사람들이 직접 들고 왔대요. 지금 즉시 들어가야 해요."

"점심 먹고 갑시다."

"그럼 더 깨져요."

"같이 깨져 봅시다."

태진이 씩 웃으며 말했다.

벌써 열 접시째 회전 초밥을 해치운 채영이 시계를 들여다봤다.

"그만 가야 하지 않을까 싶네요."

"천천히 먹고 갑시다. 깨지긴 마찬가지니."

"불안해서 위경련이 일어날 것 같아요."

"불안해서가 아니라 과식해서겠지."

태진이 채영의 옆에 쌓인 접시를 보며 말했고 채영은 내가 언제 이렇게 많이 먹었죠? 하고 말하며 또 다른 접시를 냉큼 낚아챘다.

"아까 보니 이빈 씨하고 주차장에서 무슨 얘길 하는 것 같던데."

"이빈 씨요? 아, 영화 표가 두 장 생겼다고 같이 영화 보러 가자고 하더군요."

"그래서?"

"그래서 뭐요?"

"가기로 했어요?"

"안 갈 이유 있어요?"

"오호, 영화를 보러 가신다."

태진이 배배 꼬는 듯이 말했다.

"내가 이빈 씨하고 영화 보러 가는 게 고까우세요?"

"아니, 전혀."

"아니면 말구요."

채영이 홍합 국물을 후루룩 들이켰다.

"그런데 여동생이었군요?"

"애인인 줄 알았어요?"

"동생이든 애인이든 관심없었어요."

"관심없었으면서 여동생이었군요, 라고 말한 이유는 뭐예요?"

"애인인 줄 알았는데 동생이라고 해서 그냥 말한 거예요."

"그 말이 그 말 아닌가?"

'따지긴, 자식이.'

채영이 입술을 실룩거리자 태진이 웃었다.

"그런데 결혼하셨나요?"

'이건 꼭 짚고 넘어가야 한다.'

"내가 결혼한 남자로 보여요?"

태진이 불쾌하다는 듯 되물었다.

"유부남하고 키스했을까 봐 묻는 거예요. 지뢰는 피해가야 할 것 아니에요."

채영이 낮은 목소리로 재빨리 지껄였다.

"지뢰?"

"그런 게 있어요. 그런데 사장님은 정말로 채민이가 내 애인인 줄 알았어요?"

"애인인 줄 알았어요."

"심하다. 십일 년이나 차이 나는데 아무리 내가 남자에 목이 말랐다지만."

채영은 말해놓고 보니 너무 노골적이라 낯이 뜨거워지는 것을 느꼈다.

"남자에 목이 마르셨다?"

태진의 눈빛이 달라졌다.

"농담이에요."

"농담일 리가 있나."

"무슨 근거로 농담이 아니라는 거예요?"

"키스에서 느껴졌으니까."

'너무 덤볐나?'

"동생이 아니었다면 당신을 가만두지 않았을 거야."

태진이 말했고 채영이 막 초밥 하나를 입에 집어넣으려다 태진을 쳐다봤다.

"왜요?"

"용서 못해."

"그러니까 왜요? 일보러 간다고 하고선 동생 경기장에 온 거 말이에요?"

"애인이 있는 여자가 내 키스를 허락한 거 말이에요."

태진이 큰 소리로 말하자 채영이 화들짝 놀라며 주위를 살폈다.

"좀 조용히 말씀하시는 게 좋을 것 같다고 생각지 않으세요?"

채영이 윽박지르듯이 말하자 태진이 픽 웃었다.

'하여튼, 그러니까 너 나한테 반쯤은 넘어왔구나?'

채영의 비집고 나오려는 회심의 미소를 가까스로 눌러 삼켰다.

'남자를 굴복시키는 방법 제5조항, 농염하고 도발적으로 대시할 것.'

채영은 냉큼 작전에 돌입했다.

"솔직히 정확하게 짚고 넘어가자면 제가 키스를 허락한 건 아니죠, 결코."

"그럼?"

"사장님이 나한테 당한 거죠."

채영의 말에 태진이 픽 웃었다.

"당한 쪽은 당신이지."

"아니, 아니죠. 사장님이 당했죠."

"지금 채영 씨 발언이 얼마나 도발적인지 알고 있어요?"

'그럼 모르겠냐?'

"내가 당할 정도의 실력은 아니던걸요 뭐."

"내 키스가 나빴어요?"

태진이 듣자니 자존심 상한다는 듯 정색을 하며 큰 소리로 물었고 채영이 젓가락을 곧추세웠다. 당장 찌르겠다는 듯이.

"좀 조용히 하세요."

"말해요. 내 키스가 나빴어요?"

태진이 젓가락을 곧추세우고 있는 채영의 손을 내려놓으며 말했다.

"좋았어요, 좋았다구요. 아주 미치겠더군요."

채영의 이를 박박 갈아대는 말투에 태진이 가볍게 웃음을 터뜨렸다.

"적어도 키스만큼은 우리가 아주 잘 맞는 것 같던데."

태진의 능글맞은 음색에 채영이 가느다란 눈초리를 하고 태진을 쳐다봤다.

'키스만 잘 맞겠어? 자고로 사람의 몸에는 맞춰보라고 존재하는 부위가 세 군데 이상이니 그 하나는 입술이요, 또 하나는 스텝이요, 나머지 하나는 바로 속궁합으로 불리는 그것이니라.'

"채영 씨 생각은 어때요, 우리가 나눈 키스?"

태진이 야릇한 신호를 보내며 물었다.

"상당히 도발적으로 나오시네요."

"도발은 채영 씨가 먼저 했어요."

'당연하지. 내 컨셉인데.'

"또 하고 싶다는 말이죠?"

채영의 물음에 막 장국을 한 모금 먹으려던 태진이 푸 하고 웃으며 채영을 쳐다봤다.

"하고 싶다면?"

"노력하세요. 열심히."

채영이 마지막 초밥을 입에 집어넣으며 말했다.

"계속해서 나를 자극하는데, 내가 무슨 짓을 할지 모르니 그쯤에서 멈춰요."

태진이 점잖은 어조로 충고했다.

"그 무슨 짓이라는 걸 내가 할 수도 있어요."

채영이 맞받아치자 태진이 정말 못 말릴 여자네 하는 듯 쳐다봤다.

"그 무슨 짓이라는 거, 한번 봅시다."

"후회하게 될걸요?"

"후회는 무슨."

"진짜 센 여자한테 걸렸다고 생각하기 없기에요."

"진짜 센 여자가 어떤 여잔지 알고 싶어 죽겠군."

"느끼게 해드려요?"

채영이 턱 각도를 살짝 조절해 섹시한 눈길을 던지며 물었다. 태진은 당장 쓰러뜨리고 조 야무진 입술을 집어삼켰으면 좋겠는데 여의치 않은 상황에 좌절되자 등줄기를 타고 올라오는 열을 식히지 못한 듯 물을 벌컥벌컥 들이켰다.

"남자 자극하는 게 특기라 나 외에 다른 남자에게도 이런 식이라면 당신 목을 따놓고 말겠어!"

태진이 상황에 어울리지 않게 질투를 뿜어내며 윽박질렀다.

"나이가 몇인데 아무나 다 사극하겠어요. 발에 걸리는 남자가 많은 것도 아니고."

"나이가 몇이에요?"

"서른셋이요."

"서른셋? 그렇게 많이 먹었어요?"

태진이 정말 놀란 얼굴로 말하자 채영은 갑자기 자신이 퍽 늙어버린 것 같은 기분이 들어 새침해졌다.

"사장님은 몇 살인데요?"

"서른하나요."

'횡재로세!'

채영은 귀가 번쩍 뜨였다.

"서른셋인데 아직도 싱글이에요?"

태진의 반응이 채영의 귀엔 그 나이 먹도록 시집도 못 가고 뭐 했냐는 듯이 들렸다. 열받은 채영의 눈이 쪽 찢어졌다.

"궁합맞는 남자를 못 만나서요."

채영의 직설적인 대꾸에 태진이 황당하다는 듯 웃었다.

"이런, 누님이었군."

태진이 놀리는 듯이 말했고 채영은 입술을 실룩거렸다.

"누님으로 모시고 싶으세요?"

"아니, 전혀. 결코!"

'나 역시 동생 삼고 싶은 생각 요만큼도 없다.'

"어쨌거나 당신은 어제 내 키스를 허락한 거야."

"사장님이 나한테 당한 거라구요. 그 바람에 나한테 완전 빠져들었고."

채영이 자신만만하게 말했다.

"빠져들었다고?"

"물론이죠."

"허, 그걸 어떻게 장담해요?"

"아니라고 말해 봐요, 그럼."

"아니야."

"오호, 그럴까요?"

채영이 그럴 리가 없을 걸 하는 표정을 날린 후 태진의 접시에 남은 초밥을 쳐다봤다.

"안 드실 거예요?"

"채영 씨 먹어요."

채영이 태진의 접시에 놓인 초밥을 젓가락으로 집어 간장에 콕 찍은 다음 입으로 가져가는데 초밥 끝에 달렸던 간장 한 방울이 채영의 손가락에 똑 떨어졌다. 채영은 아무 생각 없이 손가락을 입에 넣고 간장을 쪽 소리나게 빨아먹은 후 초밥을 쏙 집어넣었다. 초밥을 씹다가 태진과 눈이 마주쳤는데 태진이 목에 가시라도 걸린 듯한 표정으로 오물거리고 있는 채영의 입을 노려보고 있었다.

"왜 그렇게 보세요?"

"아니에요, 아무것도."

태진이 신경질적으로 대꾸했다.

"다 먹었어요. 그만 일어나죠."

"잠깐만, 더 앉았다가 갑시다."

"늦었어요."

"잠깐만 기다려요!"

태진이 성을 내는 듯이 말했고 채영은 이 사람 별 이유 없이 북북 성질 잘 내는 이상한 성격 아닌가 경계심리가 발동했다.

'성질 지랄맞으면 곤란한데.'

"오 분이라도 더 나하고 같이 있고 싶어서 그러시죠? 정말로 완전 빠졌네요."

채영의 말에 태진이 허! 하고 헛웃음을 날렸다.

"완전 빠져들었다고? 허, 참!"

태진이 어이없는 듯 말하더니 벌떡 일어났다.

"갑시다."

태진이 먼저 일어났고 채영이 태진을 뒤따랐다.

회전 초밥 집을 나와 차에 오르자 태진이 무슨 근거로 당신에게 '완전' 빠져들었다고 장담하느냐고 따지듯 물었다.

"스물셋도 아니고 서른셋이나 먹은 여자에게 단지 키스 한 번 했을 뿐인데 빠져들었다니? 그것도 완전!"

"스물셋짜리 여자가 무슨 짓을 해도 서른셋짜리 여자를 따라올 수 없는 게 있다는 걸 모르는 모양이군요?"

"그게 뭔데?"

"농염함."

태진이 푸 하고 웃음을 터뜨렸다.

"무슨 도끼병 있어요?"

태진이 어이가 없다는 듯이 말하는데 채영이 태진의 팔을 움켜잡았다. 태진이 고개를 획 돌려 채영을 쳐다봤다.

"뭐요?"

"뭐긴 뭐예요."

채영이 태진의 얼굴을 양손으로 움켜잡고는 자신의 얼굴 앞으로 확 끌어당겼다. 태진의 얼굴에 일순간 긴장감이 감돌았다.

"난 조신한 척은 못해서 말이에요."

"조신한 척…… 하지 말아요."

태진의 목소리가 가늘게 떨리기 시작했다.

"키스하고 싶죠?"

채영이 농염하게 속눈썹을 파들거리고 떨며 물었다.

태진은 당황했는지 아무 말도 못하고 채영의 입술만 바라보고 있었다.

"말해요, 키스하고 싶죠?"

채영이 태진의 입술을 집요하게 쳐다보며 속삭였다.

"말해요, 서른셋 먹은 여자하고 키스하고 싶다고."

"……하고 싶어."

"거봐요, 나한테 완전 빠져들었다니까."

채영이 거 보라는 듯이 태진의 얼굴을 놔주고 몸을 획 돌려 버렸다.

"이런, 젠장!"

태진이 쓸데없이 불만 지펴놓고 물도 안 끓이냐는 듯이 버럭 짜증을 냈다.

"덤비지 말라고 했잖아요."

"하려던 건 해야지!"

"난 할 생각 없었는데요?"

채영이 딴청을 피우자 태진의 얼굴이 붉으락푸르락 요상해졌다.

"두고 봅시다."

"걱정 마세요. 사장님 내 거라고 옭아매지 않을 테니."

채영이 여유롭게 말했다.

"허!"

태진이 기막힌 듯 허! 하더니 차를 움직였다.

'서른하나밖에 안 먹었어? 나한테는 횡재지만 저 남자는 똥 밟았다 생각하면 어쩌지? 아니야, 손가락 끝만 닿아도 열이 오르는 걸 보면 연상도 괜찮은가 봐. 그런데 이놈이 한번 놀고 집어칠 생각을 하고 있다면? 내 손에 바스라질 줄 알아라.'

"무슨 생각 하는 거예요?"

태진이 회사 지하 주차장으로 차를 몰고 들어가며 물었다.

"팀장님한테 뭐라고 둘러댈까 연구 중이에요."

"나한테는 둘러댈 생각이 없고?"

"사장님한테는 이미 들켰는걸요."

"솔직하게 말하는 게 제일 좋지 않겠어요?"

"물론 제일 좋은 방법이긴 하지만…… 뭐, 저야 프리랜서니까 뻔뻔스럽게 나가도 안 될 건 없지만, 그래도 좀 찔리네요."

채영이 낯을 찡그렸다. 진짜 프리랜서를 앞세워 뻰뻰을 떨어버리면 그만이지만 그럴 것 같았으면 아예 처음부터 뻰뻰을 떨 것이지 거짓말한 것 들키고 나서 떨자니 낯 뜨거웠다.

"내가 도와주지."

"어떻게요?"

채영이 태진을 쳐다봤다.

"그럴듯하게. 대신에 조건이 있어요."

태진이 차를 주차시키고 나서 시동을 끄며 말했다.

"조건요?"

"먼저 휴대전화 번호 줘요."

태진이 채영에게 자신의 휴대전화를 건네며 말했다.

채영은 휴대전화 번호는 왜 달라는 거냐고 물으려다 휴대전화 번호 받아내는 것이 조건인 모양이라고 생각했다. 채영은 그야 얼마든지 들어줄 수 있는 조건이라는 생각에 휴대전화를 받아 들고 폴더를 열어 자신의 번호를 입력한 후 저장했다.

태진은 채영에게 휴대전화를 돌려받고 입력된 번호를 확인한 후 통화 버튼을 눌렀다. 곧 채영의 휴대전화가 울렸다.

"내 번호예요. 저장해요."

태진이 말했고 채영은 무슨 애들 장난하는 것도 아니고 픽 웃으며 저장했다.

"거봐요, 나한테 완전 빠져들었다니까."

"천만에!"

태진이 버럭 소리쳤다.

"내 손길을 거부하지 말아요."

"미치겠네."

태진이 어이없다는 듯 웃고 말았다.

"그럼 됐죠?"

"조건이 있다고 했잖아요."

"번호 드렸잖아요."

"전화번호는 당신 인사 기록카드만 봐도 바로 받을 수 있어요."

"그럼 무슨 조건요?"

채영이 눈을 게슴츠레하게 뜨고 태진을 쳐다봤다.

"서른셋 먹은 센 여자가 이 상황을 모르는 척하는 것 안 어울려요."

"나한테 너무 빠졌군요?"

채영이 안쓰럽다는 듯이 말했다.

"아니라고!"

"아니면서 키스는 왜 바라는 거예요?"

"단지 키스만 하고 싶다고."

"나한테 빠진 건 아니고 단지 키스만?"

"바로 그거예요."

"빠졌다고 인정해요, 완전. 그럼 키스 허락할게요."

"안 빠졌다고!"

"아님 말고."

채영이 차에서 내리자 태진이 약이 바짝 올라 엘리베이터로 향하는 채영을 온몸으로 열을 뿜어내며 뒤따랐다.

"구해주실 거죠?"

"뭘 말이에요?"

"팀장님으로부터."

"프리랜서라고 해요."

"치사하게."

채영이 입술을 실룩거리며 엘리베이터 버튼을 눌렀다.

"도와주지도 않을 거면서 전화번호는 왜 달라고 한 거예요?"

"그냥 올라갈 거요?"

"당연히 그냥 올라가야죠!"

채영이 야무지게 대답하는데 태진이 채영의 손목을 움켜잡았다.

"그냥은 못 가!"

태진이 으르렁거렸다.

채영이 그냥 못 가면 어쩔 건데? 하듯 태진을 올려다보는데 태진이 엘리베이터 옆 구석진 자리로 채영을 끌어당기더니 그녀의 허리를 휘어지도록 감싸 안고 입술을 밀어붙였다.

처음엔 아주 몸살이 났구나 하며 보시하는 셈치고 순순히 응하던 채영이 발동이 걸려 버렸다. 채영의 넙적다리에 장착된 흥분 버튼이라도 누른 듯 작동을 시작하더니 순식간에 발동이 걸려 태진의 목이 꺾이도록 감아 안았다. 그 순간 태진이 몸을 획 돌려 채영을 벽에 밀어붙였다.

그때 반짝반짝 채영의 머리 속에 로맨스 소설에서 읽었던 장면들이 펼쳐지기 시작했다. 저돌적으로 키스하는 남자, 그런 남자의 품에 안겨 있는 여자. 그때 여자는 한쪽 다리를 살짝 들어올려 남자의 허벅지 즈음에 찰싹 감아친다. 채영은 그대로 실습했다.

'오, 맙소사.'

종아리에 느껴오는 태진의 허벅지는 여간 탄탄한 것이 아니었다. 완전 돌덩이였다. 저 탄탄한 허벅지와 종아리에 북실북실 털이 덮여 있으면 금상첨화!

태진의 혀가 마치 낼름거리는 뱀의 혀처럼 채영의 입속으로 파고들더니 샅샅이 훑어 내리고 있었다.

키스를 나눌 때 아, 이 사람이 나를 무척이나 사랑하고 있구나, 존중하고 있구나 하고 느끼게 해주는 손길이 존재한다는 것을 채영은 알게 됐다.

태진은 채영의 허리를 감싸 안고 있던 손을 풀더니 조심스럽게 채영의 얼굴을 양손으로 감쌌다. 태진의 손은 무척이나 따사롭고 부드럽고 포근했다. 살짝씩 귓불을 건드리는 태진의 검지와 중지. 볼을 쓰다듬는 엄지. 목덜미를 어루만지는 약지와 소지. 채영의 얼굴을 따끈하게 데워주는 그의 손바닥. 가장 기본적인 키스의 손길인데도 채영은 그의 손길에서 이 사람, 나를 무척 사랑하고 있다, 나를 존중하고 있다라는 느낌을 받았다. 물론 흥분을 부추기는 것은 말할 것도 없고.

태진은 온몸을, 특히 아랫도리를 채영의 몸에 밀착시키고 있어서 채영은 그가 얼마만큼 흥분했는지를 고스란히 느끼고 있었다. 태진의 흥분 생산물은 채영의, 압사당해 짜부러질 처지에 놓인 저 가여운 남성을 구하고 싶어 안달나도록 구조 욕구를 강하게 자극했다. 여기가 주차장만 아니더라도 두 팔 걷어붙이고 구조에 나서겠건만.

두 사람의 타액이 뒤섞이며 DNA의 혼란이 일어나는 동안에 채영과 태진은 키스에 심취해 있었다. 누구의 혀인지 구분 못할 정도로 서로의 혀를 탐색하고 분해하고 성분 분석이 지나쳐 혓바늘이 돋을 지경으로 서로의 입 안을 넘나들었다.

도가 지나치도록 성이 나버린 태진의 남성이 채영의 아랫배를 무식할 정도로 찔러댈 즈음, 이러다 자폭하는 것 아닌가 살짝 걱정이 되는데 태진이 채영을 놓아주더니 뚫고 나가야 하는데 비상구가 어딘지 몰라 헤매는 얼굴로 헐떡거리며 채영을 노려봤다.

"먼저 올라가요."

태진이 억눌린 목소리로 말했다.

"사장님은 뭐 하시게요?"

"먼저 올라가요, 사고치기 전에."

태진이 신의 경지에 오른 자제력을 발휘하며 경고했다.

"네."

채영은 엘리베이터 버튼을 눌렀고 태진은 여전히 벽을 본 채 서 있었다.

엘리베이터가 주차장으로 내려와 짠 하고 열렸고 채영은 얼른 올라탔다.

"정말 먼저 올라가요?"

"올라가요!"

태진이 한숨을 내쉬며 대꾸했다.

'그냥 사고를 치시죠.'

"이런, 젠장!"

태진이 주먹을 틀어쥐는 걸 보다가 얼른 닫힘 버튼을 눌렀다. 문이 서서히 닫히는데 태진이 갑자기 달려들더니 광고의 한 장면처럼 문을 막아섰다. 그런데 전혀 가라앉지 않은 아랫도리 때문에 전혀 안 멋있다. 초등학교 4학년생 포경수술 하고 나오는 어정쩡한 자세다.

'사고 치시려고?'

"분명히 말하는데, 이빈하고 영화 보러 가지 마."

저 거시기스러운 자세 하고는.

'그것 말하려고 했냐? 사고를 치라니까!'

"이미 약속했어요."

"분명히 말했어. 가지 말아요."

태진이 너무 강하게 말하려다 보니 콧잔등까지 실룩거리며 말했다.

"신중하게 검토하죠."

"무조건 가지 마."

태진이 쐐기 박듯 힘주어 말하고는 엘리베이터에서 손을 뗐다.

"그럼 고생 좀 하세요."

채영이 문이 닫히기 직전 소리쳤고 미치겠군 하는 태진의 외침소리를 들었다.

"나도 미치겠다."

채영은 콩닥거리는 가슴을 살포시 누르며 중얼거렸다.

사무실 앞에 도착한 채영이 무슨 말을 해야 할지 몰라 쩔쩔매고 있는데 갑자기 사무실 문이 벌컥 열렸다.

"헉."

채영이 깜짝 놀라며 쳐다보는데 현주와 함께 사무실을 나오던 명 팀장이 채영을 노려봤다.

"한채영 씨!"

"네, 팀장님."

"나한테 거짓말하고 대체 어딜 갔다 온 거요!"

"저 그러니까, 그게 팀장님, 그러니까 명 팀장님도 아시다시피 제가 정직원이 아니라……."

채영이 뻔뻔스럽지만 방법은 프리랜서라는 직분을 활용하는 것밖에는 없다고 생각하고 그쪽으로 밀어붙이는데 불쑥 태진의 목소리가 끼어들었다.

"명 팀장님, 죄송합니다."

"아, 사장님."

명 팀장이 태진에게 인사했다.

"한채영 씨 아니었으면 제가 바이어들 만나는 자리에 늦을 뻔했습니다."

"예?"

"제 차가 고장 나서 말입니다. 주차장에서 채영 씨 만나지 않았다면 실수할 뻔했어요. 한채영 씨, 고마워요."

"네, 네…… 별말씀을요."

채영이 억지로 쥐어짜내는 듯한 미소를 지어 보였다.

"그 미소 이상하다. 미스코리아 출전했니?"

현주가 말했고 채영이 현주에게 입술을 실룩거렸다.

"그럼 그렇다고 말을 하지 그랬어요, 한채영 씨. 난 또……."

명 팀장이 언제 화를 냈냐는 듯이 너털웃음을 지었다.

"키 여기 있어요."

태진이 키를 건네자 채영이 재빨리 받아 든 다음 사무실 안으로 사라졌다.

채영이 자리에 앉아 책상 위에 있던 서류를 집어 들고 부채질을 하다가 고개를 돌리자 현주가 암고양이 같은 얼굴을 하고 채영을 쳐다보고 있었다.

"뭐?"

"뭔가 있어."

"암것도 없어."

"아무것도 없다고? 언젠가는 파헤치고 말 거야."

현주가 채영의 얼굴에 자신의 얼굴을 바짝 들이대고 말했다.

"삽 필요하면 말해."

파셋의 엉뚱한 말에 현주와 채영이 파셋을 쳐다봤다.

"파헤친다고 해서."

파셋의 말에 현주가 어우, 뭐야 하며 야유를 퍼붓는데 명 팀장 안으로 들어오며 내일 회식 있습니다 하고 소리쳤다.

"우리팀만요?"

현주가 물었다.

"아니, 레전드팀하고 전부 다. 사장님도 참석하실 거예요."

현주의 얼굴이 활짝 밝아졌다.

"이빈을 공략할 수 있는 절호의 찬스로군."

현주가 의미심장한 미소를 머금고 중얼거리는데 순간 이빈이 함께 영화 보러 가자고 하고 그것에 응했던 것이 생각나자 옆구리가 찔렸다. 아무래도 이빈과 함께 영화를 보러 갔다 온 것을 현주가 알게 된다면 이빈과 현주가 애인 관계가 아니라 하더라도 친구의 감을 몰래 빼먹은 화냥년 될 소지가 컸다. 감 빼먹은 게 왜 화냥년이 되는지는 모르겠지만. 게다가 정태진은 내 감, 이빈은 현주 감 그렇게 정해놓지 않았던가. 채영이 정태진은 내 감이니 건드리지 말라고 했을 때 현주는 재깍 포기해 주었고. 그런 현주에게 뒤통수를 칠 수는 없었다. 그 무엇보다 낮에 보았던 여자가 태진의 애인이 아니라 여동생이라는 것을 확인하고 나자 홧김에 이빈의 제의를 받아들인 것이 후회스러웠다. 후회가 된다면 물려야지. 암, 물려야지.

채영은 조용히 레전드 사무실로 가서 이빈을 불러냈다.

"미안해서 어쩌죠? 갑자기 중요한 일이 생겨서 같이 영화를 못 볼 것 같은데."

"그래요? 이런, 표 아까운데……."

이빈의 얼굴이 서운한 듯 살짝 일그러지는 순간을 놓치지 않고,

"그래서요, 현주한테 말했어요. 이빈 씨랑 같이 영화 보러 가라고. 현주가 좋다고 하더라구요."

"현주 씨요?"

이빈의 얼굴이 조금 전보다 더 일그러졌다.

"됐죠? 현주 씨랑 같이 가세요."

이빈의 얼굴이 싫은 쪽으로 일그러지거나 말거나 채영을 그렇게 밀어붙이고는 즉시 현주에게 이빈을 꼬실 수 있는 기회가 왔다는 것을 알렸다.

"정말이야?"

현주가 날아갈 듯이 좋아했다.

"같이 영화 보고 차 한 잔 하거나."

"술을 한 잔 하면 안 될까?"

"건 네가 알아서 해."

"알았어. 고마워. 그런데 정말로 이빈 씨가 나하고 같이 영화 보러 가자고 했다 그 말이지?"

"그렇다니깐."

조금 찔렸다.

"설마, 내가 사장님 건드릴까 봐 위기감 느껴서 이빈 쪽으로 몰아붙이는 건 아니지?"

현주의 말에 채영이 웃긴다는 듯 쳐다보자 현주가 아님 말구 하며 가방을 열었다.

"생각보다 진행이 빠르네."

현주가 가방에서 콤팩트를 꺼내 얼굴을 두드리며 속삭였다. 좋아 죽겠는 목소리로.

채민이 들어오자 기다리다 목 빠졌다는 얼굴로 엄마가 채민을 쳐다봤다.

"아들, 밤 열 시야."

"일찍 들어온 거예요. 나 뒤풀이로 나이트클럽 가자고 하는 거 엄마 기다릴 것 같아 온 거예요."

"아까 전화했을 땐 곧장 들어올 것처럼 했잖아."

"놔둬. 일찍 왔네."

아버지가 트렁크 팬티 차림으로 방에서 나오며 말했다.

"금메달 땄다고?"

"네."

"줘봐."

채민이 가방을 뒤져 금메달을 찾아 아버지께 건넸다.

"이거 정말 금이니?"

엄마가 물었고 아버지가 한심한 사람 같으니라고 하는 얼굴로 엄마를 쳐다봤다.

"장식장 안에 넣어둬. 날마다 보게."

"알았어요."

엄마가 메달을 받아 장식장 안에 집어넣었다.

"저녁은 먹고 놀았어?"

"그럼요."

"국가대표 선발전은 언제야?"

"아직 멀었어요."

"랩 가져와서 아버지 발 좀 싸."

"목욕하시게요?"

"어."

채민이가 주방에서 랩을 찾아와서 깁스한 아버지 발을 칭칭 감싸는 동안 엄마는 욕실로 가서 물을 받기 시작했다.

"며칠 더 있다 하시죠, 왜?"

"니 엄마 냄새 난다고 같이 못 있겠단다."

"제가 씻겨 드려요?"

채민이 웃으며 물었다.

"놔둬. 네 엄마가 할 거야. 네 엄마가 해주는 게 더 좋아."

"알았어요."

"들어와요."

엄마가 욕실에서 나오는데 채영이 집으로 들어왔다. 동화책을 가득 들고.

"이리 줘."

채민이 얼른 받아주었다.

"일찍 왔네?"

"엄만 그래도 늦었대."

"난 안 들어올 줄 알았는데."

"어디서 외박을 해?"

아버지가 눈을 부라렸다.

"알아요, 아부지 땜에 학교 때 엠티도 못 갔는걸요."

채영이 푸념하자 아버지가 웃으며 욕실로 들어갔다.

"목욕하세요?"

"어."

채영은 채민과 함께 방으로 들어와 채민이 책상 위에 책을 올려놓고 나자 어깨를 주물러 달라며 침대에 앉았다.

"아까 그 선배님이 누나 회사 사장님이야?"

채민이 채영의 어깨를 주무르며 물었다.

"그렇더라고."

"혼났어?"

"용케 잘 넘어갔어. 네가 금메달 따줘서."

"다행이네."

"너 정태진 사장님 잘 아니?"

"아니, 나도 이번에 메달 따서 인사한 거야. 그전엔 그냥 스치기만 했어."

"그 사람도 선수였다면서?"

"고등학교 땐 꽤 유명했던 모양인데 우리 학교 들어오고 나서 발목 다쳐서 관뒀대."

"그렇구나. 근데 너 시간있어?"

채영이 돌아앉으며 물었다.

"또 뭐가 먹고 싶은데?"

"냉커피. 다방 스타일로. 오늘 밤새야 할 것 같아."

"알았어."

채민이 웃으며 일어났다.

출근해서 점심시간이 될 때까지 동화책만 읽다가 점심을 먹고 나서도 또 동화책만 들여다보고 있는 규락과 채영을 보다 못한 명 팀장이 걸고넘어졌다. 꼭 오늘뿐만이 아니었다. 합병하고 레전드 사옥으로 이사 오면서부터 규락과 채영은 마치 두 사람이 짠 것처럼 일주일 중 나흘을 책 읽기로 시간을 보내고 있었다. 참으로 신선놀음이 따로 없었다. 명 팀장의 눈에 곱게 보일 리가 없었다. 벼르다 드디어 걸고넘어진 것이다.

"여긴 일하는 곳이지 동화책 읽는 곳이 아닙니다, 오규락 씨, 한채영 씨."

명 팀장의 말에 규락과 채영이 고개를 들고 멍하게 쳐다봤다. 시선은 팀장을 향하고 있었지만 규락과 채영의 눈에는 방금 전까지 읽고 있던 동화책 내용이 가득 차 있었다.

"책은 휴식 시간이나 집에 가서 읽도록 하세요, 두 사람."

"하지만 저 친구들한테는 동화책 읽는 게 굉장히 중요한 일이거든요."

파셋이 말했다.

"동화책 읽는 게 중요한 일이라니?"

"동화책뿐이 아니라 앞으로 사무실 안에서 온갖 종류의 책을 읽어 젖히는 걸 계속해서 보시게 될 거예요."

현주가 졸린 얼굴을 하고 말했다.

"그러니까 왜?"

"책에서 소재도 얻고 스토리 구상도 하거든요. 저 친구들 글쟁이잖아요. 글쟁이들은 경험도 많이 해보고, 책도 많이 읽고, 영화도 많이 보고 그래야 하잖아요. 규락 씨 동화 공모에서 대상 받은 친구예요. 채영 씬 동화책 열다섯 권이나 출판한 작가고."

파셋의 말에 팀장이 조금 놀란 얼굴로 동화책에 푹 빠져 있는 두 사람을 쳐다봤다.

"채영 씬 우리 두두 만들기 전에 일부러 육 개월 동안 유치원에 들어가서 보모 경험도 했었어요, 무보수로. 우리 두두가 그냥 나온 게 아니거든요."

현주가 채영을 보며 퍽 기특하다는 듯이 말했다.

"그렇군."

팀장이 전혀 새로운 모습을 본 듯이 고개를 끄덕였다.

"얼마 전에 알게 된 건데 요즘은 동화책을 일주일에 네 권씩 빌려주는 데도 있대. 그런 업체가 다섯 군데 이상 되나 봐. 아무래도 그런 데서 좀 빌려야 할 것 같아. 어린이 도서관에서 빌린 책들은 이미 다 봤는데 새 책은 아직 안 들여놨더라고."

채영이 책 읽기를 그만두고 의자를 주욱 빼서 규락을 쳐다보며 말했다.

"그거 괜찮네."

"내가 두 군데 가입할 테니까 규락 씨가 두 군데 가입해."

"가입비 있대?"

"만 원."

"한 달에 얼마인데?"

"만 원."

"나중에 관둘 때 가입비 돌려준대?"

"건 몰라."

"알았어."

채영이 다시 의자를 끌어당겨 책을 읽다가 또다시 의자를 뒤로 빼고 규락을 쳐다봤다.

"외톨이 친구가 두두네 마을에 이사 오게 하면 어떨까?"

"이사?"

"전혀 새로운 친구가 이사를 왔는데 그 친구는 굉장히 특이한 친구야. 뭐라고 할까? 좀 까지기도 했고, 엉뚱하고, 심술도 피우고. 하지만 두두와 친구들은 착한 아이들이라 이 녀석과 같이 어울려 주지. 결국 두두 친구들의 착한 마음에 이사 온 친구가 동화되는 걸로."

"몇 편 얘긴데?"

요셉이 물었다.

"25편에서 막혔어."

"괜찮은걸."

"팀장님은요?"

"음, 괜찮은 것 같아."

"어떤 동물로 할 건데?"

현주가 물었다.

"동물백과사전 규락 씨가 갖고 있어?"

"응. 이리 모이죠."

규락이 사무실 중앙의 원탁에 동물백과사전을 들고 왔고 모두 원탁에 모였다.

"만화에서 별로 다루지 않은 동물을 다뤄보는 게 어떨까?"

채영이 제의했다.

"예를 들면?"

"뭐, 나무늘보나 개미핥기 같은 거."

채영의 말에 규락이 재빨리 책상을 넘기며 나무늘보와 개미핥기를 찾았다.

"어때?"

규락이 현주와 파셋을 쳐다봤다.

"특이하게 생겼네."

"난 개미핥기가 마음에 드는데?"

현주와 파셋이 한 마디씩 했다.

태진이 사무실에서 나오자 비서가 일어났다.

"회식 장소가 어디라고 했지?"

"근처 갈비집에서 식사하고 2차는 그때 결정하기로 했습니다."

"가지."

"예."

태진과 비서가 탄 엘리베이터가 막 로비에 도착해 문이 열리는데 바로 옆 엘리베이터도 문이 열리며 레전드팀들이 우르르 내렸다.

"안녕하십니까, 사장님."

레전드팀들이 태진에게 인사했다.

"안녕하세요, 사장님."

늦게 진선유가 인사했다.

"오늘 수고하셨습니다. 가서 식사하시죠."

태진은 진선유를 포함한 레전드팀들에게 뭉뚱그려 인사했다.
“그림팀은 아직 안 내려왔나요?”
“그런 것 같습니다.”
“회식 장소 알고 있나?”
태진이 비서에게 물었다.
“예, 사장님.”
“가시죠.”
태진이 앞장서자 모두 태진의 뒤를 따랐다.

“그만 가지. 사장님도 오신다는데 늦으면 실례야.”
명 팀장이 가방을 들고 일어나며 말하자 모두들 자리에서 일어났다. 하지만 채영은 여전히 노트북에 매달려 있었다.
“한채영 씨?”
“죄송한데요, 팀장님. 전 조금 있다가 갈게요.”
채영이 자판을 두드리며 말했다.
“내일 해요.”
“아뇨, 지금 안 하면 안 되는 거거든요. 그리고 팀장님, 전 그림팀 정직원이 아니라서 회식 자리에 끼는 것도 좀 그래요.”
“정직원이나 다름없어, 채영 씨.”
규락 씨가 말했고 채영이 고마운 듯 씩 웃었다.
“그런데 생각날 때 해두지 않으면 잊어버려. 알잖아.”
“스토리가 떠오른 거야?”
“응.”

"메모해 두면 안 되나?"
명 팀장이 물었다.
"그 정도 수준이 아니에요."
"채영이 놔두세요. 쟤 지금 안 하면 불안해서 밥도 못 먹어요."
현주의 말에 팀장이 고개를 끄덕인 후 먼저 사무실을 나갔다.
"요 앞에 길 건너 이동갈비집이래. 이층."
"알았어."
"너무 늦지 마. 그리고 정직원이 아니래서 안 오진 마."
"어."
"사장님 보고 싶어서라도 금방 올 거지?"
"그만 지껄이고 가줄래?"
"나도 남을까?"
규락이 물었다.
"아냐, 가. 제발 말 그만 걸고 가줬음 좋겠어."
채영이 성가신 듯 손을 내저으며 말하자 모두들 사무실을 빠져 나갔다. 그러자 채영은 다시 자판을 두드리기 시작했다.

다른 사람은 모두 왔는데 채영이 보이지 않았다. 태진은 잘못 봤나 싶어 한 사람, 한 사람 다시 살폈지만 역시나 채영은 없었다.
"늦어서 죄송합니다."
명 팀장이 대표로 말했다.
"아닙니다, 저희도 방금 왔습니다."
그림팀과 레전드팀은 가벼운 미소로 인사를 나누었다.

"한채영 씨는요?"

태진이 물었다.

"정직원이 아니라서 참석하기 좀 그렇다네요."

현주의 말에 태진의 미간에 살짝 주름이 잡혔다가 사라졌다.

"한채영 씨가 정직원이 아니었어요?"

이빈이 전혀 몰랐던 사실인 듯 물었다.

"프리랜서예요. 합병되기 전부터 프리로 일했거든요. 직원으로 들어오라고 해도 싫대요."

"한채영 씨한테 연락하세요. 신경 쓰지 말고 오라고."

"아닙니다, 사장님. 갑자기 스토리가 떠올랐다고 지금 안 써두면 안 된다고 해서요. 늦게 합류하기로 했습니다."

명 팀장이 현주에게 쓸데없는 소리를 했다고 낯을 찡그려 보이고는 태진에게 설명했다.

"그렇군요. 그럼 식사 시작하시죠."

그림팀은 그림팀끼리, 레전드팀은 레전드팀끼리 마치 편을 가른 것처럼 끼리끼리 모여 앉아 식사를 시작했다.

불판에서 지글거리며 고기가 구워지기 시작했다. 고기가 구워지기 무섭게 한점두점 집어 먹자 쟁반에 한가득 담겨 굽혀지길 대기하던 고기들이 순식간에 바닥났다.

벌써 세 번째 몇 인분이요를 외치며 재주문을 하도록 채영은 회식 자리에 나타나지 않고 있었다.

태진은 직원들과 골고루 이런저런 대화를 이어나가며 그림팀과 레전드팀이 서로 자연스럽게 섞이도록 노력했다. 하지만 태진이 입을 다물면 일시에 대화가 중단될 정도로 합병의 어색함은 회식 자리에서도 이어지고 있었다.

명 팀장님은 원래 레전드 직원이었음에도 그림팀 상사여서인지 덩달아 레전드팀과 어울리지 못했는데 어울리지 못하는 것을 그림팀이 어색해할 이유도 없었고 어색해할 사람들도 아니었다.

파셋과 형도는 아예 다른 사람들한테는 관심도 없이 열심히 고기를 먹거나 구워진 고기가 없을 때에는 옥신각신 입씨름을 하고 있었다. 두 사람이 대체 어떤 주제로 입씨름 중인지 그림팀의 다른 직원들은 관심을 갖질 않았다. 뻔했다. 두 사람은 늘상 영양가 없는 주제를 두고 서로의 고집을 세우는 치들이라 알려고 할 필요도 없었다. 공짜로 먹는 고기, 배부르게 먹으면 그만이었다.

현주는 이빈과 대화를 섞어보기 위해 기회만 엿보고 있었는데 이빈은 곁에 앉은 레전드팀 남자 직원과 쑥덕거리느라 현주에겐 관심도 주지 않았다. 어제 같이 영화도 본 관계인데(현주가 어떻게 하든 술 한잔하기 위해 갖은 작전을 짰음에도 아무 소득도 없었지만).

"이렇게 재미없는 회식은 처음이야."

현주가 툴툴거렸다. 규락은 생각보다 괜찮은걸, 왜? 라고 반문했고 현주는 입술을 비죽거렸다.

"태인이가 후배라 하셨죠?"

진선유가 처음부터 태진의 곁에 앉아 있었는지, 아니면 어쩌다 자리가 바뀌게 되었는지는 모르겠지만 곁에 앉게 된 진선유에게 태진이 말했다. 진선유는 태진이 말을 걸어주길 목 빠지게 기다렸는지 과해 보일 정도로 활짝 웃어 보였다.

"너무 좋아하는 것 같다."

현주가 진선유의 태도에 구시렁거렸다. 규락이 저렇게 웃다간 잇몸이 다 보이겠네 하고 대꾸했고 현주가 킬킬거렸다.

"저 꼴을 채영이가 봐야 하는데…… 연락을 해줘, 말아?"

현주는 채영에게 정말로 만만치 않은 라이벌이 생겼다는 것을 눈치챘다.

"태인이 바쁜가 봐요. 연락이 없네요."

"바쁜 것 같더라고요."

"조용하게 차라도 한 잔 했으면 좋겠는데 태인이가 너무 바빠서요."

"언제 집으로 한번 놀러오시죠?"

"어머, 그래도 될까요?"

진선유가 또 활짝 웃었다.

전선유가 너무 티나게 구는 것이 거슬린다고 생각하며 현주가 이빈을 쳐다보는데 그때 딱 눈이 마주쳤다.

"이빈 씨, 아는 척 좀 해주시죠?"

현주가 어제 영화도 함께 본 사이인데 이렇게까지 모른 척할 수 있냐는 듯 섭섭해하며 말하자 이빈이 씩 웃었다.

"아까 인사하려고 쳐다보는데 현주 씨가 다른 곳을 보고 있었어요."

"어머, 그랬나요?"

현주가 맥주병을 들고 이빈에게 들이밀었다.

"한잔 드시죠."

"좋죠."

이빈이 잔을 내밀었고 현주가 채워주었다.

어젠 그토록 말 한 번 걸어보려고 해도 걸리지 않더니 오늘은 넙죽 잘도 받는다. 똥 누고 뒤 안 닦고 나온 사람처럼 어딘가 모르게 불편한 기색인 이빈과 하필이면 끝내주게 잘 연출된 베드신이 나오는 영화를 보고—베드신을 전혀 연상할 수 없는 장르의 영화였음에도 현주의 기억에 남는 장면은 오직 그 장면 하나였다—극장을 나왔을 때가 밤 열 시가 조금 넘은 시간. 현주는 그대로 헤어져서 집으로 간다는 것은 정말 말도 안 된다고 생각했기에 당연히 이빈이 차를 마시자거나 가볍게 맥주 한잔할까요? 하고 말할 줄 알았는데 웬걸, 이빈은 그것으로 끝이었다. 참다못해 현주가 차 한 잔 할까요? 했더니 오늘 커피를 다섯 잔이나 마셔 속이 쓰리다고 거절했고—커피 말고 마실 거리가 얼마나 무궁무진한데—그럼 가볍게 생맥주 한 잔 할까요? 했더니—속 쓰리다는 사람한테 술 마시자 하는 것도 웃기지만—제의한 사람 쪽팔리게 좀 피곤하네요 하면서 또 거절했다. 내리 두 번을 거절당하자 뭐 이런 새끼다 다 있나 욕이 나올 지경인데 현주 표정이 사나워졌다는 것도 눈치 못 챘는지, 아니면 알고도 모른 척하는지 잽싸게 택시를 붙잡았다. 물론 지가 친절하게 택시를 잡아주는 매너를 발휘했으나—택시 값까지 찔러주었으면 더욱 좋았겠지만—누가 택시 잡아달라 했나 택시 잡아주고 거의 강제로 현주를 태우더니만 바로 굿바이였다.

"오늘은 속 괜찮으세요?"

"괜찮아요."

"맥주 좋아하세요?"

"예."

"전 소주 취향이에요."

현주가 소주잔을 들어올려 이빈의 맥주 잔과 부딪쳤다. 현주와 이빈은 들고 있던 잔들을 단숨에 비웠다.

"그런데 2차도 가나요?"

"글쎄요."

"만약에 1차에서 끝나면 우리끼리라도 2차 가죠. 규락 씨, 어때?"

"난 끝장을 보지 않는 것은 죄악이라고 생각해."

"나도. 이빈 씬요?"

"죄악까지야. 하여튼 가죠."

이빈이 킬킬거리고 웃었고 현주는 그래, 웃어라 오늘이야말로 기필코 발을 걸어 넘어뜨리리라 다짐했다.

태진이 다시 시계를 들여다봤다. 식사를 시작하고 한 시간이 훨씬 지났는데도 채영은 나타나지 않고 있었다.

이상하게 회식 자리가 흥겹지 않다고 생각하던 태진이 자리에서 일어나자 직원들의 시선이 일제히 태진에게 향했다.

"먼저 일어나겠습니다. 편하게 드세요."

태진이 일어나자 태진을 따라왔던 비서와 몇몇 사람들도 함께 일어났다.

"벌써 가시려구요?"

명 팀장과 레전드 팀장이 얼른 일어나며 물었다.

"우리가 빠져야 편하게 즐길 것 아닙니까. 2차도 가야 할 거고. 그 정도 눈치야 우리도 있죠."

태진과 함께 왔던 중역이 우스갯소리를 하며 자리를 뜨고 있는 태진을 뒤따라 나가자 회식 자리가 한결 편해진 것은 사실이었다.

진선유와 명 팀장, 레전드 팀장이 그들을 배웅하기 위해 나갔는데 다른 사람은 몰라도 진선유가 왜 따라나서는지 현주는 그것이 알고 싶었다.

"사장님하고 진선유하고 친한 것 같지?"

"진선유가 누구야?"

파셋이 되물었다.

"됐어. 규락 씨, 진선유하고 사장님 친한 것 같지?"

"내 눈엔…… 진선유가 친한 척하는 것 같아."

"그런가?"

"왜? 사장님한테 관심있어?"

"아니, 이빈한테 관심있어."

현주의 말에 규락이 고개를 들고 이빈을 쳐다봤다.

"정말 이빈한테 관심있단 말이야?"

"응."

"정말이야?"

"그래. 왜 계속 물어?"

"아니야, 그냥. 그런데 언제부터?"

"얼마 안 됐어. 왜?"

"아니, 그냥."

규락이 현주가 이빈에게 관심을 가지면 아주 곤란하다는 표정으로 소주를 들이켰다. 현주는, 무시했다.

태진을 뒤따라 나온 진선유가 재빨리 태진의 곁에 붙어섰다.

"퇴근하시는 거죠?"

"아뇨, 사무실에 다시 들어갈 겁니다."

"아직 일이 남으신 거예요?"

"예. 그럼 즐겁게 보내세요."

"사장님이 먼저 가시니까 서운해요."

진선유가 정말 서운한 표정으로 말했지만 태진은 약간 어색한 미소만 지어 보이곤 가볍게 목례한 후 돌아섰다.

태진은 회사로 돌아오자마자 그림팀 사무실로 향했다. 조용히 사무실 문을 열고 들어가자 채영이 모니터에 코를 박고 자판을 두드리고 있는 모습이 보였다. 태진은 방해가 되는 것은 아닐까 생각하다가 채영에게 다가갔다.

"바빠요?"

태진의 목소리에 고개를 든 채영은 네 하고 짧게 대답한 후 다시 모니터로 고개를 돌렸다.

"언제 끝나요?"

"……."

"오래 걸려요?"

"아뇨. 금방 끝나요, 사장님."

"일 끝나면 회식에 갈 거예요?"

"……."

"배 안 고파요?"

"사장님, 안 바쁘세요?"

"안 바빠요."

"전 바쁘거든요?"

"그래서?"

"중요한 얘기 아니면 십 분만 기다려 주실래요?"

채영은 태진을 쳐다보지도 않고 말했다.

태진은 부하 직원이 사장에게 너무 무례한 것이 아닌가 싶어 화가 났다. 아무리 정직원이 아니라 프리랜서라서 태진에게 다른 직원들처럼 복종을 요구할 수 없지만 그래도! 라이브리 사무실에서 라이브리 모션의 재산인 컴퓨터를 쓰고 전기를 쓰고 있으면서 이토록 무례하다니!

태진은 채영을 노려보다가 사무실을 나가 버렸다.

"십 분 뒤에 다시 올걸?"

채영이 씨익 미소 지으며 중얼거렸다.

"저 여자가 정말…… 너무 풀어줬나?"

그림팀 사무실을 나온 태진이 사무실 문을 노려보며 중얼거렸다.

태진은 불쾌한 기분으로 자신의 사무실로 와 어제 시사회에서 느꼈던 레전드21팀의 허술한 스토리를 어떻게 보완할 것인지 고민하기 위해 시놉시스를 집어 들었다가 내던지듯 내려놓았다.

"사장이 왔는데 일어서지도 않고 말이야."

생각할수록 괘씸했다.

"따끔하게 충고를 해야지 안 되겠군."

의자에 앉던 태진은 자신도 캐릭터 구상이나 정교함을 요구하는 채색 중일 때 쓸데없이 말이나 중요하지 않는 전화가 걸려오면 짜증났던 일이 한두 번이 아니라는 것을 기억해 냈다. 채영도 아마 그랬을 것이다 싶었다. 그렇게 이해하려고 들자 불쾌감이 씻겨 나가기 시작했다.

"그래도 내가 사장인데 말이야."

언제부터 사장, 부하 선 그었다고. 레전드21만을 운영할 때는 직원들에게 내가 사장입네 으스댄 적이 없었다. 내가 사장이니 너희들은 알아서 기어라 절대 그런 적 없었다. 그 어떤 일보다 착착 들어맞는 호흡이 중요한 작업이었기에 사장이라고 직원들 꼭대기에서 군림해 봤자 전혀 도움이 되지 않았다. 하물며 채영은 프리랜서가 아닌가. 빌어먹을 프리랜서 같으니라고.

그렇다면 채영에게 정말로 화가 난 이유가 뭘까? 그건 정태진이라는 남자가 왔는데 한채영이 반가워하지 않았기 때문이다. 태진이 한채영이라는 여자를 신경 쓰는 것만큼 한채영도 그에 부합하는 호응을 해줘야 하는데 일에 푹 빠져든 한채영은 태진을 본체만체했고 태진은 그 부분에서 신경질이 났다.

"내가 왔는데 말이야, 회식 중간에 고기도 마다하고 왔는데 이 여자가."

태진은 한채영보다 자신이 한 수 아래가 아닐까 하는 것에서도 화가 났다. 서른셋이나 먹은 여자, 게다가 보통 사람의 기준에서 보면 왕창 까진 여자—물론 그 부분에서 감당 못할 만큼 끌리고 있지만—그런 여자에게 한 수 밀리다니. 자존심 상하고 있었다.

그 여자 고약하네 하고 생각하던 태진은 십 분만 기다려 달라던 채영의 말을 기억해 내고 시계를 들여다봤다. 십오 분이 지나 있었다. 어쩌면 일 끝내고 회식 자리에 가버렸을지도 모르겠다는 생각이 들자 갑자기 조바심이 생겼다.

"됐어, 뭐 하러 또 가? 건방진 여자한테……."

툴툴거리며 내가 가나 봐라 하던 태진은 벌써 사무실을 나서고 있었다. 그림팀 사무실로 향하는 태진의 발걸음이 점점 더 빨라진다 싶더니 어느새 뛰고 있었다.

'내가 왜 이러지? 그 여자가 정말 좋은 거야?'

현재, 성(性)적으로 굉장히 끌리고 있는 것은 부인할 수 없지만 그렇다고 한채영을 좋아하게 됐다고 하기엔 시기적으로 너무 빨라서 인정할 수 없었다. 인정할 수 없다면서 한채영을 놓칠까 봐 부랴부랴 달려가고 있는 꼴은 무엇인지. 태진은 채영이 회식에 가버리지 말았으면 소원하며 그림팀 사무실 문을 벌컥 열었다.

"휴."

다행히 채영은 아직 모니터를 보고 있었다.

'빙고! 온다고 했잖아, 내가.'

태진이 들어오는 소리를 들은 채영은 웃지 않으려고 노력했다.

"안 끝났어요?"

"끝났어요."

"회식에 갈 거예요?"

"아직 안 끝났으면 가야죠."

"가지 말아요. 거의 파장이라 먹을 것도 없을 텐데."

"사장님, 왜 중간에 나오신 거예요?"

"그건…… 직원들 편하라고."

태진의 대꾸에 채영이 씨익 웃었다.

"빠져도 너무 빠졌네요, 사장님."

"빠지다니?"

"나한테 완전 빠졌다구요."

"허, 천만에!"

"회식 중간에서 나오면서까지 내 주위를 빙빙 도는데 아니라구요?"

채영이 자신만만하게 말했다.

"그런 말 하면 창피하지 않아요, 한채영 씨?"

"회식 자리에 내가 안 보여서 실망하셨죠?"

"허."

태진은 속이 뜨끔했다.

"고기를 세 번, 네 번째 시키는데도 한채영은 나타나지 않고, 그래서 회식이 재밌지도 않고 고기도 맛대가리없고."

"병이 깊군요, 한채영 씨."

"실망을 넘어서서 짜증이 나려고 해서 이러고 있느니 올라가서 보자 했겠죠."

"이거야, 원."

"와서 보니 나 혼자 있고, 때는 이때다 둘만의 시간을 가져보자."

"그만 해요. 들어주기 안쓰러우니까."

태진이 고개를 절레절레 저었다.

"기껏 신경 쓰여서 왔는데 내가 본체만체하니까 열받으셨죠?"

태진의 얼굴이 붉어지기 시작했다.

"내가 갔을까 봐 헐레벌떡 뛰어왔을 테고."

"아니에요! 아는 척 좀 그만 해요!"

태진이 더는 평상심을 유지하지 못하고 버럭 화를 냈다.

'강한 부정은 긍정을 뜻하니.'

"쫑알거리는 내 입을 콱 막아버리고 싶죠?"

"알고 있으니 다행이군."

"당신의 입술로."

"아이구야."

태진이 졌다는 듯 채영의 옆 자리에 앉았다.

"한채영 씨, 지금 상당히 위험하게 도발하고 있는 거 알아요?"

'당연하지. 작전인데.'

"아무 남자한테나 이래요?"

"사장님이 아무 남자예요?"

채영의 말에 태진의 가슴이 설레기 시작했다. 채영의 말뜻은 자신을 아무 남자가 아닌 꽤 생각하고 가슴에 담은 남자라는 것을 말하는 것 같았기 때문이다.

"내가 아무 남자가 아니라면?"

"나한테 키스당한 남자죠."

"키스는 내가 했어!"

"뭐든 결과가 중요하죠."
채영이 대답하는데 태진의 눈이 채영의 입술에 고정되어 있었다.
'후루룩 마시고 싶어 죽겠지?'
태진이 꿀꺽 침을 삼켰다.
채영이 보일 듯 말 듯 혀를 내밀어 아래위 입술을 살짝 훑어 내리자 태진이 후욱 하고 한숨을 내쉬었다.
"여기서 더 도발하면 내가 무슨 짓을 할지 모르니 적당히 해요, 한채영 씨."
'무슨 짓?'
"내가 뭘 했나요? 단지 입술만 축였을 뿐인데."
채영이 다시 한 번 혀를 내밀어 입술을 축이자 태진이 곧 덤벼들 듯한 얼굴을 하고 채영을 노려봤다.
"으윽."
태진이 주먹을 틀어쥐었다.
'아직 흥분하지 마. 이제 시작이니까. 땟국물 떨어지도록 사랑할 날까지 참으셔야지.'
땟국물 떨어지도록…….
채영의 가슴이 두근거렸다. 눈앞엔 채영의 이상형이 잡아먹을 듯 쳐다보고 채영 역시 달콤한 입맛을 다시고 있었다.
채영의 눈앞에 화려한 조명이 비친다.
성욕을 극대화시키는 레드 칼라, 식욕을 극대화시키는 오렌지 칼라. 이 얼마나 절묘한 조화인가!

서로를 우악스레 부둥켜안고 입술이 착 달라붙은 두 남녀가 아주 커다란 침대가 준비되어 있는 방으로 마치 밀쳐진 듯 뛰어든다. 두 사람은 지금 키스하지 않으면 내일 당장 지구가 멸망이라도 하는 듯 필사적으로 매달려 서로에게 키스를 퍼붓는다. 남자가 여자의 허리를 끌어당겨 안자 여자의 허리가 헤라클레스의 활처럼 휘어진다. 자연히 여자의 아랫배가 남자의 남성에 밀착된다.

"오!"

여자의 아랫배를 당당하게 압박하는 남자의 성난 남성에 여자의 목구멍에서 탄성이 새어나온다.

여자도, 남자도 점점 더 이성을 잃어가고 있다. 정육점 불빛이 온통 새빨갛게 물들인 널따란 침대 방에 이성이 무슨, 쓰잘데기없다. 오직 굶주린 열정만 필요할 뿐.

여자가 남자를 벽으로 밀어붙인다. 등을 벽에 부딪힌 남자 허겁지겁 여자의 얼굴을 끌어당겨 다시 키스를 한다. 두 사람의 입술이 밀착되기도 전에 입술이 벌어지며 상대방의 입속으로 혀를 내리꽂는 자가 우승 상금이라도 타는 듯 파다닥 혀를 집어넣다가 엉켜든다. 남자는 여자의 엉덩이를 콱 움켜잡으며 자신의 몸 쪽으로 끌어당기자 잠깐 떨어졌던 여자의 아랫배에 남자의 남성이 빼근하게 짓눌린다.

리드미컬하게 서로의 몸뚱이를 비벼대는 남자와 여자.

남자의 가슴팍을 쓰다듬다 움켜잡았다를 반복하는 여자. 드디어 남자에게서 거추장스럽던 양복저고리를 벗겨내 집어 던진다.

넥타이를 푸는 둥 마는 둥 하며 와이셔츠 단추를 풀기 시작하는 여자의 손길.

'화르륵 뜯어내 버릴까? 아니다, 하나씩 감질나게 피를 말리며 풀자.'

여자의 손길은 남자의 심장을 쥐락펴락하듯 하나씩 하나씩 단추를 풀고 마지막 단추를 푸는 순간 와이셔츠를 활짝 펼친다. 드러나는 남자의 우락부락한 근육! 여자는 남자에게서 입술을 떼고 남자의 근육을 감상하다가 혀끝으로 너무 단단해 송곳으로 찔러도 끄떡없을 것 같은 남자의 근육을 사정없이 훑어 내린다.

"아아!"

남자가 신음을 내뱉는 순간 여자의 입술이 남자의 입술을 삼켜 버리고 여자의 이빨에 입술을 깨물린 남자의 입에서 연신 신음을 새어나온다.

흥분에 들떠 여자의 상체를 끌어당기는 남자. 남자의 가슴 근육에 탱탱한 여자의 유방이 부딪치자 남자는 또다시 신음을 내뱉으며 벽에서 등을 떼고 여자를 벽으로 밀어붙인다.

이번엔 남자의 차례.

남자가 후들후들 떨리는 손으로 여자의 블라우스 단추를 풀기 시작한다.

'블라우스 말고 다른 걸 입을까? 단추 풀다 시간 다 가네.'

하여튼 일단 블라우스 단추를 풀어내는 남자의 손길, 하나둘 초조하게 단추를 풀던 남자는 단추 풀다 혈압 오르기 싫은 듯 화르르 뜯어버린다.

"흐응."

여자의 코에서 코맹맹이 신음이 새어나오자 남자는 이글거리는 눈으로 브래지어 뒤에 감춰진 여자의 유방을 투시한다. 덥석! 유방을 움켜잡는 남자, 유방을 움켜잡은 남자의 손에 굵은 핏줄이 툭툭 불거져 나와 있다. 유방을 움켜잡은 채 다시 여자의 입술에 자신의 입술을 밀어붙이는 남자. 키스를 하며 남자는 여자의 블라우스를 완전히 벗겨내고 손을 등 뒤로 돌려 브래지어 후크를 더듬는다. 똑, 똑. 두 개의 후크가 풀리자 남자는 대번에 브래지어를 벗겨 버린다. 남자의 눈앞에 드러나는 여자의 젖가슴. 입술을 떼고 여자의 젖가슴을 노려보는 남자. 왼쪽 젖가슴 정중앙 젖꼭지 바로 옆에 있는 바둑알만한 점이 남자의 눈에 들어온다.

'점을 뺄까? 젖꼭지 옆에 있는 점을 어디 가서 빼냐고!'

남자의 얼굴이 아래로 내려간다 싶더니 남자의 혀가 낼름낼름 바둑알만한 검은 점을 핥는다. 남자가 핥고 있는 것은 점이건만 어찌하여 젖꼭지가 찌릿거린다냐. 접시에 묻은 짜장 핥아먹듯 점을 핥아 내리는 남자의 혀. 자극받은 젖꼭지가 성난 듯 고개를 치켜들고 나를 외면 말라 방실거리는 순간, 남자가 호로록 젖꼭지를 빨아 당긴다.

"하아!"

여자가 남자의 머리카락을 움켜잡으며 신음을 토해낸다.

양쪽 젖꼭지를 인정스럽게도 번갈아 맛보는 남자의 입. 남자의 타액이 묻은 젖꼭지가 번들거린다.

유방에서 머물던 남자의 얼굴이 위로 올라오더니 여자의 목덜미에 입술을 맞추고 그와 동시에 남자가 여자의 어깨를 잡고 휙 돌리자 여자의 탱탱하고 탄력적인 유방이 벽에 부딪치며 출렁거린다. 여자의 뒷덜미에 입을 맞추는 남자. 짜르르 전기가 통하는 듯한 흥분. 목줄기 갈래갈래 뻗어 있는 예민한 신경을 타고 정수리까지 치밀고 올라가다가 터뜨리지 못해 머리 속을 혼미하게 만든다.

자신의 남성을 탐스런 여자의 엉덩이에 밀착시키는 남자. 엉덩이를 압박하는 남자의 남성이 대단히 튼실하다.

남자의 손은 여자의 스커트 안으로 들어간다. 남자가 여자의 허벅지 안쪽 야들거리는 여린 살을 훑어 올리자 스커트가 남자의 손목에 걸려 위로 치켜 올라간다. 드러나는 표범 무늬 팬티. 남자의 손은 여자의 둔덕이 보존된 그곳을 마치 표범의 털을 쓰다듬듯 살살 어루만진다.

"아항."

남자의 입술이 여자의 귓불을 문어 빨판처럼 빨아 당긴다. 후욱 후욱 입김을 불어넣자 온몸을 관통하며 뒤흔드는 흥분에 몸서리치는 여자.

표범 털을 어루만지는 것으론 만족을 못하겠는 갑다. 남자의 손이 여자의 팬티 속으로 침입했다. 남자가 여자의 숲을 어루만진다. 태어나 이런 비밀스런 숲은 처음이라는 듯, 남자의 손이 호기심에 가득 찼다. 꼬불거리는 잎사귀가 가득한 숲을 탐색하던 남자의 손이 중간 지점, 갈라지는 길로 들어섰다. 그 속에 옹달샘이 숨어 있다는 것을 어찌 알았을꼬. 남자의 손에 당장 옹달샘 한 모금 맛보지 않으면 산 채로 박재가 될 듯 서둘러 파헤친다. 옹달샘을 손에 넣은 남자. 허겁지겁 샘물을 맛본다. 그런데 너는 샘물을 입이 아니라 손으로 먹는다냐. 기운 빼지 말고 이제 눕자.

옹달샘에 담갔다 뺀 촉촉한 남자의 손이 팬티 속에서 공기를 마시러 나오는 순간 여자가 남자의 가슴을 밀어 침대에 넘어뜨렸다. 발랑 누운 채 여자를 바라보는 남자. 여자는 색기 가득한 눈초리로 남자를 바라보며 스커트 후크를 풀고 지퍼를 내렸다. 스커트는 한번 걸리는 것도 없이 발목으로 뚝 떨어졌다. 표범 무늬 팬티만 입은 여자. 남자의 눈에서 폭죽이 터지는 듯하더니 벌떡 상체를 일으켜 여자의 허리를 움켜잡는다. 여자의 둔덕에 입을 맞추는 남자. 남자는 엄지손가락을 팬티 고무에 끼우더니 단번에 아래로 끌어 내렸다. 남자의 눈앞에 고스란히 드러나는 여자의 숲. 꼬불거리는 잎사귀 사이로 옹달샘 숨어 있는 갈라진 길이 보인다. 남자의 입술이 숲으로 다가오고 숲에 다다르기 직전 남자의 입술이 벌어지는데 여자가 남자를 밀어뜨려 눕히고 폴짝 뛰어 남자의 남성을 내리누르며 올라앉았다.

여자의 손가락이 남자의 가슴 근육 사이를 훑어 내리자 남자가 고개를 비틀며 신음한다. 상체를 숙인 여자, 십 인분 칼국수 반죽만큼 부풀어 있는 남자의 가슴 근육에 콧김을 불어넣으며 입을 맞춘다. 거기서 멈추지 않고 이토록 훌륭한 근육에 밟힌 포도알마냥 달라붙어 있는 남자의 젖꼭지를 핥았다.

"허헉."

남자의 입김이 뜨시다 못해 후끈하다.

여자가 허리와 엉덩이를 살랑살랑 흔들며 남자의 허벅지로 내려와 허리띠를 풀기 시작한다. 허리띠 바로 밑 앞 지퍼 달린 부분이 마치 뚫고 나올 듯 팽팽하게 부풀어 있다. 허리띠를 풀고 지퍼를 내리는 여자의 손길. 여자는 팽팽하게 치솟아 있는 남자의 남성을 지긋하게 누르며 지퍼를 내린다.

"아아."

꼴깍 숨넘어갈 듯한 남자의 신음 소리.

여자는 잠깐 남자의 다리에서 내려가 남자의 바지를 벗겨 침대 밑으로 떨어뜨린 후 밭에서 몰래 뽑아온 무를 거기다 숨겼나 팬티 밖으로 삐쳐 나올 듯 툭 튀어나온 남자의 앞섶을 쳐다본다.

여자는 더 기다려 뭐 하겠냐는 듯 남자의 팬티를 획 벗겨낸다. 팬티는 남자의 무릎에 잠깐 걸리는가 싶더니 남자의 적극적 대응으로 홀랑 벗겨졌다.

남자의 턱을 목표로 우뚝 삐쳐 있는 남성! 실하다! 장하다!

'네가 세상에 태어나 무엇을 목적으로 살아야 하는지 아는구나.'

여자는 그윽한 눈빛으로 살짝 입맛을 다시다 죽도 부여잡듯 남성을 움켜잡았다.

"어흑."

깔딱 숨넘어가는 남자.

이 남자, 오늘 숨 여러 번 넘어간다.

여자의 얼굴이 남성을 향해 내려온다 싶더니 막대 아이스크림 먹듯 남성 저 끝에서 꼭대기까지 단번에 핥아 올렸다.

"어헉."

남자가 한 손으로는 죄없는 시트를, 한 손으로는 자신의 짧은 머리카락을 쥐어뜯는다.

'다시 말하지만 내 혀에 걸리면 다 죽어.'

여자가 네 갈래로 벗긴 연노랑 바나나 베어 물듯 날름 남성을 집어삼킨다. 여자의 입속에서 요동치는 남성. 야들야들 잇몸처럼 부드러운 남성을 야무지게 맛보는 여자. 남자의 허리가 꿈틀거리고, 다리가 떨리고, 발가락이 경기든 것마냥 빳빳해진다.

훌륭하게 뻗은 죽도와 같은 남성 아래 극도로 긴장한 탁구공 두 알을 움켜잡는 여자. 남자는 살려달라는 외침을 부르짖기 일보 직전이다.

고것에다 감칠맛나는 양념이라도 발라두었더냐, 여자는 남자의 남성을 올근볼근, 특이한 맛은 알근달근.

남자의 몸이 경기가 난 듯 꿈틀거린다.

여자가 입에 가두었던 남성을 풀어주고 고개를 들자 해방에 겨운 남성이 누가 건드린 것처럼 껄떡댄다.

"제발."

남자가 애원한다.

"나한테 빠졌다고 말해!"

"빠졌어, 제발!"

"완전 빠졌다고 말해!"

"완전 빠졌어! 제발 해줘!"

승리감에 미소 짓는 여자, 엉덩이를 들고 터지기 직전의 남성을 향해 옹달샘을 겨냥한다. 그리고 순간, 퐁당 옹달샘이 남성을 삼켜 버린다.

"아!"

"아하!"

말할 수 없는 만족감과 충만감에 탄성을 토해내는 남자와 여자. 남자가 팔을 뻗자 여자가 남자의 손을 깍지 끼고 허리를 돌리기 시작한다. 여자의 엉덩이 근육이 수축 이완 운동을 시작하자 남자의 풀렸던 동공에 힘이 들어간다. 여자와 깍지 낀 손을 끌어 여자의 허리를 움켜잡고 여자의 움직임을 돕는 남자. 여자의 움직임에 맞춰 침대가 출렁거린다. 남자의 엄지발가락이 둘째 발가락을 감아대며 자지러질 듯 헐떡거린다. 거친 숨소리, 달콤한 사랑의 냄새.

여자의 옹달샘은 남자의 남성을 쥐었다, 폈다, 당겼다, 놓았다 마음껏 요리한다. 남성이 옹달샘에 빠졌다 건져질 때마다 찰파닥 찰파닥 야릇한 소음이 귀를 간지럽힌다. 찰파닥거릴 때마다 여자의 젖가슴도 춤을 추고 남자는 춤추는 여자의 젖가슴에서 눈을 떼지 못한다. 할딱할딱 숨이 가쁜 여자, 오르락내리락 터질 듯 부풀어 있는 남자의 가슴 근육.

남자는 여자의 유방을 움켜잡았다. 남자의 손아귀 안에서 흔들리는 젖가슴. 엄지와 검지 사이에 젖꼭지를 끼워 넣고 희롱하는 남자. 여자의 고개가 뒤로 젖혀지고 허리도 휘어진다.

"아!"

남자가 갑자기 몸을 일으키더니 여자의 허리를 안고 반 바퀴 구르자 이제 여자가 아래, 남자가 위에 있다.

남자가 땀이 배어나온 축축한 여자의 몸을 부드럽게 쓰다듬자 한숨 같은 신음을 토하는 여자. 남자가 무릎으로 기어 뒤로 몸을 빼더니 여자의 옹달샘을 바라본다.

붉게 달아오르는 여자. 남자는 사랑의 몸부림으로 촉촉하게 젖어 있는 옹달샘을 바라보다가 갈대밭 헤치듯 꼬불거리는 잎사귀를 헤친다.

아이쿠야, 옹달샘만 있는 줄 알았더니 천상의 화초가 꽃망울을 터뜨려 놓고 주인이 오길 기다리고 있었고나. 볼그레 홍조를 띤 잎사귀를 펼치고 있는 이 꽃의 꽃말은 무엇이더냐, 어찌나 곱고 다소곳하면서도 교태가 넘치는지 향기라도 맡아보자. 남자의 콧김에 꽃잎이 흔들린다. 잎사귀에 맑은 이슬이라도 맺혀 있는 듯 남자가 잎사귀를 빨아 당긴다.

"아!"

이번엔 여자가 애꿎은 시트를 잡아 비틀고 베개를 뭉그댄다.

잎사귀에 매달려 있던 목마른 남자의 혀가 옹달샘에 빠진다. 아이코야, 조심하자. 어느 신이 요다지도 해망스럽게 만들어두었나. 옹달샘이 영험한 흡기를 가졌구나. 얕은 줄 알고 들어갔다간 큰일 나겠다. 발도 닿지 않을 깊음에 한번 빠지면 꼼짝없이 끌려들어가는 늪과 같구나. 목마른 나그네 목 축이라 있는 샘이 아닌고로 함부로 맛보려다 작살나는 수가 있으니 시피 보고 덤볐다간 혀뿌리까지 짤가닥 잘려 나간다.

옹달샘의 흡기에 소용돌이치며 빨려 들어갔던 남자의 혀가 알

뜰하게도 맛을 본 후 놓아달라 호소하자 옹달샘이 숨구멍을 열어 놓아준다. 흠뻑 맛을 보고도 미련이 남은 남자가 퐁당 손가락을 담가본다. 손가락 역시 여지없이 빨려 들어간다.

"아아!"

여자의 신음 소리를 듣던 남자가 샘에서 손을 거두고 여자의 왼쪽 다리를 들어올리더니 여자의 발가락을 핥는다.

"아……."

여자가 침을 삼키며 신음을 토해낸다.

여자의 발가락 하나하나를 핥던 남자, 여자의 다리를 자신의 어깨에 걸친다. 엄지손가락으로 여자의 입술을 쓸어 내리던 남자 여자의 옹달샘으로 자신의 남성을 밀어붙인다.

"아아."

연방 터져 나오는 탄성.

여자의 매끈하고 탄력있는 다리가 남자의 어깨에서 춤을 춘다. 남자의 유연하게 휘어진 허리와 엉덩이, 짜릿한 실루엣이 옹달샘 방향으로 끝없이 들락거린다. 여자의 남아 있는 다리마저 자신의 어깨에 걸쳐 놓는 남자. 여자의 비밀 샘과 남자의 남성이 1%도 남김없이 밀착된 채로 공격과 흡수를 반복한다.

더욱 거칠어지는 숨소리, 신음과 탄성이 뒤섞인다. 그리고…….

"무슨 생각 하는 거예요?"

굵은 저음의 목소리에 퍼뜩 정신이 돌아온 채영이 태진을 쳐다봤다.

"네?"
"내 입술을 뚫어져라 쳐다보면서 무슨 생각을 하는 거냐고요?"
"땟국물 떨어지도록…… 아, 아니에요."
채영이 손을 저었다.
"갑시다."
"아, 네. 가야죠."
'아, 좋았는데…….'
채영이 자리에서 일어나는데 휴대폰이 울렸다.
"여보세요?"
[안 끝났어?]
현주였다.
"지금 나가려고."
[어떻게 하지? 우리 갈비집에서 나왔어. 오거리에 오아시스 나이트 클럽 알지?]
"어, 알아."
[그리로 가고 있어.]
"알았어. 난 라면이라도 하나 먹고 갈게. 자리 못 찾을 수도 있으니까 휴대폰 진동으로 해놓고 쥐고 있어."
채영이 전화를 끊자 태진이 삐딱한 시선으로 쳐다봤다.
"나이트 갈 거예요?"
"네. 클럽으로 가고 있대요."
"꼭 가야겠어요?"
"네."

채영의 대답에 태진의 얼굴이 실망으로 일그러졌다.

"안 가면 안 돼요?"

"너무 티나네요, 사장님."

채영이 놀리듯 픽 웃자 태진이 입술을 실룩거렸다.

"믿어지지 않죠?"

"뭐가 말이에요?"

"나한테 그토록 순식간에 빠져들었다는 게."

"하, 미치겠네."

"나도 믿어지지 않아요."

채영은 키득거리고 웃으며 사무실을 나왔다.

"저녁 사줄게요."

태진이 따라나오며 말했다.

"그럴 줄 알았어요."

"제기랄!"

태진이 짜증을 피우며 채영의 팔을 잡아끌었다.

엘리베이터에 나란히 오른 태진과 채영, 태진이 채영을 흘끔거리자 채영이 태진을 보지도 않도 그만 보세요 하고 말했다.

"잠시라도 보고 있지 않으면 불안해 죽겠죠?"

"내가 말을 말아야지."

태진이 고개를 획 돌렸다.

"뭐 사주실래요?"

"먹고 싶은 거 먹어요."

"비싼 것 사달라 그러면 어쩌려고 그러세요."

"적당한 걸로 먹어요."

엘리베이터가 멈추고 태진과 채영이 막 내려서려는데 올라타려던 진선유가 깜짝 놀라며 두 사람을 쳐다봤다.

"어머, 사장님?"

진선유가 입으로는 어머, 사장님 해놓고선 눈은 채영을 쳐다봤다. 어째서 두 사람이 함께 엘리베이터에서 내리냐는 듯. 채영은 진선유의 두 눈동자에서 벌겋게 피어오르는 불꽃을 볼 수 있었다.

"진선유 씨, 2차 가지 않았어요?"

태진이 물었다.

"사무실에 뭘 두고 온 게 있어서요."

'저런 뻔한 핑계를 대다니.'

어째 저렇게나 진보적이지 못한 핑계밖에 못 대는지.

채영이 진선유에게 가볍게 목례를 하고 지나치자 태진도 곧 채영을 따라왔다.

"사장님, 2차 가시는 거예요?"

진선유가 급히 물었다.

"아닙니다."

태진이 대답하는 사이 채영은 이미 건물 밖으로 빠져나왔다.

"뭐 먹을래요?"

태진이 쫓아오며 물었다.

"뒷골목으로 가서 문 열어놓은 집 아무 데서나 먹을 거예요."

뒷골목에는 식당가였고 야식집도 많았기 때문에 메뉴를 고민할 필요는 없었다.

채영과 태진은 식당가엔 뒷골목으로 가서 그중 첫 집에 들어갔다. 온갖 종류의 찌개 전문집이었는데 이 집은 점심때나 저녁때나 손님으로 발 디딜 틈이 없는 집이었다. 점심은 회사 식당에서 해결하기 때문에 점심을 먹으러 내려올 일은 없었지만 지난번 야근 때 한번 먹어본 적이 있어서 음식 맛이 특별하게 좋다는 걸 알고 있었다.

"굴순두부 하나 주세요."

음식은 하나만 시켰지만 서빙 아줌마는 두 잔이 물과 두 개의 물수건을 내주었다.

"부모님과 함께 살아요?"

태진이 물었다.

"당연하죠."

"당연한 거예요?"

"그럼, 당연하죠."

"요즘은 지방 사람이 아니더라도 어느 정도 나이가 되면 부모님과 따로 사는 사람도 많잖아요."

"그건 다른 집안 얘기고 우리 집에서 절대 통하지 않는 일이에요."

"부모님이 엄하세요?"

"엄하시다기보다는 원칙주의자시죠. 고집도 세시고. 사장님은 혼자 사세요?"

"아뇨, 나도 부모님과 함께 살아요."

"참, 사장님 아버님요, 언제 수술하세요?"

"다음 주예요."

"수술만 하시면 좋아지시는 거예요?"

"반반이에요. 좋을 수도 있고 그대로일 수도 있고. 관리를 어떻게 하느냐에 따라 달라진다고 하더라고요."

"걱정되시겠네요."

"사실은 걱정돼요."

"좋아지실 거예요."

"그래야죠."

굴순두부 찌개가 나왔고 채영은 밥을 먹기 시작했다.

"형제는 채민이랑 채영 씨랑 둘이에요?"

"네."

"원칙주의자이신 아버님께선 채영 씨가 상당히 선진국적인 성문화를 가졌다는 걸 알고 계세요?"

태진의 어쩐지 비꼬는 듯한 말에 채영이 태진을 노려봤다.

"내가 노출한 성문화는 아직 개발도상국 수준이에요."

채영의 대꾸에 태진이 킬킬거리고 웃었다.

"사장님."

채영이 정색을 하고 불렀다.

"말해요."

"저한테 관심있으세요?"

"있어요."

없다고 하면 순 거짓말이니—두 번이나 키스했는데—그렇다고 대답할 수밖에 없었다.

"어떤 식의 관심이에요?"

"어떤 식?"

"말하자면 1번, 답삭답삭 키스도 잘하니 몸도 잘 줄 것 같고 한번 놀아보자. 2번, 일단 느낌 괜찮으니 한채영이라는 여자에 대해서 조금 더 알아보다가 한번 자보고 결정하자. 3번 한채영과 진지하게 만나보자."

채영이 보기를 제시하자 태진이 또 웃었다.

"1번을 지향할 정도로 젊지 못하고, 2번은 아니라고 할 수는 없지만 자보는 것으로 어떤 사람인지 판단하긴 싫고, 3번 쪽이 가장 가깝긴 하지만 솔직히 채영 씨처럼 대담한 여자는 처음이라 당황스럽긴 해요."

'나도 당황스럽답니다, 당신처럼 성적으로 강하게 끌리는 남자는 처음이라.'

"채영 씬 나한테 관심있어요?"

"네."

채영이 명료하게 대답했다.

"어떤 관심이에요? 나한테 제시한 보기 중에."

"2, 3번이요."

채영의 솔직함에 태진이 또 웃었다.

"그렇더라도 여자는 원래 좀 튕기지 않아요?"

"우리 아버지가 그러셨는데 한 수만 지체해도 끝난 판이라 하시더군요."

"무슨 뜻이에요?"

"튕기다 놓치면 아무도 책임져 주지 않는다는 말이죠."

"그러니까 날 놓치고 싶지 않다는 말이군요?"

"그거야 지켜봐야죠. 놓치게 될지, 내가 놔버리게 될지."

채영의 의미심장한 대꾸에 태진은 어쩐지 긴장되는 걸 느꼈다.

"아버님이 그런 가르침을 주시다니, 매우 능동적인 삶을 사시는 것 같군요."

"매사를 바둑과 연관 지으시거든요."

"바둑을 좋아하시나 봐요?"

"바둑이 인생이세요. 바둑이 직업이고."

"바둑 학원 하세요? 기원?"

"우리 아버지 한정호 기사예요."

"한정호 기사…… 한정호 9단요?!"

태진이 깜짝 놀라며 되물었다.

"아시는군요."

"한정호 9단을 모르면 간첩이죠."

"그 정도로 잘 알아주시니 갑자기 뿌듯하네요."

채영이 숟가락을 내려놓으며 말했다.

"다 먹었어요."

"아버님 바둑 스타일이 공격형이잖아요."

"그렇죠."

"채영 씨가 아버님 바둑 스타일을 닮아서 공격형인가요?"

"공격형이라 볼 수는 없죠. 사장님이 단 한 번도 수비한 적이 없으니까."

채영의 대꾸에 태진이 웃으며 일어나 채영의 밥값 오천 원을 내주었다.

"정말 2차 갈 거예요?"

"가야죠. 간다고 했으니."

"나하고 같이 차나 마시면서 얘기나 하죠."

"아뇨, 오늘은 여기서 헤어지는 편이 좋겠어요. 하루에 다 하면 나중에 재미없어요."

"튕기는 거예요?"

"차 마시는 것보다 나이트가 더 가고 싶다는 얘기죠."

채영의 말에 태진의 얼굴이 실망으로 일그러졌다.

"가볼게요. 내일 봬요, 사장님."

"둘이 있을 땐 태진 씨라 불러줘요."

"그래요, 태진 씨. 내일 봐요."

채영이 주저하지 않고 태진의 이름을 부른 후 먼저 돌아섰다.

'아, 나이트 가기 싫다. 태진 씨랑 놀고 싶다. 하지만 이쯤에서 돌아서야 나한테 더욱 빠지게 만들 수 있다 그거야.'

태진은 저만치 멀어지는 채영의 뒷모습을 아쉬운 얼굴로 바라보고 있었다.

새빨간 여우 4

채영이 집으로 들어가자 아버지가 거실에 앉아 계시다가 일어났다.

"안 주무셨어요?"

"왜 늦었어? 야근한다는 말 없었잖아."

"회식요. 나이트클럽 가서 놀다 왔어요."

"야근 아니면 열두 시 전엔 들어와야 하는 거 몰라?"

"오 분 늦었어요, 아버지. 다른 사람들 한창 놀고 있는데 혼날까봐 혼자 나왔어요. 얼마나 김새는지 아세요?"

"노는 건 다 좋은데 열두 시 전엔 들어와. 여자든 남자든 열두 시 넘어 바깥에서 싸돌아다니는 거 보기 안 좋아."

"네. 알았어요, 아버지."

"술 마셨어?"

"맥주 한 잔요."

"밥은 먹고?"

"먹고 마셨어요."

안방문이 열리더니 엄마가 고개를 내밀었다.

"무슨 남자가 시어머니처럼 잔소리가 많나 몰라. 당신, 어서 들어와 자요. 나이가 몇인데 어련히 알아서 할까."

"열두 시 넘겼어."

"오 분 지났어요. 오 분이면 봐줄 만해."

"마담은 들어가 자. 오밤중에 그 머리 보면 심장 떨려."

"저 양반이 정말."

엄마가 곱게 눈을 흘겼다.

"들어가 자."

"네."

채영은 아버지가 먼저 들어가는 걸 보고 방으로 가려다 채민이 방으로 가서 문을 여는데 문이 잠겨 있었다.

"열어."

"잠깐만."

부스럭거리는 소리가 들리더니 채민이가 문을 열어주었다.

"이제 와?"

채민이가 벌겋게 달아오른 얼굴만 내밀고 물었다.

"너 누나가 왔는데 잠도 안 자면서 내다보지도 않아?"

"어, 잠깐 뭐 좀 하느라고."

채민이가 변명하는데 아버지가 방문을 열었다.

"채민이 안 잤어? 안 자면 버스정류장 가서 누나 데려오지 그랬어? 밤길 험한데."

"죄송해요, 아버지."

"둘 다 어서 자. 열두 시 넘어서까지 안 자면 몸 상해."

"네."

"하여튼 참, 다 큰 애들 가지고 별 참견을 다 해."

엄마가 잔소리를 하는데 아버지가 문을 닫았다.

"재밌냐?"

"뭐가?"

"동영상 봤잖아, 이 자식아."

"어, 재밌어."

채민이가 순진하게 고개를 끄덕였다.

"너의 무기는 제대로 작동이 되던?"

"에이, 정말!"

채민이가 문을 닫고 들어가 버렸다.

"부끄러워하긴. 야, 누나가 너 초등학교 2학년 때까지 씻기고 똥 닦아줬어, 새끼야."

채영이 키득거리며 방으로 들어와 가방을 내려놓고 곧바로 침대에 드러누웠다.

"현재까지는 원하는 대로 진행되어 가고 있단 말이야."

채영은 태진의 얼굴을 떠올렸다. 매력적으로 깎인 턱 선, 제법 크면서도 과하게 날렵하지 않고 두툼하게 복이 들어앉은 듯한 코,

키스하기 딱 좋은 입, 훤하고 시원한 이마, 약간 성질 있어 보이면서도 웃을 땐 선하게 보이는 눈.

"참 매력적이란 말이지."

채영의 입가에 미소가 걸렸다.

"그런데 그 진선유가 태진 씨 바라보던 눈빛이 예사롭지가 않았어. 그년이 사람 보는 눈은 있어가지고선. 이것 또 경쟁자 되는 거 아니야?"

채영은 샐샐 태진에게 웃음을 흘리던 진선유를 생각하며 혀를 찼다.

'나보다 어린 것 같고, 옷도 잘 입고, 몸매도 나한테 지지 않고, 게다가 그년이 눈웃음을 잘 치더란 말이야.'

채영은 다 잡아놓은 물고기 다른 사람이 홀랑 채갈까 봐 걱정됐다. 뭐, 정태진을 완전히 다 잡아놓은 물고기랄 순 없지만.

"하여튼 내 물고기에 손만 대봐라. 네 손모가지며 물고기며 다 죽는다."

내 물고기 정태진을 넘봤다간 가만두지 않으리라 작심했는데 그 불안감은 바로 다음날 현실로 나타났다.

현주와 함께 점심을 먹은 후 화장실에서 이를 닦고 있을 때였다.

"확실하게 발을 걸었다는 거야, 제대로 안 걸렸다는 거야?"

채영이 이를 닦다가 칫솔을 빼내며 물었다.

"모르겠어. 블루스 출 땐 발이 걸리는 듯도 했는데 너 가고 나서 조금 있다가 나와서 3차로 노래방 가자 어쩌자 막 그랬거든. 그런데 자긴 도저히 힘들어서 안 되겠다면서 빠지더란 말이야. 발이 걸렸다면 빠질 리가 없잖아."

"그렇지."

"내가 헛물 켜고 있는 건가?"

현주가 마음먹은 대로 되지 않아 갑갑한 듯 중얼거리는데 진선유가 화장실로 들어왔다. 채영과 현주는 이빈과 같은 사무실에 있는 진선유가 들어왔기에 입을 꼭 다물었다. 볼일을 보고 나온 진선유가 채영의 곁에서 손을 씻고 칫솔에 치약을 묻힌 뒤 채영에게 말을 걸었다.

"물어볼 게 있는데요?"

진선유의 말에 이를 닦던 채영은 거울을 통해 하라는 듯 고갯짓을 했다.

"혹시 사장님하고 가까우세요?"

채영은 전혀 예상치 못했던 질문이라 칫솔질을 멈추며 진선유를 쳐다봤다. 현주는 푸걱거리며 치약 거품을 씻어내고 톡 끼어들었다.

"어쩜 이리도 눈치가 빠르실까."

현주의 말에 진선유의 표정이 순간 긴장한 듯 굳었다가 곧 풀어졌다.

"무엇을 보고 가까우냐고 물으세요?"

채영이 거품을 뱉어내고 되물었다.

"어제 두 분이서 같이 엘리베이터에서 내려서요."

"어제 언제요?"

그렇게 물은 사람은 현주다.

"사무실에 깜빡 두고 나온 게 있어서 가지러 간 사이에요."

"아니, 우리 나이트 갈 때 사무실에 잠깐 들렀다 온다더니 그때 말이에요?"

"네."

현주와 진선유의 시선이 동시에 채영에게 쏠렸다.

"엘리베이터에서 같이 내리면 가까운 거예요?"

채영이 시치미를 뚝 뗐다.

"두 분이서 어디 같이 가시는 것 같던데."

"어디 갔었니? 감 따러 갔었니?"

그렇게 묻는 현주를 채영이 태워 죽일 듯이 노려보자 현주가 쓸데없이 다 닦은 이를 또 닦는 척하며 한 발 물러섰다.

"감을 따다뇨?"

진선유가 못 알아들었는지 현주와 채영의 얼굴을 번갈아 쳐다보며 물었지만 아무도 대답하지 않았다.

"그러니까 하고자 하는 말씀이 뭐예요?"

채영이 질문을 해놓고 얼른 칫솔질을 끝냈다.

"사장님한테 관심있으세요?"

"관심은 진선유 씨가 있는 것 같은데요?"

채영이 한번 떠보기 위해 그렇게 물었는데 일 초도 망설이지 않고 진선유가 대답했다.

"네, 관심있어요."

'아니, 복병이 숨어 있었다니. 어쩐지 수상하더라!'

"어느 부분에서 관심이 생긴 거예요? 얼굴이요, 돈이요?"

현주가 물었다.

"둘 다요. 그게 나쁜가요?"

진선유가 뻔뻔스러운 얼굴로 되물었다.

"누구나 능력있는 남자 만나 결혼하고 싶은 것 아니에요? 게다가 매력적인 남자 찾는 건 더욱 당연하구요."

"나쁘긴요, 우리 모두의 목표죠."

현주가 열렬하게 동의했다.

"장동건 후로 그토록 바람직하게 생기긴 흔치 않죠. 누가 먼저 따버린 사람이 있어서 포기했지만."

"누가 먼저 따버리다뇨?"

진선유가 좀 제발 알아듣게 말하라는 듯 묻는데 현주는 알아듣게 설명할 생각이 없었다. 대신 현주를 향해 따뜻한 시선을 던졌다.

"진선유 씨 솔직한 게 너무 마음에 든다."

"나두."

현주와 채영의 반응에 진선유가 의외라는 얼굴로 쳐다보다가 경계심을 조금 풀었는지 피식 웃었다.

"그런데 진선유 씨 몇 살이에요?"

"스물여덟이요."

'허걱, 이십대다. 나보다 다섯 살이나 어리다. 불리하다.'

"힘껏 대시해 보세요."

현주가 진선유에게 파이팅 해주며 너 골탕 좀 먹겠다는 듯 채영을 샐쭉거리며 쳐다보자 채영이 저걸 친구라고…… 하는 듯 째려봤다.

"그러니까 채영 씨가 사장님께 관심이 없다면……."

"내 관심을 떠나서 자신있어요, 진선유 씨?"

"무슨 자신요?"

"사장님 잡아챌 자신요."

"있어요."

진선유가 당당하게 말했다.

'히야, 보통 아니다. 여기쯤에서 기를 한번 꺾어놔야 할 것 같은데…….'

채영은 진선유를 진지한 표정으로 쳐다보다가 입을 열었다.

"문제는…… 내가 아니라 사장님이에요."

"사장님이라뇨?"

"사장님이 나한테 지대한 관심을 표하고 있다는 말이죠."

채영의 말에 진선유의 눈이 질투로 이글거리기 시작했다.

"그 지대한 관심이라는 게 어떤 종류인지 말해주면 안 되겠니? 정신적인 것인지, 혹은 육체적인 것인지."

현주가 다그쳤다. 그때 '육체적인 것인지'라고 했을 때 진선유의 콧잔등이 불쾌한 듯 실룩거린 것을 채영은 놓치지 않았다.

채영은 갑자기 생겨난 라이벌의 콧대를 확 꺾어주기 위해서라도 상당한 육체적 진전이 있었음을 폭로해 버리고 싶었지만 자신이게나 정태진에게나 이로울 것이 없기에 참기로 했다.

"하여튼 파이팅 하죠. 분명한 건 사장님이나 나나 서로에게 약속한 건 한 가지도 없으니까."

채영이 시원스레 말하자 진선유의 눈빛이 다소 풀렸다.

"정정당당하게."

진선유가 말했다.

"올림픽해요?"

채영의 대꾸에 현주가 푸하 하고 웃음을 터뜨렸다.

현주가 사무실로 돌아오자마자 옆에 찰싹 달라붙으며 말했다.

"사장님이 너에게 지대한 관심을 보이고 있다는 말 말이야. 적어도 가벼운 키스 정도는 했다는 뜻이겠지?"

"안 했어."

채영이 잡아뗐다.

"좋아, 정상적인 시간상 키스는 어렵다고 치더라도 기미는?"

"최선을 다하고 있어."

채영의 말에 현주가 재밌어 죽겠다는 듯 낄낄거렸다.

"진선유도 보통이 아니던데. 이길 자신 있어?"

"말했잖아, 내가 문제가 아니라 사장님이 지대한 관심을 보이고 있다고."

"음, 오십은 먹고 들어가는군."

"그렇지."

"약속해. 키스를 하든 자든 제일 먼저 나한테 알려주겠다고."

"알았어."

지키지 못할 약속이다.

그때부터 채영과 진선유의 정태진 사로잡기 경쟁이 시작됐다.

물론 채영은 자신이 정태진을 사로잡는 것이 아니라 정태진이 안달나도록 만드는 작전을 세워놓고 있었지만.

선제공격은 진선유였다.

휴게실에서 진선유가 태진에게 커피를 뽑아주며 접근한 것이다. 채영과 현주는 진선유와 태진이 나란히 앉아 커피를 마시고 있을 때 휴게실로 들어갔고.

"스토리를 처음부터 다시 뜯어고쳐야 한다는 것에는 저도 동의해요, 사장님. 우리 레전드팀이 시사회 이후에 모두 공감하고 있어요."

"수정하려면 하루라도 빨리 해야 합니다."

"네, 사실은 시사회 직후에 스토리를 보완해야 한다는 회의를 가지고 진행 중에 있어요."

"자체 생산이 가능하다는 것을 인정받을 수 있는 중요한 기회니까 애를 써주세요."

"물론이죠, 사장님. 요즘은 오로지 그 생각밖에 없어요."

"늘 고생해 주는 것 고맙게 생각하고 있어요."

"고생은요. 당연히 해야죠."

진선유가 그렇게 대답하며 너무 예쁘게 웃으려고 애쓰던 나머지 얼굴 근육 떨림 증상을 보이고 있을 때 현주와 채영이 두 사람이 나란히 앉아 있는 꼬락서니를 보며 휴게실로 들어왔다.

"안녕하세요."

채영과 현주가 태진과 진선유, 두 사람을 얼버무려 인사하고 자판기로 갔다.

"오렌지색을 조금만 더 넣었으면 해. 발랄한 이미지가 부족해, 지금은."

채영이 동전을 집어넣고 밀크커피 버튼을 누르며 말했다.

"파셋이랑 형도 씨가 수정 작업 할 거야. 캐릭터는 마음에 드는 거야?"

"칼라 때문인지 캐릭터도 완벽하진 않아."

"오렌지색 더 넣어보고 그래도 마음에 안 들면 캐릭터 자체도 수정을 할게."

"내가 너무 까다롭니?"

"언제는 안 까다로웠니?"

현주가 투덜거리며 자판기에서 커피 한 잔을 꺼냈고 채영이 다시 밀크커피 버튼을 눌렀다.

"사장님, 집에 한번 놀러오라고 하셨던 것 지금도 유효하죠?"

진선유가 마치 현주와 채영의 대화에 끼어드는 것처럼 물었다.

'저런 암상스러운 년을 보았나!'

"그럼요."

태진의 대답 소리를 들으며 채영이 자판기에서 커피를 꺼내 들었다.

'저 자식이 진선유를 집에 오라고 했단 말이야?'

"오늘 퇴근 시간 전까지 칼라 바꿔주겠다 했으니까 같이 보자."

"그래."

채영과 현주는 들어올 때처럼 태진과 진선유에게 뭉뚱그려 인사한 후 휴게실을 나왔다.

"야, 진선유 적극적이다."

현주가 채영에게 속삭였다.

"그러네."

"참 탐스럽단 말이야."

"뭐가?"

"정태진. 어쩜 저리도 잘 빠졌는지."

정말 먹음직스러운 음식을 앞에 둔 것마냥 중얼거리는 현주에게 채영이 눈을 흘기자 현주가 배시시 웃었다.

"네가 먼저 땄다고 해서 양보하긴 했지만 탐스러운 건 사실이잖니."

"누가 들으면 네 거 나 준 줄 알겠다."

"건 아니고. 그런데 너 그냥 있을 거야?"

"아니면 나도 집에 초대해 줘야 할까?"

"너 열받지?"

"안 받아."

"사장님이 진선유더러 집에 오라고 했다는데 열 안 받아?"

"흥, 누가 열받았나 내기할래?"

"무슨 내기?"

"사장님 오 분 내로 우리 방에 올 거야."

"왜?"

"나보러."

"그걸 어떻게 장담해?"

"내가 본체만체해서 열받았을걸?"

"좋아, 만 원."

"좋지, 만 원."

"기대되네."

"진선유 암만 날뛰어봐라. 내가 한 수 위다."

현주는 사무실로 돌아와 책상에 앉는 즉시 카운트에 들어갔다.

채영은 자신의 계획대로 돌아갈 것이라 생각하면서도 엇나갈지도 모른다는 불안감에 가슴이 콩닥거렸다. 장담한 시간 오 분이 거의 다 지나가고 있는데 빌어먹을 태진은 그림자도 보이지 않았다.

'이 남자 왜 안 오는 거야?'

채영이 초조하게 사무실 문 쪽을 흘낏거리는데 현주가 손가락으로 열을 세기 시작했다.

'올 거야, 온다고, 와야 해!'

여섯, 일곱, 여덟, 아홉, 열!

태진은 나타나지 않았다. 카운트가 끝나기 무섭게 현주가 손을 내밀었다. 채영이 입을 실룩거리며 지갑에서 만 원을 꺼내 현주의 손에 올려놓자 현주가 배실 웃으며 주머니에 집어넣었다.

"한 수 위라며."

현주가 약 올렸다.

"죽었어, 정태진."

채영이 낮은 목소리로 잘근잘근 씹으며 눈에 불을 켰다.

'두고 보자.'

"잠깐 휴게실에 갔다 올게."

현주가 일어나더니 날듯이 사무실을 나갔다.

'감히 나한테 안 와?'

채영이 독이 바짝 오른 얼굴로 앉아 있는데 휴게실에 정탐을 갔다 온 현주가 신나 죽겠다는 얼굴로 전달했다.

"아직도 둘이 같이 있어."

현주의 말에 채영이 손에 있던 종이컵을 구겼다.

"역시 이십대가 세다니까."

"같은 처지의 인간으로서 늙은 친구를 응원해 주어야겠다는 생각은 안 드니?"

"들고 있어."

현주가 찔린다는 얼굴로 말했다.

"젊은 년이 늙은 언니의 남자를 가로채겠다?"

"그런데 말이야, 네가 아니라 사장님이 너한테 꽂혔다는 건 사실이니?"

현주가 미심쩍다는 얼굴로 물었다가 채영의 찢어 죽일 듯한 시선에 몸을 움츠리며 슬그머니 자신의 자리로 돌아갔다.

채영은 다른 여자에게 한눈을 판 태진에게 응징하기 위해 눈앞에 짚으로 만든 가상의 인형을 만들어놓고 심장에 송곳을 꽂았다.

'두고 보자, 정태진.'

채영이 으드득 이를 갈았다.

채영이 쐐기를 박기 위해 호시탐탐 기회를 노리는데 미꾸라지 같은 정태진은 여간해서는 채영의 눈에 띄지 않았다. 벌써 사흘째였다. 점심시간에도 보이지 않았고 오며 가며도 만나지지 않았다.

사무실이 콕 틀어박혀 족욕을 하고 앉았나 뭐 하느라 얼굴을 보여주지 않는 것인지. 얼굴을 보여줘야 뭔 짓을 해서든 제대로 쐐기를 박아둘 것이 아닌가.

사흘, 나흘째까지 정태진이 보이지 않아서 늦가을 뱀처럼 바짝 독이 올라 있는데 태진이 출장 갔다는 소식이 현주의 입 냄새를 타고 전달됐다.

"출장?"

"것도 진선유랑."

그것도 진선유와 함께!

그러고 보니 진선유도 보이지 않았다. 태진만 신경 쓰느라 진선유가 있는지 없는지도 몰랐는데 두 사람이 함께 출장을 갔다니. 속 뒤집어놓으려고 작정을 한 것이다.

태진이 진선유와 함께 출장 갔다는 말을 듣는 순간부터 채영의 입 안은 소태가 되어버렸다. 능률이 오르지 않는 것은 말할 것도 없고 점점 입맛까지 잃어가고 있었다. 현주라도 가만히 입 닥치고 있어주면 좋겠는데 가다가 한 번씩 '설마 두 사람 자진 않겠지?' 하든지 '진선유가 상당히 매력이 있는 편이긴 하지. 거기다 이십대고' 라는 말로 염장을 질렀다.

출장 간다고 하고선 둘이 비행기 타고 해외로 날랐나 무엇 때문에 출장이 그렇게나 긴지 모르겠다. 하여튼 태진이 진선유와 출장 갔다는 얘길 들은 그날 밤 분하고 신경 쓰이고 시기심에 콩팥이 붙어 있는 자리가 부글거려 잠을 못 이루고 있는데 휴대폰이 울렸다.

"이 시간에 미쳤나!"

채영은 분명히 현주가 사람 속 뒤집으려고 전화한 것이 분명하다고 생각하며 배터리를 분리해 버리려는데 발신자에 '정태진' 하고 찍혀 있었다.

'나한테 이제야 전화했다 그거지?'

채영은 헛기침을 몇 번 해서 목소리를 가다듬은 후 전화를 받았다.

"여보세요?"

[나예요, 정태진.]

"어, 사장님."

채영은 반갑지도, 그렇다고 반갑지 않지도 않은 목소리. 거기다 다소 의외라는 목소리로 대꾸했다.

[자고 있는데 깨웠어요?]

"아뇨, 안 잤어요."

'분해 죽겠는데 잠이 오겠냐.'

[출장 갔다 지금 오는 길이에요.]

"출장 가셨어요? 것도 몰랐네요."

채영이 전혀 모른 척했다.

[출장 간 것 몰랐어요?]

"네. 누가 말해주지 않으니 당연히 모르죠."

잡아떼는 맛도 제법 달콤하다.

[회사에서 내가 보이지 않아 궁금하지 않았어요?]

"사장님 안 보이는 것도 몰랐네요."

새빨간 거짓말!
[나한테 그렇게 관심이 없어요? 서운하네.]
“두두가 잘 안 풀려서 신경이 곤두서 있었거든요.”
채영이 둘러댔다.
[나 없는 며칠 동안 잘 지냈어요?]
‘진선유랑 같이 갔다며?’
“네, 그럭저럭.”
[난 채영 씨가 전화 한 통 해줄 것으로 기대했는데.]
‘진선유하고 뭔 짓 했냐?’
“별일없으셨죠?”
‘진선유하고 잤냐?’
[별일없었어요.]
“무사히 돌아오셔서 다행이에요.”
[내일 퇴근 후에 시간 있어요?]
‘그러면 그렇지.’
“데이트 신청하시는 거예요?”
채영이 거만스레 웃으며 물었다.
[넘겨짚지 말아요. 부탁이 있어서 그래요.]
‘젠장.’
“무슨 부탁요?”
[레전드팀 스토리에 문제가 많다는 건 이미 알고 있겠죠?]
“아주 많더군요.”
[바로 그거예요. 아무래도 그림팀에서 도와줬으면 해서요.]

"그림팀이 도와줬으면 한다구요?"

[그래요.]

"그림팀에 도움을 요청하시려면 제가 아니라 규락 씨한테 전화하셨어야죠."

[아차, 채영 씬 프리랜서였군.]

"맞아요."

[그림팀에도 정식으로 부탁하겠지만 채영 씨도 도와줬으면 좋겠어요.]

"글쎄, 지금 당장 대답을 못해 드리겠어요. 저도 그림팀과 의논을 해봐야 하니까. 그런데 레전드팀은 그림팀 도움을 받는 것에 동의했나요?"

[동의했어요.]

"그렇다면…… 일단 규락 씨하고 같이 진행하니까 의논해 볼게요. 그림팀과 일하면서 아무 말 없이 레전드팀까지 도우면 양다리 걸치는 걸로 오해할 수도 있으니까요. 난 양다리는 질색이거든요."

채영이 '양다리'와 '질색' 부분을 힘주어 말했다.

"또 레전드팀 도와줄 여유가 있는지도 알아봐야 하구요."

[그렇군요. 그럼 내일 만나서 자세하게 얘기하도록 하죠. 시간 내줘요.]

"그럴게요."

[잘 자요.]

'뭐야, 이렇게 싱겁게 끊자고?'

"네, 피곤하실 텐데 쉬세요."

쉬라는 인사가 끝나자마자 태진이 전화를 끊었다.

"뭐야, 대번에 끊어버리네."

채영이 김샜다는 얼굴로 휴대폰을 내려놓았다.

"이러다 분위기 역전되는 거 아니야? 그럴 수는 없지. 난 끌려다니는 것 딱 질색이거든."

채영은 부디 태진이 양다리와 질색을 제대로 알아들었길 고대했다.

채영은 다음날 출근하자마자 명 팀장과 규락에게 태진의 도움 요청 부분을 알렸다.

"어젯밤에 사장님 전화 받았어요."

"나도."

명 팀장과 규락도 이미 태진의 전화를 받아 내용을 알고 있었다.

"규락 씨 어떤가?"

"호르간 시나리오에 문제가 많다는 것은 시사회 때부터 알아봤지만 레전드팀 스토리까지 봐줄 여유가 없습니다."

규락이 난색을 표했다.

"나도 알아. 그래도 사장님이 직접 부탁을 하시는데 어떻게 거절하겠나. 더구나 우린 라이브러리 직원인데 말이야. 레전드팀이나 사장님을 위해서가 아니라 회사를 위해서라도 도울 수 있다면 도와야 해."

명 팀장의 말은 틀린 말이 아니었다.

"나 역시 사장님이 직접 부탁한 거라 단번에 안 된다 자를 수가 없었어. 일단 오늘 저녁에 미팅했으면 하시더라고."

"이렇게 하면 어때? 규락 씨는 두두에만 전념하고 채영 씨가 호르간 수정을 돕는 것. 물론 채영 씨도 두두만으로도 벅찬 줄은 알지만 사장님이 명령도 아니고 부탁을 하시는데 거절할 수는 없잖아."

명 팀장이 제안했다.

채영은 나쁘지 않은 제안이라 생각하며 규락을 쳐다보자 규락의 표정도 나쁘지 않았다.

"일단 난 한 번에 두 가지 일은 못하니까 두두만 할게. 채영 씨가 레전드팀을 돕는 것에는 반대하지 않아."

규락이 말했다.

"알았어. 그럼 저녁에 사장님 미팅에 가서 같이 얘기해."

"나도 가야 해?"

규락이 퍽 내키지 않는 얼굴로 묻는데 현주가 끼어들었다.

"채영이 너 혼자 가. 너만 도울 거라며."

현주가 왜 혼자 가라고 하는지 채영은 뻔히 알고 있었다. 진선유에게 나흘 동안 빼앗겼던 태진을 되찾으라는 소리였다.

"그래, 혼자 가."

규락 역시 알지도 못하면서 채영에게 기회를 주었다.

"알았어. 혼자 가서 얘기 들어보고 알려줄게."

채영이 못 이긴 척 혼자 가겠다 하자 현주의 입가에 음흉한 미소가 걸렸다.

"잘해봐."

현주가 채영의 귀에 속삭였다.

퇴근 시간이 되길 얼마나 학수고대했을지는 하나님만이 아실 것이다. 아니, 현주도 눈치챘을 것이다. 오늘따라 시간이 안 가도 너무 안 간다고 생각하며 점심을 먹으러 식당에 내려갔는데 태진이 먼저 와서 식사하고 있는 게 보였다.

'때가 왔군.'

채영이 식판에 음식을 담아 들고 천천히 태진이 있는 방향으로 움직이는데 방금 뭐가 지나갔냐 싶게 휭 하니 누군가 지나가더니 태진의 맞은편 자리에 앉았다. 진선유였다.

'젊은 년이라 날쌔네!'

채영이 머리채를 확 쥐어뜯었으면 좋겠다고 생각하며 그림팀 동료들과 우르르 탁자 한 군데에 몰려 앉는데 태진이 고개를 돌려 쳐다봤다. 그림팀이 인사하자 태진도 인사했다. 태진과 눈이 마주친 채영은 덤덤하려고 애쓰며 인사한 후 수저를 들었다.

"너 분발해야겠다."

현주가 속삭였다.

'그래, 분발하려고 발버둥 치는데 진선유가 족족이 가로채고 있다.'

채영이 자신과 대각선 방향에 앉아 있는 형도를 보는 척 태진과 진선유의 동정을 살피자 평상시와 별반 다를 것 없는 태진의 얼굴과는 반대로 진선유는 미스코리아의 웃음이라 불리는 그 웃음을 짓고 있었다. 밥 먹으면서 무슨 짓인지.

‘너 그러다 입 돌아간다.’

채영이 저주를 퍼부으며 신경질적으로 국에 밥을 푹푹 말고 있는데 태진이 식판을 들고 일어섰다.

“한채영 씨, 여섯 시 반에 소회의실에서 봅시다.”

태진이 말했고 채영이 네 하고 짧게 대답하며 진선유를 쳐다보자 진선유가 요렇게 눈을 가늘게 뜨고 쳐다보다가 얼른 고개를 돌렸다.

진선유 약 좀 올랐을 것이다 하고 생각하며 채영은 그제야 좀 괜찮아진 기분으로 밥을 먹었다.

여섯 시 삼십 분. 채영이 소회의실 문을 노크하자 안에서 들어오라는 대답 소리가 들렸다.

“일찍 오셨네요?”

“방금 왔어요. 앉아요.”

“네.”

채영은 상석에 앉은 태진과 거의 마주 볼 수 있는 자리인 오른편 꺾인 자리에 앉았다.

“이건 레전드팀의 호르간 시놉이에요. 지난번엔 이십 분 분량만 공개했는데 그 시놉은 한 시간 분량이에요.”

태진이 A4 용지에 프린터 된 시놉을 건네주자 채영이 받아 들고 읽기 시작했다.

“그런데 레전드팀이 제가 호르간 시놉을 보고 있다는 거 알고 있는 거죠? 물론 제가 돕는 것에도 동의했구요?”

"어제 말했던 것처럼 그림팀과 채영 씨의 도움을 받는 것이 좋겠다는 의견에 동의했어요."

"시사회 때 느낀 점을 말씀드리자면, 스토리가 캐릭터를 받쳐주질 못하더군요."

"맞아요."

"너무 아쉬웠어요. 훌륭한 캐릭터를 100% 살리지 못해서요."

채영이 호르간 시놉시스를 읽어 내리며 말했다.

"사실 이런 시놉은…… 너무 흔하네요. 예전에 나왔던 유명한 작품을 조금씩 베낀 느낌을 지울 수가 없어요."

채영의 말에 태진이 고개를 끄덕였다.

"시사회 때 걸렸던 부분이 한 가지 더 있는데 의상이요. 국적을 알 수 없고…… 약간 일본 냄새가 풍기기도 하구요. 어떻게 레전드팀이 그런 개념없는 의상을 만들었는지 조금 이해가 되지 않더군요."

채영의 지적에 태진이 살짝 낯을 붉혔다.

"왜 그러세요? 설마 사장님이 그 의상을 만드신 건 아니죠?"

"내가 만들었어요."

"오, 저런."

채영이 미안해하자 태진이 괜찮다며 웃어 보였다. 억지로.

"등장 인물 캐릭터에만 신경을 쏟았지 의상까지는 미처 생각하지 못했어요."

"그럴 수 있죠. 저 역시 스토리만 생각하다가 구성을 놓칠 때가 많거든요."

"의상 부분은 다시 연구하겠소."

"스타워즈에 나오는 공주 있죠? 그 공주가 입은 의상을 디자인한 사람이 한국 사람이래요. 한국 전통 의상에서 아이디어를 얻어서 제작했다 하더라구요. 음…… 가상 세계이되, 우리나라 냄새가 물씬 풍기게 만들면 어떨까요? 가령, 고구려 시대를 연상할 수 있는 의상이라든지 캐릭터 중 한 사람만이라도 순 우리말 이름을 지어준다든지."

"좋은 생각이에요."

"그런데 아시다시피 저도 두두 때문에 레전드팀 스토리에 많은 시간을 할애할 수는 없어요. 저와 같이 그림팀 스토리 담당인 규락 씨는 난색을 표했구요. 경쟁 상대라는 것도 무시할 수 없고."

"서로 경쟁하는 것도 좋긴 하지만 회사를 위해서 두 팀이 같이 움직이는 차원으로 이해해 줬으면 좋겠어요. 두두도 그렇고 호르간도 그렇고 현재 막대한 제작비를 투자하고 있는 형편이라 어느 한 팀의 작품만 성공해서는 안 되거든요."

태진이 진지하게 말했다.

"사실 난 아버님이 그림과 이야기사와 합병하는 것을 반대했었어요."

"왜요?"

"그림사가 지고 있던 부채가 너무 커서요."

"부채요?"

부채는 채영이 전혀 모르고 있는 부분이었다. 자체 제작을 시작하고 사장님이 쓰러지고 하면서 일 년 가까이 월급을 제 날짜에 못 받은 것은 사실이지만 그렇다고 부채가 많을 줄은 몰랐다.

"그림사는 거래처에 처리하지 못한 외상 금액도 컸고 은행에서 받은 융자금도 많았어요. 그래서 난 인수든 합병이든 반대했어요. 아버님은 그 모든 것을 떠안으면서도 그림사의 가치를 높게 평가하신 거고. 물론 나도 그림사가 문을 닫기엔 아까운 회사라는 건 알았지만 인수나 합병을 했을 때 우리가 떠안아야 될 위험 부담이 너무 컸어요."

그랬을 것 같다. 그러고 보니 전립선으로 수술 날을 받아놓은 태진 씨의 아버님은 정말 어려운 결정을 내린 거였다.

"라이브리가 그림사와 합병한다는 것을 긍정적으로 받아들인 거래처가 더 기다려 주겠다며 한 발 물러서 주었고 급하게 처리해야 할 은행 융자 건은 레전드 잔고를 털어 지불하고 나머지 부채는 은행에서 라이브리의 신용만 믿고 이자와 원금 납입 기간을 늘려주었어요. 아버님은 갖고 있던 전 재산을 그림팀 합병에 쏟아부으셨어요. 완성되지 않은 두두의 제작비까지도 말이죠. 내가 운영하던 레전드의 잔고도 이번 합병 때 모두 쏟아부었고. 말하자면 이젠 맘 놓고 쓸 여유 자산이 바닥을 드러냈다는 뜻이에요."

"갑자기 겁나네요."

여기서 정태진의 자산과 자산 가치가 드러난다. 만점 별 다섯 개 중에 딱 반. 별점 ★★☆. 자산이 조금 딸린다. 그래도…… 그는 발전 가능성이 무궁무진하다. 그가 가진 은행 잔고로만 따지자면 딸리지만 정태진이라는 사람만 두고 별점을 매긴다면, 그는 별 다섯 개다. 너무 섣부른 판단일까?

"겁주려고 하는 얘기 아니에요. 정식으로 도움을 요청하는 거예요. 회사가 살아남으려면 두 팀 중 한 팀이 아니라 두 팀 모두 성공을 해야 해요."

"그래야죠."

"호르간은 라이브리와 내가 운영하던 레전드팀의 공동 투자로 시작한 건데 그림팀과 합병하기 전에는 스토리에 문제가 있다는 것을 깨닫지 못했어요. 지적해 주는 사람이 없으니 우리끼리는 꽤 괜찮은 내용이라 자만했거든요. 두두를 보면서 문제가 있다는 것을 깨달았어요. 장르가 전혀 다른데도 말이에요."

"도와드리고 싶은 생각이 막 드네요."

"도와줘요. 규락 씨에게도 내 뜻을 잘 전달해서 힘을 모아주세요."

"네, 얘기해 볼게요."

"아버지 대신 라이브리를 맡은 이상 두 팀 다 성공했으면 하는 바람이에요."

"그런데 제가 월급이 아니라 인세를 받는 프리랜서 작가라는 건 알고 계시죠?"

"물론이에요."

"공짜로 도와드릴 순 없어요."

"충분히 사례를 하겠어요."

태진의 말에 채영이 만족스러운 듯 웃었다.

"그런데 레전드팀 스토리 담당이 누구죠? 그분과도 의견을 교환했으면 싶은데."

"진선유 씨예요."

'이런! 제대로 한판 붙게 생겼네.'

"내일 진선유 씨와도 자리를 만들어볼게요."

"네. 저, 사적인 질문인데 해도 될까요?"

"해요."

"언제부터 그림을 그린 거예요?"

"그림은 세 살 때부터 그렸어요."

"오, 세 살. 무지 빠르셨네요."

"아버지 영향이 컸어요."

"운동은 언제부터 하시구요?"

"운동은 초등학교 4학년 때부터 하고 중학교 때 처음 시합에 나가면서 선수로 뛰다가 아예 그 길로 돌아섰어요. 발목을 다치는 바람에 운동을 그만두게 됐고, 그러면서 다시 그림을 그렸어요. 대학교 4학년 때 제과회사에서 공모한 캐릭터 공모전에서 대상을 받으면서 아예 이 길로 들어섰어요."

"아, 그랬군요."

"채영 씬 언제부터 글을 쓴 거예요?"

"글은 중학교 때부터 취미로 썼고 난 이 일을 해야 하나 보다 하고 생각한 건 대학에 들어가서예요. 대학에서도 거의 습작 수준이었는데 대학 졸업하던 해에 동화 공모전에서 입상하면서 아예 이 쪽으로 가닥을 잡았어요. 만화가 선생님들을 알게 되면서 유아 교육만화 스토리도 여러 편 썼고."

"어떻게 다른 장르도 아니고 동화나 교육 만화를 좋아했는지 그게 궁금해요. 다른 장르가 더 어울릴 것 같은데."

"그냥 머리에 떠오르는 얘기들은 다 아이들 얘기더라구요. 그러니까 사장님 말씀은, 저한테 동화나 만화보다는 야설 작가가 더 어울린다 뭐 그런 말씀이죠?"

채영의 말에 태진이 웃음을 터뜨렸다.

"야설을 쓰진 않지만 퍽 즐기는 편이죠."

채영이 능구렁이처럼 말하자 태진이 또다시 웃음을 터뜨렸다.

'그런데 오늘은 정말로 일 얘기만 할 거야? 이대로 끝낼 수는 없잖아.'

채영이 시놉을 내려놓으며 태진의 얼굴을 흘낏거리는데 태진은 '일' 외에 다른 것은 할 생각이 없는 듯했다.

채영이 아무런 보람도 없이 이대로 소회의실에서 나가게 되면 무척 속상할 것 같다고 생각하는데—단둘만 있는데 말이다—태진이 양복 안 주머니에서 작은 상자를 하나 꺼냈다.

"출장 갔다가 선물 하나 사 왔어요."

태진이 상자 뚜껑을 열고 채영에게 내밀었다.

"팔찌예요?"

"아니, 발찌예요."

"발찌요?"

채영이 상자 속에서 발찌를 꺼내 들었다. 확실히 팔찌보다는 길어 보였다.

"발찌는 선물도 처음이고 해보는 것도 처음이네요."

"나도 발찌를 산 건 이번에 처음이에요."

'팔찌는 많이 사본 모양이지? 어느 년한테 퍼돌린 것이더냐.'

"채영 씨 발목에 하면 참 예쁠 것 같아서."

'내 발목에 가버린 거야? 그런 거였어? 진작 말을 하지.'

채영의 눈이 야릇하게 빛나기 시작했다.

"해봐요."

"나중에요. 선물 준 사람 앞에서 낼름 해보는 것도 좀 경박스럽잖아요."

"경박은 무슨, 내가 해줄게요."

태진이 발찌를 달라는 듯 손을 내밀었다.

'왜 이러실까, 그러면서 내 발목 한번 쓰다듬어 보겠다는 심산이겠지? 인간 한채영이 거절할쏘냐.'

"아니에요. 집에 가서 내가 해볼게요."

일단 한번 튕기고,

"이리 줘요."

태진이 물러서지 않자 채영은 심장을 빠근하게 할퀴는 쾌감을 느끼며 못 이긴 척 슬그머니 발찌를 태진의 손에 내려놓았다.

태진이 의자에서 내려가더니 한쪽 무릎을 꿇었고 채영은 다리를 꼬아주는 센스를 발휘하며 태진이 발찌를 채워주는 데 덜 힘들도록 적극 협력했다.

태진이 채영의 발목에 손을 댔다. 단지 손을 댔을 뿐인데 태진의 손끝에서 자가발전 전력이 공급되는 듯 찌릿 전류가 통했다. 그 전류는 급발진하더니 종아리를 타고 올라와 허벅지로 치솟았고 전류가 물을 만나면 십중팔구 사망에 이르게 한다는 것을 모르는지 채영의 옹달샘 언저리까지 침입했다. 태진은 이제 감전돼 죽을 일만 남았다. 물을 흠뻑 머금은 옹달샘은 채영의 몸에 있는데 왜 태진이 감전돼 죽냐고? 물이 전기 만났다고 타 죽는 것 보았느냐, 전기 통하는 물에 손댄 놈이 죽지.

태진이 발찌를 채영의 발목에 두르더니 잠금 쇠를 걸기 위해 예민하게 손가락을 놀렸다. 쇠 젓가락으로 콩도 집어먹는 기술을 가진 손가락 관절에 염증이 도졌더냐, 어찌 요다지 느리더냐. 오한증이 엄습했나, 떨기는 왜 떠는고.

태진이 가늘게 떨리는 손가락으로 더디게 잠금 쇠를 거는 그 순간 채영과 딱 눈이 마주쳤다.

태진과 채영은 서로의 눈동자 안에서 연방 터지는 수백 개의 폭죽을 쳐다보고 있었다.

살짝 벌어진 태진의 입술, 그 속에 보이는 맑은 분홍빛의 속살, 바짝 타 들어가고 있을 혓바닥. 채영의 눈에 포착되지 않고 있는 혓바닥은 들러붙은 목젖을 잡아떼고 있을 것이 분명하다.

태진의 시선이 발찌가 걸려 있는 발목으로 향했다. 탄력있는 허벅지에서부터 발목으로 뚝 떨어지는 환상 실루엣. 태진은 채영의 허벅지에서 눈을 떼지 못했다.

"오늘은 그만, 그만 끝내죠."

태진이 여전히 채영의 허벅지에서 눈을 떼지 못하고 더듬거리며 말했다.

"그래야죠."

채영이 약간 숨이 찬 듯한 목소리로 대답했다.

숨이 찬 듯한 목소리, 태진의 강렬한 눈빛…….

눈앞이 부연 것이 어느새 사방은 칠흑처럼 캄캄해지고 탱! 하는 소리와 함께 채영과 태진만을 도드라져 보이게 빨간색 조명이 천장에서 내리쪼이니, 딴 세상 영상이 펼쳐지고나.

그때 채영의 머리 속에 떠오르는 기막힌 한 장면이 있었으니.

The Basic Instinct 원초적 본능. 반대로 다리를 꼬아주는 센스! 안타깝다. 팬티를 입고 있고나.

태진이 채영의 손목을 움켜잡는다.

"왜요?"

"잠깐만……."

태진이 쉰 목소리로 중얼거리며 살짝 고개를 숙이더니 발찌가 둘러져 있는 채영의 발목에 입을 맞춘다.

"아."

짧고 희미한 신음이 새어나온다.

태진이 채영의 발목에 찍어 붙인 입술을 살짝 열고 입속에서 혀를 꺼내더니 원을 그리며 발목을 간지럽힌다. 발목을 간질이던 입술과 혀가 정강이를 타고 천천히 올라온다. 태진의 타액이 입술이 지나간 자리에 선명하게 반짝이고 있다. 무릎까지 올라온 태진의 입술. 멈출 듯하던 태진의 입술이 채영의 스커트를 살짝 걷으며 허벅지로 진입한다. 조금 더, 조금 더 스커트 속으로 들어오는 태진의 크고 거칠고 따뜻한 양쪽 손바닥. 조심스레 들어오던 손바닥은 어느 순간 확 밀려들어 오더니 채영의 양쪽 엉덩이를 와락 움켜잡았다. 옳다구나, 단번에 엉덩이를 찾아내는 총명한 본능을 타고났구나.

"하!"

다시 터지는 채영의 신음.

태진의 양쪽 손바닥은 채영의 엉덩이에 들러붙어 있고 태진의 입술은 허벅지 안쪽에 들러붙어 요사스러운 혀로 원을 그리고 있다. 한 개씩, 두 개씩 원을 그릴 때마다 일만 볼트의 전류가 아랫배 지방층을 훑고 지나간다. 아랫배 지방층을 떨리게 하던 전류는 둔감질에 능한 듯 형태를 달리해 수십 갈래의 촉수를 뻗쳐 전신을 건드린다. 개중 가장 힘있는 놈이 엉덩이를 겁탈하던 총명함에 대범함까지 물려받아 씩씩하게도 옹달샘에 파고드니 옹달샘은 방어할 생각은커녕 열렬하게 환영하는 것도 모자라 야무지게 저장하고 있던 전류 먹은 따끈한 샘을 졸졸 흘려보낸다.

채영의 엉덩이를 옴팡지게 움켜잡고 있던 태진의 손이 풀리는가 싶더니 꼬고 있던 다리를 푼다. 채영의 다리 사이로 비집고 들어오는 태진의 상체. 태진이 다시 채영의 엉덩이를 꽉 틀어잡더니 번쩍 들어올려 채영을 탁자 위에 올려놓았다. 태진과 마주 보게 된 채영. 태진의 불타는 눈빛에 매료된 채영이 태진의 와이셔츠 단추를 풀기 시작한다.

"못 참아!"

헐떡이며 소리치는 태진!

"참으면 죽어!"

헐떡이며 소리치는 채영!

태진이 와락 채영을 끌어안고 탁자에 눕힌다. 채영이 태진의 허리에 두 다리를 휘감는다.

잠깐만, 암만 급해도 한 개는 벗어야지.

태진이 잠깐 몸을 떼더니 스커트 속으로 손을 집어넣어 팬티를 벗겨낸다. 다음 동작으로 자신의 허리띠를 끄르고 팬티와 싸잡아 엉덩이 끝으로 끌어내리고, 다시 한 번 와락 채영을 끌어안고 탁자에 눕히자 채영이 태진의 허리에 두 다리를 휘감아 꽉꽉 조인다.

"빨리!!"

채영이 소리친다.

어서 오라, 홍두깨여! 방아를 찧어보자!

"안 갈 거예요?"

이건 어디서 끼어드는 소음이더냐.

채영이 몽롱한 시선으로 소리나는 쪽을 쳐다보자 의아한 얼굴의 태진이 보였다.

"네?"

"무슨 생각 해요?"

"생각요? 아니, 아무 생각도 안 했는데요?"

"가자구요."

"아, 네."

채영이 정신을 차리며 말했다.

'뭐야, 또 상상한 거야? 아이고, 코피 터지겠네.'

채영이 아쉬운 입맛을 다시며 태진을 따라 일어났다. 일어서던 채영, 상상 속에서 필을 너무 받았나 휘청했다.
"왜 그래요?"
"아뇨, 발이 좀 저려서."
채영이 얼른 손가락으로 침을 찍어 코에 콕콕 바르는데 채영이 손가락에 침 찍느라 살짝 혓바닥을 내미는 순간부터 태진의 눈빛에 또다시 야릇함이 깃들었다.
'오, 제발 그런 눈빛 좀 쏴주지 마라. 상상만 해도 다리 떨려 죽겠으니.'
"발찌, 마음에 안 들어요?"
태진이 은근한 목소리로 물었다. 그런데 태진의 그 은근한 목소리가 말 그대로 어찌나 은근한지 아직도 식지 않은 채영의 몸에 불을 당긴다.
"아, 아뇨, 마음에 들어요. 고맙습니다."
"다행이군요."
"정말 마음에 들어요."
채영이 예쁘게 웃는다고 웃었는데 흠뻑 젖은 웃음이 됐다. 무엇에 흠뻑 젖었는지는 다 아실 테고. 화답으로 태진도 멋지게 웃었는데. 멋지게 웃겠다고 한 태진의 웃음 역시 무엇인가 심상치 않다.
"가죠."
"네."
'그런데 당신 정말 그냥 나갈 거야?'
"내일 진선유 씨하고 같이 만나요."

"네."

'정말 이대로 끝나는 거야?'

채영이 김샌다는 얼굴로 회의실 문을 여는데 태진이 채영의 손목을 잡더니 발로 툭 차서 채영이 열어준 문을 도로 닫았다.

'그럼 그렇지.'

채영이 기다렸다는 듯이, 아니, 당황한 듯이 태진을 쳐다봤다. 그나마도 오래 쳐다보진 못했다. 태진이 입술을 집어삼켰으니까. 만약에 태진이 채영을 급습하지 않았다면 쐐기 박기는 실패하는 것인데 급습한 고로 쐐기를 제대로 박은 것이다. 채영은 태진의 급습을 반겼다. 열렬하게.

채영이 승리감에 찬 얼굴로 사무실에 들어가자 지루해 죽겠다는 얼굴로 기다리고 있던 현주가 팔짝 뛰어오를 듯 채영을 반겼다.

"뭐 했어?"

"일 얘기했지."

"그것 말고."

"그것 때문에 지금까지 퇴근도 안 하고 기다린 거야?"

"어."

"심하다."

"그래서 일 얘기 말고 뭐 했는데?"

현주에 책상에 앉은 채영의 곁에 바짝 다가앉으며 재촉했다.

"했지."

"뭐?"

현주가 눈을 동그랗게 뜨고 물었다.

"뭐겠어."

"키스?"

"응."

채영은 이쯤 해서 한 번쯤 흘리는 것도 좋겠다 생각했다. 혹 현주가 흥분해서 진선유에게 채영과 태진이 키스했다는 것을 넌지시 알려줄지도 모를 일이니까. 만약에 현주가 그리만 해준다면야 진선유 떼어내는 것은 식은 죽 먹기다. 과연 현주의 입이 빠를지가 관건이지만.

"어머머머, 사장님이?"

"응."

"어머, 왠일이니. 어떻게?"

"키스가 다 똑같지 어떻게가 어디 있어?"

"그러니까 사장님이 키스하니까 넌 뭐라고 했어?"

"사장님 입술에 내 입이 막혔는데 무슨 말을 하니?"

"어머머, 진짜 했나 보다."

현주가 또 까르르 넘어갔다.

남의 애정사, 그중에서도 남의 에로틱 애정사 부분에만 근접하면 왜들 이렇게나 좋아하는지. 현주 넘어간다.

"너 왜 그렇게 좋아하니?"

"좋아하는 게 아니라 재밌어하는 거야. 너 같음 안 재밌어?"

"재밌지."

채영과 현주가 키득거리며 웃었다.

"사장님이 키스할 때 너 가만히 있었어?"

"벌 떼처럼 덮치는데 어쩔 거야."

'덮쳐 주길 얼마나 고대했는데 가만히 있어야지, 암!'

"웬일이니. 미친다, 정말."

현주가 손뼉까지 쳐가며 깔깔거리고 웃었다.

"사장님 키스 잘해?"

"응."

"넌 잘 받아쳤어?"

"아주 돌돌 휘감아쳤지."

"키스로 끝이야?"

"끝이지, 그럼. 이놈의 회사만 아니었더라고!"

채영이 주먹을 불끈 쥐며 아쉬워하자 현주가 데굴데굴 구를 듯이 웃었다.

"부럽다, 채영아."

숨넘어갈 듯 웃던 현주가 갑자기 슬픈 얼굴로 말했다. 그러다가 갑자기 눈꼬리가 뾰족해지도록 채영을 째려봤다. 어쩜 이다지도 표정 변화가 재빠를까.

"야, 그런데 너 사장님하고 키스한 거 정말이야? 진선유한테 지기 싫어서 네가 지어낸 것 아니야?"

현주가 코까지 실룩거리며 시기심을 드러냈다.

채영은 콧방귀를 끼며 번쩍 다리를 들어올렸다.

"내 발목에서 달랑거리는 게 뭔 줄 아니? 소회의실에서 사장님이 채워주시더구나. 직접.”

“직접?”

현주가 채영의 발목에서 번쩍거리고 있는 발찌를 부러운 듯 들여다봤다.

“사장님이 네 발목 만졌어?”

“어루만지더구나.”

“기분이 어땠어?”

“덮치고 싶은 기분이었어.”

채영의 말에 현주가 강아지 하품하는 듯한 코맹맹이 소리로 부러움의 신음을 토해냈다.

“진선유 네가 사장님 덮친 것 알면 돌겠다.”

“어때? 진선유보다 내가 한 수 위지?”

“그래, 계집애야.”

현주가 눈을 흘겼다.

“그럼 이제 결혼하는 거야?”

현주가 물었다.

“결혼? 키스하면 결혼하는 거냐?”

채영이 정말 궁금하다는 얼굴로 묻자 현주가 고개를 저었다.

“키스했다고 결혼할 것 같음 난 열댓 번은 했네.”

현주의 말에 채영은 웃으면서도 서운했다. 키스한 죄로 무조건 결혼하라는 법이 만들어진다면 얼마나 좋을까.

다음날, 삼자대면이 이루어졌다. 태진, 채영, 그리고 진선유.

장소는 어제와 같은 소회의실.

태진은 어제 앉았던 자리에 앉았고 진선유가 어제 채영이 앉았던 자리에 앉았으며 채영은 진선유가 마주 보는 자리, 어제 태진과 쐐기 박기 키스를 나누었던 소회의실 문이 정면으로 보이는 자리에 앉았다.

"지난번 출장에서 말했던 대로 그림팀 한채영 씨의 도움을 받기로 했어요."

"다행이네요."

진선유가 한숨 돌리겠다는 얼굴로 대꾸했다. 다른 사람도 아니고 진선유 자신과 경쟁자인 한채영의 도움을 받게 됐다는데 다행이라고 하다니, 그런데 암만 봐도 진선유가 일부러 하는 소리 같지는 않았다.

'뭐지? 작전인가?'

채영은 진선유가 무슨 작전을 쓰는지 예의 주시하는 한편 걸려들지 않기 위해 바짝 긴장했다.

"우리 레전드의 호르간이 아주 중요한 문제를 안고 있다는 것을 지난번 시사회 때 깨달았어요. 사실 그림팀의 도움을 받을 생각은 하지 못하고 시나리오 공모 형태로 스토리를 얻든지, 아니면 스토리 전문 작가를 섭외할 생각만 했었어요. 그런데 사장님이 이번 출장길에서 제의하셨고 우리 레전드팀은 그보다 좋을 수는 없다고 생각했어요."

진선유가 선량하기 짝이 없는 얼굴로 채영에게 말했다.

이런 식으로 돌아가면 결코 안 될 일이었다. 소설이든 드라마든 여조는 딱 꼴보기 싫은 온갖 악녀 짓을 해야 당연하며 그래야 여주가 더욱 불쌍해 보이는 한편 돋보이지 않는가. 그런데 어찌 된 노릇이 여주가 불쌍해 보이기는커녕 여조보다 배는 영악한 농염함을 앞세워 설치는 꼴이질 않나 여주를 돋보이게 해주어야 할 여조가 저리도 속이 넓고 시원하다니.

정태진. 한채영. 진선유. 이 삼각 구도를 놓고 봤을 때 분명 진선유가 여조인데 진선유는 악독한 여조 역할에 충실할 생각이 전혀 없어 보였다. 하지만 저것이 아주 고단수 작전이라면? 그럴 수도 있겠다. 차지하고자 하는 남주 앞에서는 더없이 착하게 굴다가 여주와 둘만 남게 되면 돌변해 따귀 올려붙이기 작전. 하지만 진선유는 그쪽도 아닌 듯하다. 난데없이 여주의 따귀를 올려붙일 명분도 없거니와 적어도 진선유는 현주와 채영이 마음에 들어했을 만큼 솔직했으니까.

그럼 저런 까다로운 여조는 어찌 상대해야 할까?

"우리 그림팀엔 스토리 작가가 저 말고 한 사람 더 있어요, 규락 씨요. 어제저녁에 사장님과 미팅하고 오늘 아침에 규락 씨와 다시 얘기를 나누었는데 우리 두두도 30% 정도 분량이 남아 있는 터라 규락 씨는 호르간 수정 부분에는 관여할 수 없어요. 대신에 제가 호르간 스토리 수정에 참여하는 것은 찬성했어요."

"정말 다행이네요."

"호르간 스토리 수정이 어느 정도 되면 규락 씨도 한번 읽어보겠다고 했어요. 에피소드나 아이디어 부분에서는 규락 씨가 저보다 훨씬 재치있거든요."

"그림팀에서 도와주시겠다고 하니까 너무 안심되는 것 있죠?"

진선유가 진심이 담긴 얼굴로 말했다.

'진짜 헷갈리네. 싫어 죽겠는데 태진이 있으니 하는 수 없이 좋다고 해야 얘기가 되는데.'

채영이 진선유의 진심을 파악할 수 없어 애매한 얼굴로 진선유의 표정을 살피고 있는데 진선유가 태진을 향해 화려한 눈웃음을 날렸다. 재빨리 태진을 쳐다보자 태진의 얼굴에 왠지 무척 즐기고 있는 듯한 미소가 번져 있었다.

'저것들이!'

채영의 어금니에 힘이 확 들어가는데 태진이 자리에서 일어났다.

"그럼 세부적인 부분은 두 분이서 의논하세요."

"네, 사장님."

"전 먼저 일어나겠습니다."

채영과 진선유가 자리에서 일어나 인사를 하자 태진이 목례를 한 후 소회의실을 나갔다.

진선유와 한채영, 두 사람만 남게 되자 채영은 곧 돌변할 진선유의 태도에 대비해 어깨와 목에 쓸데없이 힘을 주며 먼저 자리에 앉았다.

"처음부터 개작 수준으로 완전히 뜯어고쳐야 할까요, 아니면 부분 수정만 하면 될까요?"

진선유가 해맑게 웃으며 물었다.

'저것이 변신을 안 하네.'

"제 생각엔 개작 수준으로 완전히 뜯어고쳐야 할 것 같아요."

"제발 거기까진 가지 말았으면 했는데 최악의 상황이네요."

"진행 정도가 어느 정도예요?"

"상영이 가능하도록 작업한 건 시사회 때 분량이 전부예요. 그런데 그려놓은 부분이 이십 분 분량 더 있거든요."

"내 도움을 받게 됐는데 기분 나쁘진 않아요?"

채영이 진선유의 표정 변화를 읽어내기 위해 빤히 쳐다보며 물었다.

"사실 자존심이 상했어요."

"그런데 아깐 왜 아닌 척했어요?"

"사장님한테 지혜로운 여자로 보이려구요."

'역시 작전이다.'

"그리고 솔직히 내 능력만 믿고 밀어붙였다가 망해 버리면 내 꼴이 더 우스워지잖아요. 도움을 받아서 성공을 시키는 것이 훨씬 좋죠."

'그래, 그건 지혜롭다.'

"도움을 받았는데도 망한다면 적어도 나 혼자 처형당할 리도 없고."

'저것이 물귀신 작전이었구나!'

채영이 찝찝한 얼굴로 째려보자 진선유가 밉지 않게 배실 웃었다. 밉지 않게 웃는 게 더 얄미울 정도로.

"사장님하고 같이 출장 갔었어요. 일본."

'저것들이 일본까지 기어이 갔다 왔군.'

"알아요."

채영이 담담하게 말했다.

"궁금하지 않아요?"

"뭐가요?"

"출장 가서 어땠는지."

"좋았겠죠."

"좋았어요."

진선유가 약 올리듯 웃었다.

'오호라, 이년아. 본색을 드러내는구나. 그렇다고 내가 당할 사람이더냐?'

"나를 위해 선물 하나 사다 줘야겠다는 생각은 안 들던가요?"

"어머! 깜빡했네요, 언니."

진선유가 손뼉을 딱 치며 미안하다는 듯 말했다. 하지만 요만큼도 진심처럼 느껴지진 않았다.

'언니? 나보다 어린 척하고 싶다 그것이지?'

"언니라고 불러도 되죠?"

"그럼 우리가 더 가까워질 수 있겠네, 동생."

"그렇죠. 다음에 가게 되면 꼭 사 올게요, 언니."

'다음엔 나하고 갈 것이다, 이 요망한 것아.'

"동생이 된 기념으로 나도 그냥 지나칠 수는 없지."

채영의 말을 이해 못했는지 진선유가 의아한 얼굴로 쳐다봤다.

채영은 갑자기 다리를 척 하고 탁자에 걸쳤다.

"빤스가 다소 보이더라도 이해하도록."

"뭐 하는 거예요? 경망스럽게."

"빤스 보지 말고 발목을 봐줘."

채영의 말에 진선유의 시선에 발목에 걸린 발찌로 쏠렸다.

"사장님이 '일본'에서 사 오셨더라고."

진선유의 눈꼬리가 쪽 찢어졌다.

"일본을 별로 좋아라 하지 않아서 일제라는 것이 다소 걸리긴 하지만 선물이라고 주는데 굳이 일제라 해서 못 받겠다 하면 옹졸한 인간이고."

진선유가 입술을 꼭 다물고 씩씩거리며 채영의 발목에 걸린 발찌를 녹일 듯이 노려봤다.

"아이 정말, 직접 채워주시데."

"뭐라구요?"

진선유가 고개를 번쩍 들었다.

"그 손길이 어찌나 다정하고 보드라운지 후끈 달아오르며 열이 두 군데로 동시에 뻗치는데 어찌나 난감한지."

"두…… 군데요?"

"뇌와…… 넓적다리."

"허우."

진선유가 어머, 웬일이니 하는 얼굴로 입을 쩍 벌리고 채영을 쳐다보다가 벌겋게 얼굴을 달아오르더니 손으로 부채질을 했다.

"아니, 어떻게 그런 소릴 막 해요?"

"무슨 소리?"

"넓적다리라니. 세상에, 여자가 창피한 줄도 모르고."

'여자라 창피한 것 챙기느라 시집 못 가 말라죽으면 네가 책임

질래?'

"진선유 씨, 솔직한 줄 알았더니 아니네? 실망인걸? 같은 여자로서 싫어도 좋은 척, 좋아도 느낌 없는 척, 성에 억압된 채 살면서도 하소연 한마디 못하던 우리네 어머니들의 삶을 이제 그만 때려치워야 한다고 생각하지 않아?"

"100분 토론 출연했어요? 아무리 솔직해도 그렇지, 어떻게 그런 말을 해요?"

진선유가 저질 쳐다보듯 채영에게 눈을 흘겼다.

"선유 씬 동영상 보면 후끈거리지 않아?"

"어머머, 난 그런 것 안 봐요."

진선유가 펄쩍 뛰었다.

'계집애, 내숭은.'

"넓적다리 금방 알아들은 것 보면 수월찮게 보는 것 같구만 뭘."

"어머머, 절대 아니에요!"

진선유가 길길이 뛰었다.

'그래, 믿기지는 않지만 믿어보려고 애는 쓰마.'

"보고 싶지?"

"보기 싫어요!"

"에이, 보고 싶으면서."

"아니라구요!"

"아님 말고."

채영이 다리를 내리고 일어났다.

"그것뿐이죠?"

"뭐가?"

"발찌 채워주는 것으로 끝난 거죠?"

"그래서 동영상을 봐야 한다는 거야."

"무슨 소리예요?"

"여자 발목 만지다가 끝나는 남자 없거든."

채영이 진지하게 말하자 진선유의 얼굴에서 핏기가 가셨다가 이내 활활 타올랐다.

"그래서요?"

"나머진 알아서 상상하도록. 아니면 여자 발목 만진 남자가 그 다음에 무엇을 하는지 알려줄 동영상을 제공할 수도 있고. 영상이 정 부담스러우면 책도 있고."

"필요없어요!"

진선유가 빽 소리를 지르더니 벌떡 일어나 소회의실 문을 열고 나가려다가 획 뒤돌아봤다.

"아니, 그런데 왜 반말이에요?"

진선유가 소리쳤다.

"언니가 동생한테 존대하는 것 봤냐?"

채영이 능글거리며 대꾸했다.

"어머머, 기막혀."

진선유가 찬바람을 일으키며 나가 버렸다.

"저 패악 부리는 것을 태진 씨가 봤어야 하는데, 끝에 가서 본색을 드러내네. 그런데 현주는 내가 태진 씨하고 키스한 거 진선유한테 안 홀리고 뭐 하는 거야? 뭐, 하여튼 오늘은 나의 승이다."

채영이 흐뭇하게 웃으며 소회의실을 나왔다.

태진이 채영의 발목에 직접 발찌를 걸어준 것을 알고 진선유는 무슨 작전을 세우고 있는지 몰라도 일주일째 종적을 감추고 있었다. 회사 안에 있는 것은 분명한데 식당에서도 휴게실에서도 하다못해 화장실에서도 마주치지 않았다.

채영은 진선유가 보이지 않자 더 불안했다. 진선유가 채영이 보지 않는 사이에 태진을 유혹하고 있을지도 모른다는 생각 때문이었다.

레전드팀의 호르간 스토리 수정을 함께하기로 했으니 분명 먼저 찾아올 것이다 생각했는데 수정을 포기한 것인지 은폐술을 쓰며 숨어 있었다.

진선유와 마주친 것은 팔 일 만이었다. 팔 일 만에 만난 진선유는 채영에게 아주 제대로 한 방 먹였다.

현주도, 채영도 입맛이 없어 회사 식당 밥 말고 다른 것 좀 먹고 오자며 회사 밖으로 나가 돌솥 비빔밥을 먹고 왔는데 비빔밥 안에 들어 있던 숙주나물이 위쪽 어금니 사이에 끼어 빠지질 않아 여간 성가신 게 아니었다. 이를 닦아도 안 되고 이쑤시개로 쑤시고 손톱으로 잡아 빼내려고 해도 안 됐다. 근무 중간중간 화장실로 달려가서 입 오지게 벌려 들여다보며 수시로 공사를 했지만 이놈의 숙주나물이 이 사이에 끼어 살기로 작정을 했나 여간해서 빠지질 않았다.

직원들이 모두 퇴근하고 현주와 둘만 남게 되었을 때 채영은 콤팩트를 열어놓고 입 안을 들여다보며 숙주나물 제거에 들어갔다.

"뭐 하니?"

화장을 고치고 있던 현주가 물었다.

"비빔밥 먹은 거, 숙주나물이 꼈는데 그게 아직도 안 빠져."

"숙주나물, 미나리 같은 거 진짜 잘 끼지. 어디 꼈는데?"

"위 어금니. 이쑤시개 없니?"

"없어."

"아, 요게 빠질 듯하면서 안 빠진단 말이야."

"거울 들어줘?"

"들어줘 봐."

채영이 콤팩트를 건네자 현주가 정면에서 들어주었다.

"됐어?"

"어, 그대로 들고 있어."

채영이 뚫어져라 거울을 들여다보자 이 사이에 끼어 달랑거리는 숙주나물 찌꺼기가 보였다.

"가만히 있어. 족집게 있음 좋겠다."

"나 눈썹 뽑는 족집게 있는데 더러워서 못 빌려주겠다."

"나도 빌려달라는 소리 못하겠다."

"그거 빼면 집에 갈 거지?"

"응."

"우리 불닭에다 소주 한잔하고 가자."

"좋지. 말 그만 시켜."

"알았어."

채영이 손톱 끝에 숙주나물 찌꺼기를 야무지게 집는 순간이었다.

"뭐 하세요?"

하고 묻는 소리가 들렸고 그 바람에 깜짝 놀라 집었던 숙주나물을 놓치며 고개를 돌리자 볼썽사나운 꼴을 한 채영을 진선유가 찌푸린 얼굴로 보고 있었다.

"이빨에 숙주나물이 꼈는데 안 빠지네."

"이를 닦지, 더럽게."

"닦아도 안 빠졌거든? 오늘 낮에만 이빨을 다섯 번 닦았는데도 안 빠지네."

"치실 없어요?"

"치실이 뭐야?"

"그것도 몰라요? 기다리세요."

진선유가 무식하게 치실도 모르냐는 얼굴로 채영을 쳐다보다가 나갔다.

"그래, 난 무식해서 치질은 알아도 치실은 모르겠다. 넌 치실 아냐?"

"이름은 알지. 써보진 않았지만."

"난 이름도 처음 듣네."

채영이 구시렁거리며 다시 입을 벌리고 이 사이에 낀 숙주나물을 찾아내려고 하는데 진선유가 손에 뭔가를 들고 들어왔다. 진선유는 작은 통에서 실을 한 뼘 빼내더니 뚝 잘라 채영에게 내밀었다.

"이거 써요."

"이게 치실이야?"

"치아보조 청결기구예요."

"어디서 파는데?"

"약국 가면 널렸어요."

"우리 집이 약국인데 어째 치실이라는 게 있는 줄 몰랐을까. 근데 되게 잘난 척한다, 선유 씨. 치실 몰라도 사는 데 어려움 없거든?"

채영이 입술을 삐죽거리며 치실을 양손으로 잡고 어금니로 가져가는데 진선유 뒤에서 검은 그림자가 불쑥 나타났다. 검은 그림자를 본 순간 입을 양껏 벌리고 양손에 치실을 잡은 채영이 동작그만 상태가 됐다. 그 검은 그림자는 퍽 재밌다는 얼굴로 빙긋 웃고 있었다.

'제기랄!!'

"바쁜가 봐요."

태진이 물었고 진선유가 승리에 찬 미소를 날렸다.

"어머, 사장님."

등지고 서 있던 현주가 일어났고 채영은 마음속으로 수만 가지 욕을 퍼부어대며 일어났다.

"한채영 씨 이에 숙주나물이 꼈대요. 세상에, 그걸 손으로 빼려고 하지 뭐예요. 그래서 제가 쓰는 치실 빌려 드렸어요. 그런데 치실이 뭔지도 모르더라구요."

진선유가 참으로 친절하게 설명했다. 설명하지 않아도 이미 처음부터 다 본 것 같구만 뭘!

"뺐어요?"

태진이 물었다. 아주 귀엽게 웃는 낯으로.

"아직요."

채영이 이를 갈듯 대답했다.

"진선유 씨가 호르간 스토리를 수정했다고 하는데 같이 잠깐 검토를 해봤으면 좋겠는데 괜찮겠어요?"

"괜찮죠, 물론."

"숙주나물 빼고 회의실로 와요."

"알겠습니다."

태진이 먼저 사무실을 나갔고 진선유가 금방 오세요 하고 종알거리고는 태진을 따라나갔다.

채영은 진선유와 태진이 나간 문을 깨부술 듯 노려봤다.

"쪽팔려."

"쪽팔리고도 남지. 재수도 없다. 어째 그럴 때 사장님이 나타나니? 너 점수 좀 잃었겠다."

현주가 불난 데 부채질을 해댔다.

"내가 점수 잃어서 좋냐?"

"좋다기보다는…… 재밌네."

현주가 밉상스럽게 쫑알거리더니 콤팩트 거울을 비춰주었다.

채영은 치실이라는 것으로 꼭꼭 숨어 있던 숙주나물을 손쉽게 꺼낸 후 패대기 치듯 내려놓았다.

“쓸 만은 하네.”

채영이 쓴 치실을 휴지에 싸서 버리고 일어났다.

“금방 올 거야?”

현주가 물었다.

“오래 걸리진 않을 것 같아.”

“기다려, 말아?”

“가서 보고 전화해 줄게.”

“알았어.”

채영이 실실 웃고 있던 태진의 얼굴을 어떻게 다시 보나 쪽팔려 하며 회의실로 가자 진선유 혼자 채영을 기다리고 있었다.

“왔어요?”

“사장님은?”

“중요한 전화가 왔다면서 나 먼저 가라고 해서 기다리고 있었어요.”

“그래?”

채영은 잘됐다고 생각하며 맞은편 자리에 앉았다.

“호르간 스토리 수정하는 건 어떻게 되어가는 거야?”

“며칠 동안 틀어박혀서 수정해 봤는데 좀 봐줘요.”

‘저것이 잘했다는 소리 들으려고 팔 일 동안 숨어서 죽어라 수정했구만.’

진선유가 스토리를 건넸고 채영이 받아서 읽어보려고 하는데 진선유가 자리에서 일어나 채영의 곁으로 오더니 다짜고짜 바지를 걷어 올렸다.

진선유가 채영의 발목에 걸린 발찌를 노려보다가 걷어 올린 바지에서 손을 뗐다.

"날마다 하고 다니나 봐요?"

진선유가 새침하게 물었다.

"나한테 발찌 선물하는 남자 아직도 좋아?"

"발찌가 뭐 그렇게 대수라고."

"발찌가 문제가 아니라 하여튼 다른 여자에게 선물이라는 걸 했잖아. 그래도 좋아?"

"두 분 결혼 약속이라도 했어요?"

"그건 아니지."

"골키퍼 있다고 골 안 들어가요?"

"물론 들어가지. 하지만 자살골 넣었다가 총 맞아죽은 콜롬비아 선수를 생각하도록."

채영의 즉시 대꾸에 진선유가 양껏 꼴아 뜨고 노려봤다.

"사장님은 아마 한채영 씨가 입을 헤 벌리고 있는 것 보고 정나미 떨어졌을걸요?"

"사장님 뻔히 뒤에 있는 것 알면서도 일부러 그랬지?"

"사장님 들어오신 것 몰랐어요."

"거짓말하지 마. 일부러 나 물먹이려고 그런 거잖아!"

"몰랐다구요!"

진선유가 끝까지 잡아뗐다.

"하여튼 지금부터 시작이니까 각오하세요."

진선유가 선전포고처럼 내뱉고는 자리로 돌아가 앉았다.

"발찌 따위로는 어림도 없을걸요?"

진선유가 흥 하는 듯이 말했다.

채영은 진선유의 세팅파마 머리를 확 잡아 흔들었으면 좋겠다고 생각하며 노려봤다.

"왜 노려보는 거예요?"

진선유가 지가 노려보면 어쩔 건데 하는 투로 물었다.

"미안하다, 노려봐서."

"어째 치실도 몰라서 더럽게 손으로 그걸 빼요?"

"그만 합시다."

채영이 어금니를 앙다물고 너 계속하면 한 방 날아간다는 듯 말하는데 진선유의 휴대폰이 울렸다.

"여보세요? 어머, 태인아."

진선유의 목소리가 순식간에 바뀌었다.

"그럼~ 통화해도 돼. 어디니?"

진선유가 자리에서 일어났다.

"궁금해서 전화했는데 안 받더라고. 아, 수영장 갔었어?"

진선유가 밖으로 나갔다.

진선유가 준 수정본 스토리를 건성으로 읽고 있던 채영은 통화가 길어지는지 진선유도 오지 않고 태진도 오지 않자 혼자 있기 심심해 커피나 한 잔 뽑아올까 하는 생각에 회의실을 나서 휴게실로 가려는데 저만치서 마주 보고 서 있는 태진과 진선유를 보게 됐다.

순간 채영의 가슴에 불이 타올랐다. 지금부터 시작이니까 각오하라더니 진선유가 본격적으로 태진을 유혹하기로 작정을 한 모양이었다. 태진도 중요한 전화라 하고 진선유도 전화 받느라 나가놓구선 둘이 저러고 딱 붙어 서 있다니.

'저것들이 정말.'

채영은 두 사람을 못 본 척하고 회의실로 들어와 진선유 저것에게 어떻게 한 방 먹여줄까 머릿기름을 짜내고 있는데 진선유가 들어왔다.

"좀 읽어보셨어요?"

활짝 웃는 진선유의 얼굴. 조금 전 회의실에서 각오하라고 외치던 얼굴과는 180도 달랐다.

"도와달라 해놓고 이래도 되는 거야?"

채영이 짜증스럽게 대꾸하는데 태진이 뒤따라 들어왔다.

아뿔싸, 성질 더러운 것 한번 걸렸다.

"사장님하고 잠깐 의논 좀 하느라구요."

"안녕하세요, 사장님."

"언니, 이빨에 낀 숙주나물은 다 뺐죠?"

아니, 저것이 그게 언젯적 일인데! 뺀 것 다 알면서!

"뺐지."

"채영 언니 이빨에 숙주나물이 껴서 그거 빼느라고 고생하는 것 사장님도 아까 보셨죠?"

진선유의 말에 태진이 픽 웃었다.

"언니, 그런데 미안해서 어쩌죠? 오늘은 같이 못할 것 같은데. 아까 제가 드린 거 저 혼자 수정한 거예요. 오늘은 한번 읽어만 주세요."

"왜 갑자기 같이 못하게 됐어요?"

"갑자기 사장님 댁에 놀러가게 되어서요."

진선유가 말했고 채영의 눈길에 곧장 태진의 면상에 꽂혔다.

태진은 약간 난처한 듯하면서도 죄없다는 듯 채영의 눈길을 받고 있었다.

"그래요?"

"내일 내가 언니네 사무실로 갈게요. 미안해요, 언니."

"아니에요. 오늘은 한번 읽어나 보죠."

"사장님, 주차장으로 가면 될까요?"

진선유가 갓 피어난 새싹 같은 미소를 지으며 물었다.

"네."

"그럼 준비하고 내려가겠습니다."

진선유가 태진에게 고개를 까딱여 보이고는 회의실에서 먼저 나갔다.

채영은 더 이상 아무 말도 하지 않고 진선유가 내려놓은 수정본을 챙겨 회의실을 나가려는데 태진이 채영을 붙잡았다.

"왜요? 하실 말씀 있으세요?"

"진선유 씨 우리 집에 왜 가는지 안 물어봐요?"

"물어봐야 해요?"

"화 안 나요?"

"무슨 화요?"

"진선유 씨가 우리 집에 간다는데 화 안 나냐구요."

"나 화나게 하려고 진선유 씨 집에 데려가는 거예요?"
"그런 것 아니에요."
"그럼 왜 물어보세요?"
"당연히 화가 나지 않을까 생각했거든요."
"사장님, 내가 질투하게 만들고 싶은 거예요?"
"그런 생각은 없었는데."
"어서 가보세요. 진선유 씨가 기다리겠네요."
채영이 태진의 손을 털어내려고 하자 태진이 더 꼭 붙잡았다.
"진선유 씨, 태인이 학교 선배예요."
"그런데요?"
"태인이 보러 가는 거예요, 내가 초대한 게 아니라."
"그래요?"
"솔직히 말해봐요, 아닌 척하지 말고. 기분 나쁜 거죠?"
"뭐, 나쁘다기보다는 걸쩍지근하네요."
채영의 대꾸에 태진이 웃었다.
"사장님."
"말해요."
"알죠?"
"뭘요?"
"진선유 씨하고 나하고 쌈 붙은 거."
"두 사람이 싸웠어요?"
"싸우고 있는 중이에요. 정말 모른 척하실 거예요?"
"정말 몰라요. 왜 싸워요? 호르간 때문에……."

"사장님 때문에 싸워요."

"나 때문에?"

태진이 놀란 척했다.

"남자가 내숭이 심하네요."

"나 때문에 왜 싸워요?"

"좋아요, 끝까지 모른 척하신다면 얘기해 드릴게요. 지금 사장님을 누가 차지할 것이냐로 진선유 씨와 내가 싸움이 붙었거든요?"

"저런."

태진이 어쩐지 무척 기분 좋다는 듯이 웃으려다 억지로 참았다.

"진선유 씨도 나와 같이 사장님을 노리고 있다 그 얘기예요."

"일단 채영 씨가 나를 노리고 있다는 것은 증명이 됐네요."

"내 입으로 말했으니 당연히 증명이 됐죠!"

채영이 심술난 얼굴로 말했다.

"그런 와중인데 난 이 사이에 낀 숙주나물 빼내느라 아아, 이러고 있다가 사장님한테 걸리고 진선유 씨는 사장님 집에 놀러가네요."

"그건 태인이가……."

"한 가지만 확실히 해주세요."

"뭘요?"

"양다리를 걸칠 것이냐, 아니면 확실하게 뜻을 표할 것이냐."

"확실하게 뜻을 표한다?"

"사장님이 진선유 씨랑 내 사이에서 애매하게 행동하시면 둘

다 다칠 수 있거든요.”

“그건 내가 무조건 한채영 씨를 선택해야 한다는 뜻이에요?”

태진이 놀리듯 물었다.

“내가 아니라면 진선유 씨겠죠.”

채영이 말했다.

“나든 진선유 씨든 둘 다 아니든 사장님이 확실하게 입장 표명을 해달라는 말이에요.”

“좀 더 지켜보고 싶다면?”

‘이것 봐라.’

채영이 성질이 뻗친 얼굴로 태진을 노려봤다.

“가볼게요.”

태진이 급하게 채영을 붙잡았다.

“포기하는 건 아니죠?”

“포기라기보다는 관두고 싶네요. 오매불망 간택되길 목 빼고 기다리는 후궁 후보 된 기분이라 불쾌해서요.”

채영의 말에 태진이 키득거리고 웃었다.

“바로 퇴근할 거예요?”

“네, 집에 가야죠.”

“조심해서 가요.”

“네.”

채영이 회의실을 나가자마자 태진은 의미심장한 미소를 지으며 휘파람을 불었다.

“분명 질투하는 거야.”

태진은 채영이 질투하는 것을 확인하자 더없이 유쾌해졌다.

지금까지 일방적으로 자신이 채영에게 완전 빠져든 것처럼 상황이 돌아가고 있어서—채영이 그렇게 세뇌를 시킨 탓도 있지만—남자로서 자존심이 조금 무너지는 것 같아 역전의 기회를 노리고 있던 참이었다. 아닌 말로 뭐가 아쉬워 나이도 두 살이나 많은 여자에게 완전 빠질 이유가 있겠는가.

"내가 완전 빠졌다고? 흥!"

태진은 누가 완전 빠지게 되나 두고 보자 싶었다.

채영이 자신에게 매달리게 만들고야 말겠다고, 제발 만나달라고 애원하게 만들겠다고, 아니, 자신에게 시선을 좀 달라고 사정하게 만들고 말겠다고.

솔직히 말하면, 두 살이나 많은 채영에게 완전 빠져들었다고 한 채영의 말이 아주 틀렸다고 할 수는 없었다. 만나던 그 순간부터 지금까지 정말이지 걷잡을 수 없이, 도저히 브레이크가 걸리지 않을 속도로 빠져들고 있는 것은 사실이었다.

엉뚱한 장소에서 엉뚱한 기회로 만나게 되면서 말도 안 되는 담보로 제시한 키스가 전혀 생각지도 못한 감정을 불러일으키고 말았다. 여태껏 채영 같은 여자는 처음이었다. 저렇게 도발적이고 저렇게 묘한 매력을 풍기는 여자도 처음이고 이렇게 순식간에 빠져들기도 처음이었다. 지나치게 도발적이라 움찔할 만도 한데 거부감은 고사하고 채영이 내뿜은 도발은 어마어마한 마력을 지닌 자석처럼 태진을 끌어당기고 있었다. 어느 순간 인연인가? 하는 생각이 들 정도로.

하지만 자존심이 있지, 여자에게 마냥 끌려갈 수만은 없었다. 어딜 나가도 한 번도 꿀린 적이 없던 태진인데 말이다.

자고로 무엇이든 끌어당길 줄 알아야 제 맛이지.

태진은 어떻게 하면 채영의 질투심에 더 큰 불을 붙일까 생각하며 회심의 미소를 지었다.

채영은 소회의실을 나오며 머리 속이 복잡해지는 것을 느꼈다. 간택되길 기다리는 후궁 후보 얘기까지 했으면 진선유한테는 별다른 감정 없다는 식의 말이 나와야 하는데 태진은 키득거리고 웃을 뿐 별다른 말이 없었다. 키스를 세 번이나 했는데, 발찌까지 선물했으면서도 채영에게 우선권이 있다든지 진선유보다는 훨씬 우세한 위치를 차지하고 있다는 언질도 주지 않다니.

'진짜 고수는 정태진 아니야?'

하는 생각까지 들었다.

'아, 점점 더 애매해지네.'

채영은 태진이 아니라 태인이를 보러 간다는 말에 어느 정도 안심이 되면서도 역시나 계속 걸쩍지근한 기분으로 사무실에 들렀다가 현주와 함께 주차장으로 내려갔다.

"사장님 집에 놀러간다고?"

"그래."

"진선유가 사장님 집에 왜 놀러가?"

"사장님 여동생이랑 진선유가 잘 아는 사이인 모양인데 하여튼 기분 안 좋네."

"안 좋겠다, 진짜. 즉 네가 양자택일해라 그러니까 사장님은 조금 더 지켜보겠다 그랬단 말이지?"

"응. 야, 아무래도 사장님이 고단수인 것 같지 않니?"

"내 생각도 그래. 까딱하다간 너랑 진선유 피터지게 싸우고 둘 다 별 볼일 없어질지도 모르겠어."

"이럴 땐 어떻게 해야 할까?"

"뭘 어떻게 해. 그냥 두고 봐야지. 더 두고 보다가 정말로 진선유랑 영양가없이 싸우는 것 같으면 관두고."

"조금 더 두고 보라?"

"그러니까 진선유는 사장님 동생을 이용하겠다 그거지? 진선유는 이용할 사람도 있고 너보단 조건이 좋네."

"나한테는 불리해."

채영이 현주와 함께 차에 올라 시동을 거는데 엘리베이터에서 나란히 내려 태진의 차로 가는 태진과 진선유가 보였다.

"둘이 나란히 가는 것 보니까 꽤 잘 어울리는 것 같다."

현주가 약 올리듯 말하자 채영이 찢어 죽일 듯이 현주를 노려봤다.

"나 불닭에다 소주 안 먹고 그냥 집에 갈 거니까 지하철 역에서 내려!"

채영이 빽 소리쳤다.

집 앞에 차를 주차시켜 놓고 화병 가라앉히는 약 있으면 한 병 달라고 하려고 약국에 먼저 들렀더니 오 약사만 있고 엄마는 없었다.
"엄마는요?"
"몸이 안 좋으셔서 쉬세요."
"어디가 안 좋아요?"
"병원에 다녀오셨는데 계속 안 좋으신가 봐요."
채영은 얼른 집으로 달려들어 갔다.
"엄마!"
채영이 거실로 올라서며 부르자 채민이가 방에서 나왔다.
"엄마 어디가 편찮으시니?"
"나한테 말씀 안 하셔. 그냥 우셔."
"운다고? 왜?"
"몰라. 어디가 안 좋긴 안 좋으신 모양인데…… 지난번에 병원 가서 무슨 검사한 거 오늘이 결과 나오는 날이라고, 결과 듣고 오시더니 우셔."
채민의 말을 듣던 채영의 가슴이 철렁 내려앉았다.
"아버진?"
"안방에서 암마 달래주고 계셔."
채영이 안방으로 다가가 노크했다.
"아버지, 저 왔어요."
"들어와."
채영이 문을 열자 엄마는 이불을 펴고 허무한 표정으로 드러누워 계셨고 아버진 그 곁에 앉아 계셨다.
"엄마."

"괜찮아, 들어와 앉아."
"저도 들어가도 돼요?"
채민이가 묻자 아버지가 같이 들어오라고 했다.
"지난번에 무슨 검사 하셨는데요? 무슨 검사고 어떤 결과가 나왔는데 엄마가 우시는 거예요?"
"너희들도 다 컸으니까 알 건 알아야지."
"뭐, 안 좋게 나왔어요?"
"엄마 무슨 병 생겼대요?"
채영과 채민이 걱정에 휩싸인 얼굴로 물었다.
"엄마, 폐경이란다."
아버지가 말했고 채영과 채민은 한참 동안 폐경이라는 것이 무슨 병인지 몰라 멍하게 있었다. 폐경이 폐암 사촌인 병인가 하는 얼굴이었다.
"폐경요?"
"누나, 폐경은 그 생리 끝난 거 그거 아니야?"
"그거지."
"에이, 진짜. 엄마!"
채민이가 벌떡 일어났다.
"폐경 가지고 아침 열한 시부터 지금까지 우신 거예요? 난 무슨 큰 중병 걸린 줄 알았잖아!"
채민은 무려 여덟 시간 동안 말은 안 해주지 완전히 손 써볼 방법이 없는 중병에 걸린 줄 알고 속 끓인 것이 억울해 죽겠다는 듯이 소리쳤다.

"야, 이 자식아!"

다 죽어가는 얼굴로 누워 있던 엄마가 발딱 일어나며 소리쳤다.

"엄마가 이제 여자로서 기능을 완전히 상실했는데 그럼 속이 안 상해?"

"아이, 진짜……."

채민이 기막혀 죽겠다는 듯이 엄마를 쳐다보다가 결국 풋 하고 웃으며 방을 나갔다.

"저 자식 저거 웃는 것 좀 봐, 여보."

엄마가 아버지한테 쟁쟁거리자 아버지가 엄마를 살며시 보듬어 주며 다독였다.

"어려서 뭘 몰라서 그래."

"손주를 안 봤다 뿐이지 이제 할머니 소리 듣게 돼서 기막혀 죽겠는데."

엄마가 심하게 비음 섞인 목소리로 아버지의 어깨에 고개를 묻으며 하소연했다.

"엄마, 요즘은 삼십대에도 폐경 되는 사람이 있대. 보통 오십 세 정도면 폐경이 되고. 엄마는 오십사 세니까 그나마 오래 하신 거예요."

"그걸 위로라고 하니?"

"아니, 내 말은…… 아니에요. 쓸쓸할 거야, 엄마."

"이제 갱년기네 뭐네 해서 폐경 되면 아주 이상한 증상들이 밀어닥칠 텐데 나 그거 어떻게 이기지?"

"내가 있잖아. 나하고 놀러 다니고 기분 전환하고 그러면 되지."

"너무 불공평해. 남자는 일흔이 넘도록 맘만 먹으면 자손을 보는데 왜 여잔 기껏 끌어야 오십오 세면 끝장나냐고."

아버지는 아마도 똑같은 하소연을 하루 종일 들으셨을 거다. 그래도 아버진 지겨워하지 않고 푸념을 거듭하는 어머니의 등을 연방 다독여 주었다.

"호르몬제 잘 챙겨먹고 그러면 갱년기도 안 오고 괜찮을 거야."

"약사는 난데 왜 당신이 아는 척해?"

"약사 남편이면 반은 약사야."

채영은 때가 되어서 닥친 폐경인 것을, 여자로서의 기능은 상실한다 하더라도 사람이 죽고 사는 중병이 아님에도 저토록 서글퍼하는 엄마를 위로해 주는 아버지를 보며 미소 짓다가 자신의 방으로 건너왔다.

생각해 보니 아버진 늘 엄마에게 다정했다. 불뚝 성질이라고 불리는 성질이 아버지에게도 있어서 한 번씩 화를 내실 때 보면 정 떨어질 때도 있었지만 그럼에도 아버지는 참 다정하고 자상한 남편이었다. 중국이나 일본으로 대국을 나가실 때에는 채영이나 채민이는 제쳐 두고 엄마를 위해 꼭 선물을 빠뜨리지 않았고 일정이 맞지 않아 미처 선물을 준비하지 못하면 공항 면세점에서라도 들러 선물을 챙겨오셨다.

엄마가 약사 모임이나 세미나 때문에 외출하시는 날엔 아버지가 꼭 차로 태워다 주고 시간 맞춰 나가 태워왔다.

"아버지 같은 사람이면 좋은데."

채영은 태진도 아버지만큼이나 다정하고 자상한 남편일까 생각하다가 문득 진선유가 태진의 집에 갔다는 것을 기억해 냈다.

채영은 얼른 시간을 확인했다. 일곱 시 이십오 분. 집에는 들어갔을 것이고 딱 저녁 먹을 시간인데. 진선유와 태진이 한상에서 밥을 먹고 있는 장면을 연상해 보자 또다시 속에서 불길이 치솟았다.

둘이 마주 보고 앉았을까, 나란히 앉았을까. 마주 보고 앉는 것도 재수없고 나란히 앉는 건 더욱 재수없었다. 무슨 반찬에 얼마나 맛나게 먹고 있을까. 태진에게 전화를 걸고 싶은 마음에 휴대폰을 수십 번이나 들었다 놨다 하고 있는데 밖에서 아버지가 부르는 소리가 들렸다.

"네."

채영이 밖으로 나가자 아버지와 엄마가 외출복으로 갈아 입고 신을 신고 있었다.

"어디 가세요?"

"저녁 먹으러."

"뭐 드실 거예요?"

"네 엄마, 고기 썰고 싶대."

"맛있게 드세요."

"저녁 챙겨 먹어라."

"네."

아버지가 먼저 나간 엄마를 좇아나가고 채민이와 채영이가 서로를 쳐다봤다.

"우린 그럼 분식집에서 포장해 오자."

"두 개 먹어도 돼? 그럼 난 돈까스하고 쫄면."

"맘대로 해. 난 오므라이스. 네가 갔다 와."

"돈은 누나가 내."

"알았어."

채영이 방에서 만 원짜리 한 장을 꺼내와 신발을 신고 있는 채민에게 건넸다.

"금방 갔다 와."

"알았어."

채민이 분식점에 간 사이 채영은 다시 휴대폰을 집어 들었다.

"전화해 봐?"

채영은 휴대폰에 입력된 태진의 번호를 찾다가 그만뒀다.

"뭐라고 할 거야? 지금 진선유랑 밥 먹고 있냐고, 무슨 반찬이냐고 물을 거야? 에이."

채영이 혀를 차며 휴대폰을 내려놓았다.

"젊은 것이 무슨 요사를 떨지 모르는데……."

서른셋이나 먹다 보니 스물여덟 살 먹은 여자도 젊은것으로 보이니, 세상 잔인하다.

채영은 안절부절못하며 휴대폰만 들었다 놓았다를 반복하다가 채민이가 분식집에서 포장해 온 음식을 펼쳐 놓았을 때야 갑갑함을 애써 떨쳤다.

"먹자, 일단 먹고 살자고. 그래야 진선유하고 박이 터지든 대가리가 터지든 싸울 테니."

채영이 오므라이스를 입속에 우겨 먹으며 중얼거리는데 채민이의 휴대폰이 울렸다. 그런데 채민이는 발신자가 누군지를 확인하더니 받지도 않고 내던져 버렸다.

"왜 안 받니?"

"받기 싫어서."

"누군데 안 받아?"

"받기 싫은 사람."

채민이는 휴대폰이 죽어라 울든지 말든지 관심도 없는 것 같았다.

"여자야?"

"……."

"여자구나?"

"응."

"오오, 우리 민이 여자 친구 생겼어?"

"여자 친구 아니야."

"싸웠구나?"

"아니라니깐."

"아니긴, 새끼. 얼른 받아. 숨넘어간다."

"안 받아."

채민이 귀찮은 듯이 대꾸하는데 전화가 끊어졌다.

"왜 싸웠는데?"

"싸운 것 아니야. 여자 친구도 아니고."

"그럼 뭔데?"

"사귀자는데 싫어서."

"못생겼어?"

"못생기진 않았어."

"그런데 왜?"

"철딱서니가 없는 것 같아서."

"어떻게 철딱서니가 없는데?"

채영이 그렇게 묻는데 또다시 휴대폰이 울렸고 채민이 귀찮아 죽겠다는 얼굴로 발신자를 확인하더니 또 내던져 버렸다.

"그냥 받아라."

"싫어."

"그럴 거면 번호는 왜 알려줬어?"

"내가 알려준 거 아니야. 휴대폰 한번 쓰자 해서 잠깐 빌려줬더니 내 휴대폰으로 지 휴대폰에다 전화를 한 거야. 발신 뜨는 것 보고 지가 저장했어."

"야, 수단 좋다. 그런데 웬만하면 받아라."

"받기 싫어."

"그냥 받아."

"싫어."

"시끄러 죽겠어, 새끼야! 배터리를 분리하든지 아니면 받아. 신경 쓰여 밥을 못 먹겠잖아!"

채영이 빽 소리를 지르자 채민이 에이씨 하고 뇌까리더니 전화를 받았다.

"여보세요!"

누가 들어도 뭐 저따위 전화 예절이 다 있나 싶게 불쾌한 어조였다.

"지금 밥 먹어요. 나중에 전화해요."

밥 먹는다고 나중에 전화하라는데도 금방 끊지 않는지 채민이가 얼굴을 구겼다.

"약속있어요."

여자 쪽에서 만나자고 한 모양이다.

"내일도 바빠요."

여자가 내일 만나자고 한 모양이다.

"모레도 바쁘고, 글피도 바쁘고, 하여튼 만나고 싶지 않아요."

내일 안 되면 모레라도 만나자고 한 모양인데, 듣자 듣자 하니 뭐 저런 새끼가 다 있어? 채영이 열이 확 올랐다.

"야, 너 곱게 안 받아?"

채영이 한 대 쥐어박을 태세로 말하자 채민이 한숨을 푹 내쉬더니 아까보다는 좋아진 목소리로 하여튼 밥 먹고 내가 전화하겠다 말하곤 전화를 끊었다.

"너, 아버지가 보셨으면 다리 부러졌다. 무슨 전화를 그따위로 받아?"

"귀찮은데 자꾸 전화하니까 그렇지."

"빚쟁이한테도 그렇게는 안 해."

"아니꼬우면 지가 안 하면 되는데 자꾸 하잖아."

"네가 좋으니까 계속하지."

"난 안 좋다고."

"거만 떨기는. 날 봐라, 나도 너처럼 튕기다 서른셋 됐다. 야, 언제까지 여자가 너 좋다 따라다닐 줄 아냐?"

"난 여자가 너무 극성맞은 거 싫어."

"그 여자가 어떻게 극성맞은데?"

"극성맞잖아. 싫다는데도 계속 전화하고, 시간없다는데도 만나자고 하고, 학교에도 쫓아왔단 말이야."

"사랑받을 때가 행복한 줄 알아, 새끼야. 하여튼 내 앞에서 한 번만 더 그따위로 전화 받았다간 알아서 해."

"알았어."

"하여튼 좋다는 여자 가슴에 못 박는 새끼가 제일 나쁜 새끼야."

채영의 말에 채민이 불만스러운 듯 입을 실룩거렸다.

"새끼 인물은 좋아가지고 여자가 붙는구나. 하이고, 그놈은 지금 젊은 년이랑 뭘 처먹고 있을라나."

"누구?"

"몰라도 돼. 밥이나 먹자."

채영이 선유와 함께 맛나게 밥 먹고 있을 태진을 생각하자 갑자기 입맛이 싹 달아난다고 생각하며 오므라이스를 씹어 삼켰다.

새빨간 여우

5

태진의 집에 놀러간다고 진선유가 채영의 약을 살살 올리고 보름이 훌쩍 지나도록 뭔가 잘못된 것이 아닐까 싶을 정도로 조용했다. 조용하다는 것은 태진과 마주쳐도 인사만 하고 헤어지는 것이 전부였고—미소는 상냥했지만 그 이상도, 이하도 아니었다—단둘이 있을 기회가 여간해서 잡히질 않았다는 뜻이다. 일부러라도 단둘이 있을 기회를 만들고자 했지만 핑계도, 명분도 없었다. 어찌나 데면데면한지 저 남자 나하고 키스했던 남자가 맞나 싶을 정도였다. 진선유가 태진을 자기 남자로 만들겠다 선언하며, 난데없는 적의 출현으로 초조해 죽겠는데 태진의 태도는 갈수록 모호해지고 그런 태진의 태도 때문에 채영의 신경이 곤두서는 반면 진선유는 채영이 쥐고 있던 선두 자리를 마치 자신이 빼앗은 듯 날마다 화려하게 피어나고 있었다.

진선유와는 사흘에 한 번 꼴로 퇴근 후에 만나 호르간 스토리 수정 작업을 하고 있었다. 처음 진선유를 봤을 때부터 저 여자 옷 잘 입는다 했는데 진선유의 코디 솜씨는 날이 갈수록 전문가 수준으로 발전해 더욱 화려 찬란해졌다. 채영은 항상 똑같이 전혀 튀지 않는, 옷 잘 입는다는 소리는 못 들을 정도의 평범 그 자체이고. 요즘은 옷 잘 입는 것도 플러스가 된다는데 진선유가 패션 감각으로 플러스를 거듭하고 있다면 채영은 연일 마이너스에 낙제점 수준이었다. 오죽하면 현주와 어디에 가야 근사한 옷을 살 수 있나를 심각하게 고민했을까.

여하튼 진선유에게 나이든 패션 감각이든 모든 점에서 밀리고 있는 채영에겐 태진의 감을 잡을 수 없는 태도도 주눅 들게 하기에 충분했다.

진선유와 채영은 스토리 수정에 대한 조율이 끝난 후에는 누가 태진으로부터 더 많은 관심을 받고 있는가를 겨루느라 실랑이를 벌였다. 도대체 무엇이 진선유를 저토록 기세등등하게 만드는지 몰라도 만남을 거듭할 때마다, 호르간의 수정이 순조로울수록 진선유의 자신감도 더 커져 갔다.

나흘 전에는,

"다른 직원들 모르게 나한테만 은밀하게 함께 저녁을 먹자고 제의하는 건 무슨 뜻인 것 같아요?"

하고 물어서 초장부터 채영을 김새게 만들었었다.

"그래서 식사를 했다는 거야?"

"물론이죠."

"뭐 먹었는데?"

어디 얼마나 근사한 데서 밥을 먹였냐도 아니고 채영은 무엇을 먹었냐고 심드렁하게 물었다. 너희들이 어딜 갔던 별로 관심없어 한다는 것을 내비치기 위함이었지만 사실 어디 가서 무엇을 먹었든 두 사람이 붙어 있었다는 것만으로도 질투를 넘어 성질이 뻗치고 있었다.

"물론 스테이크 먹었죠."

'스테이크를 먹었단 말이지? 지난번엔 집에 데리고 가고 이번엔 스테이크를 사 먹였다? 정태진…… 점점 마음에 안 든다.'

"표시된 아이디어 부분은 많이 고쳐야 할 것 같아. 반지나 목걸이가 엄청난 의미를 가지고 있다는 것은 너무 흔해. 뭔가 새로운 걸 생각해 냈으면 좋겠어."

채영은 잔뜩 싸해진 얼굴로 호르간 쪽으로 주제를 돌렸다.

"어제 스테이크 먹은 레스토랑은 분위기가 정말 끝내주더라구요. 고기도 얼마나 연한지…… 입에 들어가자마자 그냥 녹아버리는데, 시끄러운 패밀리 레스토랑하고는 차원이 달라요. 요만큼도 소음이 없고 잔잔한 음악이 흐르는데……. 아참, 포도주. 어제 포도주도 한잔했거든요. 이름이 뭐라더라? 되게 귀한 포도주인 것 같더라구요."

채영이 그 빌어먹을 스테이크에서 호르간 쪽으로 주제를 돌리려고 애쓰는 반면 진선유는 스테이크와 분위기 좋은 레스토랑 얘기만 줄기차게 해댔다. 얼어죽을.

'전립선에 문제 생긴 아버지가 전 재산을 몽땅 털어넣어 그림 팀과 합병하는 바람에 맘 놓고 쓸 예산이 바닥이라더니 진선유한테 스테이크와 귀한 포도주 사 먹일 돈은 있었던 모양이지?'

채영은 머리 꼭대기까지 열이 뻗쳐 뚜껑이 폭발하기 일보 직전이었다.

"사장님이 포도주는 일단 향을 먼저 음미하고 그 다음에 살살 혀를 돌려가며 맛을 봐야 한다면서 친절하게 가르쳐 주시는데……."

"포도주든 소주든 밥이든 일단 입에 넣으면 삼키는 게 목적이거든?"

"어머, 언니 나이 든 티 너무 낸다. 아줌마처럼 음식을 삼키는 걸 목적으로 생각하면 너무 무드 없잖아요."

'아니, 저것이 엇따 대고 나이 든 티 운운하는 거야!'

채영의 얼굴이 벌겋게 달아오르기 시작했다.

"음식은요, 삼키는 게 목적이 아니라 즐기고 음미하는 거예요."

"그래, 난 늙어서 먹는 건 씹어서 삼키고 배부르고 똥 되어서 싸면 끝이다."

"으, 똥이 뭐야."

진선유가 똥 씹은 듯 얼굴을 구겼다.

"그만 하면 두 사람이 어제 얼마나 재미난 시간을 보냈는지 알 만하니까 레전드팀의 골칫거리인 호르간 얘기나 좀 하지?"

채영이 완전히 싸해진 얼굴로 쏘아붙이듯 말하자 진선유가 약 올라 죽겠지 하는 얼굴로 억지로 웃음을 참으며 자세를 고쳐 앉았다.

“반지나 목걸이 아니면 뭘로 할까요?”

“그건 진선유 씨가 생각해 내야지. 나도 두두 때문에 머리 터져.”

“같이하기로 했으니까 아이디어 좀 줘요.”

“아이디어 달라는 사람이 스테이크가 어쩌네 포도주가 어쩌네 자랑만 하고 있잖아.”

“사장님하고 내가 조금 더 가까워졌다는 것을 언니한테 알려줘야 할 것 같아서 한 말이죠. 질투하는 것 아니죠?”

이 상황에서 질투는 무슨 천만에! 하고 소리친다고 믿어줄 사람이 누가 있으랴.

“미치게 질투하고 있거든? 그러니까 호르간이나 고치자고!”

이를 바득바득 갈며 진선유를 패 죽이지 않고 겨우겨우 호르간 수정을 의논한 후 사무실로 돌아온 채영은 자리에 앉자마자 한숨부터 내쉬었다.

‘진선유한테 스테이크를 사줬다고? 그것도 은밀하게 진선유만 따로 불러내서?’

채영은 그 부분이 제일 걸렸다. 다른 직원들 모르게 은밀하게 진선유만 따로 불러내서 맛난 것을 사 먹였다는 부분.

‘진선유한테 마음이 기울고 있는 건가?’

그렇다면 발찌는 뭐고, 키스는 뭐란 말인가. 발찌를 사주고 키스할 때까지는 채영에게 관심이 있었는데 조금 더 시간이 지나고 겪어보니 진선유가 훨씬 더 괜찮더라, 그래서 생각을 바꾸고 마음도 진선유 쪽으로 돌려세웠다는 것인가? 그래, 그럴 수 있다고 치자. 하지만 적어도 지나치다 만날 때면 태진의 표정에서 무엇인가가 마구마구 느껴졌었다. 지나친 비약일지는 모르나 당신은 나의 여자, 나는 당신의 남자. 뭐, 그런 것 말이다. 채영에게 던지는 미소에도 많은 의미가 담겨 있는 듯했다. 순전히 채영의 착각일지도 모르지만 태진의 마음이 진선유에게 완전히 돌아섰다고 하기엔 뭔가 석연치 않은 부분이 많았다.

'내가 기분 나쁜 건, 어째서 내가 두 남자 세워놓고 한 사람을 선택할 수 있는 권리가 있는 것이 아니고 남자한테 선택되길 기다려야 하는 입장이냐 그거야.'

생각해 보니 슬슬 화가 났다. 선택되길 기다리는 것, 정말 기분 나쁘다. 내가 좋아하는 사람, 내가 골라 갖는 것, 그것이 채영이 지향하는 바인데. 젠장, 진선유가 끼어드는 바람에 하루아침에 상황이 역전되어 내가 좋아 골라갖는 것이 아니라 그 편에서 진선유가 아닌 나를 골라주길 고대해야 한다니.

"하긴 두 남자 세워놓고 한 사람 선택할 권리를 갖기엔 너무 늦었지.'

채영은 다시 한 번 서른셋이라는 자신의 나이에 저주를 퍼부었다. 진선유도 적은 나이라 할 수 없음에도 자신과 비교하면 너무나 '젊은 여자' 였다. 비단 이십대와 삼십대라는 나이 차뿐이 아니라 하나하나 비교하자면 제법 예쁘다는 채영보다 진선유가 제법 더 예뻤다. 다시 나이 얘기가 나오고 말지만 삼십대인 채영에 비해 잔주름도 없고 말이다. 게다가 재즈댄스네 요가네 해서 열심히 가꾼 채영의 몸매와 진선유의 몸매를 비교했을 때도 진선유 역시 무슨 운동을 하는지는 몰라도 채영에게 조금도 뒤처지지 않는, 상당히 굴곡이 살아 있고 야무진 몸매를 갖고 있었다. 하물며 패션 감각까지 뛰어나니, 비교 분석이라는 것을 해보았자 채영에게 플러스 점수를 줄 만한 게…… 그러고 보니 찾을 수가 없다.

채영은 풀이 죽고 말았다. 차라리 진선유와 비교를 해보지 말 걸. 세상엔 예쁘고 한 살이라도 더 젊은 여자가 좋은 남자를 차지한다는 법칙은 없으니 그냥 밀어붙여 볼 걸 하며 후회했다.

"너저분하게 미련을 못 버리고 계속 싸워볼 것이냐, 아니면 졌다는 걸 인정하고 관둘 것이냐 둘 중에 하나네."

채영이 혼잣말처럼 중얼거렸다.

"계속 싸울 것이냐, 관둘 것이냐……."

'조금 더 지켜보고 싶다면?'

그날 진선유와 자신 둘 중에 하나를 선택하라는 채영의 말에 태진이 그렇게 대답했었다, 조금 더 지켜보고 싶다고.

"아, 뭔가 나한테 상당히 불리한 쪽으로 돌아가는 것은 분명한 것 같다."

채영에게 불리한 것이 분명하다면, 이기지 못할 것을 알면서도 분탕질이라도 치기 위해 계속 밀고 나갈 것이냐, 아니면 재빨리 손들고 털어버릴 것이냐 선택해야 하는데 아무리 생각해도 진선유에게 빼앗기는 것이 속상한 것은 둘째 치고 놓치기 너무나 아까운 남자였다. 이렇게 느낌이 좋은 남자, 이렇게 성적으로 강하게 끌리는 남자를 언제 또 만나본단 말인가. 서른셋에야 겨우 그런 남자가 만나졌는데, 이렇게 늦어버린 나이에 만난 남자마저 포기해야 한다면 또 언제나 만나질 거라고. 서른셋에 만나진 남자를 놓쳐 버린다면 어쩌면 마흔넷에야 다시 태진과 같은 남자를 만날 수 있을지도 모를 일이었다. 만약 십 년 후에나 태진을 만났을 때처럼 필이 확 통하는 사람을 만날 기회가 주어지는 거라면 정말로 재수없다.

그와 나눈 키스도 그렇고 그와 나누었던 대화도 그렇고, 채영의 보통 사람의 기준에서는 도가 지나칠 정도의 강한 대시를 태진은 당황해하면서도 꼭 짜맞춘 것처럼 잘 맞춰주었었다. 채영의 느낌에 그 역시 분명 자신과 똑같이 동하였다고 생각했고 그 느낌이 틀리지 않은 것 같았다. 태진의 마음이 진선유에게로 기울어지고 있는 것 같은 비상 상황에서도 말이다.

"내 느낌이 틀리지 않았을 거야."

채영은 그렇게 믿고 싶었다.

채영은 태진의 마음이 진선유에게로 기울고 있는 것은 잘못 생각한 것일지도 모른다고, 진선유의 속임수에 놀아나고 있는 것인지도 모른다고 생각하며 태진에게 확실하게 쐐기를 박을 수 있는 기회가 올 것이라 기대했다. 꼭 그 기회가 와야만 했다. 그리고 그 기회는 오고야 말았다. 오긴 왔는데, 그런데…….

일요일.

일요일까지도 반납해야 할 만큼 일이 바빠진 상태였다. 다음달에 열리는 영국 국제 애니메이션 박람회에 두두와 호르간을 동반 출품하기로 결정했기 때문이다. 애니메이션을 사랑하는 전 세계

인들이 다 모여드는 박람회였고 그 자리에서 판매와 구입이 대부분 이루어지기에 성공이라고 할 수 있을 정도의 판매 실적을 올리기 위해서는 그전에 완벽한 작품을 만들어 출품해야 했다. 호르간은 전반적인 스토리 수정 중이라 아무래도 박람회 출품은 어렵지 않을까 예상했지만 레전드팀이 하루도 쉬지 않고 밤샘 작업까지 해가며 재작업에 매달린 덕분에 박람회 출품이 가능해졌다. 두두와 호르간의 동반 출품으로 모두가 정신없이 바빴지만 그중 제일 눈코 뜰 새 없이 바쁜 사람은 채영이었다. 남은 두두의 스토리도 진행해야 했고 작품이 완성되는 날까지 호르간 수정에도 계속 관여했기 때문이다.

두두의 막바지 스토리 작업을 위해 일요일에도 보통 때와 똑같은 시간에 출근한 채영이 회사 근처에 있는 던킨 도너츠에서 산 도너츠와 커피를 양손에 들고 사무실로 향하는데 휴게실에서 태진이 불쑥 나왔다.

막 도너츠를 베어 물던 채영도 조금 놀란 듯이 태진을 쳐다보았고 태진 역시 다소 의외라는 얼굴로 채영을 쳐다봤다.

"오늘도 나왔어요?"

"막바지라 일요일도 없어요."

"아침 안 먹었어요?"

"못 먹었어요. 그런데 사장님도 나오셨네요."

"레전드팀도 정신없어요."

"사장님은 레전드팀만 챙기시는 것 같네요."

채영이 약간 비아냥거리는 듯 말하자 태진이 픽 웃었다.

"호르간이 두두를 못 따라가잖아요."

"그건 두두가 월등하다는 말씀이죠?"

"그래요."

태진의 대답이 꽤 만족스러웠다는 듯 씩 웃으며 채영이 도너츠 한입을 베어 먹었다.

"맛있어요?"

"맛있어요."

태진이 채영을 오물거리고 씹는 입을 쳐다보다가 손을 들더니 채영의 입가에 묻은 하얀 도너츠 가루를 지워주었다.

"묻었어요?"

"이제 됐어요."

"고마워요."

"아, 커피 냄새 좋네요."

"드실래요?"

채영이 커피를 내밀자 태진이 받아 들더니 뚜껑을 열고 한 모금 마셨다.

"도너츠도 맛있겠네요."

태진이 물었다.

"그냥 한입 달라고 하세요."

"한 입만 먹읍시다."

채영이 웃으며 도너츠도 내밀자 태진이 한 번에 움푹 베어 물었고 그 바람에 채영의 손가락까지 태진의 입속으로 딸려 들어갔다. 채영의 가녀린 손가락에 감기는 태진의 혀.

채영이 흠칫 놀라며 손가락을 빼려고 하자 태진이 채영의 손을 움켜잡았다. 그리고 채영의 손가락을 입술 사이에 끼운 채 도너츠를 우적우적 씹기 시작했다. 살짝살짝 태진의 혀가 손가락 끝에 닿았고 입 안에서 잘게 씹히고 있는 도너츠 질감도 느껴졌다. 그 느낌은 전혀 새로운 것이었다. 부드럽고 짜릿하고 몹시 섹시한.

'이 남자가 음식으로 사람을 유혹하는 재주가 있네.'

태진의 입술에 손가락을 물린 채 채영은 오금이 저리는 기분으로 태진의 눈과 코와 씹을 때마다 욱신거리는 턱 선, 입매 모든 것을 추파를 가득 담은 눈길로 샅샅이 훑어 내리고 있었다.

'너 진선유랑 나랑 사이에 껴서 노니까 재밌냐?'

'진선유 때문에 속 좀 탔지?'

채영이 눈을 가늘게 뜨고 태진의 속마음을 읽으려고 애쓰는데 태진이 다 씹은 도너츠를 삼키고 나서 마지막으로 채영의 손가락을 쪽 빨더니 물고 있던 손가락을 빼주었다. 물론 여전히 움켜잡은 채였다.

태진과 채영이 한동안 아무 말도 못하고 강렬한 시선을 주고받는데 태진이 채영의 허리를 감아 안더니 휴게실 안으로 밀고 들어갔다.

"키스합시다."

태진이 1000m 달리기라도 하고 온 사람처럼 헐떡거리며 중얼거렸다.

'언제는 말하고 했더냐.'

채영이 태진의 목에 팔을 감으며 오른쪽 뒤꿈치를 살짝 들고 왼쪽 다리를 교태스럽게 들어주는 센스를 발휘하자 태진이 채영의 허리를 아주 바스라지도록 쓸어안으며 입술을 찍어 눌렀을 때였다.

"화요일까지는 진행이 돼줘야 일정에 가까스로 맞출 수 있어요."

진선유의 목소리가 들렸다.

"화요일까지 진행돼야 한다는 건 알고 있지만 벌써 나흘째 밤샘 작업이라 동화팀이고 원화팀이고 쓰러질 판이란 말이에요."

이빈의 목소리도 들렸다. 두 사람은 분명 휴게실로 오고 있었다.

태진과 채영이 벼락 맞은 듯 서로를 밀어내면서 태진이 급하게 창밖을 바라보는 듯 휴게실 의자에 앉았고 채영은 허둥지둥 커피 뚜껑을 열고 한 모금 삼키는데 진성유와 이빈이 휴게실로 쏙 들어왔다.

"나도 일주일 내내 거의 밤새고 있어요. 지금 당장 쓰러질 판이란…… 어머! 사장님, 여기 계셨어요? 어, 채영 언니도 계시네요."

"응, 커피 마시느라고."

채영이 자연스러움을 가장하며 말했다.

"네……."

선유는 태진과 채영이 휴게실에 함께 있었다는 것만으로도 몸살나게 질투가 나는지 금세 새침해진 얼굴로 자판기로 갔다.

"안녕하세요, 채영 씨."

"안녕하세요."

채영이 이빈과 인사를 나누며 슬쩍 태진을 보자 태진은 의자에 다리를 꼬고 앉은 채 심통난 사람처럼 인상을 쓰며 창밖을 바라보고 있었다.

'헉? 어머!'

이런 태진의 입술에 채영의 립스틱이 묻어 있었다. 창밖을 바라보고 있으니 망정이지, 창을 등지고 앉았다면 한 방에 탄로날 판이었다.

"사장님, 커피 드려요?"

진선유가 상냥하기 그지없는 목소리로 물었는데 태진은,

"아뇨, 난 괜찮아요."

하고 퉁명스럽기 그지없게 대꾸했다.

선유가 무안한 듯 뚱한 얼굴로 커피 두 잔을 뽑더니 한 잔을 이빈에게 건넸다.

"전 먼저 가볼게요."

채영이 진선유와 이빈에게 인사하며 휴게실을 나오는데 진선유와 이빈도 태진의 눈치를 보며 휴게실에서 나왔다.

"사장님하고 무슨 얘기 하셨어요?"

진선유가 작은 목소리로 채영에게 물었다.

"별 얘기 없었는데?"

"그런데 왜 화나신 것 같죠?"

진선유는 태진이 퉁명스럽게 대꾸한 것에 상처를 받았는지 시무룩해진 얼굴로 이빈과 가버렸다. 그림팀 사무실로 갈 것처럼 했던 채영은 재빨리 몸을 돌려 쏜살같이 휴게실로 달려갔다.

"저기요."
채영이 부르자 태진이 고개를 돌렸다.
"입술에 립스틱 묻었거든요?"
채영이 말하자 태진이 손바닥으로 얼른 립스틱을 닦아냈다.
"그럼 저 가요."
휴게실을 나오려던 채영이 왜 저러고 앉아 있나 싶어 다시 태진을 쳐다봤다.
"계속 그러고 계실 거예요? 안 가세요?"
"먼저 가요."
"화나셨어요?"
"아니에요."
"그런데 왜 그러고 있어요?"
"일어나고 싶어도 못 일어나요!"
태진이 윽박지르듯 말했다.
"발 저려요? 왜 못 일어나요?"
"당신 때문에 못 일어난다고!"
태진이 으르렁거렸다.
"무슨 소린지……."
채영은 이상한 사람 다 보겠다는 듯 눈을 흘기고 휴게실을 나와 사무실로 향했다.
"진선유만 안 나타났더라도 키스로 쐐기를 박아버리는 건데 아깝다."
진짜 아까웠다. 태진의 마음이 진선유에게로 기울어지는 것 같아 은근히 마음고생이 심했는데 오늘 보니 진선유에게 기울어지는커녕 키스하자고 덤벼들지 않는가. 게다가 커피하겠냐는 진선유에게 퉁명스럽게 짝이 없게 거절하고.

"역시 내 느낌이 틀리지 않았어."

태진과 분명 무엇인가 통하는 교감이 있었다는 자신의 느낌이 틀리지 않았다는 것이 채영은 기뻤다.

'이 정도면 정식으로 사귀자고 하든지, 아니면 좀 이른 감이 있지만 결혼하자고 청혼해야 하지 않나?'

채영은 이제 기대감을 갖게 됐다. 조만간에 태진이 사귀자고 제의할 것이란 기대. 되도록 사귀자는 말보다 결혼하자는 청혼이면 더 좋겠다.

여기까지는 참 좋았는데, 태진의 마음이 젊은 여자 진선유에게 기울어지는 것이 아니라 서른셋 채영에게 온통 쏠려 있고, 조만간에 태진이 사귀자고 제의할 것이라 기대하는 것까지는 참 좋았는데 어느 날 갑자기 잘 돌아가던 스토리가 급반전되어 버렸다. 이렇게나 황당할 수가!

"국제애니메이션 박람회에 사장님하고 같이 가기로 했어요."

진선유가 '사장님하고 같이' 라는 부분을 야무지게 발음했다.

"뭐라고?"

채영은 싸대기를 한 대 후려 맞은 얼굴로 진선유를 쳐다봤다.

국제애니메이션 박람회에는 전 세계 각국에서 만들어진 애니메이션이 전시된다. 애니메이션을 파는 사람과 사고자 하는 사람이 한데 어울리는 축제였다. 이번 박람회에 두두도 가지고 나가기로 했다. 몇 건의 계약을 성사시키고 얼마의 매출을 올릴지는 모르지만 그림팀은 상당히 고무되어 있는 상황이었다. 지난번 안시 국제애니메이션 대회에 다녀온 감독님 말로는 샘플로 가져간 두두를 선보였을 때 꽤 많은 나라에서 관심을 표하더란다. 가져갔던 샘플로는 계약을 성사시키지는 못했지만 이번 박람회엔 더 많은 준비를 할 것이고 아마 만족할 만한 계약 건수를 성사시킬 수 있을 것이라 했다.

박람회가 열리는 나라는 영국, 박람회 기간은 열흘. 그렇다면 태진과 진선유가 열흘이나 영국에서 함께 보낸다는 뜻이었다. 도대체 태진의 곁에 진선유가 찰싹 달라붙어 있는 꼴을 어떻게 제정신으로 봐주란 말인가!

"사장님하고 같이 박람회에 간다고?"

"네."

"사장님이 직접 박람회에 가신대?"

"네. 그리고 저한테 같이 가자고 하셨어요."

진선유가 이제 그만 포기하시지 하는 얼굴로 말했다.

'뭐 이런 개똥 같은!'

분노와 질투가 채영의 온몸, 오장육부를 뒤흔들어 놓았다.

곧 정식으로 사귀어봅시다, 하고 말할 줄 알았던 남자가 경쟁자 진선유에게 무려 10박이나 되는 박람회 기간 동안에 함께 있자고 했단다. 10박이다, 10박. 것도 대한민국 하늘 아래가 아니라 영국의 하늘 아래서.

채영의 예상대로라면 박람회에 함께 가자는 제의는 채영에게 했어야 했다. 그런데 진선유에게 했다니. 채영은 금덩어리가 떨어질 줄 알고 하늘에 열린 박을 깨뜨리고 보니 똥물이 한 바가지 쏟아져 뒤집어쓴 기분이었다.

'이런, 개 같은!'

채영은 이가 바득바득 갈렸다. 어떻게 이럴 수가 있는가, 어떻게!

'사람을 갖고 노는 것도 아니고 이런 망할 놈의 인간.'

포기하지 말라고 해도 포기해야 할 것 같았다. 포기? 흥! 내가 갖다 버린다.

그러고 보니, 호르간 수정을 핑계로 날마다 진선유를 만나다시피 하는 동안에 태진은 딱 두 번 봤을 뿐이었다. 세상에, 채영이 갖고 싶어 안달난 남자인데 이토록 존재감없이 행동하다니. 채영이 좋아하는 남자가 이 회사 안에 있는 것이 분명한가 의심스러울 정도로 존재감을 느낄 수 없던 태진이 그동안에 진선유와는 알콩달콩했던 모양이다. 스테이크와 포도주 사건 말고도 며칠 전엔 둘이서 같이 퇴근하는 것을 목격했고 어제는 레전드 사무실에 밤 열 시가 넘도록 둘만 있는 것도 목격했다.

두두도 박람회에 출품하기 위해 막바지 작업 중이라 그림팀 역시 매일같이 야근이었는데 어째 레전드팀은 다른 직원은 한 사람도 없고 진선유만 남아 있었는지, 그리고 왜 태진과 같이 있었는지 의문이었다.

어젯밤 열 시가 넘도록 사무실에서 같이 있는 것을 목격하고 심각하게 기분이 상해 버렸는데 오늘 결정적으로 태진이 진선유에게 같이 박람회에 가자고 했다는 소리를 듣자 흐릿하던 결말이 짓궂게도 또렷해지기 시작했다.

"내가 진 거야."

졌다고 손을 들지 않을 수 없는 것이, 그림팀 역시 두두 판매를 위해 박람회에 다녀올 직원을 선발했는데 그 직원이 채영이 아니라 규락이었다. 감독님이 참여해 주기로 약속했고.

물론 규락이 박람회에 가는 것이 가장 합당하지만 그렇다고 채영이 못 가라는 법도 없었다. 명 팀장님의 말이 사실인지 아닌지 몰라도 사장님인 태진이 박람회에 다녀올 그림팀 대표를 채영이 아닌 규락으로 지목했단다. 레전드팀에서는 진선유를 지목했다면서 말이다.

"졌어."

채영이 진선유에게 졌다는 것은 명백해졌다. 이제 조용하게 물러나면 그만이었다.

채영이 우울해진 것을 현주가 눈치챈 듯했다. 현주처럼 눈치 빠른 친구가 모를 리가 없었다. 레전드팀에서는 진선유가 간다는 것을, 그것도 태진과 함께 간다는 것을 알고 있는데 그림팀에서는 규락이 대표로 가게 됐고 그림팀 대표로 규락을 추천한 사람이 태진이라는데 이쯤 되면 답이 다 나왔다는 것을 어떻게 모를 수 있을까.

"맥주 한잔할래?"

현주가 물었다.

"그래야 할 것 같다."

가방을 들고 일어서던 채영이 도로 자리에 앉으며 바지를 걷어 올렸다. 채영은 망설이지 않고 발목에 채워져 있던 발찌를 끌러 책상 서랍에 쑤셔 박아버렸다.

“아직도 하고 있었니?”

“그러게 말이다.”

“막 재수없지 않니?”

“그래, 막 재수없다.”

몹시 사나워진 기분으로 현주와 함께 사무실로 나와 엘리베이터로 가던 채영의 눈앞에 한마디로 곡할 광경이 펼쳐지고 있었으니, 태진이 진선유를 달랑 안아 들고 엘리베이터 앞에서 쩔쩔매고 있었다. 현주와 채영이 회사 안에서 저것들이 아주 대놓고 연애질을 하는구나 하는 얼굴로 쳐다보는데 엘리베이터 문이 열렸다.

“다음 것 탈래?”

현주가 재빨리 물었다.

“아니.”

채영은 폭발할 것 같은 기분으로 엘리베이터에 올랐고 현주도 냉큼 올라탔다.

진선유를 달랑 안아 든 태진, 태진의 품에 안겨 있는 진선유, 그 둘을 죽일 듯 참 못 봐주겠네 하는 얼굴로 쳐다보는 채영과 현주. 엘리베이터 안의 분위기는 괴기 영화에서나 나올 만큼 스산하고 요상했다.

‘약 올라 죽겠지?’

진선유가 태진의 품에 안겨 채영을 요러고 쳐다봤다.

'좋겠다, 이년아.'

채영 역시 요리고 태진의 품에 안겨 있는 진선유를 쳐다봤다.

"진선유 씨가 넘어지는 바람에 발목을 다쳤어요."

누가 물어봤나? 태진이 꽤 힘든지 낑낑거리는 어조로 말했다.

'질투가 불타오를 것이야.'

내심 태진이 승리감을 맛보며 생각했다.

그런데!

태진이 그렇게 말하면 현주나 채영이 아, 그랬군요 내지는 많이 다쳤어요? 라고 물어봐야 예상 시나리오대로 진행되는 것인데 현주와 채영은 그래, 잘 다쳤다. 다친 애 안고 있는 기분은 어떠냐, 이 잡것아? 하는 식으로 쳐다보고만 있자 태진의 안색이 당황스럽게 일그러졌다.

'어, 이게 아닌데.'

태진은 뭔가 잘못되어 가고 있다는 것을 느꼈다.

엘리베이터는 일층에서 먼저 멈췄고 채영과 현주는 뒤도 돌아보지 않고 내려 버렸다.

"진선유 저거 내가 했던 짓인 것 같다."

"어떤 짓?"

"이현우한테 잘 보이려고 내가 했던 짓 말이야."

"이현우는 안 넘어갔는데 정태진은 넘어갔네."

"그게 이현우와 정태진의 차이네."

"망할 정태진."

"뭐, 솔직히 사장님이 너한테 무슨 약속 같은 것 안 했다면서."

"약속 같은 걸 안 할 것 같으면 발찌도 주지 말고, 키스도 하지 말았어야지."

채영이 불쾌한 어조로 말하자 현주가 채영의 손을 잡았다.

"오늘 맥주 한잔하면서 털어버리는 거야."

"벌써 털었어. 저런 남자 암만 매력있어도 싫어. 흥!"

채영은 진선유를 태운 태진의 차가 회사를 빠져나가는 것도 보지 못한 채 맥주 집으로 가서 자리에 앉자마자 퍼마시기 시작했다.

"진선유 달랑 안아 들고 있는 꼴 봤지? 허, 아주 순간 접착제더라."

한마디도 하지 않고 앞에 놓인 생맥주 500cc를 거의 단숨에 들이킨 채영이 온몸의 열이 얼굴로 치솟는 듯한 어조로 말했다.

"내가 서른셋이 아니라 마흔셋이 되어야 확 통하는 남자를 다시 만난다 하더라도 날이면 날마다 밤이면 밤마다 진선유랑 붙어있는 놈한테 목을 맬 이유는 없지 않니?"

"당연하지."

"여기요! 500cc 하나 더 주세요."

채영이 주문하는 즉시 오 초도 되지 않아 탁자 위에 잔 가득 담긴 생맥주가 배달됐다.

"그런데 정태진하고 어떻게 엮인 거니?"

"너 내 말 들으면 내가 괜히 열받아서 하는 게 아니라는 걸 알 거야."

"그래 그러니까 말 좀 해봐."

“그게 어떻게 된 거냐면 우리 시사회 날 있잖니. 그날 전철 타고 오는데 스타킹이 나가 버린 거야. 그래서…….”

채영은 태진을 처음 만나게 됐던 그날, 회사 지하 주차장에서 있었던 상황을 보태지도 덜어내지도 않고 그대로 얘기를 시작했다.

“어머나!”

채영의 설명을 듣던 현주가 중간에 자신도 모르게 깜짝 놀라며 감탄사를 뱉어냈다. 스커트를 걷어 올리고 스타킹을 갈아 신는데 가리개가 되어주던 차 안에서 휴대폰이 울렸고 그 휴대폰 주인이 태진이었다는 부분에서다.

“그런데 이 남자 맹랑하더란 말이지. 난 쪽팔려서 제발 가라고 가달라고 안달복달하고 있는데 떡하니 앞에 서더니 자신이 망 봐 줄 테니 갈아 신으라는 거야. 너 이 부분에서 나한테 순간적으로 확 끌렸거나 혹은 미치지 않고서야 그럴 수 있다고 생각하니?”

“분명히 미친 것 아니면 너한테 확 끌려서인데, 조금 전까지 멀쩡하게 싸돌아다는 것으로 봐서는 미친 것은 아니고…….”

“나한테 확 끌렸다고 생각한 거야, 난. 솔직히 나도 끌렸고. 너도 알다시피 사장님 좀 매력적이니.”

“매력적이지. 장동건 후로 그런 간지 작살 처음이지. 그래서?”

채영은 또 설명을 시작했고 현주는 또다시 어머나! 하고 감탄사를 토해냈다. 태진이 말한 그 서리하고 싶다는 부분에서였다.

“서리?! 야, 정말 웬만한 기준으로 보자면…… 보통이 아니다.”

“그러니까. 하여튼 내 표범 무늬 빤스 때문에 내가 당황해서 세 시간이라고 했더니 그럼 세 시간 후에 하자는 거야."

"어머머."

"시사회장으로 갔는데 그때 엄마한테 전화가 왔어. 미용실에서 머리 하다가 머리 좀 끄슬렸다고. 어머, 그런데 웬걸. 이 남자가 앞에 떡하고 서 있는 거야."

"그래서?"

"그러더니 다짜고짜 입술을 밀어붙이는 거야."

"완전 꾼 아니야?"

"나도 꾼한테 당했다는 생각을 하던 참이야. 그뿐만이 아니야. 태진 씨가 나한테 덤벼들어 키스한 게 한두 번이 아니라고."

"또?"

"그게 어떻게 된 거냐면……."

채영은 그동안 태정과의 비하인드 스토리를 몽땅 현주에게 들려주었고 남김없이 다 털어놓고 나자 한편 후련함이 느껴졌다. 호기심이 지나친 현주에게 미리 말했다가 예기치 못한 소문이 돌지도 모른다는 기우도 있었지만 그보다 서른셋에야 어렵게 만나진 남자, 괜히 입 까불었다가 파토날까 그것이 걱정되어서였다. 입 까불지 않고도 파토는 나고 말았지만 말이다.

"물론 내가 다소 도발적으로 행동해서 키스를 유발한 면이 있긴 하지만 그래도 키스하고 싶어 못 견뎌한 사람은 그 사람이고 먼저 덤빈 사람도 그 사람이라고."

채영이 열변을 토하며 이번 태진과 파토난 사건의 모든 책임이 태진에게 있음을 강조했다.

"정말 나쁜 놈이네."

"내가 열 안 받게 생겼니?"

"열받고도 남겠다. 그런데 너, 키스를 유발하기 위해 다소 도발적으로 행동했다고 했는데, 진심으로 다소니?"

"다소라기보다는…… 조금 강하게."

채영의 말에 현주가 낄낄거리고 웃었다.

"혼자 열받아서 펄펄 뛰면 뭐 하겠니. 나도 사장님이 나보다 두 살 아래라는 걸 알고 횡재했네 싶었는데. 사장님도 나보다는 훨씬 젊은 여자를 만나고 싶겠지."

현주에게 고해받치며 실컷 떠들고 났더니 한순간 풀이 죽어버렸다. 이렇게 떠들어봤자 젊은것에게 밀린 늙은것 신세 한탄하는 것밖에 더 되겠냐 싶었기 때문이다.

"똥 밟았다 생각하고 관둘 거야. 뭐, 이미 끝났으니 관두고 자시고도 없지만. 하긴 언제 시작이라도 했나?"

채영은 또다시 500cc를 거의 단숨에 들이켰다.

"마시고 확 잊어버리는 거야. 알았지?"

"좋다. 마시자."

태진을 향해 온갖 욕을 다 퍼부으며, 태진과 진선유 두 사람에게 기상천외한 저주를 퍼부으며 퍼마신 채영은 집에 어떻게 돌아왔는지도 몰랐고 아침에 일어나 보니 집이었다.

뒤통수가 깨질 것 같은 숙취에 시달리며 일어난 채영은 한참 만에야 한 장면씩 떠오르는 어제의 잔상을 기억해 냈다. 왜 그렇게 퍼마셨는지, 무엇 때문에 속이 상했었는지도 생각났다.

"제기랄."

태진의 팔에 달랑 안겨 있던 진선유. 진선유를 안아 들고 있던 태진. 견딜 수 없는 것은 누가 뭐라고 해도 그 두 사람은 정말로 잘 어울렸다는 것이다! 그래서 더욱 화가 나고 더욱 속상하고 더욱 비참했다.

자신과 꼭 맞는 남자가 태진이라고 생각했는데. 꼭꼭 숨어 있던 자신의 짝을 찾았다고 생각했는데 그 짝이 다른 여자가 찾고 있던 나머지 신발 한 짝이었다니.

분하고 속상하고 창피했다. 남의 신발 한 짝에다 대고 키스를 퍼붓고 나한테 완전 빠졌다느니 하는 신소릴 하지 않았나 게다가 온갖 상상을 다 했으니.

농염함으로 밀어붙이던 채영을 정태진은 얼마나 한심하고 되바라진 여자로 생각하고 있을까.

"그림팀이랑 이제 일하지 말까?"

문득 태진과 진선유가 좋아졌으니 아예 그림팀이랑 손을 떼고 완전하게 물러서는 것이 좋지 않을까 하는 생각이 들었다. 두 사람이 더욱 좋아 지내는 것을 두고 볼 뱃심도 없고 어느 날 갑자기 두 사람의 결혼 공고가 뜨면 현주가 이현우 때문에 그랬듯이 자신 역시 어어어어어 하며 참 꼴사납게 울어버릴 것도 같았기 때문이다.

"내가 왜? 내가 왜 관둬? 돈이 얼만데 관둬? 이 세상에 남자가 정태진밖에 없나?"

화르르 오기가 치민 채영이 쑤시는 뒷골을 붙잡으며 침대에서 내려와 밖으로 나갔다.

"무슨 일이니?"

주방으로 들어가자 엄마가 채영을 노려보며 물었다.

"좀 마셨어."

"그렇게 퍼마시는 거 아버지 싫어하시는 것 알잖아."

"알어. 아는데 그렇게 됐어."

"왜 그렇게 됐어?"

"속상한 일이 있었어. 속상한 일 푸느라 그랬어."

"누가 속상하게 했어? 누구야?"

"말하고 싶지 않아, 엄마. 아무 말도 하기 싫고 난 여전히 속상해 있으니까 내버려 둬요."

"속상한 일 푸느라 마셨다면서 아직 해결 못한 거야?"

"좀 걸릴 것 같아."

채영이 자리에 앉자 엄마가 아침에 끓여놓고 북어국을 올려놓았다.

"국물만 마실래, 밥 한술 말아줘?"

"국물만 마실게."

채영이 뚱한 얼굴로 북어 국물을 떠먹고 있는데 아버지가 주방으로 들어왔다.

"괜찮아?"

"어제 좀 마셨어요, 아버지. 죄송해요."

"무슨 속상한 일?"

밖에서 들으신 모양이다.

"말하고 싶지 않아요, 아버지."
"일이 잘 안 돼?"
"말하고 싶지 않다잖아요. 모른 척해요."
엄마가 말렸다.
"딸이 속상해하는데 아버지가 어떻게 모른 척해?"
"그게……."
채영이 숟가락을 내려놓았다.
"그게 아버지, 그게 엄마……."
"어, 뭐?"
"결혼하고 싶은 남자가 나타났는데……."
"결혼하고 싶은 남자?"
엄마와 아버지의 눈이 동그래졌다.
"뭐 하는 남잔데? 잘생겼어? 키는 크니? 몇 살인데?"
"형제는 어떻게 되고? 연봉은 어떻게 된다니? 부모님은 다 살아계시고?"
엄마와 아버지가 번갈아가며 정신없이 물어댔다.
"그 남자가 나 말고 다른 여자가 좋대요."
채영이 영 입맛이 없는 얼굴로 수저를 내려놓았다.
"뭐야?"
"아니, 어떤 망할 놈이야!"
아버지가 버럭 고함을 쳤다.
"어떤 망할 놈의 자식이 내 딸이 아니라 다른 여자가 좋다는 거야? 그놈 뭐 하는 놈이야!"

아버지가 버럭버럭 고함치는 걸 들으며 채영이 쓴웃음을 지었다.

“어떤 여자가 보석인지도 못 알아보는 그런 놈, 필요없어. 내 딸 못 줘. 그러니까 잊어버려.”

“마음 아파할 것 없어. 세상에 남자가 그놈 하나도 아니고. 멍청한 자식 같으니라고.”

엄마도 아버지를 거들었다.

누군지도 모르면서 어떻게 된 얘긴지도 모르면서 아버지와 엄마는 채영이 상처 입은 것을 눈치채고 막연한 대상을 향해 욕을 했다. 모두 채영을 위해서였다. 애지중지 키워놓은 딸을 위해서. 더 나이 들기 전에 얼른 결혼하고 싶어하는 채영의 마음을 알기에. 좋아하는 남자도 아니고 결혼하고 싶은 남자가 생겼다는데, 그렇게 말했는데 그렇다면 얼마나 마음에 들고 좋아라했다는 말인데 그 남자가 다른 여자를 좋아한다니 그 상처가 얼마나 클까, 자존심은 또 얼마나 상할까, 말하지 않아도 다 아는 양반들이었다.

“아버지.”

“왜?”

“하루 날 잡아서 현주랑 동대문 야시장 갔으면 하는데 보내주실래요? 집에서 한 열두 시쯤 나가서 새벽에 들어올 거예요.”

“밤 열두 시에 집에서 나가?”

“동대문은 원래 밤 장사잖아요. 안심 안 되시면 민이 데려갈게요.”

"나도 한번 가보자. 나도 동대문 시장 한번 구경하고 싶었었어."

자정 전에는 하늘이 두 쪽이 아니라 갈래갈래 찢어져도 귀가해야 한다는 조선 시대적 원칙을 세워놓으신 아버지에게 야시장을 가겠다니, 뻔히 먹히지 않을 것이란 걸 알았는지 엄마가 거들었다.

"꼭 밤시장 가서 사야 해?"

"한두 벌이 아니라 좀 많이 사고 싶은데 백화점에서 사면 한두 푼 가지곤 어림도 없고, 결혼하고 싶은 남자가 젊고 옷 잘 입는 여자한테로 갔거든요."

채영이 자신도 모르게 한숨을 내쉬고 말았다.

채영의 한숨 소리에 아버지와 어머니가 뭔 그런 얼토당토않은 이유로 다른 여자에게 가버리는 놈도 있나 하는 얼굴로 채영을 쳐다봤다.

"그래서 저도 옷 좀 잘 입어보고 싶어서요. 나이 들수록 더 잘 입고 잘 꾸며야 한다는 걸 깨닫게 됐거든요."

"아니, 네가 입고 다니는 옷이 어때서? 누가 널 서른셋으로 봐? 군살 하나 없이 탄력있는 몸매나 피부 볼 때마다 엄마가 얼마나 뿌듯한데? 여보, 당신도 알잖아. 당신 친구들이며 내 친구들이며 보는 사람마다 우리 애들 예쁘게 잘 낳았다고 부러워하는 거."

엄마가 생각해 보니 열이 오르나 흥분된 어조로 말했다. 어느 부모인들 이런 상황에서 태연할 수 있겠는가.

"싸가지없는 놈."

아버지도 흥분한 음성으로 욕을 하셨다.

"엄마하고 아버지 눈에나 제가 제일이죠. 그래도 나이는 못 속여요. 서른셋하고 이십대하고 같아요? 이십대는 이렇게 쳐다만 보고 있어도 싱싱한 물이 뚝뚝 떨어지는데……."

채영이 씁쓸하게 말하자 엄마가 아이고, 참 어떤 놈인지 웃기고 있네 하며 중얼거리셨다.

"사귄 것 아니에요. 그냥 나 혼자 마음에 들어한 거예요. 욕하지 마세요."

"민이 데려가. 얼마면 돼?"

"삼십만 원요."

아버지는 더 이상 아무 소리 하지 않고 지갑에서 십만 원짜리 수표 다섯 장을 꺼내 채영에게 건넸다.

"남기지 말고 다 사. 우리 딸 그동안 헤프게 돈 안 쓰고 인세 타오면 다 엄마한테 주고 차비도 타서 쓰고 다닌 거 아버지도 안다."

"실연당한 것도 아니고 혼자 좋아하다 끝났는데 너무 쓰시는 거 아니에요?"

"실연당한 것 아니니까 속상해하지 마. 그놈은 모를 것 아니야. 그럼 창피할 것도 없어."

'어느 정도는 아는데…… 그래서 창피한데.'

"다녀올게요."

채영이 일어나자 엄마가 채영을 붙잡았다.

"비타민 먹고 있지?"

"그거 다 먹은 지 한참 됐는데."

"비타민 C를 많이 먹어야 된다 했잖아. 나가는 길에 약국에 잠깐 들러. 사무실에도 갖다 두고 하루에 두 번씩은 꼭 먹어."

이십대는 쳐다만 보고 있어도 싱싱한 물이 뚝뚝 떨어진다는 채영의 말에 엄마는 당장에 비타민 C라도 양껏 먹여야겠다 싶은 모양이었다.

채영이 알았다고 대답하며 식당에서 나가자 아버지와 엄마가 뚱해진 기분으로 서로를 쳐다봤다.

"짝사랑이 더 아픈데."

"괜찮아, 남자가 어디 그놈 하나야?"

"그놈이 라식수술을 잘못했나, 어디 내 딸을 못 알아봐? 허이고, 망할 놈."

"사귀다 차인 것 아니라잖아. 욕하지 말자고."

"그래도 열받잖아. 젊고 옷 잘 입는 년한테 갔다며."

"됐어, 그만 해. 하여튼 동대문인지 어디 가면 채영이 사달라는 거 다 사 입혀. 그냥 백화점 데려갈래?"

"동대문 가서 많이 사 입는다잖아."

"내가 돈 더 주면 될 것 아니야."

"얼마나 더 주게? 아까 채영이 준 거 오십만 원으로 정장 한 벌 살까 말까야."

"무슨 천쪼가리가 그렇게 비싸? 말세야, 말세."

"남자 양복은 안 그래? 그래도 비싼 건 오래 입고 유행도 안 타고 좋아. 여보, 나도 한두어 벌 사 입어도 되지?"

"마담도 결혼하고 싶은 남자가 젊은 년한테 갔어? 어느 놈이야? 어느 잡놈이야?!"

엘리베이터 문이 열리고 막 오르려는데 태진이 타고 있다가 채영에게 활짝 웃었다.

'웃지 마라, 이 남자 요괴야.'

"안녕하세요."

채영이 먼저 인사하자 태진도 인사했다.

그렇게 단둘이 있는 시간을 만들어보려고 발버둥 칠 때는 진선유 옆에 찰싹 붙어 있더니 포기해 버리고 나니까 잘도 단둘이 만나진다.

채영은 얼른 고개를 돌리고 굳게 닫힌 엘리베이터 문을 노려봤다. 눈을 마주치면 안 될 것 같았다. 태진의 눈을, 얼굴을 똑바로 쳐다보면 안 될 것 같았다. 그 매력적인 눈매에 또다시 홀랑 빠져버릴 것 같아서, 그 두툼한 입술에 왕창 흔들릴 것 같아서. 채영은 애궂은 엘리베이터 문만 걷어차 박살낼 듯 노려보고 있었다.

"다음 주에 박람회 때문에 회사를 비울 거예요."

올리브유를 한 바가지 퍼마시고 왔나, 목소리는 또 어찌나 매끄러운지.

"알고 있습니다."

"진선유 씨한테 들었어요. 채영 씨가 도움 많이 주셨다고요? 고마워요."

"별말씀을요."

채영은 웃지도, 그렇다고 찡그리지도 않은 얼굴로 담담하게 대꾸했다.

“레전드팀 모두가 채영 씨에게 많이 고마워하고 있어요. 저 개인적으로도 정말 고맙고.”

“칭찬을 너무 여러 번 들으니까 쑥스럽네요.”

채영이 전혀 쑥스럽지 않은 투로 말하자 태진이 조금 웃었다.

“두두와 호르간 병행하느라 힘들었죠? 미안해요.”

“미안하시면 월급 올려주시면 되죠.”

채영은 비꼬려고 한 말인데 태진은 농담으로 들었는지 또 웃었다.

“오늘 저녁에 시간 괜찮아요?”

하고 태진이 묻는데 채영은 마치 얼굴을 부여잡고 돌리기라도 한 듯 고개를 돌려 태진의 매력적인 눈과 두툼한 입술을 보고야 말았다. 태진의 눈과 채영의 눈이 꼭 짜맞춘 듯 합체했다. 저 이글거리는 눈매, 키스를 부르는 입매. 보지 말았어야 했는데! 꼴깍 침이 넘어간다.

갑자기 귓가에 윙윙 하는 이명이 들리기 시작했다. 모기가 있나? 갑자기 이게 무슨 소리지? 가만, 이거 노랫소리 아니야?

엘리베이터 안에서 우린 사랑을 나누었지. 그 누구도 모르게. 음~ 비밀스런 사랑을. 엘리베이터 안에서 우린 사랑을 나누었지. 지하에서 위층까지. 벨이 울릴 때까지…….

채영의 눈앞이 뿌옇게 변하는 동시에 엘리베이터 안의 조명이 정육점 빨간빛으로 순간 탈바꿈한다.

태진이 채영의 허리를 와락 끌어당겨 안았다. 벽에 달라붙은 모기를 눌러 죽이듯 일시정지 버튼을 꾸욱 누르는 태진. 덜커덩 소음을 일으키며 엘리베이터가 어딘지도 모를 즈음에 멈춰 선다.

두 사람의 눈빛이 서로를 잡아먹을 듯 뒤엉키는 그 순간 태진이 집어삼킬 듯 채영의 입술을 빨아 삼킨다.

"허억."

채영이 뜨거운 입김을 쏟아내지만 태진의 입술에 가로막혔다. 태진은 채영의 달궈진 입김마저 꿀떡 삼켜 버렸다.

마치 모형 로버트처럼 두 사람의 몸이 삼 단계로 합체를 하니 일 단계 입술이 합체되고, 이 단계 서로의 가슴이 합체되고, 삼 단계 서로의 아랫도리가 합체 밀착된다. 육 년 근 인삼이라도 씹어 삼켰더냐 온몸이 뜨끈뜨끈 불타오르는고나.

태진이 몸을 돌려 채영을 엘리베이터 벽에 밀어붙이니 채영 옳다구나 다리를 들어 튼실한 허벅다리에 착착 감아 조인다.

날름거리는 혀가 타액을 듬뿍 머금고 서로의 입속을 희롱하고 불붙은 네 개의 손은 상대방의 전신을 훑어 내리느라 바쁘다.

채영의 허리, 힙 라인, 등을 정신없이 오르내리던 태진의 손이 채영의 젖가슴을 움켜잡고 자극받은 채영은 태진의 두 엉덩이를 움켜잡고 자신의 몸에 밀착시킨다. 뻐근하게 눌러오는 태진의 남성.

손바닥만한 팬티에, 지퍼 달린 양복바지에 채영의 아랫배까지 삼중으로 내리누르니 그 압박이 거의 살인적이라. 스트레스 오래

받으면 성인병만 창궐하니 남성이여, 어여 나오니라. 꿀단지에 퐁당 빠져 보자.

채영이 과감하게 태진의 바지 앞섶을 더듬거리자 태진의 목구멍에서 억눌린 신음이 터져 나왔다. 앞섶에서 망설망설, 주저주저하던 채영의 손이 되바라지게 허리띠를 풀어 제끼고 지퍼를 쭉 내려 버린다. 기다렸다는 듯이 발목으로 뚝 떨어지는 태진의 팬티.

삼중으로 내리눌리던 남성이 해방감에 흠뻑 젖는 순간, 태진이 채영의 스커트를 치켜 올린다. 더듬고 쓰다듬고 만지고 할 시간이 어딨더냐, 싸게 벗겨내자. 태진은 채영이 입고 있는 그야말로 손바닥 반만한 팬티를 끌어 내린다.

막힌 것 없겠다, 방해할 것 없겠다, 하늘을 향해 열렬하게 솟아오른 남성이여, 속히 꿀단지로 향하라.

태진이 채영의 엉덩이를 두 손으로 받쳐 들었다. 채영은 태진이 혹 자신의 체중을 감당 못할까 저어되어 엘리베이터 벽 허리쯤에 장치된 손잡이를 양손으로 꼭 붙잡으며 태진의 허벅지에 야무지게 다리를 감는다. 오, 역시 남자의 힘은 허벅지!

태진은 기다렸다는 듯 채영을 번쩍 들어올린다. 채영을 번쩍 들어올리는 순간 꿀단지 속으로 퐁당 뛰어드는 남성!

"아!"

"아아!"

두 사람의 목구멍에서 동시에 탄성이 터져 나왔다.

태진이 허리를 움직일 때마다, 엉덩이 근육에 힘을 쭉쭉 들어갈 때마다 채영의 등과 머리가 엘리베이터 벽에 부딪힌다. 영문도 모른 채 엘리베이터도 덩달아 달캉달캉 움직인다.

엘리베이터 안에서 우린 사랑을 나누었지…… 이 노래를 만든 사람은 필시 엘리베이터 안에서의 정사가 얼마나 짜릿한지, 얼마나 태울 듯이 뜨거운지 알고 있을 게다.

태진이 입술을 눌러온다. 눈두덩이에, 코에, 얼굴에, 목덜미에 사방 입술을 찍어누르며 핥고 빨아댄다.

채영은 태진의 입술도 느끼지 못할 정도로 흥분의 절정에서 격한 신음을 토해내고 있었다.

"참을 수 없어!"

쉰 목소리로 태진이 절박하게 소리치는 순간이었다.

딩동 하는 소리와 함께 엘리베이터가 활짝 열리며 그와 동시에 채영의 환상도 깨졌다. 정신을 차리고 보니 태진이 빤히 채영을 쳐다보고 있었다.

"왜 보세요?"

"안 내려요?"

"네?"

아이고, 망신.

채영이 얼른 엘리베이터에서 내리자 태진도 따라 내렸다.

"가보겠습니다."

채영이 혼자 상상하다 달아오른 얼굴을 문지르며 돌아서려고 하는데 태진이 붙잡았다.

"아직 내 물음에 대답하지 않았는데."

"대답요? 저한테 뭘 물으셨는데요?"

"딴생각했어요?"

"예? 아, 잠깐 생각 좀 하느라고."

"무슨 생각요?"

"아, 그거야…… 물론, 두두죠."

"아, 두두. 하여튼 오늘 저녁에 시간 괜찮아요?"

"그건 왜요?"

"같이 저녁하고 싶어서요. 호르간 도와준 것에 대한 보답으로."

'고마우면 인세나 올려줄 것이지 저녁은 무슨. 왜, 나한테도 스테이크에 포도주 음미하는 법 가르쳐 주려고? 됐다.'

"약속있습니다."

채영이 거절했다.

'어, 이거 정말 뭐가 잘못됐네.'

태진은 위기감을 느꼈다, 갑자기 싹 달라진 채영의 태도에서.

"그래요?"

태진이 다소 당황하고 실망한 듯한 어조로 말했고 채영은 태진을 쳐다보지 않고 무시했다.

'실망한 척하기는. 사람 헷갈리게 하지 마라.'

"중요한 약속이에요?"

'중요하지 않으면 너 때문에 그 약속 취소라도 하라고? 이 남자 무슨 수작이야?'

"네."

"내일은 어때요?"

"내일도 곤란합니다."

채영이 딱 부러지게 말하자 태진의 표정이 눈에 띄게 굳었다.

'정말 잘못됐다. 이 여자 왜 이래?'

'몰라서 묻니?'

'이러면 안 되는데…….'

"내일은 무슨 일로 곤란합니까?"

태진이 그렇게 묻는데 언제 일층까지 내려갔다 되돌아왔는지 엘리베이터가 열렸고 진선유가 내렸다.

"어머, 안녕하세요, 사장님. 채영 언니도 좋은 아침이에요."

진선유가 아주 활짝이라고는 할 수 없는 웃음을 던지며 인사했다.

"그래요, 좋은 아침이에요."

채영은 어정쩡한 미소를 머금은 진선유에게 그 어느 때보다 활짝! 웃어 보이고 또 태진에게 역시 찢어져라 활짝 웃어 보이고 내일은 어떠냐는 태진의 물음에 대답도 하지 않은 채 뒤도 돌아보지 않고 곧장 사무실로 가버렸다.

태진은 채영이 달라졌다는 것을, 변했다는 것을 50% 정도 눈치챘다. 아직은 50%.

자리에 앉은 채영은 태진이 저녁 식사를 같이하자고 한 것이 대체 무슨 뜻일까를 곰곰이 생각했다. 아니, 누가 봐도 진선유랑 잘되고 있는 상황인 듯한데 난데없이 저녁을 같이하자니. 오늘 안 된다고 하니까 내일도 좋다는 식으로.

'이거 완전 양다리 작전 아니야?'

생각해 보니 괘씸하면서도 울화가 치밀었다.

'이 인간이 사람을 어떻게 보고!'

이미 정태진이 하는 수작이 싹수가 노래서 양껏 퍼마시고 끝장내는 동시에 마음 접었는데 접은 마음에 대고 콕콕 찔러대는 것은 무슨 작태인지.

'안 넘어간다.'

채영은 이를 악물었다.

'안 넘어가는 게 아니라 흔들릴까 겁나니까 친한 척하지 마라.'

밥 묵자, 불 꺼라, 자자. 마누라한테 기껏 할 줄 아는 말이 이 세 마디밖에 없는 남자는 참아줘도, 머리통이 대갈장군인 남자는 참아줘도, 대머리는 참아줘도, 여자 패고, 주정 부리고, 노름해서 패가망신하는 놈, 양다리를 걸치는 놈은 절대 못 참아주니 정태진 넌 끝났다. 그런데 어쩌자고 끝난 인간과 엘리베이터 안에서 우린 사랑을 나누었지 하는 상상을 하는가 말이다. 이 무슨 추잡한 상상인지.

'내 머리 속에 오로지 빨간색밖에 없나 봐. 아이고, 힘들어라.'

상상은 뭐 쉬운 줄 아나? 진짜 정사라도 벌인 듯 기운이 쪽 빠진다.

'나이가 넘치도록 시집을 못 가서 그러나? 이거야 원, 정말로 대책을 세우든지 해야지.'

"속 괜찮아? 너 어제 과하게 마시더라."

현주가 자일리톨 껌 한 알을 건네며 물었다.

"속은 괜찮은데 아침에 뒷머리 깨져 죽는 줄 알았어."

"지금은?"

"엄마가 약 줘서 먹고 나왔더니 살만 해."

"어머니 약국 하시니 얼마나 좋으니."

"그러게. 커피 한 잔 마시자."

현주와 휴게실로 나온 채영은 커피 두 잔을 뽑아 현주와 나눠 마셨다.

"오다가 사장님 만났어."

"어디서?"

"엘리베이터에서."

"그래서?"

"내일 시간있냐는 거야, 저녁 같이하자고."

"그래서?"

"없다고 했어. 오늘도 없고 내일도 없다고."

"그랬더니?"

"그러고 그냥 왔어."

"단번에 거절해 버린 거야?"

"응."

"당황하지 않아?"

"얼굴도 안 봤어."

"너 정말 끝낸 거야?"

"언제 시작이라도 했나?"

채영이 떨떠름한 얼굴로 커피를 한 모금 마시는데 진선유가 쟁반을 들고 휴게실로 들어왔다.

"안녕하세요, 언니들."

진선유의 얼굴은 어제보다 더욱 활짝 펴서 아주 날아갈 판이었다.

"커피 심부름 해? 레전드 남자들 미친 것 아니야?"

현주가 마치 자신이 커피 심부름을 하는 듯이 흥분한 얼굴로 물었다.

그림과 이야기사에서 일하면서 채영과 현주가 최적의 근무 환경으로 꼽았던 첫 번째 부분이 절대 여자에게 커피 심부름을 시키지 않는 것, 바로 그 점이었다.

대기업이든 중소기업이든 사무직에 근무하는 여성 근로자를 마치 커피나 뽑아 대령하는 찻집 아가씨 취급하는 남자들의 정신 상태! 남자들 입 심심할 때 커피나 타 먹이려고 비싼 돈 들여 대학 공부한 줄 아나. 똑같이 일하면서도 월급 적게 받는 것도 약 올라 죽겠는데 감히 커피 심부름이나 시키다니. 요즘 여성들의 근무 환경이 많이 좋아졌다고 떠들지만 좋아지긴 젠장, 무엇이 얼마나 좋아졌다는 것인지, 여전히 커피 타오라 하질 않나 회식 때 곁에 앉혀두고 술 따르라 하지 않나, 결혼해서 임신하고 출산했다 쳤을 때 재깍 그만두지 않고 버티다 보면 결국 독한 년이란 소리나 듣고. 출산휴직? 육아휴직? 만들면 뭐 하나 쓸모가 없는데.

하여튼 다른 곳은 어떨지 몰라도 그림과 이야기—합병되기 전—에서는 있을 수가 없는 일이었다. 보통의 회사와는 다른 작업이다 보니 자연스럽게 그렇게 됐지만 사장님조차도 커피 마시고 싶으면 알아서 타 드셨기에 다른 직원들도 그것이 정석이었다. 그런데 이곳 라이브러리 모션에 들어와서 진선유가 쟁반 들고 커피 자판기 앞에 서자 뭐 이런 놈의 회사, 아니, 팀이 다 있나 싶어 현주가 흥분했다.

"커피 뽑아주지 마. 마시고 싶은 지들이 뽑아 마시라 그래."

"흥분할 것 없어요, 언니. 사다리 탔는데 내가 걸렸어요. 나도 그냥은 커피 심부름 절대 안 해요."

진선유가 생긋 웃으며 커피 버튼을 눌렀다.

사랑에 빠진 년들은 혈색도 곱다더니 생긋 웃는 미소도 환장하게 곱구나.

채영은 현주가 커피 심부름 때문에 흥분할 때 나날이 꽃망울을 터뜨리는 진선유의 얼굴만 살피고 있었다.

"언니는 이번 박람회에 가세요?"

저것이 알고 묻는 것인지 모르고 묻는 것인지 참 해맑게도 웃으며 물었다.

얼굴이라도 못생겼음 세상에 눈깔이 삐었나, 어디가 곱다고 나보다도 백번은 못한 여자에게로 돌아서나! 그래, 너희들끼리 잘 먹고 잘살아라 해버리고 말겠는데 진선유 저것은 어쩌자고 저렇게도 예쁘게 생겨먹어 가지고선 사람 염장을 있는 양껏 질러대는 것인지.

"규락 씨가 갈 거야."

"언니도 가면 좋을 텐데. 다 남자들이라 좀 불편할 것 같아요."

진선유가 약 올리려고 하는 소리가 아니라 진심으로 같이 가고 싶은 듯이 말했다.

'돼먹지 못하게 착한 척은 고얀 것.'

"이번에 박람회 가면 사장님하고 잘해봐."

채영의 폭탄과 같은 발언에 진선유가 깜짝 놀라며 채영을 쳐다봤다.

"어머. 언니, 진심이에요?"

"진심이야."

"왜요?"

'왜라니, 이것아! 정태진이 내가 아니라 너하고 쿵짝을 맞추겠다니 그렇지!'

"사태 파악했어."

"무슨 사태 파악요?"

"내가 졌다고. 사장님이 내가 아니라 선유 씨한테 더 많이 호감을 갖는 걸 눈치챘어. 눈치챘을 때 알아서 빠져야 푼수 안 될 것 아니야."

채영의 담담한, 아니, 너무 시원시원한 말에 진선유의 눈빛이 흔들렸다.

"그럼 사장님 포기하는 거예요?"

"포기라니, 내가 버리는 거야. 내가 버리는 남자 선유 씨가 주워서 가져."

채영은 포기라고 말하면 자신이 너무 매달린 듯한 기분이 들 것 같아 도도한 척 말하자 진선유가 어째 말을 해도 그따위로 하냐는 듯 흘겨봤다.

"주인집 아가씨가 쓰다 버린 몽당연필 주워 쓰는 불쌍한 하녀 기분이네요."

"눈치도 빠르셔라."

"말을 바로 해야죠. 내가 아가씨고 언니가 하녀죠."

"어째서?"

"나이가 있는데, 언니."

'아니, 이런 싸가지없는 것!'

"그래, 하녀가 쓰던 몽당연필 주워다 잘난 주인집 아가씨가 써라, 됐냐?"

"고맙다고 해야 해요?"

"고맙긴 무슨, 내 물고기 분양한 것도 아니고. 결혼하게 되면 꼭 알려줘."

쿨한 척 결혼하게 되면 알려달라고 해놓고선 결혼이라는 단어를 내뱉을 때 채영의 심장이 순간적으로 욱신거렸다.

"첫날밤 어땠는지도 꼭 말해주고. 사장님 허벅지 보니까 정력 죽이겠던데?"

채영이 바짝 다가서며 속삭이자 진선유의 얼굴이 빨개졌다.

채영은 첫날밤과 정력이라는 단어에서 또 한 번씩 심장이 욱신거렸다.

"그렇지. 남자의 모든 힘은 허벅지와 튼실한 엉덩이에서 나오는 법."

현주가 거들었다.

"정말 못 말려!"

진선유가 팔짝팔짝 뛰며 얼굴을 붉혔다.

쟁반에 숫자대로 커피를 채우는 진선유와 선유에게 달라붙어 첫날밤 완전히 몸살나게 만들 카마수트라 비책이 있는데 박람회 가는 길에 선물을 사 오면 3박 4일 동안 빌려줄 수도 있다며 속닥거리는 현주를 남겨두고 먼저 휴게실을 나온 채영의 얼굴에 쓸쓸함이 뒤덮였다.

"그래, 죽도록 정력 좋겠더라. 22시간 동안 양껏 달궈뒀다가 2시간 동안 먹어치워라, 젠장!"

채영이 오기가 난 얼굴로 중얼거리며 사무실로 향했다.

"뭐, 두 시간? 흥, 나의 저주를 받으라. 1시간 58분 동안 세우고 2분 만에 끝나 버려랏!"

채영이 무시무시한 저주를 퍼부으며 사무실로 들어갔다.

그 후로 채영의 태도는 한결같았다. 정태진, 넌 이 라이브리 모션의 사장 그 이상도, 이하도 아니다 딱 그 태도였다. 눈에서 멀어지면 마음에서도 멀어진다는 말이 있으니 그 말대로 되든 안 되든 채영은 일부러 점심도 사내식당이 아니라 밖으로 나가 사 먹었고 사무실과 휴게실이 아니면 되도록 다른 곳에서 나가지 않는 것으로 태진과의 만남을 미리 차단했다. 며칠 후엔 박람회 가느라 영국으로 떠나 버릴 것이고 그러면 지금보다는 훨씬 편하게 정태진이라는 남자를 잊을 수 있을 것 같았다. 뭐, 사실 죽고 못살 정도로 진하게 사랑을 나누었던 연인이 아니니 잊지 못할 것도 없지만 말이다. 진하게 키스는 나누었지만.

한편, 채영의 태도가 달라졌다는 것을 정태진이 눈치챈 것은 그리 오래지 않아서였다. 달라져도 너무 달라져 버린 것이다. 눈꼬리를 살짝 치켜뜨고 눈가에 잔주름 조글조글 잡으며 눈웃음치던 그 채영이 아니었다. 덤벼들든 덤비든, 무엇이든 받아주며 과감하게 키스에 응하던 그 채영이 아니었다. 완전 얼음조각이었다. 같이 저녁하자는데 단번에 거절해 버리고, 식당에서도 안 보이고, 다른 장소에서도 안 보이고 어쩌다 운 좋게 마주친다 해도 막말로 완전 생까는 태도를 취했다. 도대체 어디에서 틀어져 버린 것일까 곰곰이 생각해 보니 바로 진선유 때문인 것 같았다. 진선유가 발목을 다치는 바람에 거동이 힘들었고 그런 진선유를 병원에 데려다 주기 위해 안아 들고 주차장으로 가던 길에 엘리베이터에서 마주쳤던 그날 이후부터 채영의 태도가 180도 달라진 것이다.

'진선유 때문이었군. 질투하는 거였어.'

이유를 알게 되자 해답을 찾는 것에도 어렵지 않을 것 같았다. 하지만 어렵지 않게 찾아질 것 같은 해답은 여간해서 찾아지지 않았다. 그 이유는 태진이 아무리 어떻게 뭘 해보려고 해도 채영이 요지부동이었기 때문이다.

박람회에 출품할 완성된 두두와 호르간을 보기 위해 영국으로 떠나기 이틀 전에 시사회를 가졌는데 채영은 화면에 두 눈을 고정시킨 채 미동조차 하지 않았다. 태진은 처음 시사회 날처럼 눈빛으로 대화를 나누고자 틈만 나면 채영에게 시선을 던졌지만 채영은 굳은 얼굴로 화면을 바라보고 있었다.

눈 깜짝할 사이에—순전히 태진의 입장에서만—시시회가 끝나 버리고 박수 소리와 함께 불이 켜졌다.

"호르간이 많이 달라졌네요. 정말 좋아졌습니다."

규락이 먼저 레전드팀에 찬사를 보내자 규락이 보낸 찬사만큼의 찬사가 그림팀에 되돌아왔다.

"채영 언니, 고마워요."

진선유가 다른 사람들이 다 있는 곳에서 공개적으로 채영에게 감사를 표했다. 물론 태진에게 잘 보이기 위해서이고 또 한 가지는 채영이 더 이상 태진을 사이에 두고 아웅다웅하지 않겠다고 선언하며 잘해보라 축복해 준 것에 대해 겸사겸사 고맙다는 것일 테다. 어쨌거나 그닥 반갑지도, 그렇다고 반갑지 않을 것도 없었다. 고맙다는 말과 칭찬은 기분 좋은 것이니까.

"고맙습니다, 채영 씨."

진선유가 감사를 표하자 나머지 레전드팀 사람들이 채영에게 덩달아 고맙다고 인사했다.

"뭘요. 저야 뭐, 아이디어만 조금 제공했을 뿐인데요."

채영이 겸손의 미덕을 발휘했다.

"두두 일도 바쁜데 호르간 수정에 참여해 주신 한채영 씨께도 고맙고 수정된 원고대로 재작업하느라 밤낮으로 고생한 레전드팀도 고맙습니다."

태진이 마치 맨 마지막 칭찬은 자신의 몫이라는 듯 말했다.

"박람회에 다녀오면 회식을 하면서 그동안의 수고를 풀기로 하고 채영 씨에겐 따로 식사 대접을 하고 싶은데 오늘 어때요?"

태진이 공개적으로 말했기에 그림팀이든 레전드팀이든 달리 의심스럽게 생각하지 않았지만 진선유의 표정은 굳어버렸다.

"죄송합니다. 집에 일찍 들어가야 할 사정이 있어요. 말씀만으로도 충분합니다."

채영이 정중하게 거절하자 진선유의 굳었던 얼굴은 펴진 반면에 태진의 표정은 서운함으로 일그러졌다. 아침 나절엔 50%였는데 지금은 75%쯤 눈치챘다. 75%, 야 이거 진짜 불안한 퍼센테이지다.

"그럼 박람회에 다녀오면 시간 한번 내줘요. 꼭 식사 대접하고 싶으니까."

태진이 밥 못 사줘 안달난 사람처럼 필사적으로 심정으로 말했다. 하지만 그럼에도!

"그러실 필요 없으세요, 사장님. 박람회에서 좋은 성과 거두시면 단체로 회식이나 폼나게 한번 즐기면 됩니다."

채영은 거절했다. 태진의 기분을 건드리지 않는 선에서, 또 다른 사람이 봐도 무례가 아니라 겸손으로 보일 만큼 활짝 웃으며 거절했다. 물론 태진의 얼굴은 똥색이 됐지만.

두 번이나 거절당한 태진. 태진의 기분이 어떤지 표정이 어떤지 살피지도 않고 살필 생각도 없는 채영은 그림팀 직원들과 사무실로 돌아가 버렸다.

100%다. 100%!

태진은 갑자기 심장이 옥죄는 듯한 불안함을 느꼈다. 이럴 리가 없는데, 갑자기 스토리가 바라던 바가 아닌 전혀 엉뚱한 방향으로 흘러가고 있다는 것을, 아니, 흘러가고 있었다는 것을 제대로 깨달았다. 이미 늦어버린 것은 아닐까 걱정될 만큼.

"사장님, 박람회 출국 사원들 미팅있습니다. 오실 거죠?"

멍하게 채영이 사라진 쪽을 바라보고 있던 태진에게 진선유가 물었다. 그런데 어찌 된 일이 진선유가 뭐라고 묻는지 귀에 들리지도 않고 벌 한 마리가 앵앵거리는 것처럼 느껴졌다. 태진은 멍한 얼굴로 돌아섰다. 레전드팀을 비롯해 다른 중역들이 있는 곳에서 태진은 진선유의 물음을 공개적으로 무시한 것이다. 어쩌겠는가, 진짜 사람 소리가 아니라 벌이 앵앵대는 소리로 들리는 걸.

"사장님."

태진의 행동에 상처받은 진선유가 너무 민망해 울음을 터뜨릴 것 같은 목소리로 불렀음에도 그 역시 암벌이 앵앵거리는 소리로밖에 들리지 않는 태진은 몽유병 환자처럼 사무실로 와버렸다.

사무실로 온 태진은 갑갑한 얼굴로 사무실을 서성거렸다.

"왜 저러지?"

불안했다. 불안해서 설사가 날 듯 아랫배가 다 살살 아팠다.

"거절해? 왜? 뭐 때문에? 감히 사장의 식사 제의를 거절해?!"

불안함이 지나치자 울컥 화가 치밀었다.

태진은 명령 불복종의 죄가 얼마나 큰지 톡톡히 깨닫게 해주겠다며 신경질적으로 수화기를 집어 들었다가 이 무슨 멍청한 짓인가 싶어 도로 내려놓았다.

보통 여자라면, 남자라도 마찬가지다. 라이벌이 생기거나 질투심 유발 작전에 걸려들면 어떻게 하든 목적을 달성하기 위해 몇 배로 더 강력하게 덤벼들기 마련인데, 한채영이라는 여자는 어떻게 생겨먹은 여자이기에 그만둘 수가 있단 말인가! 것도 막 질투 작전을 시작하자마자!

"허!"

기가 막혔다.

"미친 거 아니야?"

욕까지 나왔다.

"싫으면 관둬! 여자가 한채영밖에 없나? 내가 왜? 뭐 하러 두 살이나 많은 여자한테 목을 매냐고!"

태진이 웃기지 말라는 듯이 책상에 걸터앉아 신경질적으로 서류를 펴 들었다. 한채영 너 아니라도 나한테 목매는 여자 많다 하고 소리치며. 그러다 곧 서류를 집어 던져 버렸다.

"젠장! 한채영밖에 없잖아!"

태진은 알았다, 한채영밖에 없다는 것을.

채영이 지하 주차장에서 꼼지락거리며 구멍난 스타킹을 갈아신을 때부터 거미줄에 걸려든 곤충처럼 채영의 마력에 꼼짝없이 걸려들었다는 것을. 벗어나고 싶지 않다는 것을!

"이제 어떻게 한다?"

태진은 불안한 가슴을 진정시키려고 애쓰며 채영을 다시 되찾을 계획에 골몰했다.

그리고 이틀 후 정태진은 진선유와 함께 박람회가 열리는 영국으로 떠났다.

태진이 선유와 함께 박람회가 열리는 영국으로 떠난 날부터 사흘이나 지나도록 채영은 회사에 나가지 않았다. 두두 작업은 이미 다 끝나 채영은 할 일이 없었기 때문이다. 나가도 되고 안 나가도 뭐라고 할 사람이 없었다. 채영은 회사에 나가봤자 태진이 선유와 함께 영국으로 간 일만 곱씹을 것 같아 집에서 쉬기로 했다.

석 달 가까이 매일같이 출근하던 버릇 때문인지 아무것도 하지 않고 집에 있자니 적적하고 심심했다. 쉬는 날 밀린 영화나 실컷 보자 싶어 방에서 나오는데 채민이 방에서 무슨 소리가 새어나왔다. 채영이 채민이 방문에 귀를 대보니 전화통화를 하고 있는 듯했다.

"시간없어. 야! 너 왜 이렇게 말귀를 못 알아듣냐? 너한테 관심없다고 했잖아."

채민이가 신경질을 내고 있었다.

"지난번 그 여자앤가? 저렇게 싫다는데 따라다닐 건 뭐야? 나 같음 한 방 쥐어박고 쳐다도 안 보겠구만."

"내가 어떻게 해야겠냐? 너 상처받지 말라고 세 번이나 좋은 말로 했잖아."

채영은 아무리 싫어도 그따위로 전화 받지 말라고 한소리 해주려다 동생 사생활인데 감 놔라 배 놔라 하는 것도 우스운 것 같아 그냥 나와 버렸다.

"정태진아, 영국에서 재미나냐?"

관뒀다고, 다 정리했다고 하면서도 채영의 머리 속에는 내내 태진의 그림자가 쫓아다니고 있었다.

"재밌겠지, 젊은 진선유하고 갔는데."

진선유와 영국에서 신나게 즐기고 있을 태진을 생각하자 갑자기 누군가 심장을 쥐어짜는 것처럼 속이 상했다.

"지금 영국은 몇 시일까? 혹시 오밤중?"

순간 야시시한 속옷을 입고 태진을 유혹하는 진선유의 모습이 보였다.

"그 요사스러운 것이 가만히 있을 리가 없어."

요사스러운 진선유의 유혹에 정신이 반쯤 나간 태진의 얼굴도 보였다.

"손만 대도 정신 못 차리는 그 인간이 안 넘어갈 리가 없지!"

으드득 이가 갈렸다.

"진선유, 생리나 해버려랏!"

채영이 으득으득 이를 갈며 중얼거렸다.

"정희락 선생님 작품 회사에 보관하고 있는 건 없나요?"

일주일 만에 출근한 채영이 사내식당에서 그림팀, 그리고 레전드팀과 어울려 점심을 먹다가 생각난 듯 물었다. 채영은 일부러 정희락 사장님이 아니라 선생님이라고 말했다. 채영이 동화 작가로 가도록 이끌었던 몇몇 만화 작품 중에 정희락 선생님의 작품도 끼어 있었기 때문이다. 만화와 동화가 서로 어울리지 않을 것 같지만 실상은 크게 다르지 않다. 동화든 만화든 무한한 상상이 없으면 불가능한 작업이니까.

"고전이면 더 좋겠는데."

"맞아, 너 정희락 선생님 작품 좋아한다고 했었어."

현주도 알고 있었다.

"없을 리가 있나요. 자료실에 가면 모두 다 있어요. 첫 작품부터

이 년 전에 나온 작품까지. 제가 알기론 이 년 전에 내신 작품이 마지막 작품이에요."

이빈이 설명해 주었다.

"자료실이 어디 있어요?"

"삼층 맨 끝 방이 자료실이에요. 엄청난 서적이 보관되어 있어 가보면 깜짝 놀랄 거예요."

"그래요? 팀장님한테 허락받고 가서 읽어야겠어요. 현주야, 팀장님이 허락해 주실까?"

"넌 프리라 일주일 동안 출근 안 했어도 아무 말 안 하시는데 무슨 상관이야."

"그래도 오늘은 출근했으니까."

"박람회에서 판매가 좋아서 팀장님 기분 좋으시니까 아마 허락해 주실걸? 넌 지금 당장 잡아야 될 스토리도 없으니 괜찮지."

"너도 갈래?"

"난 됐어. 파셋이랑 하고 있던 캐릭터 작업 마저 끝내야 해. 아참, 이빈 씨."

"예."

"우리 그림팀 프리 작가인 채영 씨가 호르간 스토리 수정 도와줬으니까 레전드팀에서 우리 그림팀 캐릭터 수정 도와주면 안 돼요?"

"당연히 도와드려야죠. 우리 팀하고 의논해 볼게요, 나 혼자 결정할 수 있는 일은 아니니까."

"너도 파셋이랑 먼저 얘기해. 파셋이 얼마나 자존심 강한데."

채영이 충고하자 현주가 고개를 끄덕였다.

"채영 씨, 자료실 가게 되면 나도 불러줘요. 같이 읽게."

이빈이 말했다.

"그럴게요."

점심 식사를 끝내고 사무실로 올라온 채영은 명 팀장에게 자료실에 다녀오겠다며 허락을 구했다.

"사장님의 작품을 보고 싶다고?"

"네."

"프리라고 출근도 일주일씩이나 안 한 사람이 허락을 왜 받으려고 하시나?"

명 팀장이 농담조로 말했다.

"오늘은 출근했잖아요, 팀장님."

"알았어요, 다녀와요."

"고맙습니다."

"팀장님, 저도 가면 안 되나요?"

현주가 얼른 나섰다.

"현주 씨는 왜?"

"저도 사장님 작품 보고 싶어서요."

사장님 작품이 아니라 이빈 때문이겠지.

"현주 씨도 프리였던가?"

"아뇨."

"안 돼."

안 된다고 한 사람은 명 팀장이 아니라 파셋이었다.

"나하고 끝낼 일이 있잖아?"

파셋이 말했고 현주가 아이고, 저 화상 하는 얼굴로 파셋을 노려봤다.

현주가 입술을 실룩거리며 파셋의 자리로 갔고 채영은 현주에게 눈을 찡긋해 보이고 사무실을 나왔다. 자료실로 향하던 채영은 이빈이 같이 가자고 했던 말이 생각나 레전드팀 사무실로 갔다.

"자료실 가는데 같이 갈래요?"

채영이 묻자 이빈이 물론이죠 하며 따라나섰다.

"아예 커피 한 잔 빼들고 가는 것 어때요?"

"좋죠."

채영과 이빈은 손에 커피 한 잔씩을 뽑아 들고 자료실을 향해 걸었다.

"그림팀은 박람회에서 판매가 됐다는 연락 받았나 봐요?"

"네, 일단 2개국과 수출 계약 했다고 연락 받았어요. 관심을 보이고 있는 나라도 여럿 된다고 아마 계약이 더 많이 성사될 것 같다고 하더라구요."

"어디랑 계약했대요?"

"일본하고 스웨덴이요."

"좋겠네요."

"왜요?"

"우린 아직 소식이 없어요."

"선유 씨가 갔죠?"

사장님하고 같이.

"예."

"잘될 거예요."

"그랬으면 좋겠는데…… 이번에 호르간이 잘되어야 기운이 나서 다음 작품도 잘해볼 것 같은데."

"제가 거들었기 때문에 안 팔릴 수가 없어요. 그러니 다음 작품 잘해볼 수 있을 테니 걱정 마세요."

채영이 으스대듯 말하자 이빈이 픽 웃었다.

"다음 작품은 호르간보다 더 잘할 수 있을 것 같아요. 호르간이 우리 레전드 첫 작품이라 오류도 많았지만 이제 뭔가 감이 잡히는 듯하거든요. 확실히 애니메이션 제작이라는 게 그냥 캐릭터만 개발할 때와는 차원이 다르더라고요. 그래서 경험이 중요한 모양이에요."

"그럼요, 경험이 얼마나 중요한데요. 우리 그림팀도 처음에 자체 제작한 애니메이션이 얼마나 욕먹었는데요. 물론 내가 없었기 때문에 욕을 먹었지만."

채영이 자화자찬을 해놓고 피식 웃자 이빈도 웃었다.

"다음 작품은 호르간보다는 훨씬 잘할 수 있을 텐데. 그러려면 호르간이 팔려줘야 하는데 말이에요."

비상구를 이용해 삼층으로 내려온 태진이 간발의 차이로 앞을 지나가는 채영과 이빈을 보게 됐다.

"진짜 잘해보고 싶어요."

"그래요, 잘해보자구요."

이빈과 채영이 서로 잘해보자는 말을 하더니 자료실로 쏙 들어갔다.

"뭘 잘해보자는 거야? 이런, 제기랄!"

태진은 갑자기 열이 확 치솟았다.

영국 현지에 파견된 직원만으로도 충분할 것 같아서, 그리고 채영이 보고 싶어서 일정보다 일찍 돌아왔는데 채영은 이빈과 잘해보자고 떠들며 근무 시간에 자료실로 들어갔다. 웬만해서는 근무 시간에 자료실에 들를 일이 없다. 특별한 볼일이 아닌 이상 점심 시간에나 들러 보관된 서적을 살펴보는 것이 전부인 곳. 인적이 굉장히 드문 자료실에 서로 잘해보자는 두 사람이 들어갔다. 문을 굳게 닫고!

태진은 획 돌아서서 내려왔던 계단을 다시 올라가 그림팀 사무실로 향하다가 방향을 틀어 레전드 사무실로 들어갔다. 원래 계획은 그림팀으로 가서 근무 시간에 자리를 비운 죄로 자료실에 간 채영을 불러 올려 호통을 칠 생각이었는데 그보다 더 좋은 생각이 떠올랐기 때문이다.

"어, 사장님."

영국에 있는 줄 알았던 태진이 예고도 없이 불쑥 들어서자 레전드팀이 깜짝 놀라며 일어났다.

"언제 오셨습니까?"

"조금 전에 도착했어요."

"다 철수하신 겁니까?"

"아니에요, 나만 왔어요. 별일없었죠? 그런데 이빈 씨는?"

"아, 잠깐 자료실에요……."

"자료실? 자료실엔 왜?"

"잠깐 둘러본다고……."

"자료실엔 점심시간처럼 근무 시간 외에 들러야 한다는 것을 모르나? 당장 호출해요."

"예, 사장님."

태진의 얼굴이 워낙은 격앙되어 있었기에 레전드팀은 영국에서 호르간이 완전히 죽 쑤고 있는 모양이라 생각하며 얼른 이빈에게 전화를 걸었다.

"와!"

채영은 자료실이 이렇게 넓고 이렇게 많은 종류의 책이 보관되어 있을 줄 몰랐기에 그 넓음과 방대함에 저절로 입이 벌어졌다.

"내가 알기론 국내에서 출판된 거의 모든 만화책이 보관되어 있는 것으로 알아요. 우리가 태어나기도 전에 나왔던 구하기 어려운 유물 같은 작품도 꽤 많아요."

"만화 박물관에 온 기분이에요."

"나도 처음엔 그렇더라고요."

"어머, 순정만화도 있네요."

"장르별로 다 있어요. 명랑만화도 있고, 18금 성인만화도 있고."

"점심시간에 와서 일 년 내내 읽어도 다 못 읽겠네요."

"진열을 다 못해서 창고에 보관된 것도 많다고 하더라고요."

"천천히 살펴봐야겠어요."

"난 이현세의 까치독사 시리즈나 한 번 더 봐야겠어요."

"그래요."

이빈이 이현세 코너로 가고 채영은 갑자기 종류가 너무 많다 보니 무엇부터 봐야 할지 몰라 구경만 하다 처음 정희락 선생님의 작품을 보기로 했으니 그것부터 보자 싶어 정희락 선생님의 고전 작품을 찾기 위해 살피고 있는데 이빈의 휴대폰이 울렸다.

"뭐? 언제? 알았어."

이빈이 금방 집어 들었던 책을 내려놓더니 부리나케 입구로 갔다.

"왜요?"

"먼저 갈게요. 사무실에 일이 생겨서."

"그래요."

이빈이 나간 후 채영은 정희락 선생님의 고전 작품을 찾아내 아예 바닥에 엉덩이를 깔고 앉았다.

"굉장히 오래된 책인데 상태가 괜찮네."

상태가 괜찮지만 조심해서 읽어야 할 것 같았다. 전체적으로 흠집은 별로 없었지만 워낙에 오래된 고전이라 새 책을 생각하고 함부로 책장을 넘겼다가 자칫 찢어질 수도 있을 것 같았다. 오래된 책인만큼 특유의 꿉꿉한 냄새도 나고 색도 많이 바래 있었다.

정희락 선생님의 초창기 작품은 대부분이 명랑만화였다. 중반기에서 후반기로 갈수록 사회를 풍자하는 작품이 주를 이루었지만 채영은 개인적으로 초창기 명랑만화가 더 좋았다.

정희락 선생님의 캐릭터인 와동이가 언제 만들어졌는지 몰랐는데 고전을 읽다 보니 세상에 초기 작품에서부터 와동이는 출연하고 있었다.

요즘 이십대나 십대는 잘 모르겠지만 삼십대와 그 이상의 세대들은 와동이를 알고 있었다. 괴짜 와동이, 조금은 바보스러울 만큼 순수한 와동이, 착한 와동이.

'설까치' 라는 이현세 표 캐릭터처럼 와동이는 정희락 표 캐릭터였다.

채영은 여러 모습의 와동이를 보면서 때로는 와동인 바보! 때로는 착한 와동이! 때로는 엉뚱한 와동이 하면서 읽었던 생각이 떠오르자 새삼스러웠다.

'와동이는 국화빵이 좋아.'

작품 제목이 얼마나 서민적인지, 몇 줄에 불과한 작품 후기를 보자 왜 저러한 제목이 붙여졌는지 왜 저러한 내용의 작품이 나왔는지 알게 되었다.

〈원고 마감 날 며칠 밤을 새워 완성한 원고를 옆구리에 끼고 출판사로 가는 길에 고소한 냄새에 고개를 들어보니 국화빵이 구워지고 있었다. 침이 고인다, 국화빵 냄새에 몇 끼 굶은 내 밥통이 요동을 쳐댔다. 원고료가 나오면 제일 먼저 국화빵을 배부르도록 사 먹겠다고 생각하며 와동이를 그렸다.

1966년 크리스마스를 앞둔 겨울날 희락.〉

채영은 후기를 읽으며 살며시 미소 지었다. 1966년 겨울이라…… 얼마나 먹고 싶었으면, 얼마나 돈이 없었으면 원고료를 받으면 국화빵을 사 드시겠다 했을까.

채영이 다 읽은 '와동이는 국화빵이 좋아'를 제자리에 꽂아두고 다음 작품을 꺼내는데 자료실 문이 열리는 소리가 들렸다. 이빈이 다시 온 모양이었다.

"왔어요?"

"……."

대답이 없었다.

"이빈 씨?"

"……."

대답이 없자 갑자기 무서움증이 느껴졌다.

이빈이 아닌가?

채영이 앉은 채로 고개를 돌려 책꽂이 사이사이로 자료실 문 쪽을 쳐다보는데 누군가 채영이 있는 쪽으로 오는 것이 보였다.

"누구세요?"

채영이 다시 물었지만 역시나 대답이 없었다.

'아니, 왜 대답을 안 하고 지랄이야?'

대답없는 그는 채영 쪽으로 점점 더 가까이 오고 있었고 불현듯, 치한! 이라는 데까지 생각이 미친 채영이 살며시 자리에서 일어나 내려놓았던 커피 잔을 들어 올렸다. 다 식어빠져서 파워있는, 무기 혹은 방패는 될 수 없겠지만 여차하는 순간 끼얹기라도 하면 도망갈 시간은 벌 수 있을 것 같았다. 회사 안에 난데없이 치한이 나타난 것은 현실적으로 불가능하기는 하지만, 일단 대답이 없다는 것은 치한으로 몰기에 충분하다.

대답없는 사람의 그림자는 더욱 가까이 채영에게 다가왔고 코너만 돌변 낯짝을 볼 수 있을 것이다.

"누구세요!"

채영이 신경질적으로 외쳐 부르는 순간 쓱 하고 사람이 코너를 돌아왔고 반사적으로 커피를 뿌리려던 채영이 간신히 동작을 멈췄다. 태진이었다. 정태진, 까딱하면 커피를 뒤집어쓸 찰나였다.

"나한테 뿌리려고 했어요?"

"왜 대답을 안 하세요? 놀랐잖아요."

채영이 정말로 놀란 듯이 소리치자 태진이 웃으려다 말고 눈에 힘을 줬다.

"근무 시간에 여기서 뭐 하는 거예요?"

"만화책 보고 있었어요."

근무 시간에 만화책 보고 있었던 것이 무슨 자랑이라고.

"근무 시간에 누가 만화 봐도 된다고 했어요?"

"명 팀장님한테 허락받았어요."

채영이 당당하게 말했다.

"나한테 허락을 받아야지 왜 명 팀장이에요?"

"영국에 계신 분한테 어떻게 허락을 받아요?"

"여기 있잖아요."

그러고 보니 이 사람이 왜 여기 있는 거지?

"언제 오셨어요?"

"조금 전에 왔어요."

"왜요?"

"직원들만으로도 충분할 것 같아서 먼저 왔어요."
"아, 네……."
"뭐 보고 있었어요?"
"정희락 선생님 고전이요."
"아버지 작품?"
"네."
채영은 보려고 꺼냈던 책을 도로 꽂아놓고 돌아섰다.
"어디 가요?"
"사무실요. 근무 시간에 만화 봤다고 야단하셨잖아요."
채영이 돌아서서 가려는데 태진이 붙잡았다.
"얘기 좀 합시다."
"무슨 얘기요?"
"나한테 할 얘기 있지 않아요?"
"할 얘기 없어요."
"갑자기 왜 이러는 거예요?"
"뭐가요?"
"왜 나한테 쌀쌀맞게 구냐고."
"제가요?"
채영이 마치 내가 언제 그랬냐는 듯 되묻자 태진이 기막힌 듯 웃었다.
"채영 씨 아니면 누구겠어요."
"무슨 말씀이 하고 싶으시고, 무슨 대답을 듣고 싶으신지 알기 쉽게 말씀해 주세요."

"발목 다친 진선유 씨 안아다 병원에 데려다 준 게 그렇게 싫었어요? 그 후로 내가 식사 같이하자고 해도 싫다고 하고 완전히 인간 취급을 안 하고 있잖아요."

'양다리가 눈치는 빠르네.'

"설마, 제가 언제 사장님을 인간 취급을 안 했어요. 곡해하지 마세요."

"난 단지 진선유 씨가 다쳐서 병원에 데려다 준 것밖에 없는데 그게 잘못한 일이에요?"

"잘못한 일이라뇨, 잘하신 일이죠."

"그런데 왜 나한테 화를 내는 거예요?"

"제가 언제 화를 냈다고 그러세요? 제 기억엔 사장님 붙잡고 성질 피운 적 없어요."

채영이 능글맞게 말하자 태진은 점점 약이 오르기 시작했다.

"상대를 안 해줬잖아."

"제가 상대 안 해드리는 게 그렇게 싫으셨어요?"

"이제야 실토하는군. 날 상대하지 않은 게 사실이었어!"

태진이 신경질적으로 말했다.

"그런데 그게 왜 싫으셨냐구요?"

"왜냐고? 그걸 몰라서 묻는 거예요?"

"모르니까 묻죠. 알면 왜 묻겠어요."

"나한테 잘 웃고 나한테 관심 확 드러내던 여자가 어느 날 갑자기 내가 언제 네깟 놈에게 약조라도 했냐는 식으로 본체만체하는데 열받지 않냐고!"

태진이 화를 냈다.

“말을 똑바로 하는 게 좋겠네요, 사장님. 내가 네깟 놈에게 약조라도 했냐는 식으로 본체만체한 게 아니라 사장님 양다리 걸쳐 놓고 두 여자 사이에서 널뛰기하는 게 확 열받아서 그만둔 거예요!”

채영도 지지 않고 화를 냈다.

“양다리라고? 내가 언제 양다리를 걸쳤다는 거예요?”

“그럼 아니에요? 나한테는 발찌 사다 주고 진선유한테는 진선유만 살짝 불러내서 스테이크에 비싼 포도주 사 먹이고, 나하곤 키스하고 진선유하곤 붙어 앉아 속닥거리고, 동생이 초대했다면서 진선유 데리고 집에 가고, 레전드팀 다 퇴근했는데 진선유하고 두 분만 사무실에 늦도록 계시더군요. 발목 다쳤다며 들쳐 안고 병원 달려가시던 건 아주 히트였어요! 이래도 양다리가 아니라구요?”

“맹세코 양다리 아니야! 설명할 수 있다고!”

“맹세코 양다리예요! 내가 사장님더러 둘 중에 하나 선택하라고 하니까 좀 더 지켜보겠다면서 여기까지 왔잖아요. 그리고 왜 저한테 반말하세요? 사장님이면 반말하셔도 된다는 거예요?”

“좀 더 지켜보겠다는 말 때문에 내가 양다리라는 거예요?”

“박람회에 그림팀에서는 규락 씨를 보내면서 레전드에선 진선유 씨를 선택해 같이 가신 것 보면 뻔하잖아요. 그래서 관뒀어요. 사장님이 한 살이라도 더 어린 진선유 선택했나 보다 찌질거리지 말고 여기서 끝내고 두 사람 잘되어라 제사나 지내주자 그런 거라구요.”

"젠장, 제사라니! 섬뜩하게 들리는군."

'그뿐이냐. 내가 1시간 58분 동안 세워서 2분 만에 끝내라고 저주한 걸 알면 기절할 것이다.'

"그림팀에서 누가 가겠냐고 하니까 명 팀장이 규락 씨를 보내겠다고 해서 그렇게 하라고 했을 뿐이에요. 채영 씨가 가지 않아 섭섭했지만 그렇다고 내 권한을 앞세워 규락 씨를 채영 씨로 바꾸라 할 수는 없었다고요."

태진이 자신에게도 그럴 만한 사정이 있었다고 말했지만 채영은 그따위 변명 이제 안 통한다는 듯이 콧방귀를 꼈다.

"흥, 아무리 그렇게 말씀하셔도 선유 씨와 절 양쪽에 두고 줄다리기했다는 건 명백해요."

"그렇지 않아요!"

태진이 으르렁거리며 소리쳤다.

"명백해요!"

"아니라고!"

"맞아요!"

채영이 암만 양다리 아니라고 침 튀겨가며 말해도 소용없다는 듯이 소리쳤다.

"두 여자의 관심을 동시에 받을 때 꽤 재미나셨죠? 왜요? 두 여자에게서 날아오던 관심이 줄어드니까 금단현상 일어나세요? 그동안 얼마나 재미나셨을까."

"오해하지 말아요. 절대 그런 것 아니에요!"

태진이 아주 팔짝 뛰겠다는 듯 소리쳤다.

"정말 상당히 시끄럽네요. 전 이만 가보겠어요."

"가긴 어딜 가요, 말도 안 끝났는데."

"전 끝났어요. 완전히!"

"에이, 진짜!"

태진이 채영을 확 끌어당겨 안았다.

"무슨 짓이에요?"

"무슨 짓이냐고? 당신 끌어안는 거야."

"왜요?"

"왜라니, 안고 싶어서지!"

이런 멋대가리 하고는. 안고 싶어서 안았다면서 소리는 왜 바락 바락 지르고 난리인가.

"놓으세요."

"싫어."

"놔요!"

"싫어! 키스할 거야!"

"안 해! 못해!"

"어디 안 하나 보자고!"

태진이 억지로 채영의 입술에 자신의 입술을 밀어붙이는데 채영이 손을 들어 태진의 입을 틀어막았다. 태진이 채영의 손을 떼어내기 위해 고개를 세차게 흔드는데 채영은 태진의 입을 야무지게 틀어막으며 태진의 입술을 피했다.

"다른 여자 흘낏거리는 남자 필요없어요!"

"흘낏거린 적 없어!"

"웃기지 말아요!"

"난 키스할 거야!"

"어림없어!"

태진이 다시 입술을 들이밀자 채영이 아까보다 더 강하게 태진의 입술을 틀어막는데 불쑥 현주의 대가리가 나타났다. 채영과 태진이 깜짝 놀라 그 자세 그대로 얼어붙은 채 현주를 쳐다봤다.

"어머, 두 분 바쁘시네요. 호호호."

"가줄래?"

채영이 눈을 흘기자 현주가 또 꼴딱 넘어갈 듯이 웃었다.

"난 두 분이 싸우시는 줄 알았네요. 거참, 애정 표현 한번 거칠게 하시네."

현주가 재밌어 죽겠다는 얼굴로 말했다.

"좀 살살 하시지."

현주의 말에 태진의 얼굴이 일그러졌다.

"시간이 걸릴 것 같죠? 문 잠가 드릴까요?"

"현주야!"

채영이 어금니를 바득바득 갈며 노려보자 현주가 또다시 호호호 하며 웃었다.

"아이, 정말. 조명이 너무 밝네. 그럼 수고하세요."

현주가 망측한 미소를 날려 보낸 후 자료실을 나갔다.

대체 무슨 수고를 하란 말인지.

태진이 채영을 놓아주었고 채영 역시 민망한 얼굴로 태진에게서 떨어졌다.

"내가 진선유 씨랑 채영 씨 두 사람 중에 선택하라고 할 때 지켜보겠다고 한 건 양다리를 걸치겠다고 한 게 아니라 채영 씨가 질투하는 것 같아서 질투심을 더 유발해 보려고 했던 거예요. 진선유 씨한테 다른 마음이 있었던 건 절대 아니에요."

"믿을 수 없어요."

"진심이에요."

"질투심 유발하려고 뻔히 내 귀에 다 들어올 걸 알면서 선유 씨 데려가 스테이크 사 먹이고 포도주를 사 먹여요?"

"그건……."

"변명은 듣고 싶지 않아요."

"변명이 아니라……."

"하여튼 난 대머리는 용서해도 양다리는 용서 못하니까 그런 줄 아세요."

"내가 채영 씨 좋아하는 거 알잖아요."

"모르거든요? 언제 나한테 좋아한다고 말씀하신 적 있어요?"

"키스했잖아요!"

"키스는 키스지 언제 좋아한다고 하셨냐구요."

"좋아하지도 않으면서 키스하고 발찌 선물하는 변태도 있나?"

"사장님은 처음부터 변태였어요."

"제발 정태진이라고 불러요! 사장님이라 부르니까 내가 여직원을 강제로 겁탈하는 것 같잖아."

"정태진 씨는 변태예요."

"처음부터 변태였다는 걸 알면서 나하고 키스는 왜 한 거예요?"

태진이 으르렁거리며 물었다.

"맛있을 줄 알고요."

채영의 되바라진 대답에 태진이 입을 쩍 벌렸다.

"이런 식으로 사람 유혹하면서 이제 와서 아니라고?"

"맛있는 줄 알고 덥석 물어보니 간이 안 되어서 그만 먹으려고요!"

"제기랄!"

태진이 약이 올라 펄쩍 뛰었다.

"내가 어떻게 하면 되겠어요? 질투심 유발하려고 해서 미안하다고 하면 돼요?"

"미안하다고 하지 마세요. 안 받아줄 거니까."

"채영 씨!"

"진선유 씨랑 잘해보세요."

"난 단지, 질투심 좀 유발해 보려고…… 맹세코 진선유 씨한테 다른 마음을 먹고 있었던 게 아니에요!!"

"아니에요. 분명히 진선유 씨한테도 관심이 있었어요."

"진선유 아니라니까!"

"아님 말고."

채영이 획 돌아서서 문으로 걸어가자 태진이 따라와 채영의 팔을 붙들었다.

"나 약 올리려고 일부러 그러는 거 다 알아요."

"분명히 말씀드리는데 난 단 한 번도 일부러 집적거린 적도 없고, 질투심 유발하려고 양다리 걸치는 척한 적도 없고, 일부러 싫다고 한 적도 없어요."

"그럼 당신도 내가 좋아서 나하고 키스했다는 말이잖아요?"

"처음부터 사장님한테 관심있다고 했었잖아요."

"정태진이라고 부르라고."

"알았어요, 정태진 씨."

태진이 마음을 가라앉히려는 가만히 채영의 얼굴을 바라보다가 채영의 두 손을 꼭 잡았다.

"내가 실수했어요, 사과할 테니 다시 잘해봅시다."

"싫어요."

"사과할게요."

"늦었어요."

"나도 자존심 굽히고 하는 말이니 이쯤에서 그만 접어줘요."

"그럴 수 없어요."

"한채영 씨."

"흥!"

질투심을 유발하려고 했거나 말거나 양다리 걸치던 당신을 사과 한마디로 용서해 달라고? 어디 이것이 될 말인가. 정태진, 당신은 맹세코 양다리가 아니라고 항변했지만 아무리 팔짝 뛰어대도 내 기준으론 명백하게 양다리다. 그런 당신을 사과 한마디로 받아 달라고? 절대 안 될 말이지, 나를 그렇게 물렁하게 봤다 그것이지?

채영이 태진의 손을 확 털어내고 자료실을 나와 버렸다.

"한채영 씨."

태진이 큰 소리도 못 내고 속 끓어 죽겠다는 듯 불렀지만 채영은 들은 척도 하지 않고 비상구를 향해 걸었다. 채영은 비상구까지 꼿꼿하게 허리를 세우고 태진이 보란 듯이 걸어왔다. 뒤도 돌아보지 않고. 태진이 채영을 더는 붙잡지 못했다.

비상구 안으로 들어와 태진의 시야에서 사라진 그 순간 채영은 원더우먼처럼 날아오르며 계단을 뛰어올랐다.

'야홋!'

아니, 이것이 웬 횡재인가!

다른 여자에게 돌아서 버린 놈 그래, 잘 가거라 하고 포기해 버렸는데 그게 아니란다. 다른 여자에게 돌아선 것도 아니요, 그 여자에게 싫증나서 돌아온 것도 아니요, 처음부터 마음에 없었단다. 질투심에 불타오르도록 수 쓰다 되레 골탕 먹었으니 다시 시작해 보잔다.

쓰린 마음 달래려고 술도 퍼마시고 진선유더러 포기했으니 두 사람 잘해보라 축복하면서도 가슴이 쑤셔 저주도 퍼부었다. 그래도 내 남자는 아닌 사람, 붙잡고 있어봤자 영양가 0%라 마음 고쳐 먹었는데 아니란다. 그게 아니란다. 그런데 저 말을 정말 믿어줘야 하나 말아야 하나.

어쨌거나 놓쳐 버린 물고기가 다른 어부 그물에 걸려 그를 흐뭇하게 하겠지 했더니 다시 내 그물에 걸려 나를 흐뭇하게 하지 않는가. 오호, 실로 포기의 미가 흠뻑 느껴지누나!

채영은 두 다리에 날개가 날린 듯 훨훨 날아 사무실로 들어갔다.

"했어?"

채영이 의자에 엉덩이를 붙이기 무섭게 현주가 채영에게 바짝 붙어앉더니 속삭이듯 물었다.

"뭘?"

"키스 내지는 그거. 내가 문 잠가주고 왔는데."

현주가 나 잘했지? 하는 듯 말했다. 문 잠가주는 센스를 발휘할 것 같으면 대가리나 들이밀지 말 것이지! 또 현주가 말하는 그거라는 것은 분명 잠자리를 두고 하는 말일 것이다. 아니, 미치지 않고서야 회사 자료실에서 잠자리라니! 현주, 영화를 너무 많이 봤다.

"네가 머리통을 갑자기 쑥 들이미는 바람에 아무것도 못했어."

너 때문에 김샜다는 듯 채영이 쏘아붙이자 현주가 안타까운 듯이 제길! 하고 뇌까렸다.

"그 제길은 또 뭐니?"

"끝까지 갈 수도 있었는데 하는 말이야."

"누가 알면 네가 끝까지 갈 뻔하다 도루묵 된 줄 알겠다."

"내가 도루묵 된 기분이다, 정말."

현주가 안타까운 듯 혀를 찼다. 너무 오버한다.

"그래서 어떻게 하기로 했어?"

"말로는 진선유랑 양다리를 걸친 게 절대 아니라는데…… 잠깐 나가자."

현주를 끌고 사무실 밖으로 나온 채영은 현주에게 자료실에서 있었던 일을 모두 말해주었다. 더불어 이런 경우 너라면 어떻게 하겠냐는 것도 묻고.

"질투심 유발?"

"그렇대."

"너 질투나라고 진선유 스테이크 사 먹였대? 포도주랑?"

"아니라면서 변명을 하려고 하는데 입도 못 떼게 만들었어."

"너 질투나라고 진선유 들쳐 안고 병원으로 뛰고?"

"건 정말로 발목을 다쳤다는데 거야 모르지."

"일단은 절대 받아줄 수 없다고 했단 말이지?"

"응."

"그럼 사장님 하는 것 봐서 받아줄 수도 있단 말이네?"

"필요없다고 딱 잡아뗐는데 솔직히 말하면 사장님이 미안하다고 하면서 다시 시작하자고 하는데 갑자기 야호 소리가 터져 나오는 거 있지."

채영의 말에 현주가 웃음을 터뜨렸다.

"완전히 마음 정리했다고 하더니 것도 아니었구나?"

"정말로 마음 정리했었어. 그래서 진선유한테도 사장님이랑 잘 해보라고 했단 말이야. 이렇게 될 줄 몰랐어."

"하긴. 그래서 사장님이 백배 사죄하면 받아줄 거야?"

"백배 사죄보다도 진심이 뭔지 제대로 파악하고 싶다 그 말이야."

"사장님 진심은 진선유가 아니라 너라면서."

"그래도 또 모르지."

"모르긴 뭐가 몰라. 진선유랑 좋았다면 오늘 갑자기 돌아올 리가 있니? 진선유랑 같이 주욱 영국에 있어야지."

"그건 그래. 그거 보면 정말로 진선유한테는 마음이 없을지도 모르겠다 싶고 또 한편으론 관리 차원에서 먼저 돌아온 것도 같고."

"무슨 관리?"

"남은 여자 관리."

"그러니까 진선유는 영국에 같이 간 여자, 넌 남은 여자라는 말이지?"

"그렇지."

"사장님이 설마 그 정도로 용의주도하겠어?"

"어떻게 믿니?"

"그렇게 못 믿을 남자면서 야호 소리는 왜 하니?"

"그러니까 묻잖아. 너라면 어떻게 하겠냐고."

"뭘 어떻게 해. 진선유가 영국에서 돌아오면 그때 사장님이 어떻게 행동하는지 지켜보고 난 다음에 결정하는 거지. 진선유한테 관심없다는 말이 진심인지 일단 널 잡기 위해 되는 대로 한 소리인지."

"그렇지. 진선유가 돌아오면 모든 게 밝혀지겠지."

"계집애 얼굴 하고는."

"내 얼굴이 뭐?"

"윤기가 돈다, 갑자기."

"정말?"

채영이 쑥스러운 듯이 배시시 웃자 현주가 눈을 흘겼다.

"그러다 사장님이 네 말대로 관리 차원에서 영국에서 일찍 돌아온 거면 어떻게 할래?"

현주가 채영이 좋아하는 꼴에 심통이 났는지 비꼬는 듯이 말했다.

"야, 편들 거면 좀 끝까지 들면 안 되냐?"

"너무 좋아하니까 얄미워서 그런다."

현주가 심통맞게 말했고 채영은 웃었다.

"이빈 데리고 슬쩍 자료실 가."

채영의 말에 현주가 채영을 째려보다가 깔깔거리고 웃었다.

"그러다가 자료실 18금 딱지 붙겠다."

"진선유 돌아온 다음에 사장님 태도가 또 바뀌면 그땐 정말 사단나는 거야."

채영이 이를 바드득 갈며 말했다.

"그땐 둘 다 박살을 내자."

현주도 동조했다.

"물론이지. 두고 보자고!"

진선유가 돌아오면!

새빨간 여우

6

채영이 퇴근하기 위해 가방을 들고 자리에서 일어나는데 채영의 휴대폰이 울렸다. 발신자에는 정태진이라는 이름이 찍혀 있었다.

"여보세요?"

[나예요.]

"네."

[퇴근 시간이죠?]

"네, 나가려구요."

[나가지 말고 잠깐만 기다려 줘요.]

"무슨 일이세요?"

[할 얘기가 있어서 그래요.]

“개인적인 일이시죠?”

[그래요.]

“죄송해요. 현주랑 저녁 하기로 해서 지금 나가야 해요. 죄송합니다.”

[현주 씨랑 저녁 약속 취소해요.]

“그럴 수 없어요.”

[한채영 씨, 회사 사장이 할 얘기가 있다는데 이래도 되는 겁니까?]

태진이 위엄있는 목소리로 물었다.

“개인적인 일이라 하셨잖아요.”

[아무리 개인적인 일이라도 그렇지…….]

“개인적인 문제는 거절해도 된다고 생각합니다.”

[한채영 씨.]

“거절이에요.”

채영은 일방적으로 전화를 끊어버렸다.

‘쉽게 가시려고? 절대 안 될 말이지.’

채영이 어디 당신도 속 한번 바짝 태워보라며 휴대폰을 아예 꺼버렸다.

규락이 돌아오면 술 한잔하자는 말을 하며 현주와 함께 사무실을 나서려던 때였다. 명 팀장님 책상에 있는 전화벨이 울렸고 자리에서 막 빠져나오던 명 팀장이 수화기를 들었다.

“여보세요? 예, 사장님. 아, 한채영 씨요? 있습니다. 예, 예. 사장님 방으로 보내겠습니다. 아, 그래요? 예, 알겠습니다. 한채영 씨, 사장님이 한채영 씨한테 할 얘기 있다고 기다려 달라고 하세요. 기다리고 있어요."

'잔머리를 굴리다니.'

"네."

채영이 도로 사무실로 와서 가방을 내려놓는데 현주가 쫓아오더니 채영의 귀에 속삭였다.

"얘, 여기 큰 탁자가 없어서 어떻게 하니."

"큰 탁자는 왜?"

"침대 대용으로."

"그냥 가라!"

채영이 눈을 부라리자 현주가 계집애 내숭은 하고 어깨를 들썩여 보인 후 나갔다.

한 사람씩 다 퇴근하고 혼자 남은 채영이 온다 했으면 싸게 와야지 안 오고 뭐 하고 있나 구시렁거리고 있는데 태진이 사무실로 들어섰다.

"무슨 말씀이신데요?"

"저녁 먹으면서 합시다."

"호르간 작업할 때 잔고가 바닥나서 맘 놓고 쓸 돈이 없다시더니, 진선유 데려가 스테이크에 비싼 포도주 사 먹였다죠?"

채영이 비꼬자 태진이 입술을 실룩거렸다.

"설명할 테니 저녁 먹으러 갑시다."

"진선유한테 사 먹인 스테이크보다 곱절로 비싼 음식이 아니면 힘드실 거예요."

"오늘만 봐줘요. 호텔 방값이라도 아껴볼 생각으로 일찍 귀국한 거예요."

"그럼 나 보고 싶어 일찍 왔다는 말도 거짓말이군요?"

채영이 벌 떼처럼 쏴붙이자 태진의 얼굴이 붉게 물들었다.

"쌈닭처럼 굴지 말고 내 말 좀 들어주면 안 되겠어요?"

태진이 사정조로 말했고 채영이 태진을 노려보다 뭐 사주실 건데요? 하고 물으며 사무실을 나섰다.

"오늘은 채영 씨가 사주면 안 돼요?"

태진이 따라나오며 말했고 채영이 기막힌 얼굴로 태진을 돌아봤다.

"진선유 스테이크 사 먹일 돈은 있고 한채영 밥 사 먹일 돈은 없는 거예요?"

"나도 여자더러 밥 사달라 하기 쪽팔려요!"

태진이 아까보다 더욱 벌게진 얼굴로 말했다.

"절대 비싼 거 못 사주니까 그런 줄 아세요!"

"알았어요."

채영은 태진을 데리고 회사에서 가까운 삼 인분에 만 원 하는 삼겹살 집으로 갔다. 일부러 싼 음식 먹이려고 삼 인분에 만 원 하는 고기 집으로 데려간 것이 아니라 싸면서도 맛도 좋고 고기 말고 따라나오는 음식이 삼 인분에 만 원 받아서 남는 게 있을까 싶을 만큼 푸짐한 집이기 때문이었다. 그림팀 단골집이기도 하고.

삼겹살 만 원어치를 주문해 놓고 마주 앉은 채영과 태진은 마치 누가 먼저 공격을 가할 것인가 하는 얼굴로 서로를 노려보고 있었다.

“내 얘기 끝날 때까지 들입다 쏴대지 않고 기다려 줄 수 있어요?”

태진이 먼저 입을 열었고 채영은 진짜 사람 완전히 쌈닭 취급이네 하는 얼굴로 태진을 노려보다가 알았다고 대답했다.

“진선유 씨한테 사 먹인 스테이크부터 해명하겠어요.”

“하세요.”

“진선유 씨가 동생 태인이하고 선후배 관계라는 것은 말했죠?”

“그랬죠.”

“태인이가 저녁 사달라고 불러서 나갔더니 진선유 씨가 같이 있더군요. 이미 스테이크에 포도주까지 주문을 해놓은 상태였고, 계산은 내 몫이었어요. 철딱서니없는 태인이가 있는 척하느라 제일 비싼 음식에 제일 비싼 포도주를 주문한 거였어요. 제기랄!”

태진이 정말 성질나 죽겠다는 듯이 제기랄 하고 말했고 채영은 없어도 너무 없는 척한다 생각하며 태진을 쳐다봤다.

‘진선유는 태진이 자신을 살짝 따로 불러 저녁을 사주겠다며 스테이크랑 포도주를 사줬다고 했는데 이거 완전히 내용이 다르잖아? 누구 말을 믿어야 하는 거야?’

“하여튼 그 스테이크 부분은 제기랄이라는 것만 알아줘요. 그날 레스토랑에서 결제한 내역이 이번 달에 나왔더군.”

“그러니까 선유 씨한테 사주고 싶어서 사준 건 아니란 말씀이네요.”

“그래요.”

여기까지 말했을 때 아줌마가 밑반찬을 가져오는 바람에 잠시 대화가 중단됐다. 아줌마가 밑반찬을 세팅한 다음 삼겹살이 나왔다. 불판에 불을 피우고 적당한 양의 삼겹살을 불판에 올려놓고서야 아줌마가 퇴장해 주었다.

"그리고 좀 더 두고 보겠다고 한 건, 정말로 다른 뜻이 있어서가 아니라 질투하게 만들려던 의도였어요."

아줌마가 퇴장하길 기다렸다는 듯이 태진이 입을 열었다.

"진선유 씨랑 날 두고 경쟁한다기에. 그리고 간택받길 기다리는 후궁 기분이라기에 질투나게 만들면 채영 씨가 나한테 매달릴 것 같아서……."

"매달릴 줄 알았다구요?"

채영이 기가 막힌 듯 되물었다.

"내가 매달릴 줄 알았단 말이에요?"

채영이 기막혀 넘어갈 듯이 재차 물었다.

"솔직히 남자든 여자든 상대방이 나한테 매달려 주길 바라지 않아요?"

태진의 말에 채영은 사실 자신도 그랬기에 더는 몰아붙이지 못하고 한발 물러섰다.

태진의 말이 틀리지 않았다. 태진을 유혹해서 내 남자로 만들려는 계획도 가졌고 또한 태진이 한채영이라는 여자가 좋아죽도록 만들어서 목매게 하고 싶었으니까. 자신도 그랬으니 매달려 주길 바랐다는 태진을 욕할 순 없다. 그래도! 이왕이면 내가 아닌 저쪽에서 목을 매주는 것이 얼마나 보기도 좋고 기분도 좋은가!

"선유 씨랑 내가 사장님 사이에 두고 싸운다니까 우쭐하셨겠군요."

"사실은…… 좀 그랬어요."

태진이 솔직하게 대답하며 쑥스러운지 픽 웃으면서 인정했다.

"솔직히 전 사장님을 믿을 수가 없어요."

"믿어줘요."

"사장님 해명 하나로 단번에 믿어드리기엔 선유 씨와 단둘이 계셨던 시간이 너무 길었어요."

"진선유 씨와는 아무 일도 없었어요. 내가 키스한 여자는 한채영 한 사람이고!"

"조용히 말씀하세요!"

삼겹살을 뒤집던 채영이 집게를 곧추세우며 경고하자 태진이 목소리를 낮췄다.

"내가 발찌를 선물한 여자도 채영 씨 한 사람이에요."

"일본 출장 갈 때도 진선유 씨하고만 가고, 이번 영국 출장도 진선유 씨만 데리고 갔잖아요."

"일본 출장 건은 진선유 씨가 담당자였기 때문에 데리고 간 거고, 영국 출장은 진선유 씨 말고 레전드팀에서 한 사람이 더 있었어요."

"또 있어요?"

'진선유 한 사람인 줄 알았는데."

"또 있어요. 다른 직원이 영어를 할 줄 알았다면 다른 직원을 데려갔을 텐데 회화가 가능한 사람이 진선유 씨밖에 없어서 할 수

없이 팀에 참여시킨 거예요. 이런 말까지 하면 쪼잔해 보이겠지만 다른 남자 직원이 회화를 할 수 있었다면 방 하나만 잡아 세 사람이 함께 쓰면 되는데 진선유 씨가 가게 되는 바람에 방값 부담이 더 늘었어요. 방값이라도 줄여보자는 생각으로 레전드팀 남자 직원을 그림팀 방에 밀어 넣고 방 하나 비우고 돌아온 거예요. 비행기 값도 줄여보려고 논스톱도 못 타고."

"그런 말, 여자한테 자칫하면 굉장히 능력없게 보일 수 있는데 저한테 왜 그런 말씀을 다 하세요?"

"채영 씨니까."

"저라서요?"

"채영 씨한테는 내 사정을 숨기고 싶지 않아서요."

"그러니까 난 사장님이 능력없어도 받아줄 거라 그 말씀이세요? 틀리셨어요. 저 역시 능력없는 남자 싫어요."

"잠재적 능력이 무한하다는 건 알고 있잖아요. 물론 앞으로도 쓸데없는 돈은 안 쓰겠지만."

"우리 아버지가 들으시면 굉장히 좋아하시겠네요."

"조만간 인사드릴 거예요."

"우리 아버지한테요?"

"예."

"왜요?"

"따님과 교제하고 싶다고."

"교제 허락은 나한테 받아야지, 왜 우리 아버지한테 받아요? 우리 아버지랑 사귈 거예요?"

"나하고 사귀어줄 거예요?"

"아직 믿지 못한다고 했잖아요."

채영이 냉정하게 말하며 다 구운 고기를 집어 먹기 시작하자 태진도 일단은 고기를 먹기 시작했다.

"솔직히……."

고기를 반쯤 먹었을 때 태진이 입을 열었다.

"솔직히 뭐요?"

"아까 이빈이랑 같이 있는데…… 같이 자료실 들어가는 것 보고 불이 확 붙어서……."

"질투한 거예요?"

"이빈이고 뭐고 다 때려 부수고 싶었어."

태진이 두 눈이 질투심으로 이글거렸다.

"대체 이빈이랑 뭘 잘해보겠다는 거야? 둘이 잘해보겠다 어쩌겠다 하면서 아무도 없는 자료실로 들어가는데…… 둘 다 죽여 버리고 싶었어."

태진이 주먹을 움켜쥐었고 채영은 불타오르는 태진의 질투에 기쁨의 웃음이 터져 나오려는 것을 가까스로 참았다.

"그리고!"

태진이 갑작 큰 소리를 쳐 채영이 깜짝 놀라 쳐다봤다.

"채영 씨가 그걸 하지 않아서 불안했어요."

"그거라니, 그게 뭐예요?"

"날 유혹하지 않아서 사는 재미가 없었다고요."

"마치 내가 남자 사냥꾼이 된 기분이 드네요."

채영이 불만스럽게 말하자 태진이 고개를 흔들었다.

"그런 뜻이 아니에요. 단지, 더 이상 날 자극하지 않으니까 나한테서 관심이 떠난 것 같아 불안했다는 말이에요."

"자극을 즐기시는군요."

"나도 예전엔 안 그랬어. 채영 씨 만나면서 그렇게 됐지."

이번엔 태진이 불만스럽게 말했고 채영이 새치름한 눈으로 태진을 노려봤다.

"그래서 불만이세요?"

"불만 아니에요. 다시 해달라는 거지."

태진이 말했고 채영은 웃음이 터질 뻔했다.

'완전히 물이 들었군. 슬슬 자극을 해봐?'

태진이 갑자기 고기 한 점을 집어 들더니 채영에게 내밀었다.

"새삼스럽게 왜 그러세요?"

"먹여주고 싶어서요."

"작전을 바꾸셨나 봐요."

"무슨 짓이든 다 할 거예요."

태진의 대답에 채영이 픽 웃으며 받아먹었다.

채영이 태진이 먹여준 고기를 입에 넣고 태진을 뚫어져라 쳐다보며 오물오물 씹기 시작했다. 입가에는 삼겹살에서 배어나온 기름이 살짝 묻어 번들거리고 자글자글한 입술 주름을 오물거리며 씹는 채영. 태진은 채영의 입에서 눈을 떼지 못한 채 멍하게 바라보고 있다.

"왜 그렇게 보세요? 설마 고기 먹는 내 입술이 섹시하게 보이는 건 아니겠죠?"

채영이 은근한 시선을 던지며 묻자 태진이 끙 소리를 내며 삼겹살 세 점을 한꺼번에 집더니 된장에 푹 찍어 입에 집어넣고 우적우적 씹었다. 태진이 먹은 삼겹살 중에 오돌뼈가 붙어 있었나 보다. 오도독 오도독 씹히는 소리가 먹음직하게 들렸다.

"오도독거리는 소리가 맛있게 들리네요."

채영이 다 씹은 삼겹살을 꿀떡 삼키며 말하자 태진이 콧구멍 평수가 늘어나도록 숨을 몰아쉬더니 꿀떡 삼킨 후 오돌뼈가 붙은 고기를 찾아내 입에 넣고 아까보다 더 크게 오도독거리며 씹었다.

채영은 오도독 오돌뼈 바스라지는 소리를 들으며 밑반찬으로 나온 계란찜을 한 수저 떠서 젤리 빨아먹듯 쪽 빨아 넣는데 태진이 또 끙 하는 신음을 내뱉었다.

"똥 마려운 사람처럼 정말 왜 그러세요?"

태진의 신음 소리가 민망하기 그지없어 채영이 목소리를 낮추며 따지자 태진이 말 시키지 말아요! 하고 성질을 내더니 며칠 굶은 사람처럼 남은 고기를 입에 쓸어 넣었다.

'죽겠지?'

채영은 눈을 가늘게 뜨고 태진을 쳐다보다가 풋고추 하나를 집어 들었다. 태진의 시선이 채영의 손에 들린 풋고추에 고정되더니 연속 동작으로 채영의 입으로 움직이는 풋고추를 따라왔다. 채영이 풋고추를 들고 태진이 쳐다보다가 앙 하고 한입 베어 무는 순간, 후욱…… 태진이 창자가 쓸려 나올 듯이 한숨을 내쉬더니 주먹을 틀어쥐었다.

눈앞에는 노릇노릇 구워지는 삼겹살, 손에는 한입 베어 문 풋고추, 태진의 창자 쓸려 나올 듯한 한숨 소리.

아, 또 떠오른다. 9주 2분의 1. 나인 하프 위크.

채영의 상상이 시작됐다. 도발적이고 섹시하고 위험한.

주위에 있던 많은 사람들이 순식간에 공간이동을 하며 사라진다. 오로지 태진과 채영, 그리고 불판 위에서 지글거리고 구워지는 삼겹살만이 존재한다.

태진이 앉은 자리에서 갑자기 넥타이를 풀어 제끼고 헐크처럼 와르르 와이셔츠 단추를 뜯어내며 옷을 벗더니 고기가 구워지고 있는 불판을 폴짝 뛰어넘어 온다. 무턱대고 채영을 쓰러뜨려 눕히는 태진. 채영을 향해 이글거리는 눈빛을 양껏 쏘아준다. 눈빛이 어찌나 강렬하고 뜨거운지 삼겹살도 너끈히 구워낼 지경이다.

태진이 뜨겁지도 않은지 불판에서 바짝 구운 삼겹살 한 점을 손으로 집어 들더니 천천히 채영에게 가져온다. 살짝 혀를 내미는 채영. 채영의 혀에 닿는 뜨거운 삼겹살. 채영이 뜨거움에 움찔하자 태진이 후~ 하고 입김을 불어 식히고 채영은 뜬금없이 흥분을 느끼며 아~ 하고 낮은 탄성을 토해낸다. 다시 혀에 닿는 삼겹살. 혀에 말아 입 안으로 쏙 집어넣는 채영. 오물오물 맛깔나게 씹는다. 채영의 오물거리는 입술을 타 들어가는 눈빛으로 바라보는 태진. 가슴을 들썩이며 꼴딱 삼키는 채영.

태진이 굶주린 손끝으로 채영의 가슴 라인을 훑어 내린다. 허억, 뜨거운 입김을 토해내는 채영.

태진은 숟가락으로 계란찜을 뜨더니 채영의 입에 댄다. 기다렸다는 듯 호로록 빨아 당기는 채영. 끙 하는 신음을 토하는 태진.

태진이 풋고추 하나를 집어 들더니 채영의 입술에 대자 채영, 그것 역시 호로록 빨아 당긴다.

"아!"

태진의 억눌린 신음!

채영, 야릇하고 노골적인 시선으로 태진을 바라보다가 풋고추를 앙 하고 베어 문다. 허억, 하고 뜨거운 한숨을 토해내는 태진. 태진의 입술이 채영의 입술로 내려온다. 조금만, 조금만 더, 조금만 더 가까이.

"허허허헉."

갑자기 상상이 탁 깨지면서 입 안에 불이 붙은 채영이 바보처럼 혀를 내밀고 부채질을 하며 덜덜 떨면서 물을 찾아 벌컥벌컥 마셨다. 젠장, 풋고추인 줄 알았더니 청양고추였다.

'제발 상상 좀 그만 하자. 이젠 실전 좀 해보자고!'

채영이 아직도 불이 붙은 듯한 혀를 내밀어 매운 기를 식히며 일어나는데 태진이 꼼짝도 하지 않고 앉아 있었다.

"그만 가죠."

"조금 있다 나갑시다."

태진이 무뚝뚝한 얼굴을 한 채 화난 음성으로 대꾸했다.

"앉아봐요."

태진이 정말 화가 난 듯한 목소리로 말했고 채영이 자리에 도로 앉았다.

"더 시켜요?"

"아니에요."

"그런데 왜요?"

"그런 게 있어요. 조금만 기다려요, 식히고 있는 중이니까."

'식히고 있다니? 뭘? 혹시? 어머머!'

채영이 상 너머로 고개를 주욱 빼자 태진이 인상을 구기며 옆에 있던 방석으로 아랫도리를 가렸다.

"어머!"

"조용히 해요."

태진이 이를 갈며 경고했다.

"세상에."

채영이 터지려는 웃음을 억지로 참는데 태진이 죽일 듯이 채영을 노려봤다.

잠깐만, 그럼 그때도?

초밥 집에서 말이다. 태진이 남긴 마지막 초밥을 채영이 먹고 나서 그만 가자고 일어나려는데 태진이 조금 있다 가자고 했었다. 이유없이 갑자기 성질내는 못된 성격을 가졌나 했는데 그게 아니었다. 가만, 그때도 그랬다. 채영이 아침으로 던킨 도너츠와 커피를 들고 회사로 나오다 휴게실 앞에서 태진과 마주쳤을 때. 도대체 무엇이, 어떤 코드가 태진을 자극하는 걸까? 음식? 음식을 먹는 여자의 입술? 하여튼 독특한 성향이다.

십 분이나 앉은 채로 태진이 식히길 기다린 끝에야 삼겹살집을 나온 채영은 킥킥거리며 앞서 걸었다.

"웃지 말아요."

태진이 물어뜯을 듯한 목소리로 말했지만 모가지를 간질간질 괴롭히는 잔기침처럼 멈추려고 해도 멈춰지지 않는 웃음을 어찌하랴.

"데려다 줄게요."

"그럼 데려다 주셔야죠. 밥까지 사드렸는데."

회사 지하 주차장에 있던 태진의 차를 타고 집으로 향하는 길에 다시 심술이 난 채영이 깐죽거리기 시작했다.

"진선유 씨 들쳐 안았을 때 느낌은 좋던가요?"

"좋을 것 하나 없이 무거워 죽는 줄 알았어요."

태진이 심드렁하게 대꾸했다.

"설마, 깃털처럼 가벼운 듯 달랑 안아 들던데."

"엄청나게 질투했던 모양이군."

"물론이죠. 하마터면 엘리베이터에 불을 지를 뻔했는데."

채영의 대답에 태진이 웃음을 터뜨렸다.

"그런데, 이제 다 식히셨나요?"

채영이 느물거리며 묻자 태진이 이를 갈았다.

"다 식었어요!"

"다행이네요. 영영 안 식으면 어쩌나 걱정했는데!"

"그게 다 채영 씨 때문이에요."

"제가 뭘요? 전 단지 고추를 베어 물었을 뿐인데."

"끙! 제발 그만 합시다."

태진이 꽉 다문 잇새로 말했다.

"다시 열이 오르나요?"

채영은 끝까지 깐죽거렸다.

채영의 약국 앞에 다다라 차를 세운 태진이 고맙다고 인사하며 내리려는 채영의 손목을 붙잡았다.

"하실 말씀 남았어요?"

"그냥 내려요?"

태진이 이대로 헤어지는 것은 너무 서운한 일이라는 듯 물었다.

"그냥 내리지 않으면요?"

채영이 딴청을 피우듯 되묻자 태진이 모른 척할 사람이 따로 있지 다 알면서 왜 이러시나 하는 얼굴로 채영을 쳐다봤다.

"키스 안 해요?"

"삼겹살 먹고 키스할 기분이 나요?"

"나요, 난."

태진의 대답에 웃음이 터질 것 같던 채영이 목소리를 가다듬고 태진에게 조금 다가갔다. 채영이 다가가자 태진이 약간 긴장하며 침을 삼켰다.

"지금 키스했다간…… 여기서 밤새도록 꼼짝 못할 거예요."

"왜요?"

"열이 안 식어서."

"에이, 정말!"

태진이 채영의 얼굴을 두 손으로 부여잡는데 채영이 태진의 손을 탁 소리나게 쳐내고는 차에서 내렸다. 태진이 서둘러 채영을 따라 내렸다.

"정말 그냥 들어가요?"

태진이 애원하는 듯 말했지만,

"네."

채영은 단호하게 대꾸하고 약국으로 쏙 들어왔다.

"다녀왔습니다!"

그 어느 때보다 딸의 목소리가 크자 엄마가 깜짝 놀라며 쳐다봤다.

"왔니?"

"민이 왔어요?"

"왔어."

"오늘 야시장 갈 거야, 엄마."

"내일 출근 안 하니?"

"왜 안 해요."

"밤새고 어떻게 일하려고?"

"할 수 있어, 엄마."

채영은 안채로 들어오며 휴대폰을 꺼내 현주에게 전화를 걸었다.

"현주야, 우리 오늘 동대문 가자."

현주와의 통화를 끝낸 채영이 채민이의 방문을 확 열어젖히는데 팬티를 갈아 입던 채민이가 화들짝 놀라며 팬티를 추키더니 두 손으로 아랫도리를 감싸 쥐며 몸을 돌렸다.

"노크 좀 해, 누나!"

"문을 잠그고 갈아 입든지 할 것이지, 새끼가."

"빨리 닫아!"

"동대문 가자. 열두 시에."

"오늘?"

"그래, 오늘."

"나 내일 학교 가야 해. 피곤해서 운동은 어떻게 하라고?"

"무조건 가는 거야!"

밤 열두 시.

억지로 끌려 나온 채민이는 연신 하품을 해대며 두 여자를 쫓아다녔다. 서른셋이나 먹어서 오밤중에 저렇게나 생생하게 돌아다닐 수 있는 체력이 어디서 나오는 것인지, 채영과 현주는 번개처럼 이곳저곳을 오가며 옷을 골랐다. 단지 경호를 위해 따라나왔을 뿐이라지만 채영과 현주는 채민이는 안중에도 없고 쉴 새 없이, 끝도 없이 수다를 떨며 상가를 돌아다녔다.

"정말로 키스를 해달라 했단 말이야?"

"그렇다니깐."

채영이 으스대듯 말하자 현주가 부러운 듯 진짜 짜증난다 하고 중얼거리더니 채영이 입고 싶다던 스타일의 재킷을 가리켰다.

"저기 있다."

"저거다."

판타스틱한 바이올렛 색상, 허리 라인 죽이게 살려주는 벨벳 재킷이 눈에 딱 들어왔다.

채영은 66 사이즈를 외친 후 재킷을 받아 들고 그 자리에서 입어보았다.

"현주야, 어떠니?"

"예쁘다."

"채민아, 넌?"

"예뻐."

채민이 안 예쁘다 했다가 뭔 소리를 들을지 몰라 무조건 예쁘다고 대답했다.

채영과 현주는 합동 작전으로 주인과 요령껏 가격 협상을 한 후 서로 만족하는 선에서 합의를 보고 값을 지불했다. 채영은 올해 트렌드라 할 수 있는 다른 몇 가지의 재킷과 스커트, 바지 몇 가지를 더 샀고 현주도 하프코트와 웨스턴 부츠를 산 후에야 잠깐 쉬기 위해 밤참으로 먹을 수 있는 샌드위치 전문점으로 들어갔다.

채영이와 현주는 아직도 팔팔한데 비해 채민이는 거의 기진맥진이었다.

"제발 집에 가자, 누나."

"차 한 잔 마시고 가자. 넌 잠깐 좋아."

"제발 다음엔 누나들만 와. 난 돌아버릴 것 같으니까."

채민이가 죽을상을 하고 푸념을 하는데 주문한 샌드위치와 커피가 나왔다.

"내 생각엔 지금쯤 그냥 받아줘도 될 것 같다."

"아니야. 쉽게 받아줄 수 없어."

"그럼?"

"말했잖아. 진선유 돌아온 다음에 어떻게 되나 지켜본다고."

"지켜본다면서 갑자기 옷 사러 나오냐? 잘 보이려고 그러지?"

"누구한테 잘 보여?"

한쪽에 거의 눕다시피 기대 졸고 있던 채민이가 눈을 번쩍 뜨며 물었다.

"몰라도 돼."

채영이가 무시하자 채민이가 다시 눈을 감았다.

"솔직히, 진선유가 옷을 너무 잘 입으니까 신경 쓰인단 말이야."

"그건 그래. 걔는 그런 감각을 다 어디서 배운 거라니?"

"배운 건지 타고난 건지 젊은 것이 옷은 잘 입어가지고 신경 쓰이게 하고 있어."

"어쩜 걔는 뭘 입어도 그렇게 예쁘니?"

"그럼 난 뭘 입어도 별로란 말이야?"

"너나 나나 한 번도 옷 잘 입는단 소리 듣게 하고 다닌 적 없잖아."

"그렇지. 그래서 옷 사러 나온 거잖아."

"내일 갑자기 옷 너무 잘 입고 가면 깜짝 놀라시는 것 아니야? 너 옷 입은 것보고 예뻐서 달려들면 어쩌니?"

"달려들 것 같아?"

"오늘 산 거 다 예뻐."

"누가 달려든 다는 건데? 무슨 소린데?"

채민이가 아예 몸을 일으키며 물었다.

"몰라도 돼. 찌그러져 있어."

채영이 강한 눈빛을 쏘아주자 채민이가 다시 기댔다. 하지만 눈은 감지 않았다.

“그런데 우리 눈에만 예뻐 보이고 그 사람 눈엔 안 예뻐 보이면 어떻게 하니?”

“설마.”

“진선유가 동대문에서 산 거 눈치채면 어떻게 하지? 그거 동대문 표죠? 이러면서 깐죽거리면?”

“하긴 걔는 다 비싼 것만 입는 것 같더라.”

“아, 또 신경 쓰이네.”

“무슨 상관이야. 너의 그 사람 눈에만 예뻐 보이면 되지.”

“누나, 연애해?”

채민이 이번엔 절대 그냥 찌그러질 수 없다는 듯이 물었다.

“그래, 연애 좀 해보려고 한다.”

“누군데?”

“아실 것 없어요.”

“누나가 뭐가 아쉬워서 남자한테 잘 보이려고 옷 사고 그래?”

“그 말은 이 누나가 어느 누구한테도 꿀릴 것 없을 만큼 완벽하다는 말이지?”

“물론이지.”

“기특한 것. 자, 먹어, 먹어.”

채영이 자신이 먹던 샌드위치를 채민이의 입에 밀어 넣었다.

“이 누나가 그 사람을 자빠뜨려서 꼼짝 못하게 만들게. 걱정 마.”

채영이 채민이의 등을 두드리며 말했다.

"아이고, 나도 채민이 같은 동생 하나만 있었음 좋겠다."
현주가 부러운 듯이 말했다.
"설마, 채민이 같은 동생이 아니라 남자겠지."
"어떻게 알았냐."
현주의 대답에 채영이 깔깔거리고 웃었다.

다음날.
어젯밤 꼬박 새고 동대문 돌아다닌 후유증으로 꾸벅꾸벅 졸고 있는데 명 팀장이 채영을 불렀다.
"사장님이 방으로 좀 오라고 하시네. 가봐요."
"저를요?"
"그래요."
태진의 방문 앞에 선 채영은 혹시 흐트러진 곳이 없나 옷매무새를 고쳤다.
'무슨 일로 나를 찾으실까?'
채영은 약간의 기대감을 갖고 가지며 노크했다. 그런데 노크하자마자 들어오라는 소리도 없이 문이 활짝 열리더니 태진이 채영의 손을 잡고 사무실 안으로 납치하듯 끌어당긴 후 문을 쾅 닫았다. 문이 닫히는 순간 태진이 채영의 허리를 끌어안더니 채영을 문으로 밀어붙였다.
'그렇게 급하셨나?'
채영이 문과 태진의 탄탄한 몸 사이에 낀 채 고개를 들고 태진을 올려다봤다.

"왜 이러세요?"

"어젯밤에 잠 한숨도 못 잤어요!"

태진이 신경질적으로 소리쳤다.

"사장님도 어제 동대문 갔다 오셨어요?"

"동대문? 동대문이 아니라 채영 씨 때문에 못 잤단 말이에요!"

"저 때문이라니요? 제가 밤새 사장님을 더듬기라도 했나요?"

"채영 씨가 키스해 주지 않아 못 잤단 말이오!"

"그래서 지금 키스하자고 호출하신 거예요? 키스하고 한숨 주무시려구요?"

"농담할 기분 아니에요."

"그럼요?"

"키스 한번 합시다."

태진이 상황과 어울리지 않게 정색을 하고 말했다.

"누가 보면 어떻게 하려고, 그런데 여긴 비서도 없나요?"

"비서는 아버지 계실 때부터 없었어요."

"어떻게 사장님 방에 비서가 없어요?"

"비서한테 줄 월급 아끼려고 사방에 자판기 설치하신 거예요."

"와, 대단한 절약 정신이네요."

"말 돌리지 말고 키스 한번 합시다."

'이 남자가 정말 큰코다치려고 작정을 했나.'

"지금 저 유혹하시는 거예요?"

"거절하지 말고 유혹에 넘어와 줘요."

"분명히 이번엔 태진 씨가 유혹한 거예요."

"넘어올 거예요?"

"분명히 태진 씨가 유혹한 거예요, 맞죠?"

"맞다고, 내가 했다고!"

태진이 채영의 얼굴을 부여잡더니 마구잡이로 입술을 밀어붙이는데 채영이 태진을 떼어놓았다.

"정말 키스만 할 거예요?"

"키스만 할 거예요."

태진이 만약 키스 말고 다른 것 하려고 했다간 가만두지 않겠다는 뜻으로 한 말인 줄 알고 태진이 맹세라도 하는 듯 대답했다.

"정말 키스만 할 거라구요?!"

채영이 태진을 올려다보다가 갑자기 확 끌어당기더니 태진의 허벅지에 다리를 감았다. 태진과 채영의 아랫도리가 완전 밀착되자 태진이 후욱 한숨을 토해냈다.

"심장이 터질 것 같죠?"

"그래요."

태진이 침을 꿀꺽 삼키며 대답했다.

"피가 한곳으로 쏠리는 현상도 일어나고."

채영이 낮은 목소리로 속삭이듯 물었다.

"하, 한곳으로 피가 쏠리는 현상이라니?"

"온몸의 피가 집중적으로 한곳으로 쏠리는 것이 느껴지고 있어요."

채영이 옷을 뚫고 나올 듯이 단단하게 부풀어 오른 태진의 남성에 자신의 아랫배를 강력하게 밀착시키며 속삭이자 벌겋게 물이 들고 있던 태진의 눈이 한순간에 새빨갛게 충혈되어 버렸다.

"후욱."

태진이 내뱉은 펄펄 끓는 입김이 채영의 목덜미를 달궈놓았다.

"뜨거운 입김."

"여기서 더 가면 책임 못 져."

태진이 더는 견딜 수 없다는 듯 속삭였다.

"몸부림."

"아, 미치겠다."

"절규!"

"멈춰!"

태진이 헐크처럼 으르렁거렸다.

"이래도 키스만 할 거예요?"

"절대 아니!"

채영이 태진의 귓불을 살짝 깨물며 속삭여 묻자 태진이 잡아먹을 듯 채영의 입술을 삼켜 버렸다.

이보다 더 뜨거울 순 없다! 이보다 더 급할 수도 없다!

화로에 담갔다 뺀 것마냥 활활 타오르게 뜨거운 태진의 손이 채영의 입술을 삼킨 채로 스커트를 걷어 올렸다. 스커트를 걷어 올리고 팬티를 끌어 내리기까지 딱 사 초 걸렸다. 딱하기도 하여라. 너무 급했던 나머지 끌어 내리려던 팬티 끈을 놓치지 않았다면 이 초 반으로 단축할 수 있었을 것을.

'그런데 우리 정말 이래도 되는 거야?'

채영이 상상 속에서는 태진과 무수히 많은 사랑을 나누었다지만 실전은 처음이었다. 처음인데, 아무리 급했다지만 이렇게 날마다 사랑을 나눈 사람들처럼 거리낌없이 벗어도 되는 건가? 에라, 모르겠다. 이미 일은 저질러졌다. 태진이 이미 팬티를 벗겨 버렸고 오마나, 바지를 벗고 있지 않은가!

태진이 허리띠를 풀고 지퍼를 쭉 내렸다. 채영은 어디서 본 것은 있어가지고, 뭐 그리 힘든 일이라고 태진의 바지 벗기를 도울 요량으로 태진의 와이셔츠를 잡아 빼며 위로 걷어 올리는 순간 태진의 바지가 아래로 쑥 내려갔다. 그리고 보고야 말았다. 그의 남성을.

"어머나!"

채영이 화들짝 놀라 손으로 눈을 막고 고개를 돌리며 비명을 내질렀다.

가슴은 벌렁벌렁, 다리는 후들후들.

현주의 무차별 무제한 공급 덕으로 12개 국, 3개 인종, 육십여 편에 이르는 동영상에서 이미 각양각색의 남성을 섭렵한 채영이라지만—하다못해 만화까지—실제 상황이 벌어지자 당황하지 않을 수 없었다. 채영이 당황한다면 내숭이라 할지도 모르지만 결단코 내숭이 아니다. 거대한 화산 폭발로 인해 지각변동이 일어나 산맥이 치솟듯 무시무시하게 뻗쳐오른 태진의 남성에 어찌 당황하지 않을 수 있겠는가.

세상에나, 이토록 훌륭한 비기를 꼭꼭 숨겨두고 있었을 줄이야. 이토록 튼실한 병기를 감춰두고 있었을 줄이야.

내 이미 몇 번의 접촉으로 매우 바람직한 상태를 유지하고 있다는 것은 알고 있었으나 이리도 기골장대 위풍당당할 줄은 몰랐고나. 모양만큼 힘도 좋을지, 맛도 기찰지 기대되고나. 어여 오니라, 맛을 보자. 쫀득쫀득 찰지게 합체하자, 꼴딱꼴딱 숨넘어가게 만나보자.

태진이 갑자기 생고무처럼 탄탄하고 탄력있는 팔로 채영을 번쩍 안아 들더니 발목에 걸려 오도가도 못하는 바지와 팬티를 질질 끌며 재빨리 소파로 옮겨와 소파에 눕혔다.

"저기요, 그런데요……."

"제발 아무 말도 하지 말아요. 민망해 죽겠으니까."

태진이 벌겋게 달아오른 얼굴로 채영의 허벅지에 걸려 있던 팬티와 스타킹을 아예 벗겨 버리며 소리쳤다.

"여기서 이래도 되나 해서요."

"죽어버릴 것 같은데 어떻게 해요!"

태진이 고함치듯 대답하는 순간이었다. 태진이 자신의 입술을 채영의 입술에 짓누른다 싶더니 태진의 비밀 병기가 채영의 몸속으로 쏜살같이 돌진해 들어왔다.

"아!"

예고나 하고 뛰어들 것이지.

살짝 빠져나간다 싶던 태진의 병기가 처음보다 더욱 강하게 채영의 몸속으로 돌진해 왔다.

아이쿠야, 묵직하고 빼근한 것이 제대로고나.

"아!"

"아파요?"

어째 남자들은 환희의 신음을 고통의 신음으로 혼돈하는 실수를 잘도 저지르는지.

"미안해요. 살살 할게요."

태진이 말했다. 열에 들떠 조금도 미안하지 않은 투로. 마치 남성으로 바위에 구멍을 뚫을 듯이 망치질을 하며.

오늘 처음 알았는데 태진은 평상시와 사랑을 나눌 때의 목소리가 달라진다. 사랑을 나눌 때 심하게 허스키해지고 끈적해진다. 물론 듣기 좋다.

"조금만 참으면 금방 괜찮아질 거…… 억!"

조금만 참으면 금방 괜찮아질 거예요 하고 말하려고 했던 것 같은데 갑자기 콱 쥐어박힌 듯 억! 은 무엇인가.

억! 과 함께 태진이 모든 동작을 멈추었다. 모든 동작이 멈추었나 싶더니 잠시 후 태진이 채영의 오른쪽 얼굴 옆 소파에 대가리를 처박으며 온몸에서 힘을 뺐다.

'왜 이래? 이 사람 너무 흥분해서 숨넘어간 것 아니야?'

"태진 씨, 태진 씨!"

채영이 불현듯 불안함을 느끼며, 사랑 나누다 시체 치우게 되는 것은 아닌가 무서움증을 느끼며 태진을 흔들었다. 태진이 처박았던 고개를 들더니 슬금슬금 채영에게 체중을 싣고 있던 몸을 추스르고 일어났다.

"왜 그래요?"

숨넘어간 줄 알았더니 숨은 붙어 있다. 시체 치우는 일은 안 생겨 좋은데 잘나가다 이게 무슨 해괴한 조화 속인가.

태진은 채영을 쳐다보지도 못하고 주섬주섬 발목에 있던 바지를 끌어 올렸다.

"지금 뭐 하는 짓이죠?"

장난하는 것도 아니고 말이야.

"미안해요."

태진이 기어들어 가는 목소리로 말했다. 양쪽 귀가 새빨갛다 못해 검게 변해 있었다.

설마, 설마!!

"벌써, 벌써 끝났어요?"

채영이 정말 설마 하는 투로 물었다.

"……미안해요. 너무 흥분하는 바람에……."

태진이 더듬더듬 말끝을 흐렸다.

설마가 사람 잡는다고 끝났단다.

"딱 두 마디 했잖아요. 아파요? 미안해요. 살살 할게요. 조금만 참으면 금방 괜찮아질 거…… 까지 딱 두 마디! 아니, 억! 까지 세 마디 했네요."

"어젯밤부터 너무 참아서……."

이제 귀를 지나쳐 목까지 새빨개져 있었다.

그 훌륭하고 튼실한 비밀병기가 빛 좋은 개살구였다니.

채영은 웃어야 할지 울어야 할지 모른 채 태진의 넓디넓은 등을 노려보다가 서둘러 바닥에 떨어져 있던 팬티와 스타킹을 집어 들고 입기 시작했다. 팬티를 입고 스타킹을 신던 채영은 갑자기 누가 웃음 샘을 건드린 것처럼 깔깔거리며 웃음을 터뜨렸다.

"웃지 말아요!"

태진이 윽박질렀지만 한 번 터진 웃음을 멈출 줄을 몰랐다. 너무 웃겨서 창자가 뒤집어질 지경이었다.

"웃지 말라고 했잖아요!"

태진이 채영에게로 돌아서더니 당장 달려들어 목을 조를 태세로 소리쳤다.

"조금만 참으면 금방 괜찮아질 거라더니, 그게 그 뜻이었군요?"

"아니라고! 너무 많이 참다가 갑자기 흥분하는 바람에, 에이, 젠장! 쪽팔려서!"

태진이 어쩔 줄 몰라 하며 발을 동동 구르는 사이 채영을 끝없이 웃으며 스타킹을 다 신고 일어났다.

"걱정 말아요. 내가 책임질 테니."

"책임진다는 말은 남자가 하는 거야!"

태진이 약이 올라 펄쩍 뛰며 소리쳤다.

"책임져 줄게요."

채영이 태진의 흐트러진 넥타이를 고쳐 매주며 속삭이자 태진이 죽일 듯이 채영을 노려봤다.

"눈에 힘 빼세요. 뭘 잘하신 게 있다고."

"그만 해요."

"경고하는데, 앞으로 처신 잘하세요."

"무슨 처신?"

"어설프게 양다리 탔다간!"

채영이 한마디라도 잘못했다간 내 손에 잡힌 넥타이에 모가지

졸려 죽는 수가 있다는 듯이 협박하자 태진이 기가 막힌 듯 허 하고 웃었다.

"오늘 저녁에 저녁 같이해요. 맛있는 거 사줄게요."

"저녁은 내가 사 먹여야 할 것 같은데요?"

"어제 얻어먹었잖아요. 오늘은 사줄게요."

"삼겹살로는 안 되겠네요. 장어를 좀 먹어야 하지 않겠어요? 장어가 정력에 좋다는데."

"에이, 진짜!"

태진이 약이 올라 펄쩍 뛰는데 채영이 낄낄거리고 웃으며 돌아서 사무실 문을 열었다.

"그런데 말이죠? 설마 영원히 십 초는 아니겠죠?"

"한채영!"

태진이 악을 쓰며 쫓아오는데 채영이 재빨리 사무실 문을 닫아버렸다.

"안 되지, 영원히 십 초라니."

채영이 고개를 절레절레 저으며 그림팀 사무실로 향했다.

영국 박람회에 갔던 직원들이 일정보다 이틀이나 늦게 귀국해 회사로 복귀한 날. 채영과 태진이 십 초간 첫 번째 사랑을 나누고 나흘 뒤.

채영과 현주가 화장실로 들어가자 한참 콤팩트를 두들기고 있던 선유가 채영과 현주에게 생긋 웃어 보였다.

"영국 구경은 좀 하고 왔어?"

채영이 볼일을 보기 위해 칸막이 안으로 들어간 사이 현주가 물었다.

"자유 시간 없었어요."

"아깝네."

"괜찮아요. 영국에 삼 년 동안 유학 다녀왔거든요."

"오호, 유학파였어?"

현주가 부러움 반 질투 반 섞인 음성으로 말했다.

"채영 언니 덕분에 그나마 호르간이 투자비는 뽑게 됐어요. 다시 한 번 채영 언니하고 그림팀에 감사해요."

선유가 칸막이 문에다 대고 얘기하는데 채영이 물을 내리고 밖으로 나왔다.

"고맙다는 인사는 그만 해. 너무 들으니까 것도 거짓말 같아."

아침에 그림팀과 레전드팀 몽땅 모인 대회의실에서 이번 영국 박람회에서 기대 이상의 성과를 거둔 것에 대한 자축연을 가졌었다. 두두는 투자액의 다섯 배에 달하는 매출을 기록했고 호르간은 선유의 말대로 겨우 투자비만 뽑을 정도의 성과였지만 적자가 나지 않은 것만으로도 대성공이었다. 레전드팀이 꼭 누가 시킨 것처럼 도움을 준 채영과 그림팀에 감사를 표했고 태진도 공개적으로 고맙다는 인사를 했기에 고맙다는 인사는 그만 들어도 충분했다.

채영은 두두와 호르간이 대성공을 거두었다는 것은 일단 뒤로 제쳐 두고 선유가 영국에 있는 사이 태진과의 관계가 급반전되는 동시에 급진전을 이루었다는 것을 선유가 알게 된다면 과연 어떤 반응을 보일지, 그것이 몹시 궁금했다.

"영국에서 말이죠, 전 사장님이 그렇게 신사일 줄은 몰랐어요."

선유의 말에 손을 씻고 있던 채영이 거울 속으로 선유를 쳐다봤다.

'이거 또 뭔 소리가 하고 싶으실까?'

"어떻게?"

"다른 직원들 보기 민망할 정도로 잘 챙겨주시는 것 있죠?"

선유의 말에 채영과 현주가 순식간에 시선을 교환했다. 거짓말 좀 그만 할래? 하고 쏴붙여야 할지, 아니면 아무것도 모르는 척 들어줘야 할지 몰라서였다. 현주가 재빨리 눈짓으로 모른 척하라고 신호를 보냈다.

"그랬겠지, 좋아하는 사람인데. 그런데 어떻게 잘 챙겨주셨는데?"

현주가 딴청을 피우며 선유의 자랑에 흥을 돋우었다.

"먹는 것부터 룸에 이불은 제대로 비치되어 있나, 불편한 건 없나, 피곤할까 봐 피로회복제까지 챙겨와서 주시더라구요. 죄송할 정도였거든요."

'오, 피로회복제.'

"그랬어? 좋았겠네."

채영도 현주를 거들었다.

"다른 직원들은 싼 음식 시켜주시면서도 제가 먹을 음식은 꼭 제일 좋은 걸로 주문해 주시구요."

'얼마나 돈 아까워했을까.'

"이번에 사장님하고 참 많은 대화를 나누었어요. 겪을수록 좋은 사람이더라구요."

"음, 그렇구나."

"채영 언니, 언니한테 이런 얘기 해도 괜찮은 거죠? 언니가 잘 해보라고 했으니까."

선유가 약간 미안한 듯이 물었다.

"오, 그럼 물론이지."

채영이 쿨한 척 대답하자 선유가 활짝 웃었다.

"그런데 사장님은 왜 먼저 오신 거야? 난 다른 직원들 먼저 보내고 선유 씨랑 한 며칠 더 계실 줄 알았는데."

현주가 찬물을 끼얹듯이 말하자 선유의 얼굴이 이상하게 구겨지다가 곧 펴졌다.

"서울에서 처리할 급한 일이 있다 하시더라구요. 저도 같이 오려고 했는데 제가 통역을 했거든요."

"아, 그랬구나. 서울에서 급히 처리할 일이 뭐였을까?"

"그러게."

현주와 채영이 빤히 보이는 선유의 거짓말에 재밌어 죽겠다는 시선을 교환하는 동안에 선유는 끝없이 콤팩트를 두들겼다.

"그럼 곧 결혼 소식 들을 수 있는 거야?"

채영이 떠보기 위해 묻자 선유가 예쁜 척하며 웃었다.

"글쎄, 곧 프러포즈를 받을 것도 같고……."

"오, 그래?"

"안 나가?"

"먼저 가세요, 언니들. 전 아직 볼일을 못 봤어요."

"콤팩트 그만 두드려. 그만 해도 예뻐."

"그게 아니라…… 변비가 생겨서. 좀 오래 걸릴 것 같아요."

"알았어. 먼저 갈게."

화장실에 선유를 남겨두고 먼저 나온 현주와 채영은 킬킬거리고 웃기 시작했다.

"서울에서 처리해야 할 급한 일이라는 게 그러니까 너하고 자료실에서 있었던 그 일을 두고 하는 일이지?"

현주가 물었고 채영이 픽 웃었다. 채영은 현주에게 태진의 방에서 벌써 거사를 치른 것에 대해서는 말하지 않았다. 앞으로도 말하지 않을 것이고.

"야, 오늘 점심시간 기대된다."

현주가 말했고 채영 역시 기대되던 점심시간이 됐다.

"와, 닭다리 나왔다. 웬일이니?"

현주가 닭다리가 너무나 반가운 듯이 말하자,

"오늘은 콩나물도 없어."

하고 파셋이 감격한 목소리로 화답했다.

닭다리에 꽤 새로워진 반찬으로 채워진 식판을 들고 자리에 앉는데 식당으로 막 들어오는 태진과 진선유, 그리고 레전드팀 직원들이 보였다.

"내기할래?"

"뭐?"

"태진 씨 네가 앉은 자리로 올 거야."

"왜?"

"내 얼굴 보려고."

"얼마 내기?"

"만 원."

"좋아, 만 원."

현주가 식판을 밀고 옆 자리로 이동했다.

현주는 자신만만했다. 현주가 방금 전에 비켜준 자리, 채영이 말한 태진이 앉을 것이다 장담한 자리는 현주와 파셋의 중간에 끼는 자리라 널널하게 남아도는 빈자리 놔두고 하필 두 사람 사이에 비집고 들어올 이유가 없었다.

"너 지난번에 내기에서 나한테 진 것 알지?"

"이번은 내가 이길 거야."

채영이 정말로 자신이 있었지만 이번에도 지게 되면 내기 돈은 태진에게 받아내고 말겠다고 생각하며 대꾸했다.

식판에 음식을 다 담은 태진이 식탁을 향해 다가오기 시작했다.

현주도 긴장하고 채영도 긴장했다. 누가 봐도 각도상 채영이 앉은 자리까지 논스톱으로 오고 있는 중인데 갑자기 끼어드는 쓸데없는 잡음이 있었으니.

"사장님, 여기 앉으세요."

진선유였다.

'아니, 저년이!'

채영이 찢어죽일 듯한 눈초리로 방해꾼 진선유를 쏘아보는데 채영의 무시무시한 눈을 태진이 본 모양이었다. 선유가 앉으라는 자리에 앉았다간 무슨 짓을 당할지 후환이 두려웠는지 태진이 채영이 지목한 그 자리, 파셋과 현주의 중간 자리에 식판을 내려놓았다.

현주가 설마 하다가 깜짝 놀라 태진을 쳐다봤고 채영은 회심의 미소를 지으며 현주를 향해 만 원을 준비하라는 신호를 보냈다.

채영이 회심의 미소를 날릴 때 진선유는 소똥 밟은 얼굴을 하고 재빨리 태진을 뒤따랐지만 남은 자리는 현주와 채영의 옆 자리밖에 없었다. 진선유는 채영의 옆 자리를 선택했는지 탁자를 빙 돌아와서 채영의 곁에 식판을 내려놓았다.

채영이 쳐다보자 진선유가 눈에 독기를 가득 채워놓고 미소 지었다.

'독살스럽기는.'

진선유는 채영에게서 시선을 거두며 곧 태진에게 눈길을 던졌다. 불을 싸지르고도 남을 만큼 교기 가득한 눈길.

현주의 옆 자리보다는 채영의 옆 자리가 태진의 얼굴을 보기 쉬운 자리긴 했다. 태진의 곁에 앉지 못한다면 마주 보기라도 해야 하는 진선유의 심정은 십분 이해하는데 어째 태진의 얼굴을 보기 위해서가 아니라 채영과 마주 보고 있는 꼴을 곱게 봐줄 수 없어 방해놓는 것으로 보일까나.

'네년이 독살 어린 교태를 부린다면 나 역시 너의 심장에 염장질을 해줄 수밖에.'

채영과 진선유는 한 치도 물러설 수 없는 팽팽한 줄다리기를 시작했다.

"사장님, 웬일로 닭다리가 다 나와 황송할 지경이네요."

현주의 말에 태진이 앞으로 메뉴에 신경 쓰라고 지시하겠다 말하면서 슬쩍 채영을 쳐다보며 미소 지었다. 채영 역시 미소로 화답하며 슬쩍 진선유를 쳐다봤다. 진선유는 채영에게 날아가는 태진의 미소를 보았는지 질투에 몸서리치며 볼이 미어지도록 밥을 밀어 넣고 있었다.

"사장님, 지난번 영국에서 말씀드렸던 스토리 있죠? 시놉을 조금 써봤는데 업무 시간 끝나고 한번 봐주시겠어요?"

선유가 태진에게 물었다.

"미안해요, 오늘은 약속이 있어서 안 되고 내일 봅시다."

"아, 네. 알겠습니다."

진선유가 실망감을 감추려고 애쓰며 대답했다.

밥 한 숟갈을 떠서 입에 집어넣던 태진이 다시 채영을 바라봤다, 은근한 시선으로. 채영 역시 은근한 시선을 화답으로 보내주었다.

"이빈 씨, 여기 앉으실래요?"

식판을 들고 오는 이빈을 발견한 현주가 이빈을 자신의 옆 자리로 유인하는 동안 채영과 태진은 계속해서 은밀한 시선을 주고받고 있었다.

'그날의 실수를 만회할 수 있게 해줘.'

'원하신다면 얼마든지.'

'내 진가를 제대로 보여주겠어!'

'다음에도 십 초면 죽을 줄 알아.'

'그날은 실수였다고!'

'하루 빨리 증명하길 고대하고 있겠어. 나에게 믿음을 줘.'

채영과 태진이 서로에게 추파를 던지느라 제대로 식사도 못하고 있을 때,

"채영아, 닭다리 안 먹을 거면 나 줘."

하며 현주가 채영의 식판에 담긴 닭다리에 손을 대는데 채영이 현주의 손을 탁 쳐냈다.

"먹을 거야."

채영은 닭다리를 집어 들고 다시 태진을 쳐다봤다. 채영이 닭다리를 집어 들자 태진은 채영의 고문이 시작됐다는 것을 알아차리고 채영의 손에 들린 닭다리를 마치 자신의 눈빛 광선으로 바싹 튀겨 버릴 듯 노려봤다.

채영은 딸려 나온 겨자 소스에 닭다리를 찍은 다음 입으로 가져가 소스를 살짝 혀로 핥았다. 그 순간 태진이 억눌린 한숨을 내쉬며 머슴처럼 밥을 퍼먹기 시작했다. 태진은 그러니까, 채영의 도발을 한 번만 더 쳐다봤다간 무슨 짓을 할지 몰라 필사적으로 피하려는 것처럼 보였다. 그렇다고 채영이 사고 치지 말라고 친절하게 배려할 사람인가. 한참 잘못 봤지.

채영은 태진이 고개를 들 때까지 끈질기게 기다렸다.

'안 보고는 못 배길걸?'

얼마나 기다렸을까? 한 십이 초? 밭 매다 나온 머슴마냥 밥을 퍼먹던 태진이 슬그머니 고개를 들었는데 기다리던 채영과 눈이 딱 마주쳤다. 기회를 놓칠쏘냐, 채영이 입을 벌리고 닭다리를 앙 물었다.

"헉!"

태진이 어금니를 틀어 물었고 채영이 끝장낼 듯 우적 씹는데 태진이 캑캑거리며 기침을 해댔다.

"사레들리셨나 보다."

이빈과 속닥거리느라 정신없던 현주가 태진의 기침 소리에 물컵을 건네며 말했다.

"어머! 사장님, 괜찮으세요?"

진선유도 발딱 일어나서 태진에게 손수건을 건네며 수선을 피웠다. 태진이 선유가 건네준 손수건으로 입을 닦으며 기침을 진정시키는 동안에 채영은 승리감에 미소를 지으며 느긋하게 닭다리를 뜯었다.

태진은 벌게진 얼굴로 현주가 건넨 물을 벌컥벌컥 들이키더니 이 못된 고양이! 하는 듯한 눈으로 채영을 노려봤다. 채영은 태진이 노려보거나 말거나 입술에 묻은 닭다리 기름마저 혓바닥으로 핥아먹었다.

"끙."

태진이 출산을 앞둔 산모처럼 신음 소리를 내뱉었다.

"다 먹었으니까 먼저 일어날게요."

채영이 일어나자 파셋과 몇몇의 그림팀 직원이 채영을 따라 일어났다.

"현주는?"

"먼저 가."

이빈에게 한창 작업 중인 현주가 빨리 사라져 달라는 듯 손짓을 했다.

“사장님, 먼저 일어날게요.”

“먼저 가요.”

태진이 굳은 얼굴로 대꾸했다.

‘금방은 못 일어날 줄 알았지.’

채영이 태진에게 섹시한 미소를 흘린 후 식당을 나왔다.

채영이 식판을 주방 입구에 내려놓고 정수기에서 물을 뽑아 마시며 태진을 쳐다보자 태진은 의자에 딱 붙어 앉은 채 새끼손가락으로 귀를 파고 있었다. 채영은 웃음이 터지려는 걸 가까스로 참으며 식당을 나와 비상구로 올라가는데 다다닥 뛰어오는 구둣발 소리가 들리더니 누군가 채영의 손을 붙잡았다. 태진이었다.

“정말 이럴 거예요?!”

태진이 낮은 목소리지만 으르렁거리며 쏘아붙였다.

“제가 뭘 어쨌는데요?”

“내 사무실로 갑시다.”

“진정하세요. 지금 가봤자 십 초면 끝나잖아요.”

“한채영!”

태진이 목을 졸라 버릴 태세로 채영에게 다가서는데 또각거리며 또 다른 구둣발 소리가 들렸으니 아니나 다를까, 진선유였다.

채영에게 으르렁거리며 다가서던 태진이 아무 일도 없었다는 듯 먼저 계단을 올라가고 나자 진선유가 태진과 채영을 번갈아 노려보며 채영의 곁에 섰다.

“언니, 사장님하고 무슨 얘기 한 거예요?”

"개인적인 애기야."

"개인적인 애기요?"

진선유의 눈이 야심한 밤, 먹이를 찾아 산등성이를 헤매는 하이에나처럼 번득 하고 새파란 빛을 뿜어냈다.

"개인적인 어떤 얘기요?"

"개인적인 얘기를 선유 씨한테 해야 해?"

채영의 대꾸에 진선유가 팔짱을 끼더니 삐딱한 시선으로 채영을 노려봤다.

"사장님 포기한 것 아니었어요?"

"내가?"

채영이 발뺌하는 듯 되묻자 온 사지의 기가 팍 막혔는지 진선유가 아까보다 더 새파란 빛을 뿜어내며 채영을 노려봤다.

"사장님을 쓰다 버린 몽당연필 취급했었잖아요!"

"언제?"

"어머머."

진선유가 숨이 딱 넘어갈 듯이 숨을 몰아쉬었다.

"나더러 잘해보라고 했었잖아요!"

"그러게 잘해보지 그랬어."

채영이 계단을 올라가며 약 올리듯 말했다.

"사장님한테 무슨 짓을 한 거예요?"

진선유가 쫓아 올라오며 소리쳐 물었다.

"말하라구요!"

진선유가 채영의 팔을 휙 낚아챘다.

"대체 사장님한테 무슨 짓을 한 거예요?"

"알려고 하지 마."

"왜요?"

"다쳐."

채영이 선유의 손을 털어내고는 다시 계단을 오르기 시작했다.

"잘해보라고 할 땐 언제고 사람 가지고 노는 거예요?"

진선유가 후다닥 계단을 오르더니 채영을 막아서며 따졌다.

"영국까지 가서 뭘 한 거야."

"뭐라구요?"

"잘해보라고 했잖아, 내가. 그런데 영국까지 가서 대체 뭘 한 거냐고."

채영이 주위에 다른 사람이 없나 살핀 후 진선유에게 바짝 다가섰다.

"영국에서 사 일을 함께 보냈는데 적어도 하루 건너 한 번씩 두 번은 자빠뜨렸어야 하지 않아?"

"어머, 어머."

"정말 딱해서 봐줄 수가 없네. 쯧."

채영이 정말 측은하다는 듯이 말하고는 부들부들 분에 떨고 있는 진선유를 남겨두고 승리의 미소를 지으며 비상구를 올라왔다.

늦잠을 자고 있는데 휴대폰이 울렸다. 웬만하면 못 들은 척하고 자려는데 끊어졌다 싶던 휴대폰은 줄기차게 울려댔다. 더듬더듬 휴대폰을 찾은 채영이 폴더를 열자마자 고함 소리가 터져 나왔다.

[왜 출근을 안 한 거예요!]

태진이었다.

“뭐라구요?”

[왜 출근하지 않았냐고.]

“할 일이 없어서요.”

[뭐라고?]

“두두 끝나고 나니까 할 일이 없다구요.”

[그렇다고 출근을 안 하나?]

“이보세요, 사장님. 전 프리랜서예요. 일이 없는데 출근을 왜 하겠어요?”

[빌어먹을 프리랜서!]

“제가 보고 싶으신 모양이죠?”

[지금 당장 나오지 않으면 후회하게 될 거예요.]

“후회할 일 없을 거예요. 그만 끊을게요. 난 한 시간 더 자야겠어요.”

[나보다 자는 게 더 좋단 말이야?]

태진이 몹시 서운한 듯 물었다.

“아, 물론 잠보다 태진 씨가 조금 더 좋긴 하지만…….”

[진선유 씨가 나한테 사정없이 꼬리 치고 있단 말이야!]

졸음을 떨칠 수가 없어서 어서 끊고 자려던 채영이 진선유가 사정없이 꼬리 치고 있다는 말에 번쩍 눈을 떴다.

“뭐라구요?”

[이래도 안 나올 거요?]

"그래서, 선유 씨가 꼬리 쳐서 넘어갈 거란 말이에요?"

[완전 육탄전이야. 제발 살려달라고!]

"육탄전?"

채영의 눈앞에 발가벗은 몸을 태진에게 던지는 진선유가 보였다.

"이런 여우 같은 년!"

채영은 즉시 회사로 달려갔다.

채영이 헐레벌떡 회사로 달려갔을 때 태진이 회사 앞에서 기다리고 있다가 실~ 웃었다.

"진선유는요?"

"몰라."

"육탄전이라면서요? 살려달라 했잖아요!"

"내가 육탄전이라고 했나?"

태진이 딴청을 피웠다.

"뭐 하는 짓이에요?"

"진선유 씨가 나한테 몸을 날리는 꼴은 못 봐주겠는 모양이지?"

태진이 나름대로 귀여운 척하면서 말했는데 채영은 귀엽기는커녕 한 대 갈겨주고 싶었다.

"갑시다."

"어딜요?"

"놀러."

태진이 채영을 차에 태웠다.

"근무 시간 아니에요?"

"근무 시간이지."

"그런데 이렇게 나가 놀아도 돼요?"

"지금은 근무보다는 당신하고 같이 있는 게 더 중요하니까."

태진이 말했고 채영은 썩 마음에 드는 멘트였기에 방긋 웃었다.

"어디로 놀러갈 거예요?"

"일단 갑시다."

태진이 채영을 데리고 간 곳은 아인스 월드라는 미니어처 테마파크였다. 유네스코가 지정한 세계의 문화유산 서른네 점과 유네스코 십 대 문화유산 중 아홉 곳, 칠 대 불가사의 중 여섯 점, 전세계 백아홉 점의 유명 건축물들이 25분의 1수준으로 축소되어 전시된 곳이었는데 평일이어서 그런지 입장객이 별로 없어서 조용하고 한산했다. 그래서 태진과 단둘이 데이트하기에 딱 좋은 곳이었다.

채영과 태진은 누가 봐도 다정한 연인처럼 손을 꼭 잡고 땡볕인 아인스 월드를—그늘막을 거의 찾아볼 수 없는 환경이었다—천천히 걷기 시작했다.

영국 빅토리아 여왕 집권 시기에 지어졌다는 타워 브리지도 있었고, 프랑스 혁명 백 주년을 기념해 만들었다는 에펠탑도 있었다. 합스부르크 시대에 지어진 벨베데레—사전적 의미로는 아름다운 경치—궁전도 있었고 러시아 건축 최고의 걸작이라고 불린다는 성바실리 사원도 미니어처로 만들어져 있었다.

직접 가보진 않았지만 세계사 과목에서 중요하게 다루어지던 지명과 그 지명에 존재하고 있는 문화유산물을 미니어처로 만나는 기분은 퍽 괜찮았다. 데이트하기에 별로인 곳은 아니지만 어른들보다는 아이들에게 더 유익한 공간 같았다. 태진은 왜 이런 곳으로 데려왔을까 싶었다.

"어때요?"

"뭐, 괜찮네요."

"이중에서 꼭 가보고 싶은데 있어요?"

"가보고 싶은 곳이요?"

채영은 주욱 감상하고 지나온 곳을 되짚어보다가 아무래도 유럽 쪽에 볼 게 많은 것 같네요 하고 대답했다.

"유럽? 유럽이라……."

태진이 별 의미도 없이 고개를 끄덕였다.

"아이들 데리고 오면 더 좋을 것 같아요. 학습적인 면에서도 좋고. 데이트 장소라기보다는, 가족 단위로 오면 더 좋겠네요."

"그 말은 나와 결혼해서 어서 아이를 낳아서 키워서 같이 오자는 말로 들리는데?"

태진이 짓궂은 표정을 지어 보이며 말했다.

'알면 빨리 청혼해, 이 자식아!'

"어서 아이를 낳아서 키워서 같이 오고 싶은 건 사실인데 결혼할 상대가 꼭 태진 씨라는 법은 없잖아요?"

채영이 느물거리는 표정으로 반문하자 태진의 한쪽 입술이 실룩거렸다.

"당연히 없겠지!"

태진이 채영의 손을 꽉 틀어잡으며 대꾸했다.

"볼 것 다 봤으면 갑시다."

테마파크를 후딱 한 바퀴 돈 태진이 심통스럽게 말했다.

회사로 가는 줄 알았더니 태진이 아인스 월드 다음으로 채영을 데리고 간 곳은 서점이었다.

서점에서 살 책이 있나 보다 했는데 태진은 건축물 관련 책자가 있는 곳으로 가더니 건축물 전문 잡지를 한참이나 뒤적거렸다.

"인테리어나 뭐 그런 데 관심있으세요?"

"아니, 캐릭터 구상하는 데 도움이 되기 때문에 가리지 않고 읽어요."

"캐릭터 구상하는 데 건축물 전문 잡지가 어떤 도움을 줘요?"

"등장인물들이 사는 집이나 놀이터 같은 것들도 구상해야 하니까. 난 놀이터 하나도 독창적으로 만들고 싶거든."

"아, 그렇구나."

맞다. 그럴 것 같았다. 레전드21에서 만든 캐릭터들도 뛰어나지만 그 외 배경도 참으로 독창적이었다. 그 모든 독특함이 이런 자료 수집에서 나오는 것 같았다.

"자료 수집하는데 난 왜 데리고 온 거예요?"

"같이 있고 싶어서."

태진이 당연하지 않냐는 듯이 말했다.

"이렇게 같이 있고 싶어하면서 밤엔 어떻게 견디는 거예요?"

하고 채영이 묻자 태진이 음흉한 눈빛을 빛내며 채영을 쳐다보다가 갑자기 채영의 허리에 팔을 감더니 와락 끌어당겨 안았다.

"내가 무슨 짓을 하면서 그 긴긴 밤을 버텨내는지 정말 알고 싶어?"

태진이 서점을 화르르 태워 버릴 듯한 눈으로 물었다.

"뭐 하는 짓이에요!"

사람 많은 곳에서 이게 뭐 하는 짓인지, 채영이 허리를 감아 안고 있는 태진의 손을 탁 쳐내며 윽박질렀다.

"곱게 자료 수집이나 하시죠."

"난 앙칼진 여자가 좋아."

태진이 채영의 귀에 은밀하게 속삭였다.

채영이 앙칼지게 앙 깨물 듯이 노려보자 태진이 낮게 웃음을 터뜨리며 책자로 다시 시선을 돌렸다.

"채영 씬 아파트 좋아요?"

"아뇨, 별로요."

"그럼?"

"작아도 뜰이 있는 집이었으면 좋겠어요. 나무로 만든 얕은 울타리가 담처럼 둘러져 있는 집 있잖아요. 이런 집이요."

채영이 잡지책에 나온 집 하나를 손가락으로 가리켰다. 잡지에는 방금 채영이 설명했던 그런 전원주택이 있었다.

"이런 집은 서울에서는 짓기 힘들어요. 땅값이 워낙 비싸니까. 서울 인근이나 시골이면 몰라도."

"그렇죠. 하지만 서울 인근이나 시골이면 어때요."

"시골에서 살 수 있단 말이에요?"

"왜 못살아요? 시골도 사람 사는 곳인데."

"음, 완전히 도시 사람인 줄 알았는데."

"완전히 도시 사람인 건 사실이에요."

"음, 시골이라……."

태진이 아인스 월드에서 유럽이라…… 했던 것처럼 시골이라…… 하며 중얼거렸다. 싱겁긴.

"갑시다."

태진이 잡지책을 내려놓고 채영의 손을 잡았다.

"이번엔 어디로 가요?"

"회사."

"난 집에 갈 거예요."

"내일부터 출근해요."

"할 일 없어요."

"없어도 출근해요."

"왜요?"

"보고 싶으니까."

"할 일도 없이 우두커니 뭐 해요?"

"아무 일 하지 않아도 출근해. 난 매일 봐야겠으니까."

태진이 명령조로 말했고 채영은 픽 웃고 말았다.

다음날부터 채영은 아무런 할 일이 없는데도 출근했다. 우두커니 책상에 앉아 있더라도.

아인스 월드와 서점에 다녀오고 보름 후.

—주인 나와라. 메시지 왔다, 오바!

휴대폰에서 메시지 도착을 알렸다.

메시지 도착 알림 소리가 우스웠는지 현주가 미치겠다 하고 중얼거렸다.

채영이 휴대폰 액정을 들여다보자 '놀러갑시다' 하고 찍혀 있었다. 태진이 보낸 메시지였다.

〈어디로요?〉

채영이 답장을 보내자 십삼 초 만에 답신이 도착했다.

〈지하 주차장으로 내려와요.〉

〈근무 시간에 무슨 수로 놀러를 가요?〉

〈당신은 프리랜서야. 그냥 나와요.〉

〈출근한 이상 프리라고 우기지 못해요!〉

기막혀하며 메시지를 보내자 이십 초도 안 돼 명 팀장님 자리의 전화벨이 울렸다.

"여보세요? 예, 사장님. 예…… 알겠습니다."

명 팀장이 전화를 끊더니 채영을 불렀다.

"네."

"사장님이 보자고 하시니까 가봐요."

"지금요?"

"지금."

"네."

채영이 가방에서 지갑만 꺼내 들고 사무실을 나와 태진의 휴대폰으로 전화를 걸었다.

"팀장님한테 나한테 볼일있다 하셨어요?"

[주차장으로 내려와요.]

"지금 어디신데요?"

[주차장이에요.]

채영이 주차장으로 내려가자 태진이 차 안에서 시동을 걸어놓고 기다리고 있다가 채영이 차로 다가오자 차에서 내려 조수석 문을 열어주었다.

"근무 시간에 놀러 다녀도 되는 거예요?"

"물론 안 되지."

"안 되는데 왜 놀러 가자세요?"

"보고 싶으니까."

태진이 씩 웃으며 말했고 채영도 웃으며 자리에 올랐다.

"괜히 출근하라고 우기는 바람에 하루 종일 할 일도 없어서 심심해 죽겠어요."

"새로운 스토리를 구상하면 되잖아."

"난 혼자 있어야 스토리가 떠오른단 말이에요."

"출근은 무조건 해야 해. 내가 당신을 봐야 하니까."

"행복해 죽겠네요."

채영이 비아냥거리자 태진이 웃었다.

"어디로 가는데요?"

"가보면 알아요."

태진이 채영을 데려간 곳은 가을꽃 축제가 한창인 놀이동산이었다.

"어떻게 이런 데 올 생각을 했어요?"

"친구 놈이 그러는데 여자들은 꽃을 좋아하기 때문에 이런 곳에 데려오면 좋아한다고 하더라고."

"오, 그래요?"

"싫어요?"

"아뇨, 좋아요. 개인적으로 꽃을 좋아한다기보다는 꽃 취급받고 싶어하는 경향이 강하긴 하지만."

채영의 말에 태진이 키득거리고 웃었다.

채영이 장미 향기가 가득한 공원을 눈부신 듯 바라보며 걸음을 옮겨놓자 태진이 채영의 손을 잡았다. 채영은 자신의 손을 잡은 태진의 손을 흐뭇한 표정으로 바라봤다.

"손이 참 커요. 피아노 치면 잘 치겠어요. 피아노 배운 적 있어요?"

"아니."

"난 피아노 잘 치는 남자 좋던데."

"당신이 원한다면 당신을 위해 연주할 수도 있어요."

"배운 적 없다면서요."

"배우지 않았더라도 당신을 위해서라면 뭘 못하겠어요. 모든 음악은 마음으로부터 연주가 시작되거든."

"그 말, 꼭 준비한 것 같네요."

채영의 말에 태진이 웃었다.

"정말 아름답네요."

채영이 장미밭을 둘러보며 황홀한 표정으로 말했다.

"주말이나 휴일에 오면 사람이 너무 많을 것 같아서. 사람이 너무 많으면 얘길 못할 테니까 그래서 오늘 온 거예요."

"이럴 줄 알았으면 디카를 가져오는 건데. 사진 찍기 너무 좋잖아요."

채영이 안타까운 듯이 말하자 태진이 주머니에서 휴대폰을 꺼냈다.

"세상이 좋아져서 걱정할 것 없어요."

태진이 채영을 노란 장미 꽃밭으로 데리고 가더니 채영의 어깨에 팔을 둘렀다. 태진은 휴대폰을 열고 카메라 기능에 두자 화면에 두 사람의 얼굴이 나왔다.

"웃어요."

채영과 태진이 활짝 웃는 순간 태진이 버튼을 눌렀고 채영은 썩 잘 나온 사진에 만족스럽게 미소 지었다.

태진과 채영은 다시 손을 잡고 천천히 장미 화원을 걷기 시작했다.

"혹시 진선유 씨가 아무 짓도 안 해요?"

"무슨 짓?"

"태진 씨 유혹하려구요."

"유혹은 줄곧 하고 있어."

"정말요?!"

채영이 도끼눈을 뜨고 노려보자 태진이 웃었다.

"선유 씨가 따지더라구요."

"뭘?"

"내가 선유 씨더러 잘해보라고 했거든요."

"왜?"

"선유 씨한테 태진 씨 마음이 돌아선 것 같아서요."

"허! 그래서 뭐라고 따지던가?"

"쓰다 버린 몽당연필 취급하더니 뭐 하는 짓이냐고."

"쓰다 버린 몽당연필이라니? 내가?"

"말했잖아요. 진선유 씨한테 돌아선 것 같아서 그때는 나한텐 필요없는 물건이라 생각했다고."

"필요없는 물건이라니? 사람을 이렇게 물건 취급하나?"

"이제 대놓고 반말하기로 한 거예요?"

"애인한테 존대 쓰는 사람, 난 별로야."

태진의 말에 채영이 살며시 웃으며 태진을 쳐다봤다.

"그 말은 내가 애인이라는 말이네요, 태진 씨의?"

"그럼 아니야?"

"설마 한 번 잤다고 당장에 애인이 된 건 아니죠?"

"아니야, 날 어떻게 보고. 자면 무조건 애인이 된다면 그 많은 여자를 어떻게 해결하라고?"

태진의 말에 채영이 기가 막힌 듯 태진을 노려보자 태진이 웃음을 터뜨렸다.

"농담이야, 농담."

태진이 채영의 어깨에 팔을 두르며 끌어당겼다.

"잔 것 때문에 애인으로 하는 게 아니라면, 내가 태진 씨 십 초라는 거 소문낼까 봐 겁나서 애인하자는 거예요?"

"에이, 정말!"

태진이 채영의 어깨에 팔을 두른 채로 채영의 목을 졸랐다.

"그땐, 정말 너무 흥분하는 바람에 실수한 거예요."

태진이 걸음을 멈추며 정색을 하고 말했다.

"당신이 내 진짜 힘을 알면 기절할 거야."

"오~"

"농담 같아요?"

"천만에요. 단지 그 기절이라는 걸 하루 속히 해보고 싶어서요."

"지금 당장이라도 기절시켜 주고 싶지만."

태진이 채영의 두 손을 꼭 쥔 채로 힘주어 말했다.

"여기가 공원이라는 게 안타까울 뿐이야."

태진이 불필요하게 눈에 힘을 잔뜩 줘서 말했고 채영은 웃음을 터뜨리고 말았다.

"아버지한테 말씀드렸어요."

태진이 채영의 어깨에 다시 팔을 두르고 걸음을 옮겨놓으며 말했다.

"뭘요?"

"만나는 여자 있다고."

"만나는 여자가 나예요?"

"싫어요?"

"싫지 않아요."

채영이 씩 웃었다.

'싫다니, 혼자 있다면 장미꽃 밭을 다 휘집고 다니며 날뛰고 싶은데.'

"그랬더니 뭐라고 하세요?"

하고 채영이 묻는데 순간 시끄러운 소리가 들리는가 싶더니 뒤에서 우르르 한 무리의 유치원생들이 줄을 서서 몰려왔고 채영과 태진은 손을 놓고 서로 반대편으로 떨어졌다. 아마도 유치원에서 견학을 나온 듯했다. 똑같은 원복을 입고 모자를 쓰고 가방을 메고 여섯 살, 일곱 살짜리 어린이들이 줄을 맞춰 지나갔다. 참새 짹짹, 돼지 꿀꿀 구령에 맞춰서.

"결혼하고 싶다고 했어요."

태진이 반대편에서 말했지만 무슨 소리를 하는지 제대로 알아들을 수가 없었다.

"뭐라고요?"

채영이 큰 소리로 물었다.

"결혼하고 싶다고 말씀드렸다고! 결혼하고 싶다고!"

태진이 소리쳤다. 그 순간 지나가던 유치원생들이 걸음을 멈추고 일제히 태진을 쳐다봤다. 채영도 태진을 쳐다봤다.

태진이 일제히 쏟아지는 시선에 쑥스러워하며 머리를 긁적이는데 유치원생들과 유치원 선생님들이 웃으며 다시 걸음을 옮겨놓았고 잠시 후 아이들이 모두 지나간 자리에 채영과 태진이 서 있었다.

"결혼하고 싶다구요?"

"응."

"지금 나한테 청혼하는 거예요?"

채영은 심장이 콩닥거리다 못해 튀어나올 것 같은 기분을 느끼며 물었다.

그가 결혼하고 싶다고 했다. 아버지에게, 장차 시아버지가 될 분에게 그렇게 말했단다. 결혼하고 싶은 여자가 생겼다고.

드디어 '결혼'이라는 단어가 남자의 입에서 나왔다. 결혼, 결혼 말이다!

"나한테 청혼하는 거예요?"

채영은 자신의 음성이 떨리고 있다는 것을 느끼며 다시 물었다.

"응."

태진이 응 하고 대답했다. 응이라고, 그렇다고.

"청혼이 뭐 이래."

채영이 좀 실망했다는 듯이 입술을 비죽거리자 태진이 씨익 웃으며 채영의 손을 꼭 잡았다.

뭐, 이런 싱거운 청혼이 다 있나 실망한 척했지만 채영은 조금도 실망하지 않았다. 그가 청혼했다는 것만으로도 너무 행복했으니까. 서른셋 먹은 여자는 청혼의 환상도 없나? 라고 말할지 모르지만, 물론 채영에게도 근사한 청혼의 환상은 무궁무진하지만 그래도 얼마나 멋진가. 빨간색, 노란색, 백색, 색색의 장미꽃이 흐드러진 공원 한가운데서 풍부하다 못해 질식할 것 같은 장미 향기에 취해서 청혼을 받았는데 말이다.

"청혼이 꼭 근사해야 하나? 특별하게 청혼 같은 것도 안 하고 결혼하는 커플도 얼마나 많은데."

태진이 말했고 채영은 또 한 번 입술을 비죽거렸다.

"돈 쓰기 싫어하는 짠돌이 씨께서 오죽하시겠어요. 그래도 이건 너무하네요."

"장미꽃 밭에 모시고 와서 결혼하고 싶다고 하는데 이보다 더 근사한 청혼이 어디 있다고."

태진의 말에 채영이 허, 하고 웃고 말았다. 허 하면서도 채영은 마음속으로 그래, 청혼은 얼마나 멋진가, 인생은 아름다워를 외치고 있었다.

채영이 그냥 그런 프러포즈에 계속 실망한 얼굴로 툴툴거리며 태진의 손에 잡힌 자신의 손을 빼내려고 하자 태진이 얼른 채영의 손을 고쳐 잡고는 자신의 재킷 주머니에 집어넣었다.

"그거 알아요?"

"뭐?"

"남자의 바지나 재킷 주머니에 같이 손을 집어넣고 있는 게 얼마나 친근함을 느끼게 하는지."

채영이 태진의 재킷 주머니 안에서 꼼지락거리며 자신의 손가락을 만지고 있는 태진의 손길을 느끼며 말했다. 정말 친근했다, 포근했다. 보호받고 있는 듯한 기분에 우쭐해졌다. 난 사랑받고 있다고, 나보다 두 살이나 어린 남자한테서 이토록 보호받고 사랑받고 있다고. 신나서 웃고 싶었다. 음하하하하!

"친근함을 느끼고 있나?"

"아주 흠뻑 느끼고……."

비아냥거리는 듯이 말하던 채영이 걸음을 멈추고 약간 놀란 얼굴로 태진을 쳐다봤다. 태진 역시 걸음을 멈추고 채영을 바라봤다. 채영은 천천히 태진의 재킷 주머니에서 자신의 손을 꺼냈다. 그리고 왼쪽 네 번째 손가락에 끼워져 있는 반지를 바라봤다. 태진은 자신의 재킷 주머니 안에서 채영의 손가락을 만지작거리더니 반지를 끼워준 것이다.

채영은 한동안 아무 말도 하지 못하고 반지만 바라보고 있었다.

반지, 반지!

사랑의 징표로 나눠 가지는 장신구가 여러 가지 있지만 그중에도 으뜸이 반지다. 오죽하면 커플 팔찌는 없어도 커플링은 있겠는가. 태진은 사랑의 징표로 채영에게 반지를 끼워준 것이다. 그가 아버지에게 결혼하고 싶은 여자가 생겼다고 말한 것은 거짓말이 아니었다.

아! 청혼은 정말 멋진 것이다. 인생은 아름답다! 아름다움에 취해 기절하고 싶다!

태진이 반지가 끼워진 채영의 손을 살며시 들어올리더니 채영의 손등에 입을 맞추었다.

"저와 결혼해 주시겠습니까…… 누님!"

태진이 누님! 을 힘주어 말하며 눈을 찡긋거렸다.

젠장! 왜? 아주 마님! 하고 부르지!

"꼭 그렇게 연하인 척해야겠어요?"

"나보다 연상인 건 사실이니까."

채영이 약이 올라 푸르르 떨자 태진이 웃음을 터뜨리며 채영을 껴안았다. 누가 보든지 말든지. 이 여자의 임자는 자신이라는 듯.

누님! 하는 태진의 청혼을 받아들였냐고? 물론 받아들였다. 그러나 순순히 받아들이진 않았다.

세상에는 먹을 것이 어찌나 풍부한지, 그리고 공원은 적재적소에 먹을거리를 배치하는 친절함을 베풀었고 채영은 친절함을 적절하게 이용할 줄 아는 지혜를 가진 여자였다.

채영이 고른 먹을 것은 핫도그였다. 무려 천오백 원이나 하는 두툼하고 길죽한 핫도그. 채영이 핫도그 두 개를 사면서부터 태진의 얼굴이 흑빛으로 변하고 있었다.

채영은 야릇한 눈길을 던지며 태진에게 한 개의 핫도그를 건넸고 태진을 핫도그를 받아 드는 즉시 벤치를 찾아 앉았다.

"당신이 무슨 짓을 하려는지 다 알아!"

태진이 억눌린 음성으로 으르렁거리며 말했다.

"이토록 영특할 수가."

"내가 여기서 정상이라면 도저히 할 수 없는 짓을 저지르지 않도록 조심해야 할 거야."

태진이 채영의 입으로 들어가기 직전에 있는 핫도그를 노려보며 으르렁거렸다.

"내가 하고 싶은 말은 여자가 음식을 먹을 때 흥분하는 남자를 만났다는 것이 퍽 재밌다는 거예요."

"여자가 음식을 먹을 때가 아니라 바로 당신이 음식을 먹을 때야!"

"난 당신이 으르렁거릴 때가 제일 흥분되더라."

채영이 태진에게 살짝 윙크를 하며 핫도그에 발라진 케첩을 싸악 훑어먹자 태진이 어어허, 하고 거친 한숨을 내쉬었다.

"진정해요, 이제 시작인데."

채영이 태진의 팔을 다독이며 나무라듯 말하고는 핫도그를 뭉텅이로 베어 물었다.

"윽!"

핫도그 꼬챙이를 부러뜨릴 듯 움켜쥔 태진의 손아귀에 굵은 핏줄이 불뚝불뚝 솟아올랐다지? 물론 다른 곳도 그랬겠지만.

장미꽃 축제에서 청혼을 받고 한 달 후.

[집 앞이에요. 나와요.]

태진의 전화를 받은 채영이 어젯밤에 싸둔 가방을 들고 방을 나왔다.

"다녀오겠습니다."

"내일 오는 거지?"

아버지가 물으셨다.

"그럼요."

"조심해서 잘 다녀와."

"네. 도착하면 전화드릴게요."

"그래."

채영은 약국에서 조금 떨어진 놀이터 앞에서 기다리고 있는 태진을 발견했다.

"뭐라고 했어요?"

"출장."

"자고 온다고 했지?"

"그럼."

"잘했어. 갑시다."

태진이 만족스럽게 웃으며 조수석 문을 열어주었고 채영이 낼름 올라탔다.

태진은 운전석에 올라타자마자 누구에게 들키기라도 할까 봐 얼른 차를 출발시켰다. 두 사람은 지금 부산으로 향하고 있었다. 부산 국제 영화제에 놀러가는 중이었다.

외박을 절대 용납하지 않는 아버지에게 채영은 출장이라고 거짓말을 했다. 출장이 아닌 이상은 외박은 아버지 사전에 없는 단어였다.

태진은 한 달 동안 꼭 하루라도 둘이서만 보낼 수 있는 시간을 만들라고 협박하고 있었고 쪼들리다 못한 채영이 거짓말을 감행한 것이다. 꼭 태진의 협박에 쪼들려서라기보다는 채영 역시 날마다 태진과 둘이서만 있고 싶어 몸살이 나려던 참이었다.

나이 서른셋이나 먹고도 사랑하는 남자와 하룻밤 외박하는 것으로 거짓말까지 해야 한다니, 뭐 이상할 것도 없다. 서른셋을 먹든 스물 셋을 먹든 남자와 하룻밤을 보내기 위해 외박해야 하는데 누군들 거짓말을 하지 않겠는가. 대놓고 나 남자랑 하룻밤 자려고요 했다간 딱 맞아죽을 것이고.

기준에서 벗어나는 것을 절대 용서하지 못하는 아버지에게 거짓말까지 해가며 부산으로 향하는 채영의 마음은, 아주 솔직히 달콤해서 죽을 지경이었다.

부산에서 몇 시에 무엇을 하고 몇 시엔 무엇을 할 것인지에 대한 계획은 태진이 일주일 전부터 아예 프린트해서 채영에게 보여주었었다. 일단 부산으로 가는 고속열차 안에서 점심을 해결할 것이고 부산에 도착하면 태진이 부산에 사는 친구에게 예매를 부탁해 놓은 영화를 보러 극장으로 갈 것이다. 영화를 한 편 보고 자갈치 시장으로 가서 회를 저녁으로 먹고 다시 심야영화를 볼 것이다. 그리고…… 숙소로 간다. 태진의 부산 친구가 성심을 다해 마련해 놓은 호텔 말이다. 솔직히 채영의 머리 속에서 한껏 부풀고 있는 100%의 기대감 중에 함께 고속열차를 타고 영화를 보고 자갈치 시장에서 회를 먹고 심야영화를 보고 하는 것에 대한 기대는 10%에 불과했다. 90%나 차지하는 기대는 숙소에 들어서면서부터 일어날 일들이었다. 태진은 어떨지 모르겠지만—물론 그도 99% 숙소, 1%가 그 외 시간이겠지만—채영은 오늘을 위해 얼마나 눈물겨운 준비를 했는지 모른다. 마치 신혼여행지에서 맞을 첫날밤을 준비하는 것처럼 거금을 들여 보기만 해도 쌍 코피가 터질 것 같은 속옷을 준비하고 남자를 흥분시킨다는 향수도 준비했다. 그뿐인가! 삼십삼 년을 살아오는 동안에 단 한 번도 입에 대본 적이 없던 피임약까지 복용했다. 원치 않는 임신을 피하기 위해서라기보다는, 하필이면 빌어먹을 부산 영화제가 채영의 생리 기간에 열렸기 때문이다. 이렇게 철저하게, 기대감에 부풀어 아버지께 거짓말까지 해가며 준비한 오늘이기에 그 기대감은 이루 말할 수 없을 정도였다.

서울역에 도착해 고속열차에 오르고 예정대로 열차 안에서 점심을 먹고 부산에 도착해 영화를 보고 자갈치 시장에서 회를 먹고 다시 심야영화를 보는 것까지는 믿어지지 않을 만큼 계획표에 꼭 맞게 돌아갔다.

숙소로 가기 직전의 모든 일정이 끝나고 숙소로 가기 위해 택시에 올라타면서부터 태진과 채영은 누가 먼저랄 것도 없이 긴장했다. 이미 한 번의 사랑을 나누었는데 무에 그리 긴장할 것이 있냐 하겠지만 태진은 부산행을 계획하면서 오금이 저리도록 장담한 것이 있었으니, 바로 기필코 채영을 기절시키거나 혹은 살려달라 애원하게 만들어주겠다였다.

첫 번째 사랑에서 차마 털어놓기도 민망할 거룩한 십 초의 신기록을 세운 전력이 있던 터라 태진의 의지는 대단했다. 태진의 의지가 대단한 만큼 채영의 기대 또한 하늘을 찌를 듯했다.

호텔 객실에 들어서 문을 닫고 걸어 잠그는 순간 태진의 눈빛이 늑대의 그것처럼 빛나기 시작했다.

"그렇게 노골적으로 쳐다보지 말아요. 사흘 굶은 늑대 앞에 놓인 생닭 같잖아요."

"사흘이라고? 허, 무려 두 달이야."

태진이 헐떡거리며 말했다.

"진정해요. 그러다 침 흘리겠어요."

채영이 입고 있던 니트 카디건을 벗으려는데 태진이 꼼짝 마 하고 소리쳤다.

“마지막 한 장까지 내 손으로 벗길 거니까 손 대지 마.”

태진이 눈동자에서 시뻘건 불을 뿜어내며 채영에게 다가섰다.

“일단, 샤워를 해야 하지 않을까요. 예의상?”

“땟국물만 떨어지지 않는다면 용서하겠어!”

태진이 와락 달겨들더니 손놀림이 보이지 않을 정도로 재빠르게 채영의 옷을 벗겨내며 소리쳤다.

‘땟국물!’

일순간 모든 조명이 꺼지는가 싶더니 빨간색, 오렌지색 조명이 하이라이트로 두 사람을 비춘다. 성욕에 불이 붙는다. 이 순간을 얼마나 고대했던가!

태진이 찢어발길 듯 채영의 옷을 벗겨냈다.

“그런데 말이죠.”

채영이 자신의 몸에서 티셔츠가 떨어져 나가는 것을 보며 입을 열었다.

“이렇게 급하게 서두르다가…….”

채영은 말을 채 끝맺지도 못하고 채영의 입술을 막아버렸다.

태진이 채영에게 키스를 퍼부으며 동시에 손을 채영의 등 뒤로 돌려 브래지어 후크를 풀기 시작했다. 하나, 둘. 두 개의 후크가 태진의 손에 풀어지자 태진이 채영의 어깨에 위태롭게 매달려 있던 브래지어 끈을 스윽 내리더니 저만치 내던져 버렸다.

“오!”

태진이 입술을 떼고 채영의 젖가슴을 바라보며 감탄사를 토해냈다.

'멋지지?'

채영이 젖가슴 하나만큼은 자신있다는 듯 어깨를 뒤로 젖히며 탱글탱글한 젖가슴을 앞으로 쭉 내밀자 태진이 다시 한 번 감탄사를 토해냈다.

"완전 미사일이군!"

"맙소사, 갖다 붙일 게 없어서 미사일이라…… 아!"

채영은 말을 끝맺지도 못하고 신음을 토해내고 말았다. 태진이 채영의 젖꼭지를 입에 머금었기 때문이다. 태진은 채영의 젖꼭지를 빨아 당기며 채영의 팬티마저 벗겨 버렸다. 태진이 옷을 벗기는 동안 빤히 보고 있었음에도 어느 순간에 팬티까지 다 벗겨져 나갔는지 실로 놀라울 따름이었다.

채영을 알몸으로 만든 태진이 자신이 걸치고 있는 티셔츠와 팬티 한 장이 거추장스러워 죽겠다는 듯—그새 채영은 태진의 바지를 벗겼다—훌훌 벗어 던지더니 채영을 끌어안고 침대로 쓰러졌다.

"저기……."

입을 열려던 채영은 태진의 입술에 막혀 다시 하고자 했던 말을 삼키고 말았다.

태진의 혓바닥이 쏜살같이 채영의 입속으로 돌진해 들어오더니 입 안을 야무지게 훑어 내렸다. 서로의 혀에 도드라진 돌기들이 부딪치고 휩쓸리면서 채영과 태진은 누가 먼저랄 것도 없이 흥분의 찜통 속으로 빠져들고 있었다.

태진의 입술이 떨어지는가 싶더니 천천히 아래쪽으로 내려갔다. 채영은 태진의 목적지가 어디인지, 그의 입술이 배꼽을 넘어서면서 눈치챘다.

"저기 이러다 오늘도 십 초 만에 끝나면……."

"절대 그런 일은 없어! 살려달라고 애원하게 만들겠어!"

태진이 이를 갈며 큰소리쳤다.

"오늘도 십 초 만에 끝나면 당신을 걷어찰 거란 말을 하고 싶었어…… 아아!"

퐁당. 태진이 채영의 물 항아리에 불붙은 혀를 담갔다.

마치 사이키 조명이 돌아가는 듯 채영의 눈앞이 황홀함으로 빙글빙글 돌고 있었다. 제발 오늘은 살려달라고 외치게 만들어주길!!

물 항아리인 줄 알았더니 꿀 항아리가 아니더냐! 이 얼마나 달콤하고 맛난지. 태진은 꿀 냄새 맡고 환장한 곰마냥 낼름낼름 살랑살랑 달디달게 맛본다.

태진의 혀가 꿀 항아리에 퐁당퐁당 빠질 때마다 채영의 눈앞은 어른어른 흔들흔들. 아이쿠야, 이러다 시작도 전에 살려달라 외치겠다.

할머니가 삶아주시는 잔치국수 먹듯 후루룩 들이마신 태진이 헐레벌떡 채영의 몸 위로 엎어지더니 힘 잔뜩 들어간 눈두덩이에 확 풀린 눈동자를 하고 채영을 내려다본다.

"당신이 살려달라고 외치는 소리를 듣고야 말겠어!"

태진이 채영의 한쪽 다리를 자신의 어깨 위에 척하고 걸쳐 놓으며 말했다.

'오, 제발!'

채영이 태진의 초원처럼 넓디넓고 바위만큼 단단한 가슴을 살살 어루만지며 교태를 피우는데 태진이 채영의 손목을 척 움켜잡더니 자신의 남성 위에 턱 올려놓았다.

오메, 요것이 무엇이다냐. 실하기도 하여라.

태산이 높다 하되 하늘 아래 뫼이로다.
오르고 또 오르면 못 오를 리 없건마는
사람이 제 아니 오르고 뫼만 높다 하더라.

태산이 높다 하되 남성 아래 뫼이로다.
만지고 또 만지면 못 세울 리 없건마는
공들인 덕도 없이 십 초면 작살난다.

채영의 손끝이 파르르 떨자 태진이 채영의 손을 자신의 남성에서 거두어들이며 자신의 목을 감게 했다. 마치 곧 기절할 사태가 벌어질 것이니 안전띠 단단히 메라는 듯. 채영이 졸도를 대비해 야무지게 태진의 목덜미를 감아 안았다.

오데 갔다 이제사 왔더냐. 간절히 바라건대 기절 좀 시켜다오.

태진이 자세를 잡고 채영의 귀볼을 할짝 핥으며 채영의 꿀 항아리에 돌진하기 직전이었다.

띠리리리리.

일순간에 분위기를 조각조각 내는 휴대폰이 울렸다.

태진도 멈칫, 채영도 멈칫했다.

"누구죠?"

"내 전화 아닌데."

"그럼 내 건가 봐요."

"전화를 껐어야지."

"미안해요."

"받지 마."

"엄마나 아버지일지도 몰라요. 어떻게 하지? 부산 도착하면 전화 드린다고 했는데 깜빡 잊었어요."

"일단 우리 일부터 해결하고 전화 드리면 안 될까?"

"너무 늦잖아요. 잠깐만요."

채영이 태진을 밀어냈다.

"이런, 제기랄!"

태진이 개구쟁이처럼 다리를 굴러대며 심통을 부리는 동안에 채영이 시트로 몸을 돌돌 말고 가방 안에서 울리고 있는 휴대폰을 꺼냈다. 짐작대로 아버지였다. 채영은 흥분한 상태를 들키지 않기 위해 헛기침으로 목소리를 가다듬은 후 휴대폰을 열었다.

"아버지, 전화 못 드려서 죄송……."

[너 어디야!]

채영이 미처 변명도 하기 전에 아버지의 고함 소리가 터져 나왔다.

"부산이죠."

[너 이놈의 자식, 누구하고 있는 거야!]

다시 아버지가 고함을 쳤다.

"저기, 저기 출장 왔어요."

[야, 이 자식아! 조금 전에 현주한테 전화 왔어. 출장은 무슨 출장이야! 너 지금 누구하고 있는 거야!]

아, 망할 현주! 현주한테 입단속을 시켜야 한다는 생각은 전혀 못했는데 대체 이 밤중에 현주가 왜 전화를 했단 말인가! 왜, 왜, 왜!

[당장 집으로 와, 지금 당장!]

"아버지, 지금 당장은 못 가요. 이 시간에 기차도 없구요, 아버지 그러니까……."

[첫 기차 타고 당장 와. 너하고 같이 있는 놈도 데리고 와!]

"아버지, 어째서 같이 있는 사람이 놈일 것이라고 생각하시죠?"

[듣기 싫어! 첫 기차야, 첫 기차!]

그렇게 고함을 내지르신 아버지가 전화를 끊어버렸다.

채영이 고개를 돌리자 태진이 심각한 얼굴로 채영을 보고 있었다.

"아버지예요."

"알아요."

"화나셨어요."

"다 들렸어요."

"당장 오라세요."

"첫 기차 타고 오라시잖아요."

"당신하고 같이 오라세요."

"나하고 같이 있는 걸 어떻게 아신 거예요?"

"나도 모르겠…… 현주, 이 망할!"

채영이 당장 현주에게 전화를 걸었다.

"너 우리 집에 왜 전화한 거야?!"

채영은 현주가 전화를 받자마자 소리를 질렀다.

[저기, 내가 낮부터 전화를 했는데 네가 하도 안 받아서.]

낮부터 계속 전화했다고? 영화 보는 동안에 휴대폰을 꺼두었었는데 그때 전화한 모양이었다.

[얘, 네 아부지 열받으셨지?]

"지금 난리났단 말이야!"

[너 어딘데? 정말 부산이야?]

"그래, 부산이야."

[사장님하고 같이 간 거니?]

"그래!"

[난 것도 모르고, 네 아부지가 너 부산에 갔다길래, 부산에 왜 간 거냐고 물었더니 출장을 갔다시더라고. 그래서 출장은 갑자기 무슨 출장이에요? 하고 봤다가 아차 싶은 거야. 미안해.]

"미치겠다. 너 어디까지 얘기했어?

[네 아부지가 하도 꼬치꼬치 물어서…… 미안해.]

"그래서?"

[사장님하고 요즘 잘 지낸다고…….]

"그래서 놈하고 같이 오라고 하셨군. 오, 맙소사."

[뭘 그러니? 사장님하고 잘 지내는 것 사실이고, 한두 살 먹은 어른애도 아니고 서른셋이나 먹었는데 네 아부지 너무 심하신 것

아니니?]

"서른셋이 아니라 마흔셋 먹도록 시집 못 가고 있어도 이 꼴은 절대 못 봐주실 분이 우리 아부지야. 너도 알잖아."

[미안하다. 이렇게 될 줄 몰랐어.]

"난 어떻게 해!"

[미안하다구.]

"미안하면 다야?"

[야!]

갑자기 현주가 빽 소리를 질렀다.

[누구 염장 지르냐? 외롭고 쓸쓸하고 심심해서 같이 영화 한 편 보고 소주 한잔하자고 전화했다. 너 사장님하고 잘되어가면서 나하고 소주 한잔한 적 있어? 너 재밌다고 난 상대도 안 했잖아!]

현주가 못 참겠다는 듯 성질을 냈다.

"널 상대 안 한 건 아니지."

기세등등하게 몰아붙이던 채영이 한풀 꺾였다.

[아니긴 뭐가 아니야! 너 괴로울 땐 내가 같이 소주 마셔줬잖아! 이제 너 괴로운 일 없다고, 사장님하고 잘되어간다고 친구는 필요 없다 그거냐!]

채영이 한풀 꺾이자 현주가 더욱 강하게 쏘아붙였다.

"현주야, 그런 거 아니야. 난 단지……."

[됐어! 네 아버지한테 말실수해서 죽을죄를 졌다. 한채영, 너 그렇게 안 봤는데 너도 남자 생기니까 똑같구나. 흥!]

현주가 전화를 끊어버렸다.

"뭐야, 이거."

채영이 황당한 얼굴로 휴대폰을 쳐다보다가 내려놓았다.

"현주가……."

"다 들렸어요. 이래저래 깨진 거."

태진이 뚱한 얼굴로 말했다.

"우선 내일 첫 기차가 몇 신지 알아봐야 할 것 같아요."

"저, 일단 하던 건 마무리를 하고 알아보면 안 될까?"

태진이 채영에게 다가와 허리를 감아 안으며 속삭이는데 채영이 태진의 손을 탁 쳐냈다.

"옷 입어요."

"지금 갈 것도 아니잖아."

"이런 기분에 뭘 해요?"

"난 어떻게 하라고!"

태진이 버럭 고함을 지르며 벌떡 일어났다.

"이놈은 어떻게 하라고!"

채영이 뒤돌아보니 태진이 주체할 수 없도록 늠름하게 치솟은 자신의 남성을 두 손으로 감싸 쥔 채로 펄쩍펄쩍 뛰고 있었다.

채영은 하도 어이가 없어 웃고 말았다.

"옷 입어요!"

"제기랄!"

태진이 온몸으로 불만을 뿜어내며 일어나 바닥에 떨어진 옷을 주워 입기 시작했다.

채영 역시 태진이 벗겼던 옷을 그대로 다 입어야 했다.

"저기, 옷 벗기는 기분도 괜찮은데 다시 시작할까?"

태진이 미련을 못 버리고 채영의 옆구리를 찔러대다가 채영이 죽일 듯이 노려보자 툴툴거리며 화장실로 가버렸다.

채영이 심란한 얼굴로 앉아 있다가 다시 현주에게 전화를 걸었다.

[또 뭔데?]

현주도 심통이 잔뜩 나 있었다.

"미안한데, 인터넷으로 철도청에 들어가서 내일 첫 기차가 몇 신지 알아봐 줘."

[네가 알아봐.]

"못 알아봐. 컴퓨터도 없단 말이야."

[어딘데?]

"호텔."

[어머머!]

현주의 목소리가 싹 달라졌다.

[호텔? 사장님하고?]

"그래."

[설마…… 하고 있던 중은 아니지?]

"실은…… 하던 중에 아버지 전화 받았어."

[어머, 어떻게 하니!]

현주가 안타까워서 하는 말인지 고소해서 하는 말인지 하여튼 감을 잡기 어려운 투로 한탄했다.

"저기 현주야, 내가 너 섭섭하게 했던 건 서울 가서 얘기하기로 하고 일단 아버지한테 맞아죽지 않고 살아남아야 하니까 기차표 좀 알아봐 주라."

[좋아. 그런데 한 가지만 말해.]

"뭐?"

[두 사람 다 벗고 있냐?]

"입었어."

[아깝다. 끊어.]

전화를 끊고 십 분 뒤 현주는 첫 기차가 정확하게 새벽 다섯 시에 있다고 알려주었고 채영은 미련을 버리지 못하고 틈만 나면 쓰러뜨리려는 태진의 아우성을 물리치고 서울로 올라와 곧장 집으로 돌아왔다.

채영이 안으로 들어서자 막 부엌에서 나오던 엄마가 채영을 보고 싫은 소리를 하려고 얼굴을 구기는데 채영의 뒤에 서 있는 태진을 보고 순간적으로 표정이 바뀌었다.

"안녕하십니까. 정태진입니다, 어머니."

태진이 잽싸게 인사했다. 멀쩡하고 근사한 미소를 날리며.

"어머나, 어머니…… 호호호. 네, 어서 오세요."

엄마가 활짝 웃으며 태진의 인사를 받았다.

"세상에, 어쩜."

엄마가 태진을 노골적으로 태진을 훑어 내리며 만족스러운 듯 웃었다.

"엄마, 아버지는?"

하고 채영이 묻는데 대문이 열리더니 채민이가 약수통을 들고 들어섰다.

"누나! 어?"

채민이가 태진을 보더니 깜짝 놀랐다.

"선배님."

"어, 채민아."

"어머, 채민이 너 알아?"

채민이와 태진이 아는 사이라는 것에 엄마가 놀라는데 안방문이 부서져라 열리더니 아버지가 나오셨다. 아버지가 나오자 마당에 있던 모든 사람들이 얼어붙었다.

"여보, 채영이 왔네요, 남자 친구하고. 호호호. 그렇지? 남자 친구지?"

엄마가 묻자 채영과 태진이 고개를 끄덕였다.

"저기, 아버지……."

"안녕하십니까. 정태진입니다, 아버님."

태진이 다짜고짜 마당에서 절을 했다.

"어머나! 마당인데, 옷 버리려면 어떻게 하려고. 인사성도 바르셔라."

엄마가 아버지의 눈치를 보며 은근히 태진을 칭찬했다. 아버지는 아무 말도 안 하고 죽일 듯이 채영과 태진을 노려보기만 했다.

"저기 아버지, 그러니까 이분은요……."

"아침 다 됐어?"

아버지가 퉁명스러운 목소리로 엄마에게 물었다.

"다 됐어요."

"들어와 밥 먹어."

아버지가 먼저 식당으로 들어가시자 엄마가 태진의 손을 꼭 잡더니 집 안으로 이끌었다.

"기차 타고 왔어요?"

"예, 어머니."

"오랜만에 기차 여행하고 좋았겠네. 호호호."

엄마가 태진의 손을 꼭 잡은 채로 태진을 데리고 식당으로 사라졌다.

"누나, 선배하고 사귄 거였어?"

"응."

"아, 미치겠다."

"왜?"

"아, 아니야."

채민이 갑갑한 얼굴로 식당으로 들어가고 채영은 지나치게 친절한 엄마가 태진에게 필이 꽂힌 것이 분명하다고 생각하며 식당으로 들어갔다.

"앉아, 밥 먹어."

아버지가 무서운 얼굴을 하고 명령했다. 밥이 아니라 독을 먹으라는 것처럼.

"네."

태진은 이미 자리에 앉아 있었고 채영은 아버지 눈치를 보며 태진의 옆 자리에 앉았다. 채민이와 엄마가 자리에 다 앉자 아버지가 수저를 드시면서 식사가 시작됐다.

아버지의 불벼락을 기다리고 있던 터라 채영은 예상과는 다른 상황에 조금 당황해하면서도 아버지가 언제 돌변할지 몰라 긴장하고 있는데 딱 한 순갈 떠드신 아버지가 갑작스레 입을 열었다.

"어디까지 갔어?"

아버지가 물었다.

채영이 얼굴이 화끈거리는 것을 느끼며 슬그머니 수저를 내려놓는데 태진이 의미심장한 표정으로 입을 열었다. 주먹을 불끈 쥐고.

"갈 데까지 갈 수 있었는데!"

채영과 엄마 채민이가 깜짝 놀라 눈을 동그랗게 뜨고 태진을 쳐다봤다.

'아, 죽었다.'

아버지가 당장이라고 달려들어 태진의 목을 뒤흔들 눈초리로 태진을 노려봤다.

꿀꺽.

얼음장처럼 차디찬 공기, 살얼음판을 걷는 듯한 긴장감이 감도는 가운데 두 주먹을 틀어쥔 아버지가.

"결혼할 거라면 용서해 주지."

하고 말씀하셨다.

태진을 포함한 네 사람의 눈이 동시에 아버지를 향했다가 다시 태진에게 꽂혔다. 아버지와 엄마와 채민이의 시선은 똑같았다. 만약에 원하는 대답이 아닌 다른 대답이 나올 경우 네놈을 오늘 아침 식단으로 만들고 말겠다는 무시무시한 시선이었다.

"되도록 빨리 날짜를 잡아주십시오. 더는 못 참겠습니다."

태진이 결연한 태도로 말했다.

더는 못 참겠다는 말이 무엇을 뜻하는지 채영은 알고 있었다.

"자, 식사하지."

아버지가 순식간에 달라진 목소리로 말했다.

"마담, 뭐 하나. 우리 사위 국 식었잖아. 다시 데워다 줘."

"어머나, 우리 사위 국이 식었네."

아버지의 한마디에 엄마가 쏜살같이 태진의 국을 데워다 주었다.

채영이 슬그머니 태진을 쳐다보자 태진이 찡긋 윙크했다.

에필로그

I

태진이 채영의 부모님께 인사드리고 일주일 후 채영이 태진의 부모님께 인사했다. 어쩌면 태진보다 나이가 두 살 많다는 것으로 반대하실지도 모른다는 염려를 했지만 나이 걱정은 기우에 불과했다. 태진의 어머님은 태진의 아버님, 그러니까 정희락 선생님보다 무려 네 살이나 연상이었기 때문이다. 채영이 태진의 부모님께 인사드리고 보름 후 양가 부모 상견례가 있었고 그 후 꼭 한 달 후로 결혼 날짜가 잡혔다.

결혼 날짜가 잡히고 회사 게시판에 태진과 채영의 결혼 공고가 붙은 날.

채영과 현주가 화장실로 들어서는데 화장실 칸막이 안에서 이상한 소리가 들렸다.

"우우우우우, 우우우우우."

"이게 무슨 소리니?"

"우는 소리 아니야?"

현주와 채영이 울음소리가 들리는 칸막이 문에 귀를 바짝 들이댔다.

"우우우우우, 우우우우우. 팽."

울다가 코 푸는 소리도 들렸다.

"저기요, 안에 누구세요?"

현주가 똑똑 노크를 하며 묻는데 문이 열리고 진선유가 보였다. 우느라고 마스카라가 번져 완전히 팬더곰이 되어버린 진선유.

"선유 씨."

"왜 우는 거야?"

현주와 채영이 한편 놀라고 한편 안쓰러운 얼굴로 물었다.

"몰라서 물어요?"

선유가 방울방울 눈물을 흘리며 화를 냈다.

진선유의 손에 들린 종이가 보였다. 태진과 채영의 결혼 공고였다.

"저, 선유 씨, 그만 울어."

"그만 울 거예요!"

선유가 신경질을 내며 나오더니 거울을 들여다봤다. 선유는 거울 속의 비참한 자신의 꼴을 보고는 더 서럽게 울기 시작했다.

"우우우우우, 우우우우우우."

"저기, 선유 씨."

"그만 울어, 제발."

채영과 현주가 휴지를 뜯어 선유의 얼굴을 닦아주었다. 잘 닦아준다고 했는데 어쩌다 보니 꼴이 더 이상하게 되어버렸다.

"나한테 미안한 거죠?"

진선유가 눈물을 흘리며 물었다.

"아니, 별로 미안하진 않아."

채영의 대답에 진선유가 기막힌 듯 채영을 노려봤다.

"내가 선유 씨 남자를 뺏은 건 아니잖아?"

"그거야…… 그렇죠."

선유가 입술을 비죽거렸다.

"나보다 다섯 살이나 어린데 뭐가 걱정이야. 얼마든지 좋은 남자 만날 수 있잖아."

채영이 달래자 선유가 한숨을 푹 내쉬었다.

"다시 만날 수 있겠죠?"

"물론이지."

"저기, 채영 언니."

"응?"

"고백할 것 있어요."

"뭐?"

"사장님이 나 혼자 불러내서 스테이크 사주고 포도주 사줬다는 말 다 거짓말이에요. ~~우우우우우~~."

진선유가 서러움이 복받치는지, 아니면 창피해서인지 갑자기 또 울기 시작했다.

"어, 그래?"

거짓말인 줄 알고 있었지만 모른 척했다. 어찌나 서럽게 우는지.

"사장님하고 단둘이 있으려고 직원들 다 보내고 혼자 야근하느라 골 빠지는 줄 알았다구요. 사장님하고 단둘이 있으면서 작업 좀 걸어보려고 했는데 망할 사장님이 걸려들지 않잖아요. 내가 그렇게 매력이 없어요?"

진선유가 어떻게 자신의 매력에 빠져들지 않을 수가 있냐는 듯이 물었다.

"완전 매력적이야."

"영국에서 나 잘 챙겨줬다는 말도 거짓말이에요. 사람을 아주 없는 사람 취급하더라구요. 영국에도 영어 할 줄 아는 사람이 없어서 내가 간 거예요. ~~우우우우우우~~."

"제발 그만 울어."

"그리고, 그리고…… 지난번에 발목 다친 것도, 연약하게 보이려고 일부러 넘어지는 척했는데 진짜로 발목을 다친 거예요. 사장님 꼬셔보려고. ~~우우우우우~~."

선유는 이제 코까지 흘리며 울었다.

그러고 보니 진선유라는 여자, 참 솔직하고 귀여운 여자였다. 창피해서라도 거짓말했던 것은 말 안 할 줄 알았는데.

"그만 울어. 얼굴 엉망이야."

채영이 달래자 선유가 코를 있는 양껏 풀어 제끼더니 새침한 얼굴로 채영을 째려봤다.

"나보다 다섯 살이나 많으면서 어떻게 사장님을 꼬신 거예요?"

"농염함으로."

채영이 대꾸하자 진선유와 현주가 진짜 재수없다는 듯 허! 하고 콧방귀를 꼈다.

"잘 먹고, 잘살아요."

"알았어. 그리고 속상해하지 마. 남자는 많잖아."

"그래요, 남자가 뭐 사장님밖에 없나?"

진선유가 휴지에 물을 적셔 망가진 얼굴을 고치기 시작했다.

"두고 보세요. 사장님보다 백배 좋은 남자 만날 테니까. 우우우우우."

"그래, 두고 볼게."

현주와 채영이 대답했다.

"그런데 제발 우우우우우 하고 울지 좀 마."

현주가 도저히 못 들어주겠다는 듯이 구시렁거렸다.

채영이 자다가 깨서 화장실에 가려고 나오는데 채민이의 방에서 이상한 소리가 들렸다.

"새끼 또 동영상 보나?"

채영이 화장실에 들렀다 나올 때까지도 이상한 소리는 계속 들렸다.

"밤새 너무 용쓰는 거 아니야?"

채영이 적당히 하고 그만 자라고 말하려는데 가만 들어보니 동영상 소리가 아니라 통화 소리 같았다. 그것도 채민이가 누군가에게 죽도록 애원하는 통화 소리.

"한 번만 만나. 만나서 얘기해."

그 목소리가 어찌나 절절한지 들어주기 괴로울 정도였다.

"내 얘기도 들어줘야 할 것 아니야. 만나, 내일 내가 갈게."

누구한테 저러는 걸까?

"미안해. 사과하잖아. 내가 잘못했어."

사과가 아니라 빌고 있었다.

"너 아니면 안 되겠는데 어떻게 하니? 너 아니면 아무것도 못하겠는데."

돌아가는 상황을 보니 채민이가 아무래도 걷어차인 것 같았다.

그새 누굴 사귀었던 걸까? 여자 사귀고 싶은 생각 없다더니. 그런데 그 여자는 무엇 때문에 채민이를 걷어찬 것일까? 우리 채민이처럼 괜찮은 남자가 어디 있다고. 눈이 삐었나, 괘씸한 년 같으니라고.

"내가 잘못했어. 그땐, 그땐…… 내가 널 잘 몰랐을 때야."

절절하다 못해 처절해진다.

"후회해, 너무 후회해. 내가 너한테 왜 그랬을까 후회하고 있어. 모든 것 다 미안해. 전화 안 받고 너한테 화내고 소리치고 했던 거 다 미안해. 잘못했어."

가만, 전화 안 받고 소리치고 화를 냈다면, 전에 채민이가 전화 안 받으려다 채영이가 다그치자 할 수 없이 받아주고 따라다녀서 귀찮다 죽겠다던 그 여자? 아니, 어쩌다 사태가 이리도 역전이 되었을까?

"한 번만 만나줘. 만나서 얘기해. 내가 무릎 꿇고 빌면 될까? 그럼 용서해 줄래? 제발 한 번만 만나자, 태인아."

세상에, 무릎까지 꿇고 빌겠단다. 못 들어주겠네. 그런데 여자 이름이 태인이란다.

채영이 새끼 있는 대로 튕기더니 꼴 좋다 생각하며 자신의 방으로 들어와 침대에 누웠다.

"사흘만 있으면 태진 씨랑 같이 눕는구나. 아!"

채영이 베개를 꽉 끌어안으며 중얼거렸다.

"태인이…… 태진 씨 동생 이름도 태인인데……."

채영이 중얼거리다 잠들었다.

Ⅱ

태진과 채영의 결혼 보름 전.

"눈 뜨지 말아요."

태진이 차 문을 열어주며 다시 한 번 경고했다.

십 분 전부터 눈을 감으라 해서 눈을 감고 있었는데 태진은 벌써 여섯 번째 눈을 뜨지 말라고 경고했다. 대체 어딜 끌고 와서 뭘 보여주려는 것인지.

"자, 내 손 잡고 내려요. 조심조심."

태진이 두 눈을 꼭 감은 채영을 부축해 차에서 내리도록 도와주었다.

"자, 걸어요. 눈 뜨면 안 돼!"

"알았어요! 기발한 것 아니면 죽을 알아요!"

채영이 툴툴거리는데 태진이 멈춰 섰다.

"자, 이제 눈 떠요."

태진이 말했고 채영이 눈을 떴다.

"와!"

눈을 뜬 채영은 탄성부터 터뜨렸다.

눈앞에는 하얀색 얕은 나무 울타리가 담처럼 둘러쳐져 있고 크지도 작지도 않은 뜰이 있는, 앙증맞은 전원주택이 채영을 기다리고 있었다. 언젠가 태진과 함께 서점에서 봤던 잡지책에 나와 있던 바로 그런 집이었다.

"태진 씨……."

"이런 집에서 살고 싶다고 했잖아요."

"오, 세상에."

채영이 감격한 얼굴로 집을 바라봤다.

"마음에 들어요?"

"완벽해요."

채영이 황홀한 얼굴로 말했다.

"그런데 당신 같은 짠돌이가 나를 위해 이런 집을 구입했다는 게 믿어지지가 않네요."

"이 집을 구입하느라 예상보다 많은 돈을 쓴 건 사실이지만 걱정없어. 죽을 때까지 이 집에서 살면서 융자 받은 거 갚으면 되니까."

"융자를 갚기 위해 나도 죽을 때까지 글을 써야 한다는 말은 아니죠?"

"물론…… 당신이 도와줄 것으로 믿고 있어."

"그럴 줄 알았지."

채영이 어이없다는 듯 노려보다가 픽 웃자 태진이 채영을 끌어당겨 어깨에 팔을 둘렀다.

"죽을 때까지 같이 삽시다. 그리고 되도록 아이는 빨리 가져야 할 것 같아. 안 그래요, 누님?"

태진이 또 놀렸고 채영이 목을 조르려고 하자 태진이 웃음을 터뜨리며 채영을 껴안았다.

재즈 바.

태진과 채영은 재즈 바에서 아직 준비하지 못한 물품이 무엇인지 의논하고 있었다.

"내일 가서 웨딩드레스랑 턱시도 입어봐야 해요, 알죠?"

"알아요."

"아, 내일 가서 예물도 찾아야 해요."

"찾으러 가요."

"다음 주에 웨딩 촬영 있는 거 알죠?"

"알아."

"아, 그런데 신혼여행요."

"걱정 마, 준비했어."

태진이 여행사에서 가져온 책자를 꺼내더니 채영에게 내밀었다.

"어디로 정했어요?"

채영이 책자를 뒤적거렸다.

"여기…… 유럽이네요."

채영이 태진과 어쩜 이렇게 잘 통할까 싶었다.

"12박 13일 유럽 여행. 유럽에 가고 싶다 했잖아."

태진의 말에 채영이 고개를 들었다.

"그걸 기억하고 있었어요?"

"어디로 가고 싶어하는지 알고 싶어서 아인스 월드 데려갔던 거야."

채영은 이렇게 괜찮은 사람인 줄 미처 몰랐다는 시선으로 태진을 바라봤다.

"갈수록 내가 남자를 참 잘 골랐다는 생각이 드네요."

"오, 그래? 그럼 가만있을 수 없지."

태진이 바텐더를 손짓해 불렀다.

"예, 손님."

"괜찮다면 피아노 연주를 하고 싶은데. 가능할까요? 내 와이프 될 사람에게 연주해 주고 싶어서요."

태진이 채영을 사랑이 담뿍 담긴 시선으로 바라보자 바텐더가 무대에 있던 재즈 연주자들 중에 한 사람을 손짓해 불렀다. 색소폰 연주자가 바텐더에게 다가왔고 바텐더가 태진의 희망사항을 전달했다.

"그러세요."

색소폰 연주가가 기꺼이 태진에게 허락했다.

"피아노 칠 줄 모른다면서요."

채영이 당황해서 묻자 태진은 눈을 찡긋해 보이더니 색소폰 연주자를 따라 무대로 올라가 피아노 앞에 앉았다.

"여기 계신 손님께서 곧 결혼할 피앙세를 위해 연주하신답니다."

색소폰 연주자가 바에 앉아 있는 채영을 가리키며 소개하자 손님들이 채영을 힐끗거리며 가볍게 박수를 쳤다. 채영은 괜히 긴장되는 것을 느끼며 침을 꿀꺽 삼켰다.

태진이 피아노 건반 위에 손을 올려놓았다.

재즈 연주자들과 채영, 바텐더, 그리고 다른 손님들이 숨을 죽인 채 태진을 바라봤다.

태진이 아주 오랫동안 피아노를 연주한 사람처럼 몹시 진지한 표정으로 피아노 건반을 바라보고 있었다. 그런데 어떻게 된 일인지 태진은 피아노 건반 위에 손을 올려놓은 채 바라보기만 할 뿐 연주를 하지 않고 꼼짝 않고 앉아 있기만 했다.

'뭐 하는 거야?'

채영이 초조하게 쳐다보는데 태진은 미동도 하지 않고 앉아 있기만 했다.

'연주를 눈으로 하나.'

건반을 그렇게 노려보다간 눈알이 빠지고 말지. 우두커니 앉아서 뭘 하는 걸까. 무려! 1, 2, 3, 4분이 지나도록 말이다.

손님들이 의아해서 술렁거리고 얼굴이 달아오른 채영이 창피해서 딱 쥐구멍으로 기어들어 갔으면 좋겠는데 태진이 33초를 더 그렇게 뚫어져라 건반만 쳐다보고 있다가 일어서더니 뻔뻔스럽게 청중인 손님들을 향해 인사했다.

다들 저거 뭐야? 하는 얼굴로 태진의 어이없는 행태를 보고 있는데 손님 중 한 사람이 활짝 웃으며 박수를 치자 다른 손님들도 어이없는 웃음을 터뜨리며 박수를 쳤다. 오직 채영만 박수를 치지 않고 아직아작 씹어먹을 듯이 태진을 노려보고 있었다.

색소폰 연주자도 멀리 있는 채영의 귀에도 들릴 만큼 큰 소리로 웃더니 마이크 앞으로 섰다.

"아름다운 연주를 감상하셨습니까?"

아름다운 연주라니 젠장. 오로지 침묵만이 흘렀는데.

"존 케이지의 4분 33초였습니다."

색소폰 연주자가 여전히 웃는 얼굴로 소개했다. 존 케이지의 4분 33초? 정말로 이런 황당한 곡이 있단 말인가.

태진이 다시 한 번 넉살 좋게 인사하더니 어쩔 줄 몰라 하는 얼굴로 앉아 있는 채영의 곁으로 돌아왔다.

"뭐 하는 짓이죠?"

"마음에 안 들었어? 내가 얼마나 고심 끝에 선택한 곡인데."

"소리 하나 안 들렸는데 연주라뇨!"

"믿어지지 않겠지만 실제로 침묵의 연주곡이 존재한다고. 4분 33초. 4분 33초는 273초. 273이란 숫자는 절대 0도를 뜻해. 절대 영도는 열역학적으로 최저 온도인데 분자의 열 운동이 이 온도에서 완전하게 정지한대."

"그래서요?"

"열역학적으로 난 당신과 함께 있을 땐 다른 모든 운동은 정지되고 오직 당신만 눈에 보이도록 초점만 운동해."

태진이 채영의 두 손을 꼭 잡으며 말했다.

"오직 당신만."

태진이 다시 한 번 조용히 읊조렸다. 참으로 많은 의미를 담은 눈길을 보내며.

채영 역시 말도 안 되는 연주에 황당했지만 듣고 보니 그럴듯한 뜻이라 기분이 좋아져서 태진에게 살포시 미소를 던졌다.

"그런데 열역학적으로 초점만 남고 다른 운동이 정지되면 곤란하잖아요? 우린…… 열을 많이 내는 운동을 자주 해야 하는데."

채영이 은밀한 미소를 던지자 태진이 끙 소리를 내며 채영의 손을 잡고 일어났다.

"그만 가지."

"어디로요?"

"운동하러."

태진이 억눌린 목소리로 말했다.

태진의 손에 잡혀 차로 향하던 채영의 가슴속에서 새빨간 여우가 탐스런 꼬랑지를 남실거리며 대가리를 치켜들었다.

'거봐, 이 남자 내 것이 될 거라고 했잖아. 내 말이 맞지?'

채영은 새빨간 여우 대가리를 잡아 누르며 은밀한 미소를 날렸다. 태진의 근사한 뒤 태를 감상하며.

채영은 주차장에서 만난 이상형의 남자 태진과 결혼했다. 채민이는 아직도 태인이에게 애원 중이고 현주가 작업 중이던 이빈은 채영과 태진이 결혼한 지 꼭 일 년 만에 진선유와 결혼했다. 그날 현주는 밤새도록 휴대폰을 붙잡고 울었다. 어어어어어어.

즐겨보는 드라마들이 외화시리즈인데 '앨리 맥빌', '위기의 주부들', 'CSI', '섹스 앤 더 시티' 등등이다. '섹스 앤 더 시티' 보다도 먼저 보기 시작한 드라마가 '앨리 맥빌' 이다. 독특한 인물들, 독특한 상황 설정. 한동안 그 프로를 보기 위해 방영 시간까지 체크할 정도였다.

『새빨간 여우』는 '앨리 맥빌' 에서 큰 영향을 받았다. 시도 때도 없이 불쑥 나타나는 상상 속의 무한한 그 무엇들. 솔직한 대사들, 적극적인 여자.

너무나 결혼하고 싶은 노처녀의 눈앞에 이상형의 남자가 나타났을 때 어떻게 그를 내 것으로 만들 것이냐.

사실 처음 의도는 드러내 놓고 되바라진 여자 만들어보기였지만 사실 우리나라 정서엔 아직은 되바라진 여자에게서 거부감을 느낄 것이 분명하기에 상상 속에서만 되바라진 여자로 바꿨다. 여기서 말하는 상상 속 되바라짐이란 상상 속에서는 상당히 성에 대해 적극적인 여자를 말한다. 솔직히 상상 속에서야 무슨 짓인들 못하겠는가. 지금도 물론 세상물정을 비롯하여 남자에 대해서도 아주 순진한 여자는 아니지만—서른셋 여자에게서 완전 순진을 바라는 것도 무리가 있겠고—결혼하고 싶어 거의 환장 지경에 이른 여자, 그래서 눈에 띈 남자 내 것으로 만들기 작전에 돌입한 여자에게 적절한 되바라짐이 어떤 것이 있을까 고심하다가 '상상 속' 을 빌렸다. 그 '상상 속' 장면을 쓰는 것도 참 만만치 않았다. 딴에는 난 꽤나 러브신을 잘 써라고 생각했는데 웬걸, 러브신 잘 쓰는 작가님의 작품을 읽고 나자 잘 쓰긴 개뿔, 수준 이하네 싶었다. 그러다 잘 쓰지는 못하겠지만 재밌는 러브신이네 하는 생각이 들게 할 만한 방법이 없을까 고민하다가 나름대로 코믹 러브신을 만들어보았다. 나한테는 코믹 러브신인데 독자님들껜 어떻게 읽힐지…….

요즘 들어, 아니, 조금 된 것 같다.

이상하게도 갈등이 있는 것이 싫다. 갈등구조를 만드는 재주가 없는 것도 사실이고 부쩍 골치 아프지 않고 편하고 신경 쓰이지 않는 등등의 것들을 좋아하게 됐다.

나이가 들어가고 있다는 신호일까? 게을러지고 있다는 신호? 아니, 어쩌면 예전 속상하고 가슴 아팠던 일들이 자꾸 생각나서 그때의 일을 잊어버리고 머리 속을 환기시키려고 애쓰다 보니 그렇게 됐을지도 모르겠다.

『새빨간 여우』에는 특별한 갈증구조가 없다. 글을 쓰면서 일부러 갈증구조를 만들지 않으려고 애썼다. 물론 진선유라는 여자와 채영이가 한 남자를 두고 아웅다웅하지만 갈등까지는 가지 않는다. 갈등을 만들려면 진선유를 아주 못된 여조로 배치해 그럴듯하게 끌고 나갈 수도 있겠지만 못된 여주를 만들고 싶지 않았다. 세상엔, 그렇게 못된 사람이 많지 않다고 생각하고 몇 번 여주를 괴롭히고 신경 쓰이게 하는 악역 여조를 만들어봤더니 개인적으로는 참 별로였다. 여조가 필요하되 밉지 않은 여조, 그런 여조가 진선유이다.

처음인데, 잠깐 아버지 얘기를 해야겠다. 이 소설은 일흔이 되신 아버지가 읽으시기엔 좀 뜨악한 장면들이 많아 보내 드리진 않겠지만 이번 작가후기를 빌려 아버지를 향한 내 사랑을 말하고 싶다. 아버지가 못 보시더라도 말이다.

우리 아버진……. 일흔이신 지금까지도 습작을 멈추지 않으시는, 돌아가시기 전에 대운이 터진다면 출간할 수 있을지도 모른다는 소망을 품고 계시는 분이다. 청년 때부터 시작된 습작이니 오십 년에 가까운 시절 동안 물리도록 습작 중이신 우리 아버지. 글을 쓰는 일이 얼마나 힘든지, 요즘 말로 골이 빠지는 일이라는 것을 누구보다 잘 아시기에 우리 아버지는 그 누구보다도 나에겐 가장 든든한 후원자시다. 출판하시는 것이 평생의 꿈이셨던 아버지보다 딸인 내가 먼저 출간을 하게 되었을 때 너무나 보잘것없는 작품이었음에도 아버지는 책을 출간한 당사자인 나보다 더욱 감격해하셨다. 그러시면서 내가 못한 것을 내 딸이 해주었으니, 이보다 감격스러운 일이 어디 있을까 하셨다.

어머니도 그렇지만 아버지께선 백색에 까만 줄만 쳐져 있는 편지지에 두 장, 세 장 직접 펜으로 적어 보내는 편지를 꽤 즐기신다. 요즘은 거의 특별할 때—내가 글이 잘 써지지 않아 괴롭다고 하소연할 때, 혹은 부부 싸움을 했거나 그럴 때다—편지를 써 보내주신다. 아버지가 보내주셨던 편지 중에 늘 가슴에 담고 있는 말씀이,

"글이라는 건, 어떤 일도 마찬가지지만, 한 번에 두 계단, 세 계단을 올라갈 수는 없는 일이다. 한 계단이 벅차면 반 계단씩, 반 계단씩 그렇게 올라가다 보면 숨이 덜 찰 때가 온다. 오지 않을 수 없다. 우리 랑이는 끊임없이 써라. 랑이가 끊임없이 쓸 때 아버지와 엄마는 우리 랑이를 위해 끊임없이 기도한다."

내 자식에게는 불리기 쉽고 기억하기 쉬운 이름을 지어주겠노라는 일념으로 엉뚱한 센스를 발휘하시어 가, 나, 다, 라에 동그라미만 붙여 누가 보아도 고심한 흔적을 엿볼 수 없이 매우 손쉽게 자식들 이름을 강, 당, 랑으로 지어내신 우리 아버지(내가 우리 오빠보다 먼저 태어났더라면 김낭이 되었을 텐데 뒤에 태어나 랑이 됐다. 우리 어머니 아버지 금슬이 김랑까지였으니 망정이지 금슬이 너무 좋아 내 뒤로 동생들이 태어났다면 세상에, 김망에 김방이란 이름을 단 자들까지 생겨났을지도 모른다. 사람 이름이 김망이나 김방이 되어서야 어디 살겠는가). 그 통에 삼 남매가 돌아가며 이름 때문에 어지간히도 놀림당하게 하셨음에도 더없이 당당하게 그런 이름 아무나 못 짓는다시던 우리 아버지(그 강이,『씩씩한 강이』에 나오는 주인공 김강의 이름이 우리 친언니 이름이다. 이런 이름 진짜 아무나 못 짓는다. 이런 엉뚱한 센스를 누가 또 가졌겠는가). 하여튼!

나를 위해 끊임없이 기도하시는 아버지. 사랑합니다. 감사합니다. 언젠가는 당신 앞에 오로지 당신만을 위한 선물이 될 수 있는 멋진 글을 쓸 수 있을 것이라 소망하며 끊임없이 쓰겠습니다, 아버지.

그리고 엄마가 제대로 놀아주지 못해도 불평하지 않는 착한 내 딸 수지, 내 아들 동민이, 고맙고 사랑한다. 당신을 만나서 난 참 복이 많은 여자라고, 그래서 참 행복한 여자이게 해준 내 남편 당신, 사랑합니다.

마지막으로, 존 케이지의 4분 33초라는 해괴한 작품이 있다는 것을 알려주시고 교정을 보시느라 고생하신 청어람의 김규진님, 또 이종민님께 감사하다는 말씀을 꼭 전하고 싶다. 그리고 늘 소리없이 조용히 응원해 주시는 우리 발전소 가족 여러분께도 감사함을 전한다(솔직히 가끔은, 우리 발전소 가족분들이 소리 좀 내서 응원해 주셨으면…… 싶을 때도 있다 ㅎ ㅎ).

2006년 올해는 어떤 일이 있을까…… 가 아니라, 2006년 올해는 분명히 작년보다 일곱 배는 더 좋은 일들이 생겨날 거라고 꼭 그럴 거라고 나를 포함한 저의 책을 읽어주시는 모든 독자 분들께 축원하며…….

—2006년 1월

늘 노력하는 김랑.